W0471725

annabac
SUJETS & CORRIGÉS 2023

Tout le contrôle continu

1re générale

Histoire-géographie
Jean-François Lecaillon • David Bédouret

Enseignement scientifique
Sonia Madani • Hélène Hervé • Nadège Jeannin

Anglais Sylvie Collard • Martine Guigue

Espagnol Tania Saenz

Spécialités
Mathématiques : Martine Salmon
Physique-chimie : Jérôme Fréret
Julien Moncany • Carole Rabuteau
SVT : Jacques Bergeron • Jean-Claude Hervé
SES : Franck Rimbert
HGGSP : Vanessa Mercier

Avec la collaboration de
Jeanne-France Bignaux et Gaëlle Rolain

ISSN 1168-3775 ISBN 978-2-401-08657-9

Achevé d'imprimer par IPS en France
Dépôt légal 08657-9/01 - Août 2022

PAPIER À BASE DE FIBRES CERTIFIÉES

Hatier s'engage pour l'environnement en réduisant l'empreinte carbone de ses livres. Celle de cet exemplaire est de : 1.1 kg éq. CO_2
Rendez-vous sur www.hatier-durable.fr

Hatier

Préparez-vous au contrôle continu pour le **tronc commun**

SOMMAIRE GÉNÉRAL

et pour la spécialité que vous abandonnez en fin de 1re !

Les sujets et les fiches classés par thème

Pour chaque matière, voici les ressources de votre Annabac.

Indiquez sur cette liste l'avancement de vos révisions.
☐ À retravailler encore ☒ Désormais ok !

Histoire

Géographie

Territoire et mémoire

Évaluation de spécialité

- Coordination éditoriale : Grégoire Thorel et Louise Roullier, assistés de Théa Goossens et Pauline Siegwart
- Édition : François Capelani, Claire-Marie La Sade, Clémence Niérat, Régine Delay, Véronique Parasote
- Graphisme : Dany Mourain et le studio Favre & Lhaïk
- Prépresse : Hatier et Nadine Aymard
- Illustration : Juliette Baily
- Cartes : Philippe Valentin
- Mise en page et schémas : STDI
- Iconographie : Hatier illustration

Histoire Géographie

INFOS et CONSEILS

Sujets d'histoire

Sujets de géographie

1 Réussir le contrôle continu en histoire-géographie

Est présenté ci-dessous le format de l'évaluation le plus courant. Celui-ci pourra cependant être adapté dans votre établissement.

A En quoi consiste le contrôle continu ?

Le contrôle continu en histoire-géographie en 1re

DÉROULEMENT
- **Quand ? plutôt aux 2e et 3e trimestres**
- **Durée : en général 2 heures**

STRUCTURE
1 • **Question problématisée**
2 • **Analyse de document(s) ou production graphique**
- **Barème : 20 points (10 points par partie)**

B Les différents types d'exercices

1. La réponse à la question problématisée

- L'intitulé de la question suggère des éléments de construction de la réponse.
- Vous devez montrer que vous maîtrisez des connaissances et savez les sélectionner et les classer, de manière à **répondre à la problématique**.

2. L'analyse de document(s)

- Le ou les document(s) sont accompagnés d'une consigne suggérant une problématique et des éléments de construction de l'analyse.
- L'exercice permet d'évaluer votre capacité à **extraire et exploiter des informations** issues de documents de sources et de natures diverses.

3. La production graphique

- Dans le cas d'un **croquis**, vous devez le réaliser à partir d'un texte, élaboré pour l'exercice, qui présente une situation géographique. Un fond de carte est fourni.
- Dans le cas d'une **autre production graphique**, les consignes et les données servant à l'élaboration de cette production sont fournies avec l'exercice.

L'affirmation de la souveraineté nationale (1789-1792)

QUESTION PROBLÉMATISÉE

1 heure
10 points

INTÉRÊT DU SUJET • La souveraineté du peuple est l'un des piliers de la démocratie. S'est-elle vraiment imposée en France entre 1789 et 1792 ? La proclamation de la République achève-t-elle la Révolution sur ce point ?

▶ **Comment la souveraineté nationale s'est-elle affirmée en France de 1789 à 1792 ? Vous pourrez réfléchir à l'évolution des régimes politiques français, à la question de la citoyenneté, ainsi qu'aux temps forts marquant l'affirmation de cette souveraineté.**

LES CLÉS DU SUJET

Analyser le sujet

Le sujet

- **Souveraineté nationale :** pouvoir détenu par une population consciente d'appartenir à une même communauté
- **Régimes politiques français :** monarchie absolue, monarchie constitutionnelle et Ire République
- **Citoyenneté :** statut permettant d'accéder aux droits réservés aux membres d'une communauté nationale
- **Temps forts :** prise de la Bastille (14 juillet 1789), abolition des privilèges (4 août), déclaration des droits de l'homme (26 août), prise des Tuileries (10 août 1792)
- **Bornes chronologiques :** des états généraux (5 mai 1789) à la proclamation de la République (22 septembre 1792)

Dégager les enjeux du sujet

• La notion clé de l'énoncé est la « **souveraineté nationale** ». C'est sur elle que repose toute la réflexion demandée. Le « comment » invite à évaluer les étapes de mise en place de cette souveraineté.

• La question consiste à établir dans quelle mesure le peuple français a conquis sa souveraineté entre la réunion des états généraux (5 mai 1789) et la proclamation de la République (22 septembre 1792).

Organiser la réponse

Évitez d'utiliser comme plan les thèmes de réflexion suggérés dans la seconde partie de l'énoncé. Les dates et l'idée d'« évolution » invitent à privilégier un plan chronologique.

I. L'abolition de la souveraineté royale	• En 1789, que réclament les Français en termes de pouvoir ? Comment leurs représentants l'expriment ? • À quoi s'engagent les députés en juin 1789 ? Évoquez les peurs qui marquent le début de l'été. • Présentez les décisions votées en août 1789. Que changent-elles en termes de souveraineté ?
II. L'affirmation de la souveraineté nationale	• Comment se répartissent les pouvoirs politiques en 1791 ? Qui est « souverain » ? Justifiez votre réponse. • Comment réagit le roi ? Qu'espère-t-il ? • Quel élément de la Constitution témoigne d'une souveraineté du peuple encore limitée ?
III. La conquête de la souveraineté par les citoyens	• Racontez la chute de Louis XVI. • Comment se répartissent désormais les pouvoirs politiques ? Montrez les progrès de la souveraineté du peuple et ses limites.

1 CORRIGÉ GUIDÉ

Les titres et les indications entre crochets ne doivent pas figurer sur la copie.

Introduction

[Accroche] Entre la réunion des états généraux, le 5 mai 1789, et la proclamation de la République, le 22 septembre 1792, la souveraineté passe des mains du roi à celles de la nation. [Problématique] Comment la souveraineté nationale s'est-elle affirmée en France de 1789 à 1792 ? [Annonce du plan] Nous le verrons en étudiant successivement l'abolition de la souveraineté royale entre 1789 et 1790 [I], l'affirmation de la souveraineté nationale en 1790-1791 [II], puis la conquête de la souveraineté par les citoyens en 1792 [III].

▶ Le conseil de méthode

Commencez l'introduction par une accroche s'appuyant sur le contexte historique (ici, la réunion des états généraux en mai 1789) pour justifier le sujet. Ensuite, reprenez la question de l'énoncé, qui constitue votre problématique. Enfin, annoncez le plan en mettant en avant le ou les principaux termes du sujet (ici, « souveraineté »).

I. 1789-1790, l'abolition de la souveraineté royale

1. La remise en cause du modèle absolutiste

• En mai 1789, les états généraux contestent le mode de représentation. Les délégués du tiers état réclament un vote par tête et non par ordre.

• Le 20 juin, les représentants du tiers état font serment de rédiger une Constitution et se proclament Assemblée nationale.

MOT CLÉ
Une Constitution est un texte qui définit l'organisation du pouvoir politique et notamment sa répartition entre exécutif, législatif et judiciaire.

2. Une période de troubles

• Le 14 juillet 1789, craignant une réaction du pouvoir, les Parisiens cherchent à s'armer et s'emparent de la prison de la Bastille, symbole de l'arbitraire royal.

• Une Grande Peur secoue les campagnes. Les populations s'en prennent à toutes les marques du pouvoir royal. Des châteaux sont mis à sac, des archives brûlées.

3. L'affirmation d'un nouveau régime politique

• Dans la nuit du 4 août, les députés abolissent les privilèges, les droits féodaux et la dîme. C'est la fin de l'Ancien Régime.

• Devenue constituante dès le 9 juillet 1789, l'assemblée adopte la Déclaration des droits de l'homme et du citoyen le 26 août. Un nouveau régime politique peut se mettre en place.

[Transition] La souveraineté n'est plus royale. Comment la souveraineté nationale s'affirme-t-elle en 1790-1791 ?

▶ Le conseil de méthode

Les transitions servent de fil conducteur pour rappeler la question à laquelle vous êtes en train de répondre. Tout en restant brèves, elles doivent à la fois conclure la partie achevée et introduire la suivante. Pour cela, reprenez les termes du sujet pour proposer un début de réponse (« la souveraineté n'est plus royale ») et annoncez la partie qui suit (« comment la souveraineté nationale s'affirme-t-elle ? »).

II. 1790-1791, l'affirmation de la souveraineté nationale

1. Le partage de la souveraineté

• Louis XVI reste roi et conserve d'importants pouvoirs exécutifs. Dans le domaine législatif, confié à l'assemblée, il a un droit de veto suspensif.

• Le monarque refuse la constitution civile du clergé du 12 juillet 1790, puis il tente de s'enfuir en juin 1791. Le divorce avec les Français s'amplifie.

2. L'établissement d'une monarchie constitutionnelle

• Le 13 septembre 1791, l'assemblée adopte une Constitution qui établit une monarchie constitutionnelle fondée sur la souveraineté nationale.

• Le roi prête serment de défendre le nouveau régime. Il conserve le pouvoir exécutif mais sous le contrôle de l'assemblée.

• Les représentants de la Nation sont élus au suffrage censitaire : seuls peuvent voter les hommes qui paient un certain niveau d'impôt.

[Transition] Si la souveraineté a changé de main, elle n'appartient pas à tous les Français. Comment est-on passé à une représentation plus large ?

III. 1792, la conquête de la souveraineté par les citoyens

1. La chute de la monarchie

• Depuis avril 1792, la France est en guerre contre une coalition de monarchies européennes. Espérant une défaite qui lui rendrait ses pouvoirs, le roi devient, pour beaucoup de Français, suspect de complicité avec l'ennemi.

• L'invasion du territoire provoque l'insurrection du 10 août 1792. Arrêté, Louis XVI est destitué. C'est la fin de la monarchie constitutionnelle.

2. La proclamation de la République

• Une nouvelle assemblée, la Convention, proclame la République le 22 septembre 1792. Elle entend donner une nouvelle Constitution à la France.

• Le roi perd tous ses pouvoirs. Jugé pour trahison, il est condamné à mort et exécuté le 21 janvier 1793.

• Les conventionnels revendiquent le suffrage universel masculin. La souveraineté est ainsi attribuée aux hommes de plus de 21 ans.

Conclusion

[Réponse à la problématique] De 1789 à 1792, la souveraineté nationale, qui était concentrée entre les mains du roi, est désormais partagée entre les citoyens. [Ouverture] Mais la citoyenneté n'est pas encore universelle : elle exclut notamment les femmes.

La charte de 1814

ANALYSE DE DOCUMENT

1 heure
10 points

INTÉRÊT DU SUJET • L'avènement de Louis XVIII en 1814 fonde la Restauration, régime politique qui se pose dès lors – ainsi que son nom l'indique – comme un retour à un état antérieur. Mais le roi ne peut ignorer que la France a changé.

La charte de 1814 est-elle une « restauration » de l'Ancien Régime ? Après avoir montré que le texte proposé par Louis XVIII tient compte des événements traversés par la France depuis 1789, évaluez les pouvoirs que le roi se réserve, puis expliquez la situation que la charte institue.

La phrase soulignée devra être commentée.

DOCUMENT **Préambule de la Charte constitutionnelle proclamée le 4 juin 1814 (extraits)**

LOUIS, Par la grâce de Dieu, Roi de France et de Navarre, À tous ceux qui ces présentes verront, salut.

La divine Providence en nous rappelant dans nos États après une longue absence nous a imposé de grandes obligations. La paix était le premier besoin de nos sujets, nous nous en sommes occupés sans relâche ; et cette paix si nécessaire à la France comme au reste de l'Europe est signée. Une Charte constitutionnelle était sollicitée par l'état actuel du Royaume ; nous l'avons promise et nous la publions. Nous avons considéré que, bien que l'autorité tout entière résidât en France dans la personne du Roi, nos prédécesseurs n'avaient point hésité à en modifier l'exercice […] : nous avons reconnu que le vœu de nos sujets pour une Charte constitutionnelle était l'expression d'un besoin réel […]. Sûr de nos intentions, fort de notre conscience, nous nous engageons devant l'Assemblée qui nous écoute à être fidèle à cette Charte constitutionnelle. […] Nous avons volontairement, et par le libre exercice de notre autorité royale, accordé et accordons, fait concession et octroi à nos sujets, tant pour nous que pour nos successeurs, et à toujours de la Charte constitutionnelle qui suit :

Article 1. Les Français sont égaux devant la loi, quels que soient d'ailleurs leurs titres et leurs rangs. […]

Article 4. Leur liberté individuelle est également garantie, personne ne pouvant être poursuivi ni arrêté que dans les cas prévus par la loi et dans la forme qu'elle prescrit.

Article 5. Chacun professe sa religion avec une égale liberté, et obtient pour son culte la même protection.

Article 6. Cependant la religion catholique, apostolique et romaine est la religion de l'État. […]

Article 13. Au Roi seul appartient la puissance exécutive. […]

Article 15. La puissance législative s'exerce collectivement par le Roi, la Chambre des Pairs et la Chambre des Députés des départements.

Article 16. Le Roi propose la loi. […]

Article 19. Les Chambres ont la faculté de supplier le Roi de proposer une loi sur quelque objet que ce soit, et d'indiquer ce qu'il leur paraît convenable que la loi contienne. […]

Article 22. Le Roi, seul, sanctionne et promulgue les lois.

LES CLÉS DU SUJET

Comprendre la consigne

La consigne propose de confronter les concessions faites par Louis XVIII à la Révolution aux pouvoirs politiques qu'il « se réserve ». Elle invite ensuite à expliquer la situation qui en découle.

Présenter le document

Le document

- **Nature :** la charte de 1814, document officiel à visée constitutionnelle
- **Auteur :** Louis XVIII de Bourbon, frère de Louis XVI, roi de France
- **Date et contexte :** 4 juin 1814, deux mois après l'accession au trône du roi
- **Thème :** les principes du nouveau régime et la répartition des pouvoirs politiques

Organiser sa réponse

I. Les concessions du roi	• Rappelez ce qu'est une charte. • Que fait le roi des « vœux de ses sujets » (l. 11-12) ? Quels principes de 1789 sont inscrits dans le texte ? • Cherchez dans la charte les pouvoirs qui échappent au roi. Qui les détient ?
II. Les pouvoirs du roi	• Recensez les pouvoirs politiques du roi. Comment se combinent-ils ? • En termes de pouvoir, que signifie « nous avons volontairement… concession et octroi à nos sujets » (l. 15-17) ? Dans quelle position se place le roi par rapport à la charte ? Comment se justifie-t-il ? • Quelle alliance l'article 6 renoue-t-il ?
III. Une restauration limitée	• Évaluez la puissance politique du roi par rapport aux députés et à ses sujets. • En quoi un texte constitutionnel, l'existence d'une assemblée et l'affirmation des libertés sont-ils des nouveautés ? Confrontez ces points avec vos connaissances sur l'Ancien Régime.

2 CORRIGÉ GUIDÉ

Les titres et les indications entre crochets ne doivent pas figurer sur la copie.

Introduction

[Contexte] Napoléon Ier vaincu, les Bourbons sont rétablis sur le trône de France. [Problématique] L'avènement de Louis XVIII, frère de Louis XVI, se traduit-il par une restauration de l'absolutisme ? [Présentation du document et annonce du plan] Le 4 juin 1814, le roi présente un texte constitutionnel qu'il nomme « charte ». Nous en analyserons les extraits proposés afin de mettre en avant les concessions du roi à la Révolution [I], puis les prérogatives que le monarque se réserve [II]. Il sera alors possible de déterminer dans quelle mesure le nouveau pouvoir est une « restauration », ou non, de l'Ancien Régime [III].

À NOTER
Une charte est un texte solennel qui définit les règles d'une société. Elle fait alors office de Constitution.

I. Les concessions du roi aux principes de la Révolution

> ▶ **Le conseil de méthode**
> Pour justifier vos réponses, citez un mot du texte ou un groupe de mots (« liberté » ou « vœux de ses sujets », par exemple). Localisez vos citations dans le texte (« article 4 » ou « l. 11-12 »). Mais attention : une citation ne suffit pas toujours pour faire argument. Il vous faut expliquer en quoi l'extrait cité répond au sujet : ici, les « vœux des sujets » sont des « revendications du peuple ».

• Texte faisant Constitution, le roi prend en compte les « vœux de ses sujets » (l. 11-12), autrement dit les revendications du peuple. Il leur accorde le respect des valeurs proclamées en 1789 par la Déclaration des droits de l'homme et du citoyen : l'égalité (article 1), la liberté (articles 4 et 5) et la justice selon la loi (article 4).

• Les assemblées (Chambre des pairs et Chambre des députés) disposent d'une partie du pouvoir législatif (article 15). Elles peuvent aussi soumettre au roi des propositions de loi (article 19).

• La justice est assurée par des magistrats qui jugent selon la loi (article 4). Le roi n'est plus « fontaine de justice » comme sous l'Ancien Régime.

> **À NOTER**
> La Chambre des pairs est une assemblée législative représentant la noblesse du pays. Ses membres sont choisis par le roi et leur siège est héréditaire.

[Transition] Louis XVIII l'admet lui-même : il fait des « concessions » à ses sujets (l. 17) ; quels pouvoirs se réserve-t-il toutefois ?

II. Les pouvoirs politiques que se réserve le roi

• Par l'article 13, le roi détient « seul » la « puissance exécutive ». C'est lui qui gouverne, décide de la paix ou de la guerre – il y fait allusion l. 4-5 –, nomme les ministres. Il retrouve sur ce plan les pleins pouvoirs de Louis XVI.

• Il exerce un important contrôle sur le pouvoir législatif : non seulement il partage celui-ci avec les assemblées (article 15), mais il choisit les lois à voter (article 16) et les promulgue (article 22). Il peut ainsi les retarder ou les bloquer. Ces prérogatives en matière législative donnent donne au roi un contrôle indirect sur le pouvoir judiciaire : le juge décide selon la loi choisie par le roi.

• En proclamant le catholicisme religion d'État, l'article 6 restaure l'alliance du trône et de l'Église qui prévalait sous l'Ancien Régime au détriment des autres confessions.

[Transition] Le roi se réserve un important contrôle du pouvoir. Mais s'agit-il pour autant d'une « restauration » de l'Ancien Régime ?

III. L'avènement d'une monarchie limitée

> **▶ Le conseil de méthode**
> Le préambule de la charte permet de mettre en évidence les justifications apportées par le roi à son pouvoir. Louis XVIII fait référence à la « divine Providence », à l'intérêt du royaume et à ses « prédécesseurs ». Pourquoi insiste-t-il sur ces références ? Montrez comment la forme soutient le fond. Expliquez la position de pouvoir que le roi veut imposer à ses sujets.

• Le roi gouverne le pays selon les lois qu'il met en œuvre ou accepte et peut sanctionner toute personne qui contrevient à ces lois. Ses pouvoirs sont étendus : les députés sont soumis à son bon vouloir et les pairs sont même choisis par lui. Les Français sont ses « sujets » et la charte n'a de valeur que parce que Louis XVIII le veut bien. « L'autorité tout entière réside en France dans la personne du Roi », rappelle-t-il (l. 9-10).

• La monarchie est cependant « constitutionnelle ». La charte définit ainsi des règles ou des coutumes que le roi doit suivre : respect de la « divine Providence » (l. 3), de l'intérêt du royaume (l. 8) ou de traditions établies par ses « prédécesseurs » (l. 10). Le pouvoir du roi n'est pas absolu. Bien que les députés soient élus au suffrage censitaire, leur choix lui échappe. Les libertés individuelles (d'opinion et religieuse) sont un acquis révolutionnaire qui n'est pas remis en cause.

> **À NOTER**
> Le suffrage censitaire est un système qui accorde le droit de vote aux personnes payant un certain niveau d'impôt (plus de 300 francs à l'époque).

• Les idées révolutionnaires ont fait leur chemin. Revenu sur le trône par la grâce d'une coalition étrangère, Louis XVIII fait des concessions parce qu'il y est contraint par la volonté populaire. Les Français n'accepteraient pas le retour à l'Ancien Régime.

Conclusion

[Réponse à la problématique] La charte de 1814 établit une restauration monarchique avec un roi puissant, mais elle ne constitue pas un retour au régime absolutiste qui prévalait avant 1789. D'importantes concessions sont faites par un monarque au trône fragile face à des Français méfiants. [Ouverture] La chute de Charles X, en 1830, n'est-elle pas la preuve que les sujets du roi sont de véritables citoyens ?

La conquête des libertés

ANALYSE DE DOCUMENT

1 heure
10 points

INTÉRÊT DU SUJET • La révolution de 1830 a été la conquête des libertés. Comment un artiste a-t-il traduit en images cet événement, au risque de la simplification et des raccourcis ? C'est la puissance des symboles qui est en jeu.

En analysant le document, vous montrerez que le peintre Eugène Delacroix propose une lecture des Trois Glorieuses qui met certains aspects de la révolution de 1830 en avant et en laisse d'autres de côté. Vous expliquerez ces choix.

DOCUMENT **Eugène Delacroix, *La Liberté guidant le peuple***

Ph© Bridgeman Images/Leemage

Source : Eugène Delacroix, *La Liberté guidant le peuple*, 1830, huile sur toile, 260 × 325 cm, Paris, musée du Louvre.

LES CLÉS DU SUJET

Comprendre la consigne

La consigne propose **trois actions clés** : analyser le document, montrer la lecture que le peintre fait de la révolution de 1830, et expliquer ces choix. Pour cela, il vous faudra utiliser vos connaissances.

Présenter le document

Le document

- **Nature :** *La Liberté guidant le peuple*, peinture à l'huile de grande dimension, conservée au Louvre
- **Auteur :** Eugène Delacroix, grande figure de la peinture romantique et partisan d'une monarchie modérée
- **Date et contexte :** œuvre présentée au Salon des beaux-arts de 1831, soit un an après les faits représentés
- **Thème :** la révolution des 27, 28 et 29 juillet 1830, et en particulier l'action insurrectionnelle des Parisiens sur une barricade

Organiser sa réponse

I. Les grandes lignes du tableau	• Que figure la scène ? Quels personnages s'imposent ? • Quels sont les personnages secondaires ? Que voit-on à l'arrière-plan ? Comment les vêtements permettent-ils d'identifier les personnages ? Comment sont-ils armés ? Quels sentiments expriment-ils ?
II. Ce que Delacroix montre	• Comment Delacroix montre-t-il dans son tableau la victoire des insurgés ? • Quel principe évoque la diversité sociale des personnages représentés ? • Quelle décision de Charles X a provoqué l'insurrection mise en scène ? Quel geste de Louis-Philippe a légitimé son avènement ?
III. Ce que Delacroix omet	• Combien de victimes dans les rangs du peuple Delacroix figure-t-il ? Quelle est la place donnée aux femmes dans le tableau ? • Quel régime souhaite le peuple parisien ? Lequel se met en place ? Comment expliquer la différence ?

3 CORRIGÉ GUIDÉ

Les titres et les indications entre crochets ne doivent pas figurer sur la copie.

Introduction

[Contexte] La publication en 1830 de quatre ordonnances limitant les libertés de la presse et modifiant la loi électorale déclenche une insurrection à Paris. Charles X est renversé, Louis-Philippe d'Orléans accède au trône. [Problématique] Quelle vision des Trois Glorieuses *La Liberté guidant le peuple* d'Eugène Delacroix donne-t-elle de l'événement ? [Présentation du document et annonce du plan] Après avoir décrit le tableau présenté par le maître du romantisme français au Salon de 1831 [I], nous expliquerons les aspects de la révolution que met en valeur l'artiste [II], puis, à travers ses oublis, nous soulignerons les limites de sa création [III].

> ▶ **Le conseil de méthode**
>
> Décrivez tout d'abord le tableau pour montrer que vous en saisissez le sens général [I]. Procédez avec logique : aspect global, premier plan, puis arrière-plan, et enfin détails. Ensuite, vous avez deux possibilités : soit indiquer ce que Delacroix représente et ce qu'il ignore [II], puis en apporter les raisons [III] ; soit mettre en évidence ce qu'il montre et l'expliquer [II], puis faire de même avec ce qu'il omet [III]. La seconde solution, suivie ici, mettra mieux en valeur votre approche critique du document.

I. La liberté guide le peuple

• Enjambant les restes d'une barricade, une foule en armes s'avance vers le spectateur. Elle est guidée par une femme à la poitrine dénudée et coiffée du bonnet phrygien ; armée d'un fusil, elle brandit un drapeau tricolore.

• Au premier plan gisent des dépouilles de soldats. Sur la barricade, des personnages aux vêtements différents ressortent. Chacun incarne un groupe social : ouvrier, bourgeois, paysan, étudiant. À l'arrière-plan, à travers la fumée des combats, apparaissent les tours de Notre-Dame de Paris, symbole de liberté chez les artistes romantiques.

[Transition] Delacroix donne une image victorieuse de la révolution. Quels aspects de celle-ci met-il plus particulièrement en évidence ?

II. Les valeurs du nouveau régime

• Par le bonnet phrygien qui en est le symbole, son rôle de meneuse et le titre du tableau – elle guide le peuple –, la liberté est la valeur principalement exposée. Par leur révolte, les insurgés affirment leur souveraineté populaire.

• Le drapeau tricolore, qui associe les couleurs de Paris (bleu et rouge) à celle de la monarchie (blanc), fait référence à l'unité nationale et, au-delà, à l'égalité des Français incarnés par la présence côte à côte de toutes les classes sociales : ouvriers, bourgeois, paysans, étudiants…

• Delacroix illustre les combats des 27, 28 et 29 juillet, les trois Glorieuses. Les Parisiens défendent leurs libertés d'expression menacées par les ordonnances de Charles X. La présence du drapeau rappelle que celui-ci fut le symbole de la révolution, accepté comme emblème national par Louis-Philippe.

MOT CLÉ
Une ordonnance est une décision prise par l'exécutif. Elle a force de loi, elle donne ordre.

[Transition] L'artiste insiste sur les valeurs positives (liberté, égalité) qui feront la devise de la France. Mais cette lecture n'est-elle pas incomplète ?

III. Les omissions de Delacroix

• Le tableau masque le prix humain payé par le peuple de Paris. N'y figure aucune victime du camp des insurgés, qui déplora pourtant 788 morts.

• Les manœuvres de Louis-Philippe pour imposer la monarchie de Juillet, aux dépens des républicains vainqueurs du jour, ne sont pas évoquées. De même est absente l'opinion des Français des provinces et des campagnes malgré la présence d'un paysan, lequel, blessé, ne participe pas directement à l'assaut.

• Ces oublis s'expliquent par la nature du document : un tableau qui ne figure – de façon allégorique – qu'un moment d'une histoire plus complexe. Les convictions de Delacroix, favorable à une monarchie modérée, sont également déterminantes.

MOT CLÉ
Une allégorie est une représentation imagée d'une notion abstraite.

Conclusion

[Réponse à la problématique] Delacroix donne des Trois Glorieuses une lecture partiale. De façon symbolique, son tableau incarne bien les idéaux politiques que les hommes de 1830 revendiquaient, mais sans rien dire des déceptions qui suivirent ces journées. [Ouverture] Une nouvelle insurrection sera-t-elle nécessaire pour les effacer ?

À NOTER
Parce qu'il s'agit d'une œuvre d'art, il ne faut pas attendre de ce document qu'il possède une précision historiographique.

Les transformations de la France entre 1848 et 1870

QUESTION PROBLÉMATISÉE

1 heure
10 points

INTÉRÊT DU SUJET • Entre 1848 et 1870, la France connaît bien des bouleversements, entre révolution politique et révolution industrielle. Mais si tous les Français en sont affectés, certains en bénéficient moins que d'autres.

▶ **Quels changements affectent la France entre 1848 et 1870 ? Évaluez les transformations sur les plans politique, économique et social pour montrer que le pays connaît une ère de révolutions.**

LES CLÉS DU SUJET

Analyser le sujet

Le sujet

- **Changements et révolutions :** transformations qui remettent en cause les équilibres au sein d'une société
- **Cadre politique :** IIIe République et Second Empire
- **Économique et social :** moyens de produire de la richesse et modes d'organisation de la société
- **Bornes chronologiques :** de la proclamation de la IIIe République à la déchéance de l'empereur Napoléon III et l'instauration de la IIIe République

Dégager les enjeux du sujet

• Le mot clé de l'énoncé, celui qui fait sujet, est « **changements** ». Il faut montrer que la France se transforme en suivant les trois axes donnés dans la suite de la consigne : **politique, économique et social**.

• En évoquant une époque de « révolutions », celle politique de 1848 et celle dite industrielle, la problématique invite à montrer l'**importance des changements**. Elle n'interdit pas d'évaluer les **limites** de ceux-ci. Restez critique en admettant des permanences.

Organiser la réponse

Un plan antithétique (thèse-antithèse) est possible, mais il risque d'être déséquilibré. Suivez plutôt le **plan thématique** proposé. Le mieux est de faire apparaître l'antithèse dans la partie la plus appropriée, la troisième par exemple.

I. Un cadre politique bouleversé mais stabilisé	• Évoquez la crise qui justifie l'insurrection de 1848. Quel est le bilan de la IIe République ? • Quelle est la nature du régime impérial ? Que favorise-t-il ? Comment interpréter sa longue durée (19 ans) ? • Quelles ambitions soutiennent l'action de l'empereur Napoléon III ?
II. La modernisation de l'économie	• Définissez la notion de « révolution industrielle ». Quels en sont les principaux secteurs ? • Comment les échanges et le commerce favorisent-ils la prospérité ? • Résumez l'œuvre du baron Hausmann à Paris. Que symbolise-t-elle ?
III. Des avancées sociales limitées	• Quelle nouvelle classe sociale apparaît ? Décrivez-en les principales caractéristiques ? De quelles avancées bénéficie-t-elle ? • Le droit de grève protège-t-il les salariés ? Quel est le rôle du livret de l'ouvrier ? • Évaluez l'importance du monde rural et son évolution.

4 CORRIGÉ GUIDÉ

Les titres et les indications entre crochets ne doivent pas figurer sur la copie.

Introduction

[Accroche] En 1846-1847, la France traverse une période de crise économique qui nourrit la colère populaire. La révolution de février 1848 promet des jours meilleurs. [Problématique] Quels changements affectent la France entre 1848 et 1870 ? [Annonce du plan] Après avoir présenté les bouleversements politiques de la période [I], nous évaluerons la modernisation de l'économie [II] et les avancées sociales [III] afin de déterminer si ces transformations peuvent être qualifiées de « révolutionnaires ».

I. Un cadre politique bouleversé mais stabilisé

1. Une République impuissante

• Dès son avènement en février 1848, la IIe République crée des ateliers nationaux pour répondre aux besoins des ouvriers sans emploi. Mais, coûteux et considérés comme source d'agitation, ils sont rapidement fermés par le gouvernement ; la crise sociale se prolonge alors.

MOT CLÉ
Les ateliers nationaux étaient des chantiers organisés par l'État pour fournir un travail aux chômeurs parisiens contre une rémunération. Ils n'ont duré que trois mois.

• Le blocage des institutions politiques conduit le président Louis-Napoléon Bonaparte à organiser un coup d'État, le 2 décembre 1851. C'est l'échec du régime républicain.

2. L'avènement d'un régime autoritaire mais stable

• Le Second Empire est autoritaire : Napoléon III y contrôle le pouvoir. Soutenu par les classes conservatrices (bourgeoisie d'affaires et monde rural), son régime est stable. Il va durer 19 ans, la plus longue période d'un système politique depuis 1789.

• Esprit indépendant et nourri d'idées nouvelles, l'empereur veut faire de la France un pays moderne et une puissance respectée par ses voisins en Europe.

À NOTER
En 1844, Louis-Napoléon Bonaparte publie *L'Extinction du paupérisme*, ouvrage dans lequel il expose ses réflexions économiques et sociales.

[Transition] Le système politique est totalement remanié et stabilisé. Comment l'ambition de l'empereur se traduit-elle sur le plan économique ?

II. La modernisation de l'économie

1. Une première « révolution industrielle » française

• Si les milieux d'affaire rejettent, au nom du libéralisme, toute intervention de l'État dans l'économie, Napoléon III préfère donner à ce dernier un rôle directeur pour orienter les investissements dans les domaines stratégiques.

• La France concentre ses efforts sur les trois secteurs porteurs de la révolution industrielle : l'énergie tirée du charbon (bassin houiller du Nord ou du Creusot), le fer (Lorraine) et le développement du rail. Le territoire se couvre d'un réseau ferroviaire qui, centralisé sur Paris, atteint 17 000 kilomètres en 1869.

2. Le développement du commerce, signe de bonne santé économique

> **▶ Le conseil de méthode**
> Affirmer (le « développement des banques », par exemple) ne suffit pas. Pour appuyer un argument, illustrez-le par des exemples. Proposez-en deux (« Crédit lyonnais » et « Société générale ») plutôt qu'un seul : non seulement vous faites preuve de connaissances, mais vous montrez qu'il ne s'agit pas d'une exception.

• Le développement des banques d'affaires (Crédit lyonnais en 1863, Société générale en 1864) et du crédit favorise les investissements productifs ainsi que la consommation.

• En 1860, le traité de libre-échange avec l'Angleterre oblige les entreprises françaises à se moderniser pour faire face à la concurrence. Plus compétitives, elles conquièrent de nouveaux marchés.

• Le développement des grands magasins (Félix Potin, Bon Marché), où le client trouve un large choix de marchandises, dynamise l'économie.

3. La modernisation de Paris, vitrine d'une France nouvelle

• Sous la direction du baron Haussmann, Paris se transforme. Les habitations vétustes sont détruites, remplacées par des immeubles modernes ; de grands boulevards sont ouverts et facilitent la circulation.

• La capitale se dote de bâtiments publics (écoles, casernes), travaux qui favorisent l'activité et créent des emplois. Un réseau d'égouts assainit la ville.

> **À NOTER**
> Le baron Georges Eugène Haussmann, préfet de la Seine, est chargé en 1853 par Napoléon III de réaliser de grands travaux afin de moderniser la capitale.

[Transition] En pleine révolution industrielle, l'économie de la France se modernise de façon radicale. Tous les Français profitent-ils de la situation ?

III. Des avancées sociales limitées

1. Des transformations profondes de la société

• Une nouvelle classe d'ouvriers sans qualification se développe. Hétérogène et mal protégée, elle connaît des conditions de vie et de travail difficiles. La misère qui atteint les plus précaires est source de troubles.

• Dès 1854, pour lutter contre le vagabondage, est instauré le livret : les qualifications, emplois et comportements de l'ouvrier y sont consignés par le patron. En 1864, une loi établit le droit de coalition et de grève. L'empereur incite par ailleurs les entrepreneurs à construire des logements ouvriers.

2. Limite des avancées dans une France encore très rurale

• Les avancées sociales sont ambiguës. Le livret permet surtout le contrôle et la soumission des ouvriers. Le droit de coalition et de grève reste théorique : l'employeur peut licencier ceux qui en font usage, et la loi punit toutes entraves à la liberté du travail.

• La France reste rurale (69 % de la population en 1872) et à majorité paysanne (51 %). Les exploitations agricoles sont traditionnelles, la vie dans les campagnes est rude ; mais les paysans, très conservateurs, soutiennent en majorité le régime.

Conclusion

[Réponse à la problématique] De la crise de 1848 à la débâcle militaire de 1870, la France change profondément. Elle connaît de vraies révolutions dans tous les secteurs, politique, économique comme social. Mais ces transformations ne profitent pas à tous les Français dans d'égales proportions. [Ouverture] L'avènement d'une République forte et durable en 1870 permettra-t-il d'apporter aux plus démunis des avancées plus effectives ?

Le contrôle de la classe ouvrière sous le Second Empire

ANALYSE DE DOCUMENTS

1 heure
10 points

INTÉRÊT DU SUJET • La révolution industrielle suscite l'apparition d'une « classe laborieuse » perçue comme « dangereuse ». L'Empire la garde donc sous contrôle, malgré quelques avancées sociales.

▶ **Comment les ouvriers étaient-ils contrôlés sous le Second Empire ? Présentez et expliquez les moyens utilisés, puis montrez que l'étude des livrets ne suffit pas pour évaluer la politique sociale du régime.**

DOCUMENT 1

Toute coalition de la part des ouvriers pour faire cesser en même temps de travailler, interdire le travail dans un atelier, empêcher de s'y rendre et d'y rester avant ou après certaines heures, et, en général, pour suspendre, empêcher, enchérir les travaux, s'il y a eu tentative ou commencement d'exécution, sera punie d'un emprisonnement d'un mois au moins, et de trois mois au plus.

Les chefs ou moteurs seront punis d'un emprisonnement de deux à cinq ans.

Seront punis aussi de la même peine les ouvriers qui auront prononcé des amendes, des défenses, des interdictions ou toutes proscriptions sous le nom de damnations, et sous quelque qualification que ce puisse être, soit contre les directeurs d'ateliers et entrepreneurs d'ouvrages, soit contre les autres.

Dans le cas du présent article et dans celui du précédent, les chefs ou moteurs du délit pourront, après l'expiration de leur peine, être mis sous la surveillance de la haute police pendant deux ans au moins et cinq ans au plus.

Texte de 1810 reproduit sur la couverture intérieure des livrets ouvriers imposés par la loi de 1854.

DOCUMENT 2

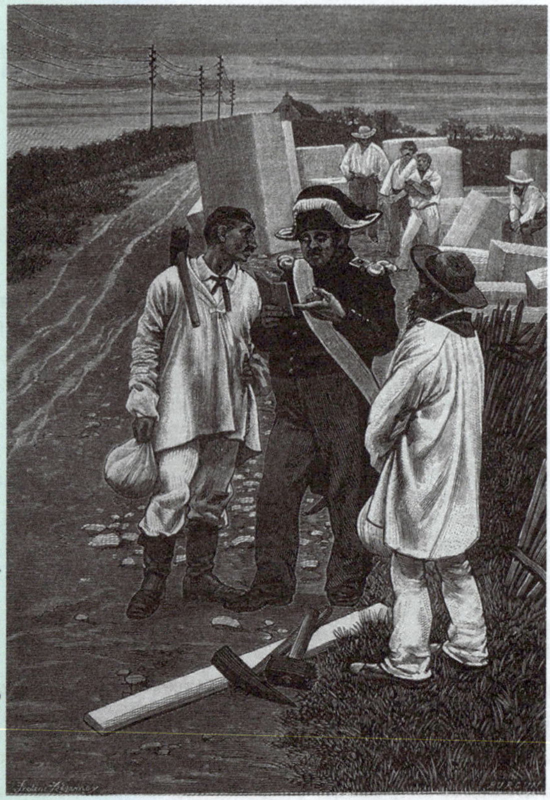

Ph© Jean Vigne/Kharbine-Tapabor

Frédéric Régamey, *L'Obligation du livret ouvrier*, vers 1854, gravure, Bibliothèque nationale de France.

LES CLÉS DU SUJET

Comprendre la consigne

- Le sujet porte principalement sur **le « contrôle » de la classe ouvrière** sous le Second Empire. Il faut utiliser les documents pour montrer les **modalités**, mais également les **raisons**, de ce contrôle.
- La consigne invite encore à « évaluer » **la « politique sociale »** du régime. Toutefois, la formulation utilisée n'incite pas à suivre une démarche antithétique, seulement à nuancer la réalité du contrôle présentée par les documents.

Présenter les documents

Les documents

Nature :
- Doc. 1 : extrait d'une loi, texte officiel
- Doc. 2 : gravure, document témoin d'un usage

Dates : 1810, date de la loi et 1854, date d'imposition du livret ouvrier

Auteurs :
- Doc. 1 : les autorités des Premier et Second Empires
- Doc. 2 : Frédéric Régamey, artiste peintre et illustrateur

Thème : Le livret ouvrier, ses règles et ses usages

Organiser sa réponse

I. Le contrôle par la loi	• Expliquez ce qu'est le livret ouvrier. À quelle date fut-il institué ? Dans quel but ? • Qu'interdit la loi de 1810 ? Pourquoi ? • En quoi les peines encourues sont-elles dissuasives ?
II. Des usages qui intimident	• Que montre la scène du document 2 ? À quel paragraphe du document 1 peut-elle être reliée ? • Quel type d'informations les patrons inscrivaient-ils dans les livrets ? • Que cherche à savoir le gendarme du document 2 ? Quel pouvoir peut-il exercer à l'encontre de l'ouvrier ?
III. Des avancées sociales à la portée limitée	• Faites un résumé des avancées sociales qui ont été acquises sous l'Empire. Que permet la loi de 1864 sur les coalitions ? • Quel risque les ouvriers qui se mettent en grève courent-ils ? Que signifie la « liberté du travail » qui leur est opposée ?

5 CORRIGÉ GUIDÉ

Les titres et les indications entre crochets ne doivent pas figurer sur la copie.

Introduction

[Contexte] Au XIXe siècle, la bourgeoisie se méfiait de la classe ouvrière qu'elle considérait comme une « classe dangereuse ». [Problématique] Comment la contrôle-t-elle durant le Second Empire ? [Présentation des documents et annonce du plan] En 1854 est institué le livret que tout ouvrier devait avoir sur lui. Les deux documents – un extrait d'une loi de 1810 inscrit dans ce livret et une gravure réalisée vers 1854 par l'illustrateur Frédéric Régamey – permettent d'en découvrir certains aspects. Après avoir présenté et expliqué les contraintes législatives du livret selon les documents [I], puis les usages qui pouvaient en être faits [II], nous verrons comment la politique sociale de l'Empire a évolué [III].

I. Le contrôle par la loi

• En 1854, une loi impose un livret à tous les ouvriers. Ce document rend compte de leurs qualifications, emplois et comportements au travail. Il est rempli par les employeurs.

> ▶ **Le conseil de méthode**
>
> Distinguez « expliciter » et « expliquer » . Expliciter c'est clarifier un mot ou un propos : une « coalition » est une « association » ; « cesser de travailler » c'est « faire la grève ». Expliquer c'est dire pourquoi un fait a lieu, en exposer les causes : pourquoi les avancées sociales sont-elles limitées ? Parce que l'aide n'est pas universelle.

• Le livret rappelle à l'ouvrier les règles qu'il doit respecter et les peines qu'il encourt en cas d'infraction (doc. 1). Promulguée par Napoléon Ier et toujours en vigueur sous le Second Empire, la loi de 1810 interdit « toute coalition » (l. 1) : il n'est ainsi pas possible de former une association ou un groupe de pression – comme un syndicat, par exemple.

• La loi punit de peines de prison toute action visant à « faire cesser », « interdire », « empêcher » le travail (l. 1-2). En d'autres termes, l'ouvrier ne dispose pas du droit de faire grève.

[Transition] Par la loi, le régime impérial contrôle la classe ouvrière. Mais comment sa surveillance se traduit-elle au quotidien ?

II. Des usages qui intimident

• Présenté comme un moyen de lutter contre le vagabondage, le livret doit pouvoir être présenté à tout moment aux forces de l'ordre. L'ouvrier ne peut se déplacer dans le pays sans l'avoir sur lui. C'est ce qu'illustre le document 2 : un gendarme consulte le livret d'un ouvrier. Il peut l'interpeller si ce dernier n'est pas en règle.

> **À NOTER**
>
> Le vagabondage ou le fait d'errer de ville en ville sans travail fixe était un délit passible de trois à six mois d'emprisonnement.

• Le livret est consulté par les employeurs qui sont aussi ceux qui le remplissent. Ils sont ainsi juges et partie. S'il ne veut pas être exclu du monde du travail, l'ouvrier est contraint de se soumettre aux exigences des patrons.

• Les peines en jeu sont lourdes : d'un mois pour une simple « tentative » de manifestation hostile (doc. 1, l. 4-6) à cinq ans de prison pour les meneurs (l. 7-8). De telles punitions sont de véritables arrêts de mort économique et sociale pour les ouvriers révoltés.

• Outre l'inscription de la peine dans le livret, le condamné subit encore l'humiliation d'être « mis sous surveillance » de la police après le terme de sa peine (l. 16-17). Un meneur peut ainsi être écarté du travail pendant dix ans !

[Transition] L'usage du livret asservit la classe ouvrière. Le régime propose toutefois quelques avancées sociales. Permettent-elles vraiment d'améliorer la condition ouvrière ?

III. Des avancées sociales à la portée limitée

• En 1862, Napoléon III crée une société d'aide aux familles temporairement dans le besoin : la Société du Prince impérial prête ainsi de l'argent aux ouvriers en difficulté. La loi de 1864 constitue quant à elle une grande avancée sociale : elle abolit le délit de coalition de la loi Le Chapelier et institue un droit de grève. En 1868, est créée une caisse d'assurance contre les accidents du travail. Ces mesures témoignent de la bonne volonté sociale du régime.

> **À NOTER**
> Datant de 1791, la loi Le Chapelier interdisait, au nom de la liberté, les sociétés professionnelles, qu'elles soient patronales ou ouvrières.

• Dans la pratique, toutefois, ces avancées sont insuffisantes. L'aide n'est pas universelle : les assurances mises en place ne changent pas les conditions de vie du plus grand nombre. Surtout, la loi de 1864 n'offre aucune garantie contre le licenciement de ceux qui voudraient faire usage du droit de grève. Dès lors, cette législation reste pratiquement sans effet.

Conclusion

[Réponse à la problématique] La confrontation des documents montre la dureté et l'efficacité du contrôle de la classe ouvrière sous le Second Empire. Les avancées sociales restent timides ou sans effet, le pouvoir discrétionnaire des patrons n'étant pas menacé. [Ouverture] La loi sur les associations de 1884 suffira-t-elle pour desserrer l'étau ?

Le Second Empire et les unités nationales en Europe

QUESTION PROBLÉMATISÉE

1 heure
10 points

INTÉRÊT DU SUJET • Se posant en défenseur des nationalités, Napoléon III participe à un vaste mouvement d'unification nationale en Europe. Mais loin d'en tirer gloire ou profit, il en devient l'une des principales victimes.

Comment le Second Empire a-t-il participé à l'unité nationale de ses voisins européens ? Vous évaluerez le rôle de la France dans la formation des unités italienne et allemande, les avantages qu'elle attendait de ses actions et les conséquences qu'elle en tira.

LES CLÉS DU SUJET

Analyser le sujet

Second Empire : régime de Napoléon III entre 1851 et 1870

Participation de la France : cette participation, ou intervention, renvoie au « rôle » de la France

Unités italienne et allemande : deux cas marqués par la participation de la France

Le sujet

Avantages et conséquences : gains politiques, diplomatiques ou territoriaux

Bornes chronologiques : du début de la campagne d'Italie contre l'Autriche (1859) à la victoire de la Prusse sur la France (1871)

Dégager les enjeux du sujet

• La question traitée ici est celle de la **participation** de la France aux unités nationales de l'Italie et de l'Allemagne. Elle se focalise sur le « **rôle** » du régime de Napoléon III, sur les actions qu'il entreprend.

• La seconde partie de l'énoncé suggère un plan didactique (faits/ causes/ conséquences). Si les unités italienne et allemande doivent être évoquées, le devoir doit rester centré sur la France, les « **avantages** » qui justifient son action et les « **conséquences** » qu'elle en tire.

Organiser la réponse

Le plan est donné par la consigne ; suivez-le. Évitez un développement par pays (la France et l'unité italienne [I] ; la France et l'unité allemande [II]) qui produirait des répétitions.

I. Un fort interventionnisme de la France	• Comment se traduit le soutien du Second Empire aux partisans de l'unité italienne ? • Rappelez comment la France tombe dans le piège de la guerre contre la Prusse. Citez les temps forts de la campagne militaire.
II. Consolider la puissance de la France et son régime	• Quelle image internationale Napoléon III veut-il donner de la France et de son régime ? Rappelez ce qu'est le « principe des nationalités ». • Quelles puissances européennes l'empereur cherche-t-il à affaiblir ? • Décrivez les intérêts économiques, territoriaux ou de politique intérieure qui ont pu motiver Napoléon III.
III. Un échec global	• De quels territoires la France s'agrandit-elle en 1860 ? Comparez ce gain aux pertes subies en 1871. • Pourquoi l'empereur perd-il le soutien de l'Église romaine ? Rappelez le bilan pour la France de la guerre contre la Prusse.

6 CORRIGÉ GUIDÉ

Les titres et les indications entre crochets ne doivent pas figurer sur la copie.

Introduction

[Accroche] L'année 1848 est marquée par le « printemps des peuples », des révoltes qui révèlent des désirs d'émancipation nationale. Napoléon III y voit l'opportunité de renforcer la puissance de la France [Problématique] Comment conduit-il le pays à participer à l'unification de ses voisins ? [Annonce du plan] Après avoir présenté le rôle joué par la France dans la formation des unités italienne et allemande [I], nous exposerons les intentions qui guidaient l'empereur [II], puis nous tenterons un bilan à travers l'analyse des conséquences de son action pour le pays [III].

I. Un fort interventionnisme de la France

1. Le soutien armé au Piémont-Sardaigne

• Quand la guerre éclate entre le Piémont-Sardaigne, qui aspire à unifier l'Italie, et l'Autriche, Napoléon III intervient aux côtés des Piémontais et contribue aux victoires de Magenta et de Solférino en 1859.

• Le soutien politique de la France favorise le rattachement au Piémont des États d'Italie centrale puis du royaume de Naples après le succès de l'expédition des Mille menée par Giuseppe Garibaldi en 1860.

2. Le fédérateur « malgré lui » de l'unité allemande

• Lors du conflit austro-prussien de 1866, Napoléon III reste dans une position de neutralité avant de proposer sa médiation. Son intervention dans le conflit reste strictement diplomatique.

• Par voie diplomatique encore, Napoléon III réclame à la Prusse victorieuse la cession de la Sarre puis une neutralisation du Luxembourg. Il tombe dans le piège que lui tend le chancelier Bismarck (dépêche d'Ems) et s'engage dans une guerre mal préparée. Le désastre militaire de Sedan le 2 septembre 1870 entraîne la chute du Second Empire et la proclamation de la IIIe République.

À NOTER
La dépêche d'Ems est un télégramme envoyé le 13 juillet 1870 par Bismarck qui provoque la France et déclenche sa déclaration de guerre à la Prusse.

▶ Le conseil de méthode

Dans un plan faits/causes/conséquences, la conclusion émerge dès la fin de la première partie. La transition peut donc déjà l'annoncer. Vous pouvez proposer cette réponse provisoire, puis poser la question des causes en précisant que leur analyse consolidera la conclusion présumée. Ainsi, l'étude annoncée des attentes (causes) de Napoléon III permet-elle d'expliquer son interventionnisme (faits).

[Transition] Par des interventions décisives, le Second Empire a participé directement aux unités italienne et allemande. Quels objectifs Napoléon III s'était-il fixés pour justifier son action ?

II. Consolider la puissance de la France et de son régime

1. Le principe des nationalités comme moyen de puissance en Europe

• Devenu « droit des peuples à disposer d'eux-mêmes », le principe des nationalités est l'un des piliers de la politique étrangère de Napoléon III. En cultivant l'image d'un dirigeant qui défend la liberté des peuples, il espère former des alliances fructueuses.

• Ce faisant, il cherche également à affaiblir les empires multinationaux de l'Europe centrale (empires russe, austro-hongrois, voire ottoman).

2. Contenir les ambitions prussiennes

• Sa victoire sur l'Autriche à Sadowa en 1866 permet à la Prusse de prendre la tête d'une confédération de l'Allemagne du Nord. Elle se rapproche également des États du sud (Bavière, Bade, Wurtemberg...).

• En s'appuyant sur la volonté des Luxembourgeois de rester indépendants, Napoléon III espère contenir les ambitions territoriales d'une Allemagne en voie d'unification.

À NOTER
Créée en 1867, la confédération de l'Allemagne du Nord rassemble 22 États allemands situés au nord du Main. Les États du sud rejoignent le Reich en 1871.

3. Consolider le développement de la France

La guerre peut aussi être un moyen de conquérir des marchés et de recevoir le soutien des Français qui en tirent bénéfices (hommes d'affaires, industriels).

[Transition] Napoléon III intervient pour nourrir ses ambitions de puissance à l'échelle de l'Europe. Quels bénéfices en a-t-il vraiment tirés ?

III. Un échec global

1. Un bilan territorial négatif

• Sur le plan territorial, la France acquiert Nice et la Savoie et consolide ses frontières au sud-est. Son soutien à l'unification italienne renforce aussi les liens entre les deux pays : des Garibaldiens s'engagent ainsi aux côtés de Napoléon III dans le conflit franco-prussien.

• Mais la France subit en 1871 une humiliante amputation avec la perte de l'Alsace et de la Lorraine du Nord, des régions économiquement riches. Sur le plan territorial, les pertes sont plus lourdes que les gains.

2. Un échec politique qui affaiblit la France

• Ses ambiguïtés sur la question romaine coupent l'empereur du soutien des catholiques de France tandis que la déclaration de guerre à la Prusse lui aliène celle des hommes d'affaires et des paysans qui veulent la paix. Le vote de sa déchéance, le 4 septembre 1870, marque l'échec personnel de la politique étrangère de Napoléon III.

> **À NOTER**
> La question romaine s'inscrit dans le cadre de la formation de l'unité italienne. Elle soulève le problème du pouvoir du pape sur Rome.

• Outre les pertes humaines (139 000 morts), la honte de la défaite suivie par une sanglante guerre civile (la Commune) déchire la France. Le paiement à la Prusse d'une indemnité de 5 milliards de francs-or s'ajoute à ce lourd bilan.

Conclusion

[Réponse à la problématique] Le Second Empire a participé activement et directement à l'unification nationale de l'Italie et de l'Allemagne. Mais le bilan encourageant des premières années ne s'est pas confirmé ; il est même globalement négatif. [Ouverture] La IIIe République saura-t-elle redresser le pays pour faire face aux enjeux de la seconde révolution industrielle ?

Les libertés fondamentales sous la IIIe République

QUESTION PROBLÉMATISÉE

1 heure
10 points

INTÉRÊT DU SUJET • La France, patrie des droits de l'homme et pays des libertés. Quelle en est la réalité concrète pour les Français de la IIIe République ? Comment le régime concilie-t-il la liberté des uns avec celle des autres ?

Comment se manifestent les libertés en France entre 1870 et 1914 ? Vous présenterez ces libertés et leurs limites à travers les valeurs du régime, les lois qu'il adopte et les institutions (école, armée, presse…) qui les incarnent.

LES CLÉS DU SUJET

Analyser le sujet

Le sujet

- **Libertés :** droit du citoyen d'agir comme il veut
- **Régime :** la IIIe République durant ses 44 premières années, de 1870 à 1914
- **Valeurs et lois :** grands principes et textes législatifs qui en définissent l'exercice
- **Institutions :** structures sociales qui permettent l'acquisition et l'exercice des libertés
- **Bornes chronologiques :** de la proclamation de la IIIe République à la Première Guerre mondiale

Dégager les enjeux du sujet

• Le sujet porte sur les « **libertés** » : leurs modalités théoriques (les « valeurs » ou principes officiels) et pratiques (les « lois ») ainsi que le cadre (les « institutions ») qui en permet l'exercice.

• Le « **comment** » invite à présenter ces libertés. Mais il faut aussi déterminer celles qui manquent ou évaluer les règles qui en empêchent le plein exercice (les « **limites** »).

Organiser la réponse

Le plan thématique est donné par la seconde partie de la consigne. Suivez-le en prenant bien soin de consacrer un paragraphe aux limites chaque fois que cela est possible.

I. La liberté, valeur fondamentale du régime	• Quels symboles traduisent les libertés républicaines ? • Quelles sont les libertés fondamentales ? • Explicitez ce qu'elles autorisent de faire, ou pas.
II. Les lois, cadres effectifs des libertés	• Quelles lois sont établies en 1881-1884 ? Quelles en sont les limites ? • Quelles lois marquent les années 1901 et 1905 ? • Quelle loi garantit la liberté de vote en 1913 ? Rappelez qui n'a pas cette liberté.
III. Des institutions garantes des libertés	• En quoi l'école sert-elle la liberté ? Montrez que la « guerre scolaire » pose la question de la liberté. • De quelle liberté use la presse ? Quelles règles en limitent l'usage ? • Comment l'armée peut-elle garantir la liberté ? Le fait-elle toujours ?

7 CORRIGÉ GUIDÉ

Les titres et les indications entre crochets ne doivent pas figurer sur la copie.

Introduction

[Accroche] La chute du Second Empire et la proclamation de la IIIe République le 4 septembre 1870 apparaissent aux Français comme une promesse de plus grandes libertés. [Problématique] Comment celles-ci se manifestent-elles jusqu'à la déclaration de guerre de 1914 ? [Annonce du plan] Nous présenterons ces libertés et leurs limites à travers les valeurs de la République [I], les lois qui en définissent l'exercice [II] et les institutions qui les garantissent [III].

I. La liberté, valeur fondamentale du régime

1. Des symboles, incarnations de la liberté

• Figure de la République, la Marianne porte le bonnet phrygien : cette coiffe était portée à Rome par les esclaves affranchis en signe de leur émancipation.

• La fête nationale du 14 juillet rappelle la prise de la Bastille, symbole de l'arbitraire royal dont les Français se sont libérés. *La Marseillaise* est un chant de guerre qui appelle à lutter contre la tyrannie.

> **À NOTER**
> *La Marseillaise* dénonce l'étendard « contre nous de la tyrannie » (1er couplet) et appelle à la victoire de la « Liberté, liberté chérie » du peuple (6e couplet).

2. La liberté, cœur des droits de l'homme et de la devise nationale

• La Déclaration des droits de l'homme et du citoyen (DDHC) proclame les Français libres dès leur naissance (article 1) et de façon imprescriptible (article 2).

• La valeur d'égalité limite cependant la liberté de chacun : le citoyen est libre sous réserve de ne pas nuire à autrui (article 4 de la DDHC).

3. Les libertés fondamentales

• La DDHC accorde à chaque citoyen la possibilité de dire son opinion (liberté d'expression, article 11) et de croire (liberté religieuse, article 10), sous réserve de ne pas en abuser et que soit préservé l'ordre public.

• Le citoyen est libre de choisir ses représentants (droit et liberté de vote). Il peut même se présenter au choix de ses concitoyens (droit d'éligibilité).

[Transition] Sur le plan des principes, la République accorde aux citoyens toutes les libertés fondamentales. Mais qu'en est-il dans la pratique ?

> **▶ Le conseil de méthode**
> Faites la distinction entre théorie et pratique. La théorie expose un état d'esprit mais sans garantie de mise en œuvre [I]. La pratique se lit dans les lois qui disent les conditions d'application [II]. Mais ces règles ne fonctionnent que s'il existe des moyens de protection [III].

II. Les lois, cadres effectifs des libertés

1. L'affirmation des libertés entre 1881 et 1884

• Dès 1881, les républicains rétablissent la liberté de la presse et celle de réunion. La loi Waldeck-Rousseau (1884) donne la liberté aux ouvriers de s'associer (créer des syndicats) pour défendre leurs intérêts. Ils doivent cependant respecter la liberté de travailler.

• La loi Naquet (1884) établit le droit au divorce. La liberté individuelle des conjoints au sein d'un couple marié s'affirme, mais les conditions (qu'il y ait faute prouvée) en limitent l'usage.

2. La liberté d'association et la laïcité

• La loi de 1901 institue la liberté d'association. Elle permet la création des partis politiques, renforçant la liberté d'expression.

• La loi de séparation des Églises et de l'État (1905) établit l'égalité entre les confessions et renforce la liberté religieuse. Énoncée au nom de la laïcité, elle suscite cependant la crainte des catholiques de voir leur liberté affaiblie.

3. Renforcement et limites des libertés politiques

• En 1913, une loi institue l'usage de l'isoloir lors des élections. Il protège les électeurs des pressions, favorisant la liberté de vote.

• Mais le suffrage n'est universel qu'en théorie. Les femmes, les plus jeunes (moins de 21 ans) et les étrangers restent exclu.e.s de la liberté de voter.

[Transition] Malgré de sérieuses limites, les lois de la République confirment l'extension des libertés. Mais quelles institutions en assurent la pérennité ?

> ▶ **Le conseil de méthode**
>
> Le raisonnement antithétique ne doit pas se contenter d'opposer le « pour » au « contre ». La démarche doit préciser quelle thèse l'emporte sur l'autre. Plusieurs moyens peuvent être utilisés : l'effet de nombre au profit d'une thèse (voir le § 1 du II), les termes qui permettent la nuance (« sous réserve… », § 3 du I) ou l'ordre des thèses qui consiste à terminer par celle que l'on soutient (§ 3 du III).

III. Des institutions garantes des libertés

1. L'école, instrument de la liberté

• Par les lois scolaires de Jules Ferry (1881-1882), l'école élémentaire (de 6 à 13 ans) devient obligatoire, gratuite et laïque. L'école donne aux jeunes Français les moyens de s'émanciper par la connaissance.

• Cependant la guerre scolaire entre école publique et école confessionnelle témoigne des désaccords sur le contenu des enseignements, avec au cœur du débat la liberté de conscience.

2. La presse, arme de la liberté

• La presse se développe et touche un lectorat toujours plus large. Censure et délit d'opinion sont supprimés. En 1898, cette liberté triomphe sous la plume d'Émile Zola (*J'accuse*).

• La liberté d'expression n'autorise pas toutes les opinions : la diffamation est passible de poursuites ; l'insulte au chef de l'État ou l'atteinte aux « bonnes mœurs » ne permettent pas de tout dire.

3. L'armée des citoyens libres ?

• Avec le service militaire obligatoire (1889), l'armée est l'incarnation du principe d'égalité. Cette armée de citoyens a mission de protéger la République contre les ennemis de la liberté.

• Cependant l'armée trahit parfois les libertés fondamentales par abus de pouvoir (affaire Dreyfus) ou en réprimant violemment les mouvements ouvriers (fusillade de Fourmies).

> **À NOTER**
> La fusillade de Fourmies, le 1er mai 1891, est un drame au cours duquel neuf des manifestants qui réclamaient la journée de 8 heures sont tués par l'armée.

Conclusion

[Réponse à la problématique] Entre 1870 et 1914, les libertés s'affirment en France. Malgré des limites, les lois et les institutions se combinent pour en assurer le bon exercice. [Ouverture] Après la parenthèse de la Grande Guerre, la République saura-t-elle étendre les libertés à ceux qui n'en bénéficient pas encore pleinement ?

La séparation des Églises et de l'État

ANALYSE DE DOCUMENTS

1 heure
10 points

INTÉRÊT DU SUJET • La loi de 1905 est présentée comme une nouvelle liberté. Elle fut pourtant contestée par les catholiques. La laïcité se serait-elle faite contre eux ? Ou a-t-elle été mal comprise ?

▶ **Comment la loi de 1905 s'est-elle mise en place ? À l'aide du premier document, présentez la loi ; en vous appuyant sur le second, expliquez la crise des inventaires pour montrer que la loi ne fit pas l'unanimité.**

DOCUMENT 1 **Caricature parue dans *Ouest-Éclair*, mars 1905**

Ph© Caricadoc/Leemage

« Puisqu'il le faut, séparez-vous, mais tâchez de rester bons amis. » (Aristide Briand, député socialiste, rapporteur de la loi de 1905)

« L'État n'a pas le droit d'être antireligieux. » (Briand devant l'Assemblée en novembre 1906)

DOCUMENT 2 Une du *Petit Journal*, supplément illustré, n° 800 du 18 mars 1906

Le Petit Journal

Le Petit Journal
CHAQUE JOUR — 6 PAGES — 5 CENTIMES
Administration : 61, rue Lafayette

Le Supplément illustré
CHAQUE SEMAINE 5 CENTIMES

5 Centimes SUPPLÉMENT ILLUSTRÉ 5 Centimes

Le Petit Journal Militaire, Maritime, Colonial.... 10 cent.
Le Petit Journal agricole, 5 cent. La Mode du Petit Journal, 10 cent.
Le Petit Journal illustré de La Jeunesse.... 10 cent.
On s'abonne sans frais dans tous les bureaux de poste

ABONNEMENTS

	SIX MOIS	UN AN
SEINE ET SEINE-ET-OISE	2 fr.	3 fr. 50
DÉPARTEMENTS	2 fr.	4 fr. »
ÉTRANGER	2 50	5 fr. »

Les manuscrits ne sont pas rendus

Dix-septième année — DIMANCHE 18 MARS 1906 — Numero 800

LES INVENTAIRES DANS LES DÉPARTEMENTS
Grave conflit entre les habitants et les représentants de l'Autorité

« Les inventaires dans les départements. Grave conflit entre les habitants et les représentants de l'Autorité. »

LES CLÉS DU SUJET

Comprendre la consigne

• L'**analyse des documents** est explicitement demandée dans la consigne, mais elle nécessite pour être menée la **mobilisation de vos connaissances**.
• Le sujet porte sur la « **mise en place** » de la loi de 1905. Exposez son contenu, mais aussi les réactions qu'elle suscite et les conséquences qu'elle entraîne.

Présenter les documents

Les documents

Nature : des dessins, documents témoins qui traduisent l'opinion de leurs auteurs

Dates :
• Doc. 1 : mars 1905, neuf mois avant l'adoption de la loi
• Doc. 2 : 18 mars 1906, deux jours après le décret d'application de la loi

Auteurs :
• Doc. 1 : un caricaturiste d'un journal régional, *Ouest-Éclair*
• Doc. 2 : la rédaction d'un journal populaire, *Le Petit Journal*

Thème : la loi de séparation des Églises et de l'État et la crise des inventaires qu'elle entraîne

Organiser sa réponse

Le travail peut s'organiser en deux temps : la présentation de la loi de 1905 [I], puis l'exposé des réactions et des conséquences qu'elle suscita [II].

I. La séparation des Églises et de l'État	• Quelles sont les relations entre les Églises et l'État français au début du XIXe siècle ? Pourquoi « il faut » la séparation entre eux ? • Identifiez les personnages du document 1. Quel est l'esprit général du projet de loi ? • À l'aide de vos connaissances, précisez les grandes lignes de la loi votée le 9 décembre 1905.
II. La crise des inventaires	• Que deviennent les biens de l'Église ? Expliquez ce qu'est un inventaire. • De quoi témoigne le document 2 ? Comment peut-on expliquer cette situation ? Les événements rapportés furent-ils isolés ? • Comment se dénoua la crise ? La loi était-elle neutre ? Discutez le bien-fondé, ou non, de sa contestation.

HISTOIRE

8 CORRIGÉ GUIDÉ

Les titres et les indications entre crochets ne doivent pas figurer sur la copie.

Introduction

[Contexte] En décembre 1905, une loi établit la séparation des Églises et de l'État républicain. [Problématique] Comment cette loi s'est-elle mise en place ? Fut-elle bien acceptée ? [Présentation des documents et annonce du plan] Une caricature présentant le projet neuf mois avant le vote de la loi et la une du *Petit Journal* publiée quatre mois après nous offrent un aperçu du contexte et des réactions que suscita l'événement. En nous appuyant sur ces documents, nous présenterons la loi et les craintes qu'elle a pu faire naître [I], puis nous évoquerons les réactions qu'elle provoqua durant l'année 1906 [II].

I. La séparation des Églises et de l'État

• Par le Concordat de 1801, le catholicisme, « religion de la majorité des Français », était étroitement lié à l'État. En 1902, une majorité de gauche et anticléricale menée par le président du Conseil Émile Combes arrive au pouvoir. Au nom de l'égalité, valeur clé de la République, le gouvernement veut mettre toutes les confessions sur le même plan. Le projet est ressenti par l'Église catholique comme une attaque dirigée contre elle.

MOT CLÉ
Le Concordat de 1801 fut signé sous le Consulat entre Napoléon Bonaparte et le pape. Il définit les liens entre l'Église et l'État français.

• En mars 1905, Aristide Briand (au centre de la caricature, doc. 1), présente un rapport relatif à la séparation des Églises (incarnées par le prêtre, à droite) et de l'État (figuré par Marianne, à gauche). Le projet veut établir la neutralité de la République afin que celle-ci soit sans religion attitrée, ni contre aucune. « L'État n'a pas le droit d'être antireligieux », dit Briand (légende, doc. 1).

• Au nom de la laïcité, la loi du 9 décembre 1905 proclame la séparation des Églises et de l'État. Elle garantit la liberté de conscience et de culte mais cesse de rémunérer les personnels religieux (évêques, prêtres, pasteurs, rabbins).

[Transition] La République est devenue laïque et garantit l'égalité de toutes les religions. Mais comment réagissent les catholiques plus touchés par la loi que les autres croyants ?

▶ **Le conseil de méthode**

Quand un document traduit une réaction (la colère d'une population, doc. 2) à une situation établie par un autre (la présentation d'un projet de loi, doc. 1), il faut mettre en évidence les relations qui justifient leur confrontation. Le lien entre la loi de décembre 1905 et les violences de mars 1906 est l'inventaire des biens des Églises. Celui-ci doit être présenté et expliqué, soit dans l'exposé de la loi (I), soit avant l'évocation de la crise (II).

II. La crise des inventaires

• Les biens des Églises (bâtiments et mobiliers) restent propriété de l'État qui en a la charge. Pour éviter tout détournement, la loi prévoit d'établir un inventaire (ou recensement) de tous ces biens.

• Mal comprise, la mesure suscite la réaction violente de populations qui se sentent spoliées. Comme illustré par le document 2, des affrontements ont lieu entre les fidèles et les forces de l'ordre au début de l'année 1906. Les régions du Nord et de l'Ouest, où la religion catholique est la plus pratiquée, sont les plus touchées. Ces violences causent la mort de plusieurs personnes.

• Pour calmer les esprits, les opérations d'inventaire sont suspendues dès la fin du mois de mars 1906. Les tensions persistent malgré tout. Par la loi du 2 janvier 1907, l'État met les lieux de culte à la disposition des fidèles. L'Église catholique obtient ainsi l'usufruit de son ancien patrimoine.

À NOTER
L'usufruit est le droit d'utiliser un bien sans en être propriétaire. L'utilisateur profite d'un droit d'usage mais il ne peut ni détruire ni vendre ce bien.

Conclusion

[Réponse à la problématique] La loi de séparation des Églises et de l'État s'est difficilement mise en place. Si le principe d'égalité la justifiait, elle portait atteinte aux intérêts de l'Église catholique. Souvent mal comprise, elle resta longtemps contestée. [Ouverture] L'apparition de nouvelles revendications religieuses suscite-t-elle de nouvelles critiques contre cette loi ?

La justification des empires coloniaux

ANALYSE DE DOCUMENT

1 heure
10 points

INTÉRÊT DU SUJET • Les Européens, acteurs d'une « mission civilisatrice » portant le progrès aux quatre coins du monde ? C'est surtout au nom de leurs intérêts économiques qu'ils justifient la soumission des peuples.

▶ Comment les Européens justifient-ils leurs conquêtes coloniales ? À l'aide du document et de vos connaissances, présentez les décisions prises à Berlin et les raisons avancées par les signataires, puis montrez que la conférence sert les intérêts des puissances européennes.

DOCUMENT **Acte final de la conférence de Berlin, 26 février 1885**[1]

Au nom de Dieu Tout-Puissant,

Sa Majesté l'Empereur d'Allemagne, Roi de Prusse, Sa Majesté l'Empereur d'Autriche, Roi de Bohème, etc., et Roi apostolique de Hongrie, Sa Majesté le Roi des Belges, Sa Majesté le Roi de Danemark, Sa Majesté le Roi d'Espagne, le Président des États-Unis d'Amérique, le Président de la République Française, Sa Majesté la Reine du Royaume-Uni de la Grande-Bretagne et d'Irlande, Impératrice des Indes, Sa Majesté le Roi d'Italie, Sa Majesté le Roi des Pays-Bas, Grand Duc de Luxembourg, etc., Sa Majesté le Roi de Portugal et des Algarves, etc., Sa Majesté l'Empereur de toutes les Russies, Sa Majesté le Roi de Suède et Norvège, etc., et Sa Majesté l'Empereur des Ottomans,

Voulant régler, dans un esprit de bonne entente mutuelle, les conditions les plus favorables au développement du commerce et de la civilisation dans certaines régions de l'Afrique, et assurer à tous les peuples les avantages de la libre navigation sur les deux principaux fleuves africains qui se déversent dans l'océan Atlantique ; désireux, d'autre part, de prévenir les malentendus et les contestations que pourraient soulever à l'avenir les prises de possession nouvelles sur les côtes de l'Afrique, et préoccupés en même temps des moyens d'accroître le bien-être moral et matériel des populations indigènes, ont […] discuté et adopté :

1° Une déclaration relative à la liberté du commerce dans le bassin du Congo, ses embouchures et pays circonvoisins, avec certaines dispositions connexes ;

2° Une déclaration concernant la traite des esclaves et les opérations qui, sur terre ou sur mer, fournissent des esclaves à la traite[2] ; […]

4° […] La libre navigation des cours d'eau navigables qui séparent ou traversent plusieurs États, principes conventionnellement appliqués depuis à des fleuves de l'Europe et de l'Amérique […] ;

5° Un acte de navigation du Niger, qui […] étend à ce fleuve et à ses affluents les mêmes principes inscrits dans les articles 108 à 116 de l'acte final du Congrès de Vienne ;

6° Une déclaration introduisant dans les rapports internationaux des règles uniformes relatives aux occupations qui pourront avoir lieu à l'avenir sur les côtes du continent africain.

1. La conférence s'est tenue de novembre 1884 à février 1885.
2. Cette déclaration visait à interdire l'esclavage, que les Européens avaient aboli ; la traite devait être combattue.

LES CLÉS DU SUJET

Comprendre la consigne

- L'exercice fait appel à deux capacités : savoir **extraire des informations** d'un document (« les décisions prises » et « les raisons avancées ») ; et savoir **critiquer le document** en lui opposant des connaissances.
- La problématique porte sur la « **justification** » des conquêtes coloniales. Le travail principal porte donc sur les « raisons avancées par les signataires » qu'il faut mettre en évidence, avant de les **questionner.**

Présenter le document

Le document

- **Nature :** extrait d'un traité international, document officiel
- **Auteurs :** les principaux dirigeants des États européens et celui des États-Unis
- **Date :** 1885, à Berlin, à la veille d'une nouvelle vague de colonisations en Asie et en Afrique
- **Thème :** les règles de bonne conduite dans les territoires coloniaux d'Afrique

Organiser sa réponse

En vous appuyant sur des citations du texte, présentez les décisions prises à Berlin [I], puis les raisons mises en avant [II]. Utilisez ensuite vos connaissances pour questionner les intérêts des Européens et remettre en cause les justifications avancées [III].

I. L'établissement de règles de bonne conduite	• Quels principes invoquent les articles 1, 4 et 5 ? • Expliquez l'article 2 en le replaçant dans le contexte du XIXᵉ siècle. • Qu'admet l'article 6 en termes d'« occupations » ? Que signifie la référence à des « règles uniformes » ?
II. Développer et civiliser l'Afrique	• Que veulent favoriser les signataires ? • Que proposent-ils aux peuples indigènes ? À quelle mission historique font-ils allusion ? • Que veulent-ils éviter quand ils parlent de « malentendus » et de « contestations » ?
III. La défense des intérêts européens	• Qui sont les grands absents de la conférence ? • Qui est concerné par la libre navigation ? Quels buts économiques sont recherchés ? • Utilisez vos connaissances sur les conquêtes coloniales pour mettre en doute la parole des Européens à la conférence de Berlin.

9 CORRIGÉ GUIDÉ

Les titres et les indications entre crochets ne doivent pas figurer sur la copie.

Introduction

[Contexte] Le dernier quart du XIXᵉ siècle est marqué par une nouvelle vague de colonisations. [Problématique] Comment les Européens justifient-ils leur entreprise de conquête ? [Présentation du document et annonce du plan] Le

26 février 1885, leurs dirigeants, ainsi que le président des États-Unis, signent à Berlin un texte dans lequel ils définissent les règles de leurs futures occupations territoriales en Afrique. Après avoir présenté les décisions arrêtées [I], puis les raisons avancées par les signataires pour les justifier [II], nous verrons quels intérêts font douter de la parole des Européens [III].

I. L'établissement de règles de bonne conduite

• Trois articles (1, 4 et 5) proclament la liberté de commerce dans le bassin du Congo et la liberté de navigation sur les grands fleuves africains (Congo et Niger). Ces libertés doivent respecter les conventions (ou règles) qui ont cours en Europe.

• Par l'article 2, l'abolition de l'esclavage doit être appliquée aux futures conquêtes européennes. La traite d'êtres humains est interdite.

• Par l'article 6, les signataires s'accordent le droit de nouvelles « occupations » en Afrique. Ils établissent, entre eux, un principe d'égalité (« des règles uniformes ») : chaque pays s'engage à reconnaître les acquisitions des autres si ces derniers font de même.

À NOTER
L'abolition de l'esclavage en France et dans ses colonies est décidée par le décret Schoelcher du 27 avril 1848. Aux États-Unis, l'abolition date du 18 décembre 1865.

[Transition] La conférence de Berlin établit des règles de bonne conduite entre les pays signataires de son acte final. Au nom de quelles valeurs ou de quels objectifs celles-ci sont-elles arrêtées ?

II. Développer et civiliser l'Afrique

• Les Européens justifient leurs décisions par le « développement du commerce » (2e §). La « libre navigation » sur les fleuves et l'absence de conflits doit favoriser l'exploitation et la distribution des richesses. L'activité nouvelle suscitera des investissements (chemin de fer, puits, mines...). Payées pour leur travail, les « populations indigènes » augmenteront leurs ressources.

• La « mission civilisatrice » apportera aux indigènes un « bien-être moral et matériel » (l. 21). Par l'éducation, elle éradiquera les croyances jugées obscurantistes, améliorera la santé et permettra une meilleure qualification des peuples autochtones.

• L'état de paix institué par « la bonne entente mutuelle » et l'évitement des conflits (2e §) permettra d'éviter les destructions et les dépenses militaires.

À NOTER
Par « mission civilisatrice », l'Europe désigne l'ensemble des actions politiques, éducatives, linguistiques et sanitaires qui lui permet de diffuser ses valeurs.

[Transition] Les raisons avancées par les signataires sont aussi pragmatiques que généreuses. Mais quels intérêts entendent-elles servir d'abord ?

III. La défense des intérêts européens

▶ Le conseil de méthode

Un document fournit des informations qu'il faut extraire et expliquer. Tel est l'objet des parties I et II. Mais un document ne dit pas toujours tout : il contient des non-dits ou fait silence sur certaines données. Il faut donc le questionner pour les repérer. Dire ce qui est absent de la conférence ou confronter le texte à des faits antérieurs (comme la révolte des Cipayes) permet de mieux le critiquer. C'est l'objet de la partie III.

- Aucune représentation des populations indigènes n'est présente à Berlin. Leur avis n'est pas sollicité et le projet qui vise à les « civiliser » part du principe que leurs manières de vivre sont barbares.
- Les mesures économiques ne concernent que les Européens. Ce sont leurs seuls intérêts commerciaux qui sont défendus, la libre circulation de bateaux que les indigènes n'ont pas. Le sort des agriculteurs et pasteurs locaux, par exemple, est ignoré.
- Les expériences coloniales antérieures ne sont pas encourageantes. Les révoltes – des Algériens menés par Abd el Kader entre 1834 et 1847, des Cipayes en 1857 en Inde, des Kabyles en 1871 – en témoignent. Violences et ethnocides ne sont pas remis en cause à Berlin. L'histoire du Congo entre 1885 et 1908 illustre de façon brutale l'indifférence des Européens pour les populations indigènes.

À NOTER
Un ethnocide est la destruction de la culture d'un groupe humain. Elle n'implique pas la disparition physique directe des membres du groupe.

Conclusion

[Réponse à la problématique] La justification des conquêtes coloniales par les Européens renvoie surtout à leurs intérêts de puissances. Les promesses faites aux peuples indigènes comptent peu. [Ouverture] Les mouvements d'indépendance et les guerres de décolonisation permettront-ils d'atteindre des objectifs plus justes ?

▶ Le conseil de méthode

Il est bien de terminer une conclusion par une ouverture. Exprimée sous forme interrogative, celle-ci reprend la problématique du sujet pour la poser dans un contexte ultérieur. Ici par exemple, on se projette au XXe siècle qui voit les territoires occupés remettre en cause la colonisation et ses justifications, telles qu'elles ont été avancées en 1885.

La Grande Guerre

QUESTION PROBLÉMATISÉE

1 heure
10 points

INTÉRÊT DU SUJET • En 1914, la guerre qui commence doit être courte et victorieuse. Quatre ans plus tard, les peuples en sortent épuisés et traumatisés. La « grandeur » du conflit ne fut pas ce qu'ils en attendaient.

▶ **Pourquoi le conflit de 1914-1918 fut-il désigné comme la « Grande Guerre » ? Après en avoir rappelé l'étendue spatiale et les principales étapes, mettez en évidence les caractéristiques qui en font un conflit sans précédent.**

LES CLÉS DU SUJET

Analyser le sujet

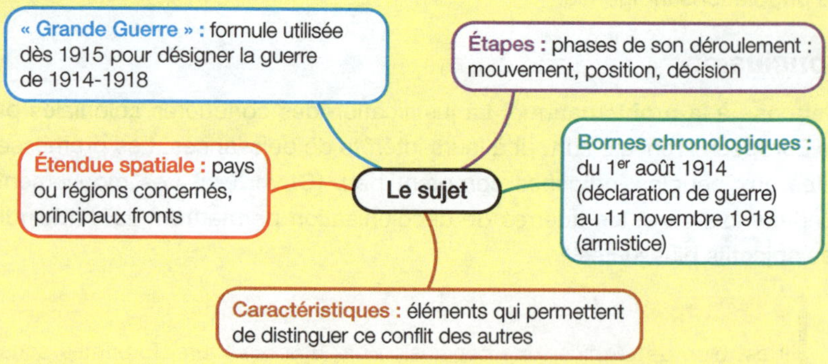

Dégager les enjeux du sujet

• La réponse est dans la question : il faut **justifier** l'idée que la guerre de 1914-1918 fut « grande », **clarifier** le contenu de cette qualification et **expliquer** en quoi elle est adaptée à ce conflit.

HISTOIRE

• Le plan donne une idée des justifications attendues. L'« étendue » renvoie au **caractère mondial** de la guerre, les « étapes » à sa **durée**, les « caractéristiques » la rendant « **sans précédent** » aux nouveautés liées au contexte.

Organiser la réponse

La consigne suggère de suivre un plan en deux parties. La première invite à exposer les grandes lignes chronologiques et géographiques de la guerre. Dans la seconde, vous mettrez en évidence les caractères distinctifs du conflit.

I. Une guerre longue et mondiale	• Quand et pourquoi la guerre éclate-t-elle ? • Quelles régions du monde sont concernées ? Évoquez les principaux fronts, batailles, lieux de combats. N'oubliez pas les mers. • Rappelez les grandes périodes du conflit et précisez quelques dates clés, celles qui produisent un changement important.
II. Une guerre brutale et totale	• Quelles armes nouvelles apparaissent ? Quelles en sont les conséquences pour les combattants ? • De quoi témoigne le génocide arménien ? • Rappelez le rôle des civils, des femmes et des enfants. • Comment les sociétés sont-elles mobilisées ou informées ? Comment la guerre est-elle financée ?

10 CORRIGÉ GUIDÉ

Les titres et les indications entre crochets ne doivent pas figurer sur la copie.

Introduction

[Accroche] La guerre qui éclate en Europe en août 1914 se prolonge jusqu'en novembre 1918. Ceux qui la vivent la désignent vite comme étant la « Grande Guerre ». [Problématique] Quelles particularités justifient cette qualification ? [Annonce du plan] Après avoir rappelé l'étendue spatiale et les étapes du conflit [I], nous en présenterons les caractéristiques inédites [II].

À NOTER
L'expression « Grande Guerre » est attestée dès 1915. Elle est présente dans *Le Petit Journal* du 14 mars 1915, par exemple.

I. Une guerre longue et mondiale

1. Une guerre qui devait être courte et localisée

• L'assassinat, le 28 juin 1914, de l'archiduc François-Ferdinand à Sarajevo, en Bosnie, déclenche un conflit entre l'Autriche-Hongrie et la Serbie. Par le jeu des alliances, cette guerre s'étend bientôt à toute l'Europe.

• Les belligérants pensent que la guerre restera localisée au continent, et chacun prévoit sa victoire rapide. Mais les ambitions de puissance, les revendications nationalistes et l'absence de décisions militaires sur le champ de bataille entraînent toute l'Europe dans un conflit de longue durée.

2. Une guerre qui se mondialise

• La guerre s'étend aux colonies ; en Afrique des combats ont lieu. L'Empire ottoman et la Bulgarie rejoignent la Triplice tandis que l'Italie la quitte pour rallier la Triple Entente. Trois fronts se dessinent en Europe : en France à l'ouest, en Russie à l'est et dans les Balkans au sud.

• L'océan Atlantique se transforme en champ de bataille naval. Le torpillage du paquebot *Lusitania* en 1915 sert de prétexte aux États-Unis pour entrer en guerre à partir de 1917. Dans le Pacifique, le Japon s'en prend à la marine allemande et la Chine prend parti pour la Triple Entente.

> **À NOTER**
> La Triplice est une alliance qui unissait l'Allemagne à l'Autriche-Hongrie et l'Italie. Elle s'oppose à la Triple Entente composée de la France, la Russie et le Royaume-Uni.

3. Une guerre longue et difficile

• L'année 1914 est marquée par une guerre de mouvement : les armées se déplacent. À l'est, les Allemands stoppent l'attaque russe à la bataille de Tannenberg en août ; mais, à l'ouest, leur propre offensive est arrêtée lors de la bataille de la Marne en septembre. Les positions se figent durant l'hiver.

• Les armées s'enterrent dans des tranchées qui forment des fronts continus infranchissables. Les grandes offensives (batailles de Verdun et de la Somme en 1916) sont meurtrières. C'est une guerre d'usure qui fait plier chaque armée sans réussir à provoquer la rupture.

> **▶ Le conseil de méthode**
> Utilisez les mots techniques comme « guerre de mouvement » ou « brutalisation », mais ne vous contentez pas de les glisser dans votre développement. Montrez au correcteur que vous en connaissez le sens en proposant une définition (« les armées se déplacent ») ou en l'explicitant (« des comportements agressifs »).

• L'année 1917 est cruciale. Dans toutes les armées, des mutineries éclatent. Les révolutions russes changent l'équilibre des forces : la disparition du front est permet aux Allemands de relancer la guerre de mouvement à l'ouest. Mais l'aide américaine assure un nouveau succès sur la Marne en août 1918 et provoque l'effondrement des puissances centrales.

[Transition] La guerre qui devait être courte est devenue planétaire et longtemps sans solution. Quelles particularités renforcent son caractère inédit ?

II. Une guerre brutale et totale

1. La violence d'une guerre industrielle et de masse

• Issues de la révolution industrielle, des armes nouvelles sont utilisées : artillerie lourde, mitrailleuses, mines, chars, avions, gaz. Ce sont des armes destructrices, aux effets traumatisants. L'ampleur des dégâts est effrayante.

• Dans les tranchées, les conditions de vie et de combat sont effroyables. La violence se banalise et génère une inédite brutalisation, à savoir des comportements agressifs, même après la guerre.

• Les populations civiles deviennent des cibles. Minorité chrétienne au sein de l'Empire ottoman, les Arméniens sont victimes d'un génocide en 1915.

À NOTER
La brutalisation est une notion née de la banalisation de la violence, favorisant les comportements brutaux au sein de la société après le retour à la paix.

2. Une guerre mobilisant les civils

• Les femmes servent dans les hôpitaux et remplacent les hommes dans les champs ou dans les usines, notamment d'armement.

• Les enfants sont utilisés par la propagande. Leur représentation dans les médias sert à motiver les adultes invités à les protéger.

3. Une guerre totale

• Au nom de la sécurité collective, les médias sont soumis à la censure. Ils relaient les informations des autorités politiques et militaires. Les soldats dénoncent un « bourrage de crâne ».

• La guerre nécessite beaucoup d'argent. L'État lance des emprunts. Par souscriptions, les citoyens sont invités à participer à l'effort financier.

• Toute la société est ainsi engagée dans une guerre devenue totale, mobilisant toutes les ressources des belligérants.

Conclusion

[Réponse à la problématique] Longue et mondiale, la guerre de 1914-1918 est « grande » par l'ampleur de la mobilisation qu'elle a entraînée. Jamais un conflit n'avait impliqué les sociétés aussi intensément. [Ouverture] Cette expérience favorise-t-elle le souhait qu'il n'y en ait plus jamais d'autre ?

Des sociétés en deuil

ANALYSE DE DOCUMENT

1 heure
10 points

INTÉRÊT DU SUJET • Des millions de morts, des peuples épuisés, des sociétés entre désir de « plus jamais ça » et mémoire des victimes. L'horreur vécue de 1914 à 1918 a-t-elle suscité un rejet de la guerre ?

Dans quel état d'esprit les populations sortent-elles de la Grande Guerre ? Après avoir analysé le monument du document, expliquez-en le message ; puis montrez qu'il ne traduit pas tous les sentiments de l'époque.

DOCUMENT **Monument aux morts de Dardilly (Rhône)**

Œuvre réalisée par Félix Dumas et Charles Yrondi en 1920, inaugurée en 1924.

À l'arrière-plan, derrière la femme et l'enfant, se dessine une maison en flammes.

Entre 1918 et 1926, plus de 36 000 monuments aux morts ont été érigés en France.

Le monument figuré sur le document se situe en France. Le sujet n'oblige pas pour autant à traiter exclusivement des populations françaises.

LES CLÉS DU SUJET

Comprendre la consigne

• Le sujet consiste à appréhender un « **état d'esprit** », autrement dit les sentiments et pensées des populations. Celles-ci ne se limitent pas aux Français, comme le précise la remarque complétant la consigne.

• Il faut d'abord interpréter le monument en s'appuyant sur sa **description**. Expliquez le **message** qu'il véhicule, puis évaluez-en les **limites** en évoquant des réactions différentes.

Présenter le document

Le document

- **Nature :** monument aux morts et sculpture, document exprimant une opinion
- **Auteurs :** des artistes, à la demande de la commune de Dardilly
- **Dates :** entre 1920 et 1924, deux à six ans après la fin de la Grande Guerre
- **Thème :** l'hommage aux morts pour la France et la condamnation de la guerre

Organiser sa réponse

Dans une première partie, analysez la sculpture et les inscriptions qui l'accompagnent [I]. Développez ensuite deux parties complémentaires : une pour expliquer le message [II], une autre pour évoquer d'autres réactions [III].

I. Le rejet de la guerre

• Que représente la sculpture ? Analyser les différents plans, les détails, etc.
• À quoi fait appel l'inscription au sommet ? À quelles souffrances fait référence la « douleur » ?

II. L'effet d'un bilan effroyable

• Expliquez le monument par le bilan humain (civil et militaire) de la guerre.
• Proposez un bilan matériel en lien avec la sculpture.
• Quelles autres souffrances ont subi les populations ? Quelles manifestations pendant la guerre ont témoigné de leur colère ?

III. D'autres réactions

• Le monument de Dardilly est-il représentatif ? Que figurent la majorité d'entre eux ?
• Qu'est-ce que le phénomène de « brutalisation » lié à la Grande Guerre ?
• Quels sentiments apparaissent chez les vaincus ?

11 CORRIGÉ GUIDÉ

Les titres et les indications entre crochets ne doivent pas figurer sur la copie.

Introduction

[Contexte] Le 11 novembre 1918, la Grande Guerre prend fin. [Problématique] Dans quel état d'esprit les populations en sortent-elles ? [Présentation du document et annonce du plan] Un monument aux morts dressé au début des années 1920 à Dardilly (commune du Rhône), orné d'une sculpture et de deux inscriptions, traduit les sentiments dont les habitants veulent faire mémoire. Après avoir décrit le rejet de la guerre ainsi exprimé [I], nous expliquerons cette réaction [II]. Mais nous verrons qu'elle ne fut pas la seule [III].

> **▶ Le conseil de méthode**
>
> Analyser une image (ici, celle d'un monument) n'est pas une invitation à seulement la décrire, ce qui reviendrait à paraphraser l'œuvre. Il faut traduire ce qui est figuré : « La maison en feu », symbole de destructions ; « la femme et l'enfant », incarnations des victimes innocentes ; « la fraternité des peuples », appel à la paix universelle.

I. Le rejet de la guerre

- Au premier plan, le monument figure une femme qui se détourne de l'horreur d'une maison en flammes et cherche à protéger son enfant accroché à sa robe en lui posant la main sur la tête. Ces personnages incarnent les victimes innocentes de la guerre.
- Au sommet du monument une inscription s'exprime « contre la guerre ». En invitant à la « fraternité des peuples », elle proclame un désir de paix universelle renforcé par l'autre inscription placée à la base : l'espoir que la paix apaise (« console ») les souffrances subies.
- Une couronne de laurier rend hommage aux soldats morts pour la patrie. La commune de Dardilly entend faire mémoire de leur sacrifice.

> **À NOTER**
>
> Plante aux feuilles toujours vertes, le laurier est symbole de persévérance, de gloire et de reconnaissance. Sa couronne est accordée aux grands hommes.

[Transition] « Plus jamais ça » ! Le monument traduit l'horreur que les habitants de Dardilly ont de la guerre. Comment expliquer une telle réaction ?

II. L'effet d'un bilan effroyable

• Le bilan humain de la guerre est terrible : près de 10 millions de soldats morts (1,5 million pour la France, autant pour l'Allemagne) auxquels s'ajoutent près de 9 millions de civils tués et plus de 20 millions de blessés. C'est une hécatombe. Le deuil frappe toutes les familles.

• La maison en flammes sur le monument fait référence aux destructions provoquées par les combats et les bombardements : villes et villages dévastés, terres agricoles inutilisables, usines saccagées, mines inondées… L'Europe sort ruinée de la guerre.

• La violence des combats, les offensives meurtrières et les pénuries subies à l'arrière ont ébranlé la confiance des populations. Les mutineries et les grèves de 1917 témoignaient déjà du rejet de la guerre durant celle-ci. Le pacifisme réapparaît dès 1915.

[Transition] Les horreurs de la guerre et l'ampleur des dégâts sont tellement traumatisantes qu'elles justifient son rejet. Mais d'autres réactions se sont également manifestées.

III. D'autres réactions

• Dardilly rend hommage aux morts. La majorité des monuments commémoratifs figurent un soldat : ils privilégient ainsi la mémoire des hommes tombés au champ d'honneur dont les noms sont désormais gravés à jamais dans la pierre.

> **À NOTER**
> Pratiquement toutes les communes de France ont fait ériger un monument aux morts après 1918.

• La guerre a provoqué un phénomène de « brutalisation ». Les soldats survivants sont si marqués par leur expérience des combats qu'ils se montrent agressifs et sensibles à des discours de rejet de l'autre : le « planqué » ou l'ancien ennemi.

• Le désir de revanche agite les pays vaincus (l'Allemagne en particulier), ou les déçus des traités (comme l'Italie). D'autres rallient les rangs de luttes révolutionnaires qui ont bouleversé la Russie. Le pacifisme ne s'impose pas. Chez tous, la foi dans le progrès qui marquait le XIXe siècle est fortement ébranlée.

Conclusion

[Réponse à la problématique] Les populations sortent profondément choquées de la Grande Guerre. Mais les réactions restent variées, et le monument de Dardilly n'en est pas représentatif. [Ouverture] Quels sentiments s'imposeront au-delà des années 1920 ?

La métropolisation à l'échelle mondiale

QUESTION PROBLÉMATISÉE

1 heure
10 points

INTÉRÊT DU SUJET • La mondialisation s'est accompagnée d'une métropolisation. Ce processus n'est pas uniforme, pourtant le développement des métropoles ne repose-t-il pas sur les mêmes logiques spatiales ?

Comment s'exprime la métropolisation à l'échelle mondiale ? Votre réponse pourra montrer qu'il s'agit d'un phénomène de concentration et de polarisation, aboutissant à une hiérarchisation et une mise en réseau des métropoles.

LES CLÉS DU SUJET

Analyser le sujet

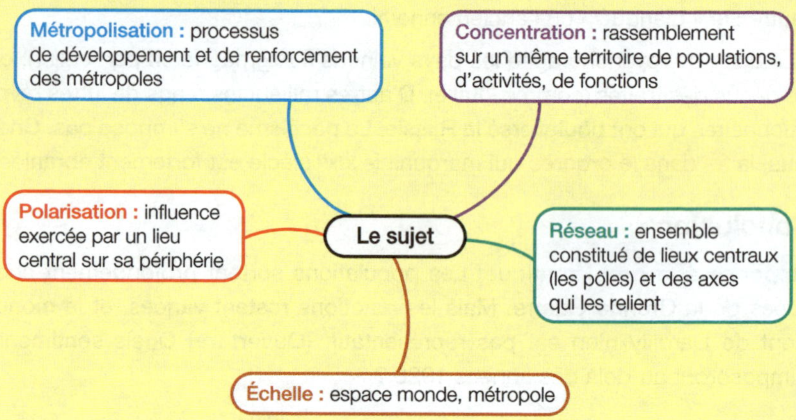

Dégager les enjeux du sujet

• Il s'agit ici de comprendre le **processus de métropolisation.** Le sujet, comme le programme, indique que votre analyse de ses caractéristiques devra se faire « **à l'échelle mondiale** ».

• La consigne précise **plusieurs phénomènes** qu'il conviendra de mettre en évidence : concentration, polarisation, hiérarchisation et mise en réseau. Ils participent au développement de la **mondialisation.**

Organiser la réponse

I. Un processus de concentration et de polarisation	• Quelles fonctions concentrent les métropoles ? • Pourquoi peut-on dire que les métropoles sont des portes d'entrée de la mondialisation ? • En quoi l'étalement urbain et la fragmentation spatiale sont-ils les résultats de la métropolisation ? • Quelles en sont les conséquences sociales ?
II. Hiérarchisation et mise en réseau des métropoles	• Quelles sont les villes au sommet de la hiérarchie des métropoles ? Pourquoi ? • Pourquoi l'archipel métropolitain mondial est-il la manifestation de la mise en réseau des métropoles ? • Quels sont les éléments qui manquent aux métropoles secondaires et émergentes pour avoir un rayonnement plus important ?

12 CORRIGÉ GUIDÉ

Les titres et les indications entre crochets ne doivent pas figurer sur la copie.

Introduction

[Accroche] Aujourd'hui les métropoles portent l'économie mondiale. Les 10 plus grandes régions urbaines réalisent ainsi 40 % de la croissance et produisent 70 à 80 % des technologies, attirant de nombreuses populations. [Problématique] Comment la métropolisation réorganise-t-elle l'espace à l'échelle mondiale ? [Annonce du plan] Il s'agit tout d'abord un processus de concentration favorisant la polarisation [I]. Il génère ensuite une hiérarchisation des métropoles et leur mise en réseau [II].

I. Un processus de concentration et de polarisation

1. De la concentration à la polarisation

• Le dynamisme des métropoles est dû à la concentration des fonctions économiques supérieures : formation, recherche, finance. S'appuyant sur le développement des technologies de l'information et de la communication, en particulier Internet, elles sont de véritables technopoles.

MOT CLÉ
Une métropole est un ensemble urbain de grande importance qui exerce des fonctions de commandement, d'organisation et d'impulsion sur une région et qui permet son intégration avec le reste du monde.

• Les métropoles concentrent aussi les centres décisionnels majeurs : sièges sociaux de firmes transnationales, institutions politiques, grandes universités. Elles sont ainsi à l'origine des prises de décisions et de l'innovation à l'échelle de la planète.

• Du fait de la concentration des voies de communication (port, aéroport, gare, route), les métropoles sont de véritables hubs qui réceptionnent et redistribuent les flux d'hommes, de marchandises, d'informations, de capitaux.

▶ Le conseil de méthode
Ce sujet demande une maîtrise des processus géographiques et d'un vocabulaire spécifique. Ainsi, ne confondez pas technopole et technopôle. Une technopole est un pôle urbain capable d'entraîner un développement régional, voire national, *via* des synergies entre recherche et industrie de haute technologie. Un technopôle est un espace productif tourné vers les technologies innovantes qui regroupe entreprises et centres de recherche.

2. Une transformation morphologique et sociale des métropoles

• Cette concentration s'accompagne d'un étalement spatial des métropoles, concentrique ou suivant les axes de transports. Celles-ci consomment de plus en plus d'espaces ; les surfaces bâties s'accroissent.

• Ces métropoles sont souvent polycentriques avec des centres fonctionnels spécialisés : quartiers d'affaires, centres commerciaux, technopôles, plateformes multimodales. D'autres territoires se trouvent marginalisés : ghettos, friches urbaines ou industrielles, espaces à l'écart des transports.

• La métropolisation transforme également les organisations sociales et les pratiques quotidiennes. La ségrégation socio-spatiale est ainsi accentuée alors que les sociétés sont devenues ultra-mobiles.

MOT CLÉ
La ségrégation socio-spatiale est la séparation des populations dans l'espace en fonction de leurs revenus.

[Transition] **Du fait de cette influence, les métropoles polarisent et organisent l'espace monde.**

II. Hiérarchisation et mise en réseau des métropoles

1. Villes globales et villes mondiales

• L'aire d'influence des métropoles est proportionnelle à la quantité et à la qualité des services qu'elles proposent aux espaces qui les entourent. Les villes globales, du fait de leur puissance économique, et les villes mondiales, par leur rayonnement culturel, dominent le monde.

• New York, Londres, Tokyo, Paris sont au sommet de cette hiérarchie suivies de Hong Kong, Los Angeles, Singapour. Ces villes sont connectées entre elles par des flux nombreux qui passent par un réseau de communication dense : elles forment alors l'archipel métropolitain mondial (AMM).

• Certaines de ces villes polarisent de vastes régions métropolitaines polycentriques : les mégalopoles (Mégalopolis américaine, dorsale européenne et mégalopole japonaise), elles-mêmes connectées à des sous-ensembles (axe californien San Francisco-San Diego, croissant asiatique avec Singapour, Taipei, Shanghai et Séoul). Toutes ces « îles » de l'AMM concentrent entre elles l'essentiel du trafic aérien, des flux financiers et de communication.

MOT CLÉ
Une mégalopole est une région urbaine qui s'étend sur plusieurs centaines de kilomètres, composée de métropoles reliées entre elles par des réseaux économiques, sociaux et culturels.

2. Métropoles secondaires et émergentes

• Certaines métropoles sont incomplètes : leur poids démographique est variable, leur pouvoir de décision limité, elles captent et génèrent des flux moins puissants. Leur rayonnement est seulement continental, national ou régional.

• De grandes agglomérations du Sud telles New Delhi, Kinshasa, Lagos ou Djakarta rassemblent ainsi de très fortes concentrations humaines mais ont un faible poids décisionnel à l'échelle mondiale. Des villes du Nord comme Nagoya, Miami ou Essen, qui génèrent des richesses supérieures à celles de certains pays, ne disposent pas d'une influence en conséquence.

Conclusion

[Réponse à la problématique] Concentration, polarisation, hiérarchisation, mise en réseau définissent la métropolisation. À toutes les échelles les métropoles organisent et structurent l'espace. [Ouverture] Cette métropolisation a des effets négatifs, comme le renforcement des inégalités ou l'augmentation des pollutions. Les métropoles cherchent alors de nouveaux modèles de développement plus vertueux et plus durables promouvant la mixité sociale ou les mobilités douces.

La métropolisation, un processus différencié

ANALYSE DE DOCUMENT

1 heure
10 points

INTÉRÊT DU SUJET • La mondialisation a entraîné la concentration des hommes, des activités et des fonctions dans certaines villes, devenues les espaces les plus puissants de la planète. Mais Guangzhou n'est pas New York…

En vous appuyant sur le document, vous montrerez que les métropoles ont un poids démographique différent et que leur influence économique et culturelle est variée.

DOCUMENT **Classement mondial des métropoles les plus puissantes selon différents critères**

Rang	Population (millions d'habitants)	Puissance financière[1]	Puissance culturelle[2]	Centre d'affaires[3]	Qualité de vie[4]
1	Shanghai (79)	Londres	Londres	Hong Kong	Vancouver
2	Guangzhou (47)	New York	New York	Londres	Düsseldorf
3	Tokyo (40)	Francfort	Tokyo	Singapour	San Francisco
4	Jakarta (29)	Séoul	Paris	Shanghai	Francfort
5	New York (27)	Chicago	Séoul	Dubaï	Vienne
6	Manille (25)	Tokyo	Zurich	Tokyo	Munich
7	New Delhi (22)	Mumbai	Chicago	Paris	Zurich

Rang	Population (millions d'habitants)	Puissance financière[1]	Puissance culturelle[2]	Centre d'affaires[3]	Qualité de vie[4]
8	Ho Chi Minh-Ville (21)	Moscou	Genève	New York	Tokyo
9	Séoul (19)	Shanghai	Stockholm	Amsterdam	Copenhague
10	Sao Paulo (18)	Madrid	Los Angeles	Séoul	Paris

Source : classement Mastercard des villes globales, repris dans l'article « Points de repères : Les villes globales », *Les Grands Dossiers des Sciences humaines*, vol. 17, n° 12, 2009, p. 14.

1. Calculée en fonction de l'importance des opérations financières réalisées (banque, assurance, bourse).
2. Calculée à partir du nombre d'universités, de chercheurs, de publications scientifiques et de l'accès à Internet.
3. Calculé à partir des flux de marchandises et de passagers (ports, aéroports, hôtels).
4. Calculée en fonction de l'accès aux services de base (eau, santé, éducation, transport, etc.) et du respect des libertés fondamentales.

LES CLÉS DU SUJET

Comprendre la consigne

• La consigne invite à s'intéresser au **processus de métropolisation,** c'est-à-dire à l'émergence des villes globales qui sont les espaces les plus puissants de la planète.

• Or, ces villes sont très différentes les unes des autres. Il s'agit d'observer **les critères de leur hiérarchisation** et tout particulièrement leur « poids démographique » et leur « influence économique et culturelle ».

Présenter le document

Nature, genre, source : un tableau statistique issu d'une revue de vulgarisation scientifique

Auteur : les bureaux d'analyse de l'entreprise américaine Mastercard

Le document

Espace considéré : métropoles, villes globales, espace monde

Thème : la métropolisation, un processus de hiérarchisation à l'échelle mondiale

Organiser sa réponse

I. Une forte concentration de la population	• Sur quel continent se trouvent la majorité des métropoles les plus peuplées ? • Quels processus démographiques peuvent expliquer cette croissance de la population ? • Quelles en sont les conséquences spatiales ?
II. Une influence économique à l'échelle mondiale	• La domination asiatique est-elle aussi importante dans le domaine financier et économique ? • Pourquoi peut-on dire que les métropoles sont des hubs ? • Qu'est ce qui peut expliquer le classement des centres d'affaires ?
III. Un *soft power* multiforme	• Où sont situées les métropoles les plus influentes au niveau culturel ? • Que révèlent les critères liés à la qualité de vie et au degré de démocratie sur la hiérarchisation des métropoles ?

13 CORRIGÉ GUIDÉ

Les titres et les indications entre crochets ne doivent pas figurer sur la copie.

Introduction

[Contexte] Dans un contexte de mondialisation, le processus de métropolisation a fait émerger des villes dont l'influence rayonne à l'échelle de la planète : ce sont des villes globales. Elles sont au sommet de l'archipel métropolitain mondial mais leur puissance est diverse. [Problématique] Comment la métropolisation hiérarchise ces villes globales ? [Présentation du document et annonce du plan] Un article de la revue *Sciences humaines* s'appuie sur un classement des villes globales, élaboré par les bureaux d'études de l'entreprise américaine Mastercard, pour mettre en évidence l'hétérogénéité de la puissance de ces métropoles. Nous monterons que cette hiérarchisation repose sur un poids démographique [I] et une influence économique [II] et culturelle [III] différents.

I. Une forte concentration de la population

• La métropolisation s'accompagne d'une augmentation de la population. Le document classe les dix villes les plus peuplées du monde. Ce sont toutes des mégapoles avec un record pour l'agglomération de

> **MOT CLÉ**
> Une mégapole est une ville comptant plus de 10 millions d'habitants.

Shanghai qui atteint 79 millions d'habitants. Huit de ces villes se situent en Asie, et aucune n'est en Europe ou en Afrique.

• Ce classement s'explique par une croissance démographique élevée, conséquence d'un fort accroissement naturel combiné en Asie à un solde migratoire positif dû à l'exode rural. Dans les vieux pays industrialisés, au contraire, l'accroissement naturel s'essouffle et le mouvement migratoire s'est parfois inversé du fait d'un exode urbain.

> ▶ **Le conseil de méthode**
> Il est important de bien expliciter les mécanismes démographiques de l'augmentation d'une population. Celle-ci est la conséquence de deux processus : l'accroissement naturel positif (taux de natalité plus élevé que le taux de mortalité) et le solde migratoire excédentaire (nombre d'immigrés plus élevé que le nombre d'émigrés). Dans le cas des villes, ce dernier est le résultat de l'exode rural/urbain.

• La croissance démographique transforme les paysages urbains : elle engendre une densification de la population et du bâti et un étalement spatial.

[Transition] Les métropoles se caractérisent donc par un gonflement de leur population, surtout en Chine et en Asie de l'Est.

II. Une influence économique à l'échelle mondiale

• Les métropoles concentrent les activités de service (banque, assurance, bourse), leur puissance se mesure à leur capacité à capter les flux financiers. Londres est la première puissance financière grâce à la City. Elle est suivie par d'autres villes occidentales : New York avec Wall Street, Francfort ou encore Chicago. Mais les métropoles asiatiques sont de plus en plus présentes : Séoul, Tokyo, Mumbai et Shanghai.

• Les métropoles sont aussi de véritables hubs par lesquels passent hommes et marchandises. Centres d'affaires, leur influence est proportionnelle à leur capacité à capter et à diffuser les flux. La concurrence est forte entre les métropoles asiatiques (Hong Kong, Singapour, Shanghai), européennes (Londres, Paris, Amsterdam) et américaines (New York).

> **MOT CLÉ**
> Un hub est une zone qui se caractérise par une concentration d'infrastructures de transport (aéroport, gare, port, route) qui permettent de la connecter au monde.

• **Il faut remarquer la 5e place de Dubaï, métropole des Émirats arabes unis qui est devenue un véritable carrefour commercial entre l'Asie, l'Europe et l'Afrique.**

[Transition] **Les métropoles américaines et européennes concentrent les activités financières et économiques mais elles sont très concurrencées, et parfois dépassées, par les métropoles asiatiques.**

III. Un *soft power* multiforme

• Les métropoles se distinguent aussi par leur *soft power*. Elles fabriquent et diffusent de la connaissance, *via* leurs universités et leur maîtrise des réseaux internet. Huit des métropoles les plus puissantes dans ce domaine sont situées en Europe et aux États-Unis, aucune ne se trouve dans les pays émergents ou en Chine.

> **MOT CLÉ**
> Le *soft power* désigne la capacité d'influence et de persuasion d'un acteur.

• Les critères de la qualité de vie et du respect des libertés fondamentales font apparaître de nouvelles métropoles comme Vancouver au Canada ou Düsseldorf en Allemagne. *A contrario*, le développement des métropoles des pays émergents s'est souvent effectué au détriment de leur environnement et de la démocratie. De fait, aucune métropole de Chine n'est présente dans ce classement ; cet État se révèle être à la fois un régime autoritaire et le plus pollueur du monde.

> **▶ Le conseil de méthode**
> L'analyse des classements ne peut se faire qui si vous savez localiser les métropoles. Il faut connaître sur quel continent et dans quel pays elles se situent (par exemple, Vancouver ou Düsseldorf). L'utilisation d'un atlas est donc recommandée lors de l'apprentissage de vos leçons.

Conclusion

[Réponse à la problématique] Les processus de mondialisation et de métropolisation ont fait émerger des villes globales qui concentrent hommes, activités et fonctions. Ces métropoles sont très hiérarchisées, et leur classement diffère selon les critères. [Ouverture] La concurrence entre elles est forte, se manifestant par exemple à travers la construction de gratte-ciel de plus en plus hauts : la Kingdom Tower de Djeddah en Arabie Saoudite va ainsi détrôner la Burj Khalifa de Dubaï.

La métropolisation de la France

PRODUCTION GRAPHIQUE

1 heure
10 points

INTÉRÊT DU SUJET • Le territoire français est structuré et organisé par les métropoles qui concentrent population, activités et pouvoirs décisionnels. Mais de Paris à Marseille, en passant par Strasbourg et Rennes, les dynamiques de la métropolisation sont-elles les mêmes ?

À partir du document, vous construirez, à l'aide du fond de carte fourni, un croquis correspondant au sujet suivant : « La métropolisation de la France » accompagné d'une légende organisée.

DOCUMENT

Paris, métropole de rang mondial

La métropolisation renforce le rôle et le poids de Paris, seule métropole mondiale du pays. Paris, capitale, concentre la population, les emplois et les fonctions supérieures. Elle polarise une vaste région qui, au-delà de la région métropolitaine de l'Île-de-France, englobe un quart Nord-Ouest du pays (la Normandie, le Centre-Val-de-Loire, le sud des Hauts-de-France, l'ouest du Grand-Est, le nord de la Bourgogne). Malgré l'étalement urbain considérable que connaît cette métropole, sa croissance démographique s'avère moyenne, à la différence de la concentration des fonctions de commandement et de recherche.

Les autres métropoles françaises, des métropoles de rang secondaire

Les autres métropoles françaises connaissent des situations très diverses. Elles se situent à des niveaux différents, en lien avec les fonctions et les activités qu'elles accueillent. Lille, Strasbourg et Lyon sont des métropoles de rang européen. Nantes, Bordeaux, Toulouse et Marseille, métropoles nationales, polarisent des espaces plus réduits que Paris. Enfin, certaines villes ont un rang métropolitain régional, telles Nancy, Rennes, Grenoble, Nice et Montpellier.

Les dynamiques démographiques de ces métropoles s'avèrent néanmoins différenciées, liées à leur environnement régional. Forte pour Strasbourg, Rennes, Nantes, Lyon, Bordeaux, Toulouse et Montpellier, la croissance démographique est en revanche moyenne pour Lille et Nancy, tandis que Marseille et Nice connaissent une croissance assez limitée dans une région pourtant en forte croissance. L'ensemble de ces métropoles connaît un étalement urbain.

Des métropoles connectées

Les métropoles françaises s'insèrent dans la mondialisation. Cela se traduit en particulier par leurs infrastructures de transports. Paris s'ouvre sur le monde avec ses deux aéroports et elle est au cœur du réseau des LGV, qui la relient à Lille, Strasbourg, Lyon et Marseille, Bordeaux et Toulouse, Nantes ainsi que Rennes. Lille bénéficie des deux LGV qui la connectent au Royaume-Uni par l'Eurostar et à la Belgique et aux Pays-Bas par le Thalys. Toulouse et Lyon possèdent des aéroports de rang international. Marseille représente avec son port une interface sur la Méditerranée. Strasbourg et Lille, enfin, bénéficient d'une importante activité transfrontalière.

Fond de carte

LES CLÉS DU SUJET

Exploiter le texte

Notion centrale : la métropolisation, concentration accrue de la population et des fonctions de commandement au profit des plus grandes villes

Dynamiques spatiales : hiérarchisation urbaine, croissance démographique, mise en réseau (connexion)

La métropolisation de la France

Espaces étudiés : France, Paris, métropoles de rang secondaire

Construire la légende

- Le texte propose trois sous-parties, mais elles ne peuvent être utilisées pour la structure de la légende car il faudrait répéter les informations données sur l'évolution démographique.
- Ainsi, il est préférable d'organiser la légende autour des **trois dynamiques spatiales** qui se dégagent du texte : la hiérarchisation, la croissance démographique et la mise en réseau.

I. Des métropoles hiérarchisées	Jouez sur la taille des figurés pour montrer la hiérarchisation des métropoles.
II. Une évolution démographique différenciée	Utilisez un gradient de couleur pour indiquer les différentes dynamiques démographiques.
II. Des métropoles connectées	Utilisez des figurés linéaires et des figurés ponctuels.

14 CORRIGÉ GUIDÉ

Une métropolisation déséquilibrée du territoire français

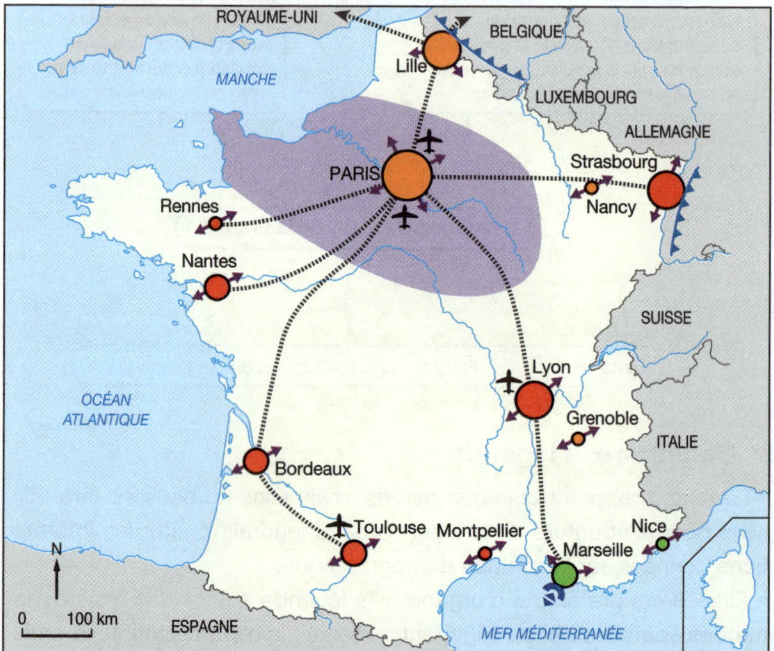

I. Des métropoles hiérarchisées

1. Paris, métropole de rang mondial

- Une capitale macrocéphalique qui concentre la population, l'emploi et les fonctions supérieures de commandement et de recheche
- Une vaste région polarisée

2. Les autres métropoles françaises de rang secondaire

Métropole :
- de rang européen
- de rang national
- de rang régional

II. Une évolution démographique différenciée

Une croissance démographique :
- limitée
- moyenne
- forte
- Étalement urbain

III. Des métropoles connectées

- Aéroport international
- Ligne à grande vitesse (LGV)
- Port de Marseille, porte de la Méditerranée
- Interface frontalière très active

▶ Le conseil de méthode

Votre production graphique doit comporter un titre qui pose la problématique. La légende apporte des éléments de réponse (ex. : macrocéphalie).

Une diversité des espaces de production dans le monde

PRODUCTION GRAPHIQUE

1 heure
10 points

INTÉRÊT DU SUJET • *Made in China*, fabriqué au Vietnam : les étiquettes des jeans n'étonnent plus. Pourtant, elles cachent des stratégies complexes mises en place par les entreprises, mêlant concurrence libérale, mondialisation de l'économie et diversification des espaces de production.

À partir du texte, vous construirez, à l'aide du fond de carte fourni, un croquis correspondant au sujet suivant : « La segmentation des processus de production à l'échelle mondiale » accompagné d'une légende organisée.

DOCUMENT

Dans le cadre de la mondialisation, les processus de production se sont complexifiés et sont organisés en chaînes de valeur ajoutée à différentes échelles. Le parcours de fabrication d'un produit de consommation mondialisé comme le blue-jeans témoigne de la segmentation du système productif et d'une mondialisation par les centres et par les périphéries.

Les firmes transnationales au centre du processus de production

La firme transnationale Levi Strauss, depuis son siège social de San Francisco et ses centres de décision comme Bruxelles et Singapour, organise et contrôle la production de jeans. La recherche, les stratégies commerciales, toutes les décisions partent de ces bureaux. L'achat de la matière première, le coton, est effectué sur tous les continents (États-Unis, Brésil, Mali, Bénin, Turquie, Chine, Pakistan, Union indienne) afin de diversifier son approvisionnement, de diminuer ses dépendances envers une région et de baisser les prix. Ce coton est transformé en tissu après plusieurs opérations ; puis ce tissu denim est envoyé dans les usines de fabrication présentes dans 38 pays, mais 48 % de la production est effectuée en Chine, en Inde et au Vietnam. Une fois terminés, les jeans Levi's sont acheminés par voies maritimes dans le monde entier, mais les plus gros consommateurs sont l'Asie, l'Europe et l'Amérique du Nord.

Un système productif organisé par le bas

Les blue-jeans sont à la mode aussi dans les pays en voie de développement du Sud. Un autre système s'est développé reposant sur des lieux et des réseaux différents. La ville chinoise de Yiwu est le centre de ce système productif, véritable carrefour commercial de biens de consommation à bas prix dont les blue-jeans. Ces produits proviennent de toute la province et sont vendus à Yiwu puis exportés vers la plaque tournante moyen-orientale de Dubaï. Les jeans prennent la direction des centres commerciaux de Turquie, des pays du Golfe, du Liban. Un réseau illégal très actif s'est aussi développé autour de villes de transit : les jeans sont ainsi réceptionnés dans les entrepôts de Tripoli puis ils prennent la route de Salloum, bourgade dans les confins désertiques à la frontière égyptienne. Ils repartent vers Le Caire où ils seront vendus dans les souks, mais une partie sera réexportée vers le Maghreb et l'Afrique.

Fond de carte

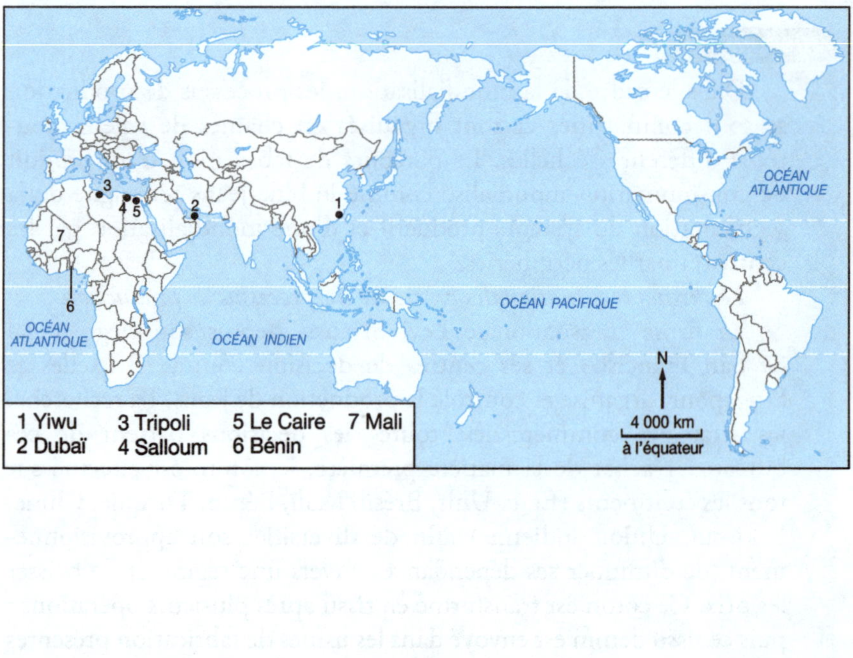

LES CLÉS DU SUJET

Exploiter le texte

Notion centrale : division internationale des processus productifs (DIPP), ou fabrication d'un produit en de multiples tâches effectuées par des entreprises dans le monde entier

Dynamiques spatiales : mondialisation, mise en réseau, logique centre-périphérie

La segmentation des processus de production à l'échelle mondiale

Espaces étudiés : système-monde, Nord-Sud, carrefours

Construire la légende

Le texte permet ici de construire les parties de votre légende. Vous pouvez donc le suivre.

I. Les firmes transnationales au centre du processus de production

- Trouvez des figurés ponctuels et des figurés de surface adéquats pour désigner les différents lieux et territoires de production.
- Utilisez des figurés linéaires pour indiquer les connexions et les flux entre ces territoires.

II. Un système productif organisé par le bas

- Choisissez des figurés ponctuels de tailles et de couleurs différentes pour distinguer les villes carrefours et les points nodaux de ce système.
- Utilisez des figurés linéaires de différentes formes et/ou de couleurs pour rendre compte de la diversité des flux entre les territoires.

15 CORRIGÉ GUIDÉ

Le système productif du blue-jeans, un exemple de la diversification des espaces de production à l'échelle mondiale

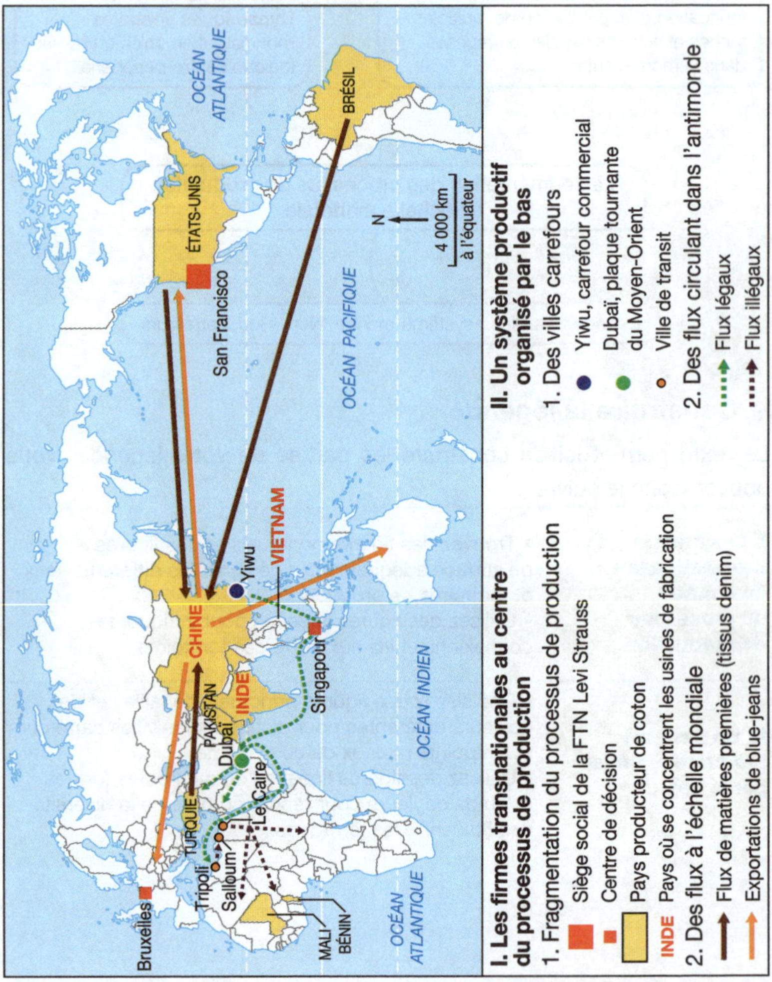

▶ Le conseil de méthode

Pour ce croquis, la principale difficulté est de trouver des figurés qui se distinguent suffisamment, non seulement entre les parties de votre légende mais aussi au sein d'une même partie. Par exemple, les flèches des flux des parties I et II, de même que celles des flux légaux et illégaux dans la partie II. Vous pouvez faire varier leurs teintes, formes et épaisseurs.

La littoralisation des espaces productifs

QUESTION PROBLÉMATISÉE

1 heure
10 points

INTÉRÊT DU SUJET • Les espaces productifs se concentrent sur les littoraux. Pourquoi les acteurs choisissent cette logique spatiale ? En quoi cette littoralisation favorise les flux et participe à la mondialisation ?

La littoralisation des espaces productifs favorise-t-elle l'explosion des flux d'échanges matériels et immatériels ? Vous pourrez aborder l'importance des espaces productifs littoraux et le rôle que jouent les flux maritimes dans leur organisation pour déterminer le rôle joué par la littoralisation des espaces productifs dans l'explosion des flux.

LES CLÉS DU SUJET

Analyser le sujet

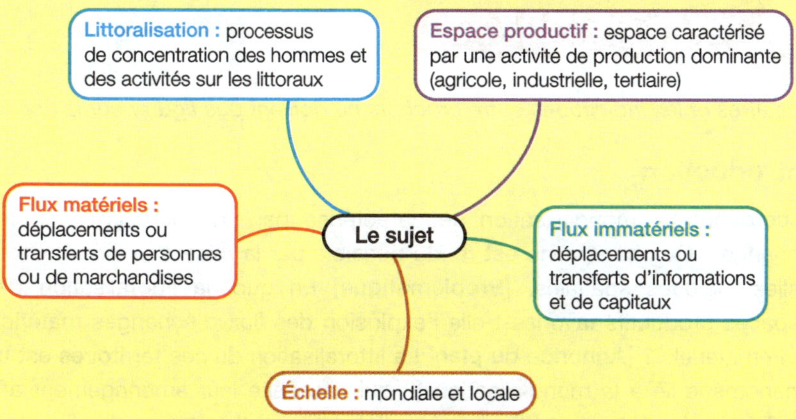

Dégager les enjeux du sujet

• Le sujet traite d'**un type d'espaces de production de richesses,** ceux situés sur les littoraux. Leur « rôle » dans l'« explosion des flux » doit être questionné.

• Pour ce faire, il s'agira de **caractériser l'« importance » de ces espaces productifs** et des flux qui les constituent dans le cadre de la mondialisation des échanges.

Organiser la réponse

I. Une littoralisation des espaces productifs à l'échelle mondiale	• Quelles sont les façades maritimes les plus dynamiques aujourd'hui ? • Quelles logiques de la mondialisation favorisent le développement des espaces productifs sur les littoraux ? Quelles en sont les conséquences ?
II. Des aménagements pour capter et diffuser les flux	• En quoi la mise en place de complexes industrialo-portuaires favorise-t-elle les échanges ? • Quelles sont les infrastructures aménagées sur les littoraux qui permettent les échanges de flux immatériels ? • Quels sont les effets du tourisme sur les littoraux ?
III. Une mise en réseau qui contribue à l'explosion des flux	• En quoi l'explosion des flux est-elle liée à la maritimisation des échanges ? • Pourquoi les espaces littoraux sont-ils au cœur des flux financiers ? • Montrez que les littoraux sont la première destination touristique mondiale.

16 CORRIGÉ GUIDÉ

Les titres et les indications entre crochets ne doivent pas figurer sur la copie.

Introduction

[Accroche] La mondialisation se caractérise par un accroissement des échanges. Ce phénomène est rendu possible par la mise en place de nouvelles logiques spatiales. [Problématique] En quoi la littoralisation des espaces productifs favorise-t-elle l'explosion des flux d'échanges matériels et immatériels ? [Annonce du plan] La littoralisation de ces territoires est un phénomène lié à la mondialisation [I] qui nécessite leur aménagement afin de fluidifier les échanges [II], ce qui participe alors à l'explosion des flux [III].

▶ Le conseil de méthode

En géographie, l'accroche permet d'amener le sujet et de le situer dans l'espace, c'est-à-dire d'indiquer l'échelle où se situe la réflexion : mondiale, régionale, nationale, locale ou multiscalaire (à plusieurs échelles). Ici, la mondialisation constitue le contexte du sujet, la littoralisation, qui en est une émanation.

I. Une littoralisation des espaces productifs à l'échelle mondiale

1. Les façades maritimes, des territoires privilégiés de l'économie mondiale

• De grandes façades maritimes jouent un rôle majeur dans la mondialisation en concentrant les hommes et les activités. Il s'agit de la façade pacifique du Japon, de la Chine littorale, du *Northern Range* européen, des côtes est (Mégalopolis) et ouest des États-Unis.

• Ce sont des interfaces qui permettent la connexion des échanges à l'échelle de la planète.

MOT CLÉ
Une façade maritime est un espace littoral constitué de très grands ports proches les uns des autres et en liaison avec le même avant-pays océanique (*foreland*) et le même arrière-pays continental (*hinterland*).

2. Une littoralisation favorisée par de nouvelles stratégies économiques

• Une nouvelle division internationale du travail (NDIT) redistribue les activités à l'échelle mondiale : industrialisation des pays émergents (Chine, Inde, Asie du Sud-Est, Brésil), activités à haute valeur ajoutée et services pour les pays du Nord, exploitation des matières premières dans les pays les moins avancés (PMA). Cette stratégie de spécialisation des espaces augmente les dépendances et les complémentarités, rendant dès lors les échanges obligatoires.

• Ces échanges s'amplifient aussi du fait d'une division internationale du processus productif (DIPP). Pour diminuer leurs coûts, les firmes transnationales (FTN) éclatent la production en plusieurs lieux : conception et recherche dans le Nord, fabrication des pièces détachées dans plusieurs pays et assemblage dans un autre.

[Transition] Ces processus mettent en réseau les territoires, mais ils ne peuvent fonctionner que si les échanges sont fluides.

II. À l'échelle locale, des aménagements pour fluidifier les échanges

1. Les complexes industrialo-portuaires, des portes sur le monde

• Les littoraux sont aménagés pour faciliter les échanges, des zones franches sont créées pour attirer les investisseurs. Se constituent ainsi des complexes industrialo-portuaires, permettant la réception de matières premières et de marchandises et l'expédition de produits transformés.

• Ces lieux contituent un hub grâce à leur plate-forme logistique organisée autour du port. La conteneurisation a permis de rationaliser les transports, les marchandises passant rapidement du bateau au rail ou à la route.

MOT CLÉ
Une zone franche est une zone géographique d'un pays présentant des avantages fiscaux afin d'attirer les investissements et de développer l'activité économique.

2. Des flux immatériels facilités par des infrastructures innovantes

• Des milliers de kilomètres de câbles sous-marins assurent la quasi-totalité des communications intercontinentales (Internet, téléphone, flux d'informations ou de transactions financières).

• Tous ces flux invisibles transitent et sont stockés dans des centres de données (*data centers*) installés dans les villes littorales, mais aussi sous la mer.

3. Une mise en tourisme des littoraux : les stations balnéaires

• Les littoraux ont été parfois complétement repensés et aménagés pour accueillir un tourisme de masse.

• La station balnéaire en est l'exemple le plus abouti (marina, immeubles, port de plaisance, plages artificielles, etc.) : Miami aux États-Unis, Benidorm en Espagne ou La Grande-Motte en France.

▶ Le conseil de méthode
Donner des exemples permet d'illustrer votre propos. Afin d'être le plus pertinent, il convient d'en citer plusieurs. Ainsi les trois exemples de stations balnéaires (Miami, Benidorm, La Grande-Motte) montrent que cet aménagement se retrouve partout dans le monde.

[Transition] **Les littoraux sont aménagés pour capter les échanges ; ils participent alors à l'explosion des flux.**

III. Les espaces productifs littoraux, moteurs des flux mondiaux

1. Une croissance des flux liée à la maritimisation des échanges

- La maritimisation est au cœur de la mondialisation : entre 1970 et 2018, le trafic maritime mondial est passé de 2,6 à 10,7 milliards de tonnes.
- Aujourd'hui plus des quatre cinquièmes du commerce international transitent par la voie maritime.

MOT CLÉ
La maritimisation est un processus d'accroissement des échanges internationaux par voie maritime qui s'accélère depuis les années 1970.

2. Les littoraux au cœur des flux financiers

- Accueillant les unités productives des FTN, les littoraux sont des réceptacles privilégiés des flux d'investissements directs à l'étranger (IDE).
- Les littoraux abritent aussi des paradis fiscaux (îles Caïmans, Gibraltar), qui drainent d'importants flux financiers grâce à une fiscalité avantageuse.

3. Une explosion des flux touristiques

- Les flux de touristes internationaux sont passés de 435 millions de personnes en 1990 à 1,4 milliard en 2018.
- 75 % de ces touristes internationaux viennent des riches métropoles européennes, nord-américaines et asiatiques, et se dirigent principalement vers les rivages de la mer Méditerranée, de la mer de Chine, du golfe du Mexique et de la mer des Caraïbes.

Conclusion

[Réponse à la problématique] Littoralisation des espaces productifs, stimulée par les nouvelles logiques économiques de la mondialisation, et aménagement de ces espaces pour les connecter entre eux : c'est bien ce double processus territorial qui provoque une explosion des flux des échanges matériels et immatériels. [Ouverture] De fait, les littoraux sont très convoités et des tensions géopolitiques menacent, comme en mer de Chine.

La culture, outil de reconversion du système productif

ANALYSE DE DOCUMENT

1 heure
10 points

INTÉRÊT DU SUJET • L'île de Nantes est au cœur d'un grand projet d'aménagement. Pourtant il n'est pas question ici de centrale nucléaire nouvelle génération ou d'aéroport… mais de culture, au service d'un système productif innovant.

▶ **À partir de l'analyse du document (voir page suivante), vous montrerez que la culture joue un rôle important dans le développement économique local et qu'elle permet aussi de restructurer le territoire.**

DOCUMENT **Reconquête urbaine et métropolitaine d'un espace industriel : « l'île de Nantes »**

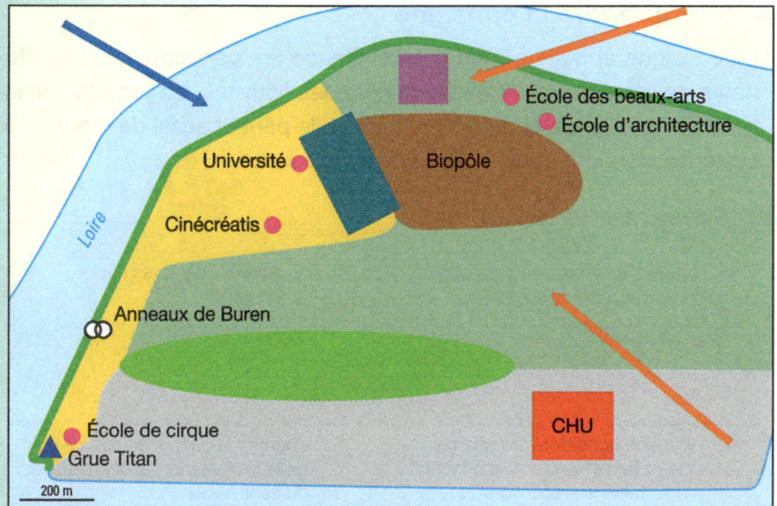

I. La fabrication d'une nouvelle centralité

- Fonctions intellectuelles supérieures, cluster créatif
- Fonction administrative : nouveau palais de justice
- Fonction économique : projet de centre hospitalier universitaire (CHU)
- Espaces de loisirs : bars, restaurants, commerces
- Biopôle : laboratoires, start-up
- Zone d'activités : entreprises et friches industrielles

II. Une réappropriation de l'île

- Bords de Loire aménagés
- Végétalisation : projet de parc urbain
- Quartiers d'habitations rénovés et réhabilités avec création d'écoquartiers

III. Sauvegarde d'un patrimoine et d'une identité

- Grue Titan
- Chantiers navals Dubigeon transformés en lieux culturels
- Anneaux de Buren, symbole du rôle de Nantes dans la traite négrière

IV. Un territoire attractif

- Investissements publics et privés
- Nouveaux habitants : mixité sociale et générationnelle

Source : d'après les travaux de Jacques Fache, 2020.

LES CLÉS DU SUJET

Comprendre la consigne

La consigne appelle à mettre en évidence **les conséquences territoriales de « la culture »**. Celle-ci génère des activités, qu'il faudra identifier dans la légende et dans le schéma. Elle permet aussi de repenser le système productif et de « restructurer » l'espace.

Présenter le document

Le document

- **Nature :** schéma élaboré à partir de travaux scientifiques et de photos aériennes
- **Auteur :** Jacques Fache, un géographe
- **Espace considéré :** le quartier de « l'île de Nantes », une friche industrielle en reconversion
- **Thème :** la culture au service de la revitalisation économique du centre-ville

Organiser sa réponse

I. La reconversion d'une friche industrielle par l'innovation culturelle	• Pourquoi une partie de l'île est une friche industrielle ? • Identifiez le domaine constitutif du cluster de l'île. • Quelles sont les activités liées aux différentes fonctions présentes sur le territoire ? • Pourquoi peut-on dire que cette reconversion met en place un technopôle ?
II. Un espace repensé : patrimonialisation et durabilité	• Quels sont les lieux qui ont été sauvegardés mais dont la fonction a été modifiée ? • Quelle est la place de la nature sur l'île ? • Qu'est-ce qu'un écoquartier ?

17 CORRIGÉ GUIDÉ

Les titres et les indications entre crochets ne doivent pas figurer sur la copie.

Introduction

[Contexte] Pour s'affirmer comme métropole européenne, la ville de Nantes mise sur le développement de l'économie de la connaissance. La fermeture d'industries ouvre la voie à un projet de reconversion et de réappropriation de l'île qui fait face au centre-ville. [Problématique] En quoi la culture permet-elle de restructurer cet espace et de développer l'économie locale ? [Présentation du document et annonce du plan] Le schéma construit à partir des travaux du géographe Jacques Fache propose d'analyser la recomposition de ce territoire. Cette reconversion autour de la culture génère de nouvelles fonctions [I] ; et la création de ce nouvel espace s'articule autour de la patrimonialisation et du développement durable [II].

> **MOT CLÉ**
> L'économie de la connaissance correspond à un nouveau mode de développement dans lequel la richesse réside désormais dans le savoir et les compétences.

I. La reconversion d'une friche industrielle par l'innovation culturelle

• La fermeture d'industries a laissé en friche une partie de l'île. Sa reconversion consiste alors à implanter de nouvelles activités pour redynamiser et adapter ce territoire aux changements de l'économie et de la société.

• La création d'un cluster créatif est au cœur de ce processus de renouvellement des fonctions centrales. Il est composé d'écoles, d'entreprises et d'activités de production culturelle.

• Ce territoire rassemble trois types de fonctions : les fonctions intellectuelles supérieures (école d'architecture, école des beaux-arts, une partie de l'université, école de cirque, école de cinéma Cinécréatis) ; les fonctions administratives (le nouveau palais de justice) et les fonctions économiques. Ces dernières se composent de services autour de la santé (centre hospitalier universitaire, CHU), de loisirs (bars, restaurants, commerces) et surtout d'activités technopolitaines (laboratoires, start-up travaillant sur les biotechnologies).

> **MOT CLÉ**
> Un cluster est un regroupement d'entreprises, de centres de recherche, d'institutions d'enseignement supérieur autour d'un même domaine, par exemple la culture.

> **▶ Le conseil de méthode**
> Pour montrer l'affirmation et le poids de certaines fonctions, relevez toutes les activités indiquées dans le schéma et regroupez-les par famille. Les fonctions économiques se composent ainsi d'un CHU, d'un espace de loisirs, d'un biopôle et d'une zone d'activités.

[Transition] Le développement d'activités autour de l'innovation culturelle et technologique permet de redynamiser le territoire, de répondre aux besoins de la population locale et d'étendre l'influence de Nantes.

II. Un espace repensé : patrimonialisation et durabilité

- Cette innovation culturelle s'accompagne d'une patrimonialisation du passé industriel : l'ancienne nef des chantiers navals Dubigeon a été restaurée et transformée en attraction culturelle et touristique ; la grue Titan a été conservée et placée à la pointe aval de l'île. Des œuvres d'art font référence à l'histoire de la ville comme celle de Daniel Buren dont les anneaux sont un rappel de la traite négrière.

> **MOT CLÉ**
> La patrimonialisation repose sur la reconnaissance et la mise en valeur des édifices ou des territoires que la société souhaite transmettre.

- Cette reconversion témoigne aussi d'un nouveau rapport à la nature qui prend plus de place dans la ville et dans le quotidien des habitants : les bords de Loire et un parc urbain ont ainsi été aménagés.
- La construction d'un écoquartier repose sur une démarche environnementale vertueuse (économie d'énergie), sur une mixité fonctionnelle, sociale et générationnelle. Ses promoteurs ont ainsi cherché à garder l'identité de ce territoire tout en répondant aux enjeux du développement durable.

Conclusion

[Reprise de la démonstration] Le document met en évidence la constitution d'un nouveau système productif axé sur la culture et sur l'économie de la connaissance. L'île de Nantes est devenue un nouveau centre concentrant les services et les activités ; mais c'est aussi un lieu de vie que se sont réapproprié ses habitants. [Ouverture] Cette reconversion se veut respectueuse de l'environnement et s'inscrit dans une démarche de développement durable. Ce projet donne de Nantes une image de ville moderne et innovante, participant à améliorer son attractivité.

Fragmentations des espaces ruraux proches des villes

PRODUCTION GRAPHIQUE

1 heure
10 points

INTÉRÊT DU SUJET • Campagne à la ville ou ville à la campagne ? Avec une urbanisation croissante de la population et un étalement spatial, les espaces ruraux proches de villes connaissent de nombreuses transformations, entre fragmentations et recomposition.

▶ **À partir du texte, vous construirez, à l'aide du fond de carte fourni, un schéma correspondant au sujet suivant : « Recomposition et fragmentations des espaces ruraux proches des villes » accompagné d'une légende organisée.**

DOCUMENT

Les espaces ruraux dans le monde, malgré la diversité de leurs paysages, ont un point commun : la fragmentation. Mais cette fragmentation est en réalité multiple.

Une urbanisation des campagnes : une fragmentation spatiale

Les villes s'étalent et la périurbanisation transforme les espaces ruraux contigus en espaces hybrides où la densité augmente. Ainsi, dans cette frange extérieure des villes se mêlent des lotissements, des champs, des espaces dédiés aux loisirs, des zones commerciales et d'activités. Les villages proches voient leur population augmenter avec le développement d'un exode urbain, ce qui participe au mitage de ces espaces. De fait, les surfaces bâties augmentent tout autour des villages. Ces populations sont à la recherche d'un cadre de vie plus agréable, moins pollué et moins onéreux. Ces néoruraux continuent de travailler en ville et d'y avoir des activités de loisirs, ce qui a pour conséquence l'amplification des mouvements pendulaires et la saturation des axes de transports. C'est pourquoi, pour faciliter et fluidifier les déplacements, le réseau routier se densifie avec souvent la construction d'autoroutes.

Une fragmentation économique

L'activité agricole structure encore les paysages, mais d'autres d'activités se développent comme le tourisme. Pour ce faire, plusieurs stratégies sont à l'œuvre. Il y a tout d'abord une mise en valeur du patrimoine architectural et une protection d'espaces naturels, ce qui permet d'attirer les touristes en quête de beaux paysages, de culture et de repos. Il y a aussi la création *ex nihilo* de centres de vacances déconnectés du reste du territoire.

Une fragmentation sociale autour de conflits d'usages

Toutes ces mutations peuvent engendrer des tensions. Les forêts, par exemple, sont sujettes à des conflits d'usages. Les populations locales les conçoivent souvent comme une ressource avec l'utilisation du bois et la pratique de la chasse alors que les acteurs de la protection de l'environnement souhaitent au contraire les sauvegarder et les patrimonialiser.

Fond de carte

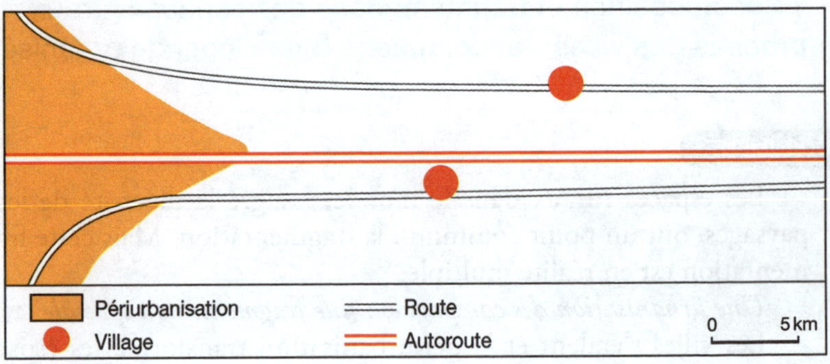

LES CLÉS DU SUJET

Exploiter le texte

Notion centrale : la fragmentation spatiale, perte d'unité paysagère, économique ou sociale.

Dynamiques spatiales : urbanisation, périurbanisation, mitage, mise en tourisme, patrimonialisation

Recomposition et fragmentations des espaces ruraux proches des villes

Espaces étudiés : échelle locale, frange extérieure et campagne proche des villes

Construire la légende

Le texte met en avant le terme de « **fragmentation** », décliné sous ses aspects spatial, économique et social. L'ensemble de ces dimensions permettent de caractériser la **recomposition** des espaces ruraux proches de villes.

I. Fragmentation spatiale : l'urbanisation des campagnes

- Trouvez des figurés ponctuels pour représenter les lieux importants des espaces conquis par la ville.
- Utilisez des figurés linéaires pour montrer les dynamiques liées à l'urbanisation des campagnes.

II. Fragmentation économique : des activités diverses

- Choisissez la couleur adéquate pour caractériser les espaces où l'agriculture façonne les paysages.
- Utilisez des figurés ponctuels ou des aplats de couleurs pour indiquer les espaces patrimonialisés et mis en tourisme.

III. Fragmentation sociale : des conflits d'usages

Le cerne de couleur permettra de localiser le territoire forestier source de conflits.

18 CORRIGÉ GUIDÉ

La recomposition par fragmentation des espaces ruraux

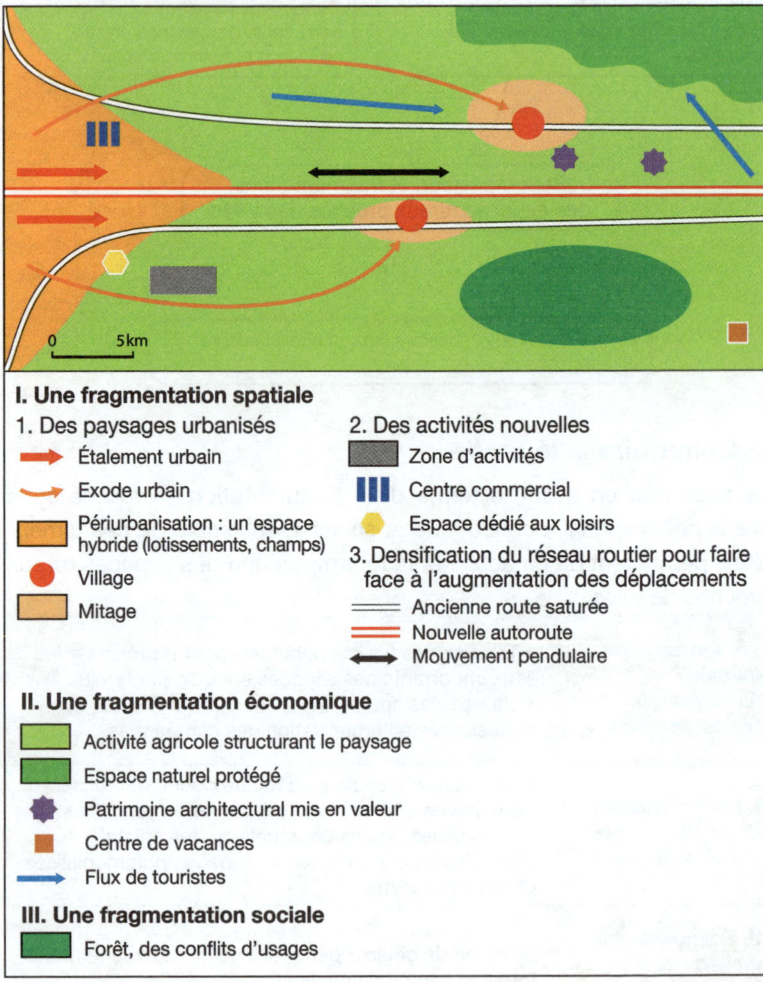

▶ Le conseil de méthode

Dans une production graphique, les couleurs sont très importantes. Vous devez les choisir en fonction de leur symbolique. Le vert, par exemple, renvoie de manière générale à la nature. Il faut également rester cohérent entre les figurés représentant plusieurs aspects d'une même catégorie. Ainsi des teintes différentes de vert ont été utilisées ici pour distinguer les activités agricoles, les espaces naturels protégés ou encore les forêts.

La multifonctionnalité des espaces ruraux

ANALYSE DE DOCUMENTS

1 heure
10 points

INTÉRÊT DU SUJET • Les espaces ruraux recouvrent aujourd'hui des fonctions variées. Comment cette multifonctionnalité engendre-t-elle une nouvelle organisation territoriale ?

En analysant les documents, vous montrerez que ces espaces ruraux espagnols sont multifonctionnels, et que cette multifonctionnalité engendre des conflits et des consensus.

DOCUMENT 1 Photographie aérienne de la plaine littorale de Pego-Oliva (Espagne)

Ph© A. Humbert

Source : André Humbert, Roland Courtot et Colette Renard, « Les paysages lus du ciel. De l'intérêt de la photographie aérienne oblique », *Méditerranée*, n° 120, 2013, p. 111-126.

DOCUMENT 2 **Les espaces ruraux de la plaine littorale de Pego-Oliva, une pression anthropique forte**

La plaine littorale de Pego-Oliva au sud de Valence en Espagne montre un paysage rural en mutation. La ville de Pego s'étale au pied et sur le versant d'une montagne, entourée de parcelles agricoles vouées à une quasi-monoculture d'agrumes (orange). Les zones humides ont été converties en rizières avec des parcelles entièrement inondées. La bande littorale s'est profondément urbanisée et forme une station balnéaire avec ses hôtels, ses immeubles d'appartements, son terrain de golf. La plage avec ses installations mobiles et les quelques dizaines de mètres de mer peuvent être considérés comme le sous-ensemble *sand and sea* du complexe touristique. Des routes connectent tout cet espace alors que l'autoroute et la voie ferrée forment un axe majeur du littoral espagnol. Le tourisme, l'urbanisation et l'agriculture sont parfois en concurrence et des conflits d'usages peuvent éclater (tensions sur le foncier et sur la ressource en eau). L'augmentation de la population touristique en été fragilise la ressource en eau et augmente les pollutions alors que les promoteurs construisent sur des terres agricoles. Pour protéger et pour mettre en valeur les paysages et la biodiversité des marais, un parc naturel a été créé. L'agriculture du riz y est maintenue et les touristes profitent des paysages, de la faune et de la flore uniques.

D'après André Humbert, Roland Courtot et Colette Renard, « Les paysages lus du ciel. De l'intérêt de la photographie aérienne oblique », *Méditerranée*, n° 120, 2013, p. 111-126.

LES CLÉS DU SUJET

Comprendre la consigne

La consigne est construite en deux temps. Elle appelle tout d'abord à dégager **les composantes du paysage** qui témoignent des activités développées sur ce territoire. Puis il s'agira de montrer que ces activités peuvent être en **concurrence** et source de **tensions,** nécessitant la recherche de **consensus.**

Présenter les documents

Nature :
- Doc. 1 : photographie aérienne à vue oblique
- Doc. 2 : texte issu d'un article scientifique, avec des descriptions et des analyses

Auteurs : trois géographes

Les documents

Espace considéré : la plaine littorale de Pego-Oliva, espace rural sur la côte espagnole, au sud de Valence

Thème : les espaces ruraux et leur multifonctionnalité

Organiser sa réponse

I. Une plaine rurale multifonctionnelle	• Quels sont les trois plans de la photographie ? Quelles sont les fonctions dominantes de chacun ? • Comment s'organise la fonction résidentielle ? • Quels types d'agriculture occupent les différents plans de la photographie ? • Comment se manifeste la mise en tourisme du littoral ?
II. La multi-fonctionnalité, source de conflits ou de consensus ?	• Quelles sont les activités qui se trouvent mises en concurrence ? Pourquoi ? • Quelles ressources sont au cœur des conflits d'usages ? • En quoi la création d'un parc naturel indique-t-elle une conciliation entre l'activité touristique et agricole ?

9 CORRIGÉ GUIDÉ

Les titres et les indications entre crochets ne doivent pas figurer sur la copie.

Introduction

[Contexte] La plaine littorale de Pego-Oliva au sud de Valence en Espagne s'étend entre mer et montagne. Pendant longtemps, l'agriculture a été l'activité dominante, mais le développement du tourisme a durablement modifié le territoire. [Problématique] De quelle manière la multifonctionnalité de ces espaces ruraux a-t-elle engendré une recomposition de la plaine de Pego-Oliva ? [Présentation des documents et annonce du plan] La photographie aérienne à vue oblique et le texte sont tirés d'un article scientifique de la revue *Méditerranée*. Les auteurs cherchent à décrire et à expliquer l'organisation de ces espaces ruraux. Nous montrerons que chaque territoire de la plaine a ainsi une fonction particulière [I]. Mais cette multifonctionnalité est source de conflits et, parfois, de consensus [II].

> **▶ Le conseil de méthode**
> Pour dégager les différentes fonctions de ce territoire, partez de la photographie. Elle permet de repérer trois grandes bandes qui s'opposent fortement par leur occupation et leur relief. Le texte apporte ensuite des informations qui vous aideront à décrire plus précisément les éléments relevés sur la photographie.

I. Une plaine rurale multifonctionnelle

• La plaine de Pego-Oliva se décompose en trois ensembles : en arrière-plan, la montagne littorale au pied de laquelle se trouve la ville de Pego qui s'étale sur les versants ; au second plan, la plaine humide à vocation agricole ; et au premier plan, la station balnéaire.

• De ce découpage apparaissent plusieurs fonctions. La fonction résidentielle est concentrée dans la ville de Pego et dans la station balnéaire. Cette dernière est destinée aux touristes, avec « ses hôtels, ses immeubles d'appartements » (doc. 2, l. 7) et un camping. Hors de ces deux espaces, il y a peu d'habitat dans la plaine.

• L'agriculture organise le territoire. Autour de Pego, les parcelles vert foncé sont occupées par une monoculture d'oranges. Puis des champs inondés sont voués à la riziculture. À cette zone humique, succèdent de part et d'autre de l'autoroute des parcelles de teintes variées indiquant une polyculture.

• Enfin, la fonction touristique s'est développée en bord de mer. Nous retrouvons tous les éléments de la station balnéaire pour distraire les touristes : piscines, plage, golf, terrains de jeu. Cette mise en tourisme a été facilitée par la construction d'une autoroute présente au centre de la photographie et par des voies ferrées. La station balnéaire est ainsi très accessible aux touristes de toute l'Europe.

> **MOTS CLÉS**
> La monoculture est la culture d'une seule espèce de plante sur un territoire. Elle s'oppose à la polyculture qui est un système de production agricole combinant plusieurs cultures.

[Transition] Le tourisme a modifié profondément les fonctions résidentielles et productives, et il a ainsi restructuré le paysage.

II. La multifonctionnalité, source de conflits ou de consensus ?

• Toutes ces mutations ont engendré des conflits d'usages. Les auteurs de l'article font état de « concurrence » (l. 12). Le tourisme et l'urbanisation occupent ainsi de plus en plus de surface au détriment de l'activité agricole. Toutefois cette demande de foncier a pu représenter aussi une opportunité pour les agriculteurs qui ont pu vendre leurs terres à de meilleurs prix.

MOT CLÉ
Un conflit d'usages se manifeste par une rivalité pour l'exploitation, l'appropriation ou la gestion d'une même ressource ou d'un même territoire, ce qui entraîne alors des tensions.

• En été, l'arrivée massive de touristes augmente la consommation en eau, ressource déjà rare dans la région. Et la pression anthropique sur cette zone marécageuse fragile déséquilibre les écosystèmes, du fait des « pollutions » (l. 16) qu'elle génère.

• Parfois les acteurs arrivent à s'entendre. Ainsi, la création d'un parc naturel pour protéger et mettre en valeur les marais a permis de maintenir l'agriculture et d'attirer les touristes venant découvrir les beautés de ce paysage.

Conclusion

[Reprise de la démonstration] La photographie aérienne et l'extrait de l'article scientifique témoignent de la multifonctionnalité de la plaine littorale de Pego-Oliva. Sa mise en tourisme a restructuré les paysages, mais elle a créé des tensions avec le monde agricole et des conflits d'usages. [Ouverture] Avec le réchauffement climatique, la ressource en eau tendra à diminuer, les tensions risquent alors de s'accentuer s'il n'y a pas de gestion concertée entre les différents acteurs.

Les mutations des espaces ruraux français

QUESTION PROBLÉMATISÉE

1 heure
10 points

INTÉRÊT DU SUJET • En France, l'urbanisation entraîne des mutations des espaces ruraux proches des villes. Périurbains, rurbains : qu'en est-il de ces territoires recomposés ?

Comment la périurbanisation et la rurbanisation redéfinissent-elles les territoires ruraux français ? Votre réponse pourra montrer les modifications des paysages liées à la pression urbaine et l'émergence d'une nouvelle société rurale traversée par de nombreuses tensions.

LES CLÉS DU SUJET

Analyser le sujet

Le sujet

- **Périurbanisation :** extension des surfaces artificialisées en périphérie des agglomérations urbaines
- **Rurbanisation :** processus d'urbanisation rampante de l'espace rural
- **Territoires ruraux :** espaces non urbains, où la nature prend une place importante dans les paysages
- **Paysage :** trace visible et résultat des occupations successives d'un territoire par les hommes
- **Échelle :** nationale (France) et locale

Dégager les enjeux du sujet

• Le sujet traite des processus de **périurbanisation** et de **rurbanisation**. Ceux-ci modifient la structure et les paysages des espaces ruraux.

• Ces processus transforment aussi les sociétés locales qui se trouvent tiraillées entre modes de vie urbains et ruraux, occasionnant des **tensions**, voire des **conflits**, qu'il vous faudra mettre en évidence.

Organiser la réponse

I. Le remodelage des paysages ruraux	• Comment les paysages sont-ils artificialisés ? • Pourquoi la rurbanisation provoque un mitage des territoires ruraux ? • En quoi l'agriculture façonne encore les paysages ? Qu'est-ce qu'une ceinture verte ?
II. Une société rurale hybride sous tensions	• Quels sont les modes de vie des populations périurbaines et rurbaines ? • Qu'est-ce que la ségrégation socio-spatiale ? • Évoquez le syndrome NIMBY. • Qu'est-ce qu'un conflit d'usages ? Quelles en sont les causes ?

20 CORRIGÉ GUIDÉ

Les titres et les indications entre crochets ne doivent pas figurer sur la copie.

Introduction

[Accroche] Les territoires ruraux français connaissent aujourd'hui un double processus : les couronnes périurbaines des villes s'étendent et se densifient tandis que les campagnes plus éloignées connaissent une urbanisation rampante. [Problématique] Quelles sont les conséquences de cette périurbanisation et de cette rurbanisation ? [Annonce du plan] Si les paysages témoignent du remodelage des espaces ruraux [I], une nouvelle société s'y met également en place, confrontée à de nombreuses tensions [II].

▶ Le conseil de méthode

Il est impératif de définir périurbanisation et rurbanisation dans l'introduction. Insistez sur le fait que ces deux processus, s'ils indiquent une urbanisation d'espaces ruraux, se déploient sur des territoires différents. La périurbanisation concerne les espaces proches des villes alors que la rurbanisation se manifeste dans des espaces plus éloignés, en dehors de l'aire urbaine.

I. Le remodelage des paysages ruraux

1. Une artificialisation des territoires

• L'urbanisation a pour conséquence un étalement urbain qui grignote les campagnes proches des villes. Celles-ci sont fortement anthropisées avec l'aménagement de zones pavillonnaires, commerciales et d'activités. Les sols sont donc artificialisés, ils sont bâtis, revêtus et stabilisés.

• Ces territoires sont structurés par des voies de communication qui se densifient : routes, autoroutes, voies ferrées. Les habitants de ces espaces périurbains travaillent souvent en ville, provoquant une intensification des trajets quotidiens domicile-travail (ou mobilités pendulaires) et des embouteillages aux heures de pointe.

• Certains espaces ruraux plus éloignés de la ville deviennent attractifs. La population de ces villages augmente et un phénomène de mitage s'y développe.

> **MOT CLÉ**
> Le mitage est l'éparpillement, sans plan d'urbanisme réellement cohérent, d'infrastructures, de zones d'habitat et d'activités, dans des espaces initialement ruraux (forestiers ou agricoles).

2. Une mise en scène de la nature

• La place de l'agriculture augmente en s'éloignant de la ville : faiblement présente dans les espaces périurbains, elle devient dominante dans le rurbain. Si elle n'est pas l'activité principale, elle organise fortement l'espace. En France, la variété des systèmes agraires produit de la diversité paysagère en périurbain : vignes et haies de cyprès dans l'aire urbaine d'Avignon ou bocage breton (habitat individuel, prairies et zones humides) à Fougères.

• Certaines villes, comme Rennes, possèdent une ceinture verte qui vise à stopper l'étalement urbain. Cependant cette coupure inconstructible repousse l'urbanisation en périphérie, allongeant les distances quotidiennes.

[Transition] Les paysages des territoires ruraux se sont transformés sous la pression urbaine, mais la société s'est également modifiée.

II. Une société rurale hybride sous tensions

1. De nouvelles logiques sociales et politiques

• Avec l'arrivée de nouvelles populations venant de la ville, les sociétés de ces espaces ruraux connaissent une recomposition. Elles se caractérisent par des modes de vie à la fois urbains et ruraux : désir de nature, pratiques culturelles et sportives, ultra-mobilité, etc.

• La ségrégation socio-spatiale est parfois très marquée dans ces espaces ruraux. Alors que ce phénomène est souvent subi, il est aussi assumé avec le développement de la clubbisation de certains villages. Ainsi, les communes périurbaines deviennent des clubs résidentiels plus que des communautés politiques locales.

MOT CLÉ
La clubbisation consiste à développer des stratégies de fermeture et de mise à distance de telle ou telle population.

• Les projets d'aménagement peuvent alors déclencher de forts clivages. Le syndrome NIMBY (*Not in my back yard* : « pas dans mon jardin ») désigne l'attitude qui consiste à refuser tout projet près de son lieu de résidence.

2. Les conflits d'usages

• Ainsi, les néoruraux peuvent avoir des conceptions différentes du territoire par rapport à celles des populations anciennement installées. La campagne peut être vue comme le support d'activités économiques, comme un cadre de vie avec ses usages résidentiels et récréatifs ou encore comme un espace dont la diversité biologique doit être préservée et protégée.

• De nombreux conflits d'usages peuvent éclater. La forêt, par exemple, peut devenir un lieu d'oppositions entre chasseurs, associations de protection des animaux et sportifs, chacun en en revendiquant un usage exclusif.

• L'artificialisation du territoire a des conséquences sur la nature. Elle engendre une perte de surfaces pour l'usage agricole et pour les espaces naturels. Elle imperméabilise certains sols, ce qui accroît la vulnérabilité aux inondations, et a également un impact sur la biodiversité. Les pouvoirs publics tentent de réduire ce processus mais ces terres sont très convoitées.

• Entre ville et campagne, une société se construit ainsi avec de nouveaux codes et avec de nouvelles formes de tensions.

▶ Le conseil de méthode

À la fin de la dernière partie de votre composition, surtout si elle a été longue, il peut être bienvenu d'introduire une phrase conclusive permettant au correcteur de bien identifier les éléments clés de votre raisonnement. Ici, l'on insiste sur les nouvelles logiques à l'œuvre et sur les tensions que leur coexistence peut engendrer.

Conclusion

[Réponse à la problématique] La périurbanisation et la rurbanisation ont entraîné une recomposition des espaces ruraux : les paysages et les sociétés ont été chamboulés. [Ouverture] De nouvelles formes d'habiter entre urbanité et ruralité se sont mises en place et elles façonnent de nouvelles identités territoriales, hybrides et complexes.

Les paradoxes de la croissance démographique en Chine

QUESTION PROBLÉMATISÉE

1 heure
10 points

INTÉRÊT DU SUJET • État le plus peuplé du monde, la Chine occupe désormais une place prépondérante sur la scène économique et géopolitique internationale. Mais cette force du nombre n'est-elle pas aussi une source de fragilités ?

Quels sont les paradoxes engendrés par la croissance démographique en Chine ? Après en avoir mis en évidence les caractéristiques et les effets positifs sur l'économie, vous montrerez que cette croissance démographique est aussi source de nombreux déséquilibres.

LES CLÉS DU SUJET

Analyser le sujet

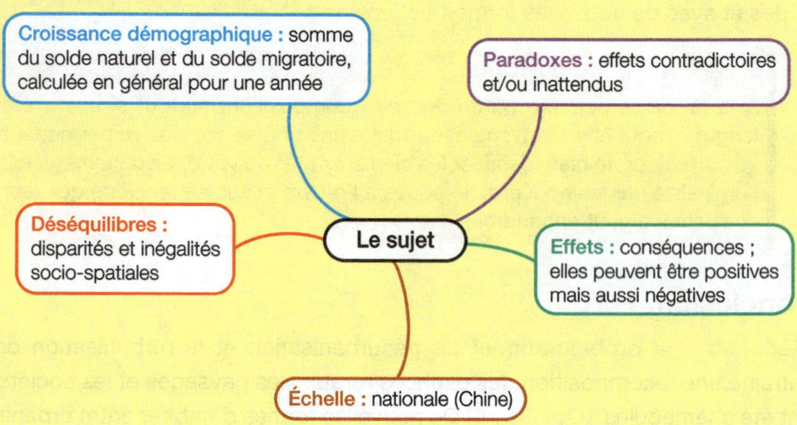

Dégager les enjeux du sujet

• La consigne invite à caractériser la **croissance démographique chinoise**, ce qui permet de comprendre ses effets positifs mais également négatifs.

• L'analyse de ces paradoxes vous permettra de faire apparaître les **recompositions spatiales et sociales** de la Chine.

Organiser sa réponse

I. La Chine, un géant démographique	• Quels sont les mécanismes qui expliquent la croissance démographique chinoise ? • Pourquoi cette croissance ralentit ? • Quels sont les effets positifs de la croissance démographique sur l'économie ?
II. La croissance démographique, source de déséquilibres	• Pourquoi la Chine connaît-elle un fort vieillissement de sa population ? • Comment s'explique le déséquilibre des sexes ? • Quelles sont les inégalités socio-spatiales aux échelles nationale, régionale et intra-urbaine ? • Quelles sont les conséquences environnementales de la croissance démographique ?

21 CORRIGÉ GUIDÉ

Les titres et les indications entre crochets ne doivent pas figurer sur la copie.

Introduction

[Accroche] Depuis au moins 2 500 ans, la Chine représente environ un cinquième des habitants du monde. Sa croissance démographique au XXe siècle symbolise sa puissance mais aussi ses fragilités. [Problématique] En quoi les évolutions contemporaines de la population chinoise sont-elles porteuses de paradoxes ? [Annonce du plan] Il convient de caractériser cette croissance démographique et d'observer ses effets sur l'économie [I], puis de montrer qu'elle est source de nombreux déséquilibres [II].

I. La Chine, un géant démographique

1. Une croissance démographique qui s'essouffle

• En 2019 la population chinoise atteint environ 1,4 milliard d'habitants, soit plus de 18 % des 7,7 milliards de personnes vivant sur Terre. Son taux de croissance annuel est de 0,52 %.

• L'augmentation de la population est liée à un accroissement naturel positif : le taux de natalité est de 10,4 naissances pour 1 000 habitants alors que le taux de mortalité est de 7 décès pour 1 000 habitants. Cet accroissement naturel compense un solde migratoire négatif.

MOT CLÉ
Le solde migratoire est le nombre d'arrivées (immigrants) moins le nombre de sorties (émigrants).

• Pourtant le nombre d'habitants tend à stagner car, malgré la fin de la politique de l'enfant unique, les naissances diminuent. Elles s'élèvent à environ 14,6 millions, soit une baisse de 4 % par rapport à 2018. Cette situation s'explique par un taux de fertilité faible – 1,6 enfant en moyenne par femme en âge de procréer – alors que la mortalité ne baisse plus.

2. Une croissance démographique, moteur de l'économie

• La population chinoise représente un marché intérieur important, les besoins et la demande stimulent la production et favorisent donc la croissance économique du pays.

• La croissance démographique exerce également une pression créatrice : elle incite à innover pour faire face aux nombreux enjeux. La révolution verte a ainsi permis de mettre fin à la famine.

MOT CLÉ
La révolution verte est la mise en place, à partir du milieu des années 1960, d'une agriculture intensive grâce à l'utilisation d'engrais, de variétés à haut rendement, puis d'OGM et de produits phytosanitaires.

• Dans un contexte de concurrence mondiale, sa main-d'œuvre nombreuse et bon marché est aussi un avantage pour la Chine : elle favorise l'installation d'entreprises étrangères qui cherchent à baisser leurs coûts de production.

[Transition] La croissance démographique de la Chine ralentit, mais elle a été un atout et un facteur de croissance économique. Paradoxalement elle engendre des déséquilibres.

II. La croissance démographique, source de déséquilibres

1. Des déséquilibres démographiques

• La Chine doit faire face à un vieillissement rapide de sa population. Le nombre de personnes âgées de 60 ans et plus devrait atteindre 487 millions en 2020, soit 35 % de la population totale, ce qui correspond à une forte chute des actifs en âge de travailler.

• Le problème « 4-2-1 » devient prépondérant : un enfant unique doit s'occuper de ses deux parents et de ses quatre grands-parents. Cette situation est une conséquence de la politique de l'enfant unique, des départs à la retraite qui n'ont pas changé depuis 1949 et de l'augmentation de l'espérance de vie.

• À cela s'ajoute un déséquilibre sex-ratio : il naît aujourd'hui 117 garçons pour 100 filles en moyenne, du fait de la pratique de l'avortement sélectif et d'une surmortalité des petites filles liée à la maltraitance.

MOT CLÉ
Le sex-ratio est le rapport entre le nombre de garçons et le nombre de filles dans une population.

2. Des inégalités socio-spatiales accrues

• Cette croissance démographique s'est accompagnée d'une littoralisation du développement. 14 % du territoire attire 82 % des investissements directs à l'étranger (IDE), dégage 58 % du produit intérieur brut (PIB) et réalise 84 % des exportations.

• Les inégalités villes-campagnes sont très fortes. Le revenu annuel des ruraux est trois fois inférieur à celui des urbains. Cet écart stimule l'exode rural qui concerne près de 18 millions de Chinois chaque année.

• À l'échelle intra-urbaine, les écarts se creusent aussi au détriment des *min-gongs*, ces travailleurs migrants qui n'ont pas le droit de s'installer en ville et qui subissent des conditions de travail et de vie très précaires.

3. Une croissance démographique au coût environnemental élevé

• Avec l'augmentation de la population, la pression sur les ressources ne fait que s'accentuer. Le Nord est ainsi en situation de stress hydrique et des villes comme Beijing ou Tianjin manquent d'eau.

• L'explosion démographique a aussi contribué à augmenter les pollutions car elle ne s'est pas accompagnée de mesures de protection de l'environnement. Selon les estimations, si la Chine réduisait sa pollution atmosphérique au niveau recommandé par l'Organisation mondiale de la santé (OMS), elle pourrait éviter 3 millions de décès prématurés par an.

> **▶ Le conseil de méthode**
> Le cours n'est pas la seule source à mobiliser dans votre composition. Vous pouvez utiliser des informations en provenance des médias. Il vous faut cependant être particulièrement vigilant aux sources de ces informations.

• Sur les littoraux et dans les vallées, sensibles aux inondations et aux typhons, l'augmentation de la population accentue la vulnérabilité. Les aléas deviennent alors des catastrophes faisant de nombreuses victimes.

Conclusion

[Réponse à la problématique] La croissance démographique chinoise est paradoxale car, si elle a été un moteur du développement économique, elle crée de nombreux déséquilibres. [Ouverture] L'État semble avoir pris très au sérieux ces défis : il a mis fin à la politique de l'enfant unique et a lancé des programmes pour promouvoir l'égalité des sexes.

Recompositions spatiales de la Chine

PRODUCTION GRAPHIQUE

1 heure
10 points

INTÉRÊT DU SUJET • En devenant l'un des centres du système-monde, la Chine a réorganisé la mondialisation. Mais son intégration aux processus de production et aux flux d'échanges a également recomposé son territoire national. Comment ?

À partir du texte, vous construirez, à l'aide du fond de carte fourni, un croquis correspondant au sujet suivant : « Le territoire chinois et son intégration à la mondialisation » accompagné d'une légende organisée.

DOCUMENT

Avec son intégration à la mondialisation, le territoire de la Chine connaît une recomposition spatiale.

Les trois Chine

Une forte littoralisation des hommes et des activités engendre un gradient ouest-est de développement et d'ouverture sur le monde. De fait, trois Chine se dessinent. La Chine littorale, avec 14 % du territoire, est l'espace le plus dynamique : il rassemble 45 % de la population, produit 58 % du produit intérieur brut (PIB) national et capte plus de 80 % des investissements directs étrangers (IDE). Au contraire, la Chine de l'Ouest est l'espace le plus vaste avec 56 % de la superficie du pays, mais il est faiblement peuplé (20 % de la population) avec de nombreuses minorités et il produit seulement 8 % du PIB. Enfin entre les deux, la Chine intérieure représente 30 % de la superficie du pays et 34 % du PIB national. Des logiques transversales ont été mises en place par l'État : le fleuve Yangzi, notamment, est un axe de développement majeur avec de grands aménagements.

Ce différentiel de développement entre l'Est et l'Ouest provoque un fort exode rural vers les grands centres urbains du littoral.

Un territoire polarisé par des métropoles

Ainsi la Chine s'est fortement urbanisée. Un réseau de dix régions urbaines structure le territoire, chacune d'elles est organisée autour d'une ou plusieurs métropoles : Beijing-Tianjin, le delta du Yangzi (Shanghai), le delta de la rivière des Perles (Guangzhou, Hong Kong, Macao), la péninsule du Shandong (Jinan, Qingdao), le centre-sud du Liaoning (Shenyang, Dalian), la plaine centrale (Zhengzhou), le cours moyen du Yangzi (Wuhan), la rive ouest du détroit de Taïwan (Shantou, Fuzhou), la région de Chuanyu (Chengdu, Chongqing) et la région de Guanzhong (Xi'an).

Des agglomérations immenses se sont constituées. Les plus peuplées sont Shanghai (79 millions d'habitants), Guangzhou, Beijing, Shantou, Chengdu, Tianjin, Wuhan, Chongqing, Shenyang et Xi'an (5 millions). Trois métropoles de rang mondial dominent ce réseau urbain : Beijing, Shanghai et Hong Kong.

Une ouverture grandissante

Les régions littorales exportent leurs productions industrielles dans le monde entier par voies maritimes et réceptionnent les IDE.

Cette connexion au système-monde est facilitée par le projet « Initiative de la ceinture et de la route » (*Belt and Road Initiative*, BRI), également désigné comme les nouvelles routes de la soie. La « ceinture » fait référence à la voie maritime reliant la Chine à l'Afrique de l'Est et à la Méditerranée. Quant à la « route », elle est constituée d'une série de corridors terrestres reliant la Chine à l'Europe, *via* l'Asie centrale et le Moyen-Orient.

Fond de carte

LES CLÉS DU SUJET

Exploiter le texte

Notion centrale : recomposition spatiale, soit le réagencement dans la durée d'un espace, sous l'effet de facteurs endogènes ou exogènes

Dynamiques spatiales : littoralisation, métropolisation, polarisation, ouverture et connexion

Le territoire chinois et son intégration à la mondialisation

Espaces étudiés : Chine littorale, Chine intérieure, Chine de l'Ouest ; métropoles

Construire la légende

I. Les trois Chine : un gradient est-ouest de développement	Utilisez un dégradé de couleurs pour rendre compte du gradient de développement et d'ouverture.
II. Un territoire polarisé par des métropoles	Trouvez des figurés ponctuels de taille différente pour rendre visible la hiérarchisation des métropoles.
III. Une ouverture grandissante sur le monde	Choisissez des flèches de différentes formes et/ou de couleurs pour rendre compte de la diversité des flux.

22 CORRIGÉ GUIDÉ

Une intégration inégale du territoire chinois à la mondialisation

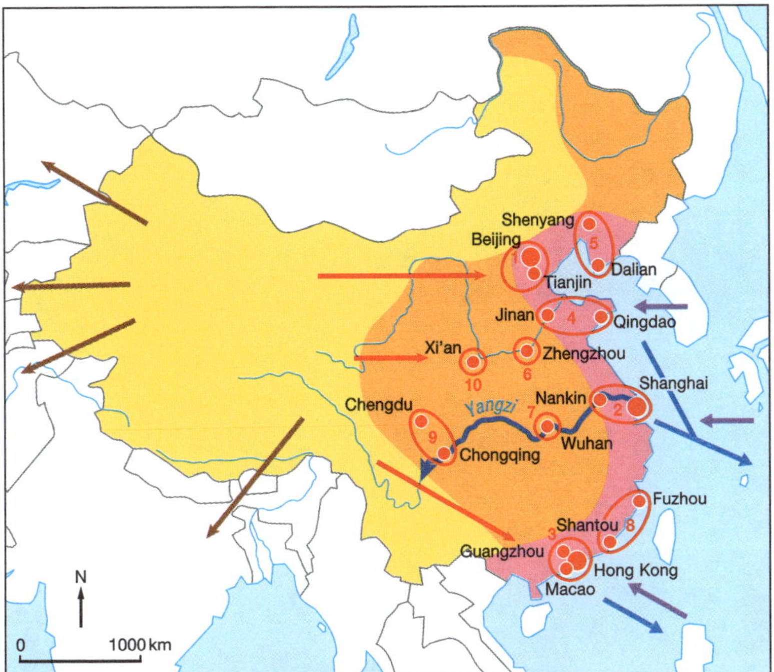

I. Les trois Chine : un gradient est-ouest de développement

- Une Chine littorale peuplée et développée (14 % du territoire, 45 % de la population, 58 % du PIB)
- Une Chine intérieure, espace intermédiaire (30 % du territoire, 35 % de la population, 34 % du PIB)
- Une Chine de l'Ouest faiblement peuplée et moins développée (56 % du territoire, 20 % de la population, 8 % du PIB)
- Des logiques transversales : la vallée du Yangzi aménagée
- Des flux de population vers le littoral et vers les villes

II. Un territoire polarisé par des métropoles

- Un réseau de dix régions urbaines structurant le territoire
- Des métropoles de rang mondial
- Des agglomérations peuplées (de 5 à 79 millions d'habitants)

III. Une ouverture grandissante sur le monde

- Exportation des productions industrielles par voie maritime
- Forte attractivité pour les investissements directs étrangers
- Développement de corridors terrestres (nouvelles routes de la soie)

Enseignement scientifique

INFOS et CONSEILS

Une longue histoire de la matière

Le Soleil, notre source d'énergie

La Terre, un astre singulier

Son et musique, porteurs d'information

1 Réussir le contrôle continu en enseignement scientifique

Est présenté ci-dessous le format de l'évaluation le plus courant. Celui-ci pourra cependant être adapté dans votre établissement.

A En quoi consiste le contrôle continu ?

Le contrôle continu en enseignement scientifique en 1re

DÉROULEMENT
- **Quand ? plutôt aux 2e et 3e trimestres**
- **Durée : en général 2 heures**

STRUCTURE
- **Deux exercices interdisciplinaires**
- **Barème : 20 points (10 points par exercice)**

Le plus souvent, chaque exercice présente une cohérence thématique et porte sur **un ou deux des thèmes du programme** de Première.

- Une longue histoire de la matière
- Le Soleil, notre source d'énergie
- La Terre, un astre singulier
- Son et musique, porteurs d'information

B Des conseils pour réussir

- Vous devez montrer que vous êtes capable d'exploiter des documents, d'organiser et d'effectuer des calculs, ainsi que de rédiger une argumentation scientifique.
- Travaillez régulièrement **tout au long de l'année** pour acquérir les bons automatismes et entraînez-vous dans les conditions de l'épreuve.

> CONSEIL **Commencez par parcourir rapidement l'ensemble du sujet pour voir à quels domaines du programme se rapporte chacun des exercices, puis traitez en premier celui qui vous semble le plus accessible.**

La datation des peintures rupestres de la grotte Chauvet

1 heure
10 points

INTÉRÊT DU SUJET • Les peintures de la grotte Chauvet représentent une quinzaine d'animaux. Pour faire parler ce témoignage exceptionnel, l'âge de leur réalisation a été déterminé.

Découverte en Ardèche en 1994, la grotte Chauvet est célèbre pour ses peintures rupestres réalisées par des êtres humains préhistoriques. Ces peintures comptent parmi les plus anciennes connues. Leur âge a été estimé par la méthode de datation au carbone 14.

PARTIE 1 • DU CARBONE DANS LA MATIÈRE ORGANIQUE

DOCUMENT 1 Deux rhinocéros qui s'affrontent représentés sur le panneau des chevaux de la grotte Chauvet

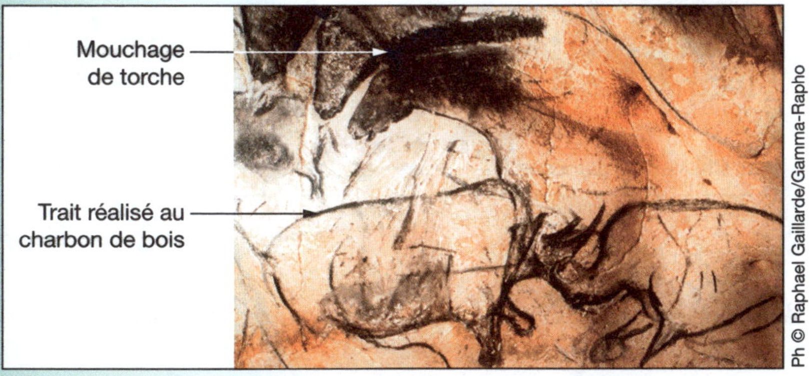

Un mouchage est un frottement de la torche sur la paroi de la grotte pour retirer la partie carbonisée qui asphyxie la flamme.

Les analyses des pigments ont révélé que les peintures ont été réalisées avec des fragments de charbon de bois (traits noirs) et des minéraux :
– le rouge est constitué d'oxyde de fer (Fe_2O_3) ;
– le noir, de dioxyde de manganèse (MnO_2).

Source : Dossier *Pour la science*, n° 42, janvier-mars 2004, Hélène Valladas, Jean Cottes et Jean-Michel Geneste

DOCUMENT 2 **Les constituants du bois**

Les parois cellulaires très épaisses donnent au bois ses propriétés. Ces parois sont formées de deux constituants principaux, la cellulose et la lignine. La cellulose est une macromolécule composée d'un enchaînement de plusieurs glucoses de formule $C_6H_{12}O_6$, comme le montre le schéma ci-dessous.

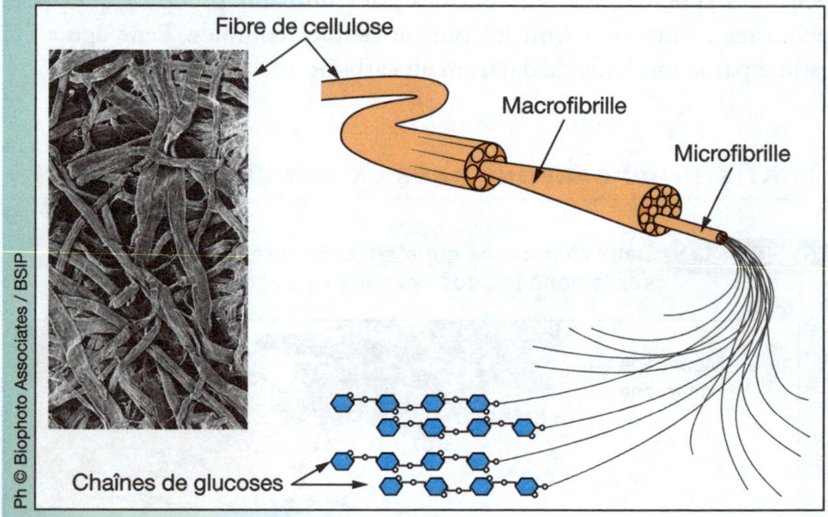

Source : p7.storage.canalblog.com

À partir de vos connaissances et des informations apportées par les documents 1 et 2, répondre aux questions suivantes.

▶ **1.** Justifier que les oxydes minéraux ne peuvent pas être datés par la méthode du carbone 14, alors que la datation est possible pour le charbon de bois.

▶ **2.** Nommer le mécanisme biologique à l'origine de la synthèse du glucose par les plantes terrestres et donner l'équation de réaction de cette synthèse de matière végétale (on veillera à ajuster les nombres stœchiométriques de l'équation). Préciser les organes impliqués dans les échanges entre la plante et son milieu.

PARTIE 2 • RADIOACTIVITÉ ET DATATION PAR LE CARBONE 14 (^{14}C)

DOCUMENT 3 Datation par le carbone 14

L'isotope ^{14}C de l'élément carbone se désintègre en azote ^{14}N et se régénère régulièrement en haute atmosphère à partir de l'azote de l'air : il se retrouve donc en proportion constante dans tous les milieux et tous les êtres vivants. Lorsqu'un être vivant meurt, son métabolisme s'interrompt et son carbone n'est plus renouvelé. En raison de la désintégration radioactive, pour un échantillon donné, le rapport P/P_0 du nombre d'atomes ^{14}C résiduels (P) sur le nombre d'atomes présents au moment de la mort (P_0) décroît au cours du temps.
Deux ensembles de mesures ont été réalisés pour la grotte Chauvet.
• Le premier, réalisé sur des fragments de charbon de bois prélevés sur les peintures, fournit des valeurs P/P_0 comprises entre 1,5 % et 2,5 %.
• Le deuxième, réalisé à partir des prélèvements sur les mouchages de torche, fournit des valeurs comprises entre 3,5 % et 4,5 %.

Les réponses aux questions suivantes s'appuieront sur vos connaissances et sur les informations apportées par le document 3.

▶ **3.** Cocher la proposition exacte pour chaque question du questionnaire à choix multiple ci-dessous.

a) La date de désintégration d'un noyau individuel de ^{14}C dont on connaît la date de création (prise comme origine) est :
❑ aléatoire.
❑ prévisible.
❑ égale à 5 730 ans.
❑ comprise avec certitude entre 100 et 10 000 ans

b) La durée nécessaire à la désintégration radioactive de la moitié des noyaux radioactifs d'un échantillon dépend :
❑ du nombre initial de noyaux.
❑ du volume de l'échantillon.
❑ de la nature chimique des noyaux.
❑ de la température.

DOCUMENT 4 **Rapport P/P_0 en fonction du nombre d'années écoulées depuis la mort**

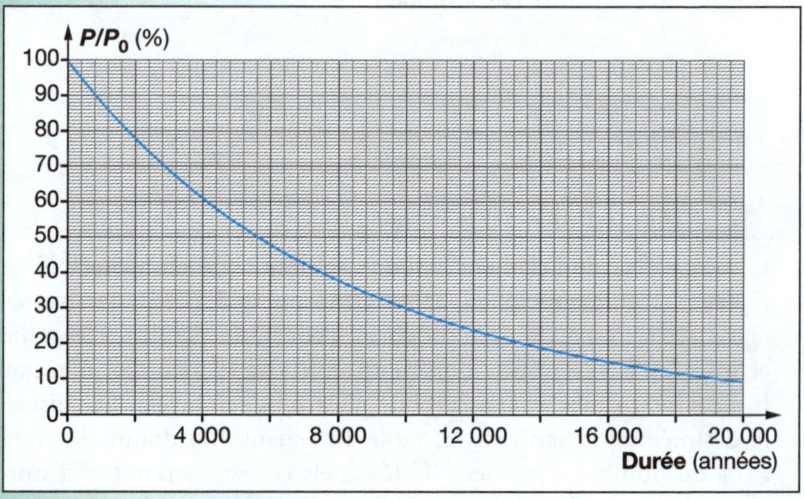

Figure a. **Entre 0 et 20 000 ans**

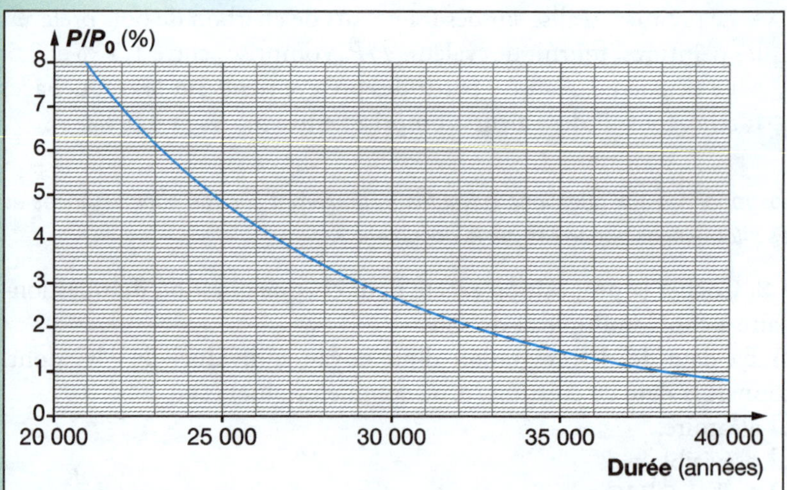

Figure b. **« Zoom » entre 20 000 et 40 000 ans**

▶ **4.** En exploitant les figures a et b du document 4, estimer, après l'avoir définie, la demi-vie du carbone 14.

▶ **5.** Estimer par un encadrement l'ancienneté des traces de l'habitation de la grotte Chauvet par les êtres humains préhistoriques en datant les mouchages de torche et les traits réalisés à l'aide de charbon de bois.

▶ **6.** Expliquer en quelques phrases comment la méthode de datation par le carbone 14, utilisée en archéologie, illustre l'intérêt de la coopération entre plusieurs champs disciplinaires scientifiques.

LES CLÉS DU SUJET

Comprendre les documents

Document 1 • Deux rhinocéros qui s'affrontent	• Le texte donne la composition chimique des pigments utilisés dans les peintures de la grotte. • Notez que la partie carbonisée ou le charbon de bois sont des restes de la combustion de matière organique.
Document 2 • Les constituants du bois	• Le texte décrit la composition chimique des molécules constitutives du bois dont la cellulose. • Identifiez la molécule de base de la cellulose et cherchez dans sa formule l'élément important pour la datation au ^{14}C.
Document 3 • Datation par le carbone 14	• Le document rappelle le principe de cette technique de datation et donne les résultats pour la grotte Chauvet. • Notez bien l'évolution de la teneur en ^{14}C des tissus vivants, durant la vie puis après la mort.
Document 4 • Rapport P/P_0	• Il s'agit d'une présentation graphique de la loi de décroissance radioactive du ^{14}C. • Tirez des informations utiles par lecture graphique.

Répondre aux questions

Coups de pouce

▶ **1**, ▶ **2** et ▶ **3.** Ces questions ne demandent pas de rédaction, il faut être bref mais précis.

▶ **4.** et ▶ **5.** Lisez les graphiques pour répondre à ces questions.

Aide à la résolution de la question 6

Démontrer comment des données fondamentales en physique s'appliquent sur le vivant.

❶ Expliquez ce qu'apportent les études physiques sur l'atome : la radioactivité et la loi de décroissance radioactive du carbone 14.

❷ Montrez comment la connaissance du métabolisme des êtres vivants permet d'appliquer ces études pour dater des tissus morts d'anciens organismes.

❸ Concluez en résumant ces deux grandes idées.

23 CORRIGÉ GUIDÉ

PARTIE 1 • DU CARBONE DANS LA MATIÈRE ORGANIQUE

▶ **1.** Le charbon de bois est formé à partir des fibres de cellulose et de lignine qui sont des polymères d'une molécule carbonée, le glucose $C_6H_{12}O_6$ (doc. 2). Le charbon de bois contient l'élément carbone, sous la forme de deux isotopes, ^{12}C et ^{14}C, dont les quantités sont mesurées dans la méthode du ^{14}C qui permet une datation.

MOT-CLÉ
Le **carbone** est donc un élément caractéristique du vivant car il constitue le squelette des molécules organiques.

Les oxydes minéraux contiennent du fer, de l'oxygène et du manganèse comme l'indiquent leurs formules (Fe_2O_3 et MnO_2), mais pas de carbone. Les minéraux ne permettent donc pas l'utilisation de cette méthode.

▶ **2.** Les plantes terrestres incorporent le carbone du CO_2 atmosphérique (ou CO_2 dissous dans l'eau) dans leurs molécules carbonées grâce à une réaction qui demande l'énergie du soleil, la photosynthèse :

$$6\ CO_2 + 6\ H_2O + \text{Énergie lumineuse} \rightarrow C_6H_{12}O_6 + 6\ O_2.$$

Cette réaction se déroule dans les feuilles, au niveau des cellules qui contiennent de la chlorophylle, le pigment vert capable de capter l'énergie lumineuse.

À NOTER
La **chlorophylle** est contenue dans les membranes internes d'organites cytoplasmiques, les chloroplastes, à l'intérieur desquels se déroule la photosynthèse.

PARTIE 2 • RADIOACTIVITÉ ET DATATION PAR LE CARBONE 14 (^{14}C)

▶ **3. a)** La date de désintégration d'un noyau individuel de ^{14}C dont on connaît la date de création (prise comme origine) est aléatoire.

b) La durée nécessaire à la désintégration radioactive de la moitié des noyaux radioactifs d'un échantillon dépend de la nature chimique des noyaux.

▶ **4.**

▶ Le conseil de méthode
La demi-vie ne dépend pas du nombre initial de noyaux pères à t_0 (correspondant à 100 %) : elle peut être déterminée à n'importe quel moment sur les graphiques du document 4. Utilisez la figure b qui vous permet d'être plus précis pour la déterminer.

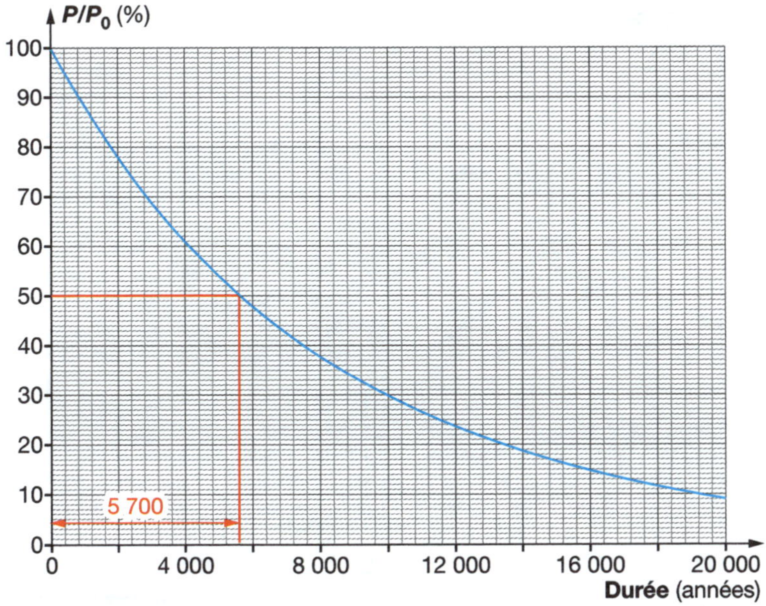

Figure a. **Durée de 1/2 vie du ^{14}C**

• La durée de demi-vie du carbone 14 correspond au temps nécessaire pour que la moitié des noyaux radioactifs (^{14}C) présents initialement dans un échantillon, se désintègrent (en ^{14}N).

• D'après le document 4 (figure a), il faut environ 5 700 ans pour que 50 % des noyaux initiaux aient été désintégrés, c'est-à-dire pour que $P/P_0 = 50$ %. On compte la même durée (figure b) quand on passe de $P/P_0 = 8$ % à $P/P_0 = 4$ %. La demi-vie du ^{14}C est donc $t_{1/2} = 5\,700$ ans.

▶ **5.** Deux ensembles de mesures ont été réalisés pour la grotte Chauvet qui nous permettent d'encadrer l'ancienneté de ces traces :

– le premier, réalisé sur des fragments de charbon de bois prélevés sur les peintures, fournit des valeurs P/P_0 comprises entre 1,5 % et 2,5 %, c'est-à-dire, d'après la figure b du document 4, à une période comprise entre 34 800 ans et 30 600 ans ;

– le second ensemble de mesures, réalisé à partir des prélèvements sur les mouchages de torche, fournit des valeurs comprises entre 3,5 % et 4,5 %, c'est-à-dire, d'après la figure b du document 4, à une période comprise entre 27 800 ans et 25 600 ans. D'autres humains ont donc découvert les dessins de leurs ancêtres et ont pu eux aussi les admirer !

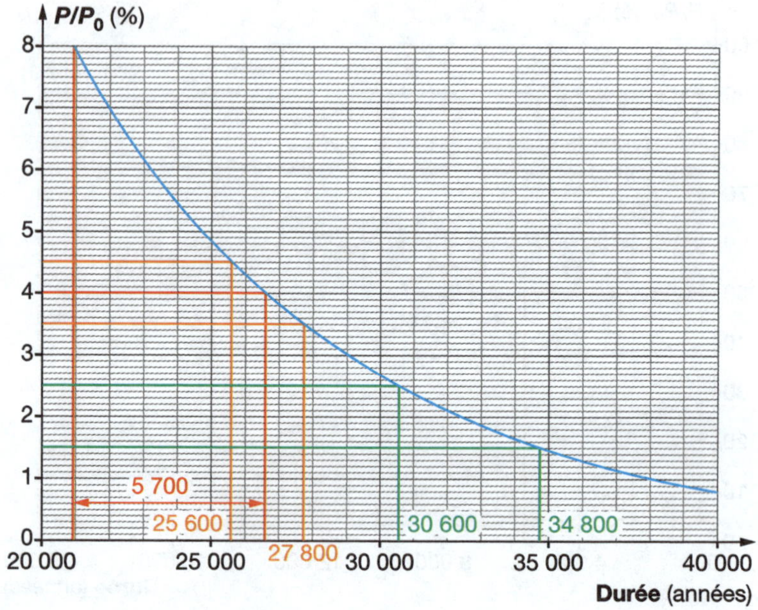

Figure b. **Détermination de la 1/2 vie du ^{14}C et datations des peintures**

▶ **6.** • La connaissance physique de la genèse du ^{14}C dans l'atmosphère permet de comprendre que, bien que cet isotope se désintègre, il est en permanence renouvelé : le rapport $^{14}C/^{12}C$ reste donc constant dans l'atmosphère.

• Les études physiques et chimiques ont permis de déterminer la durée de demi-vie de cet élément. On peut ainsi tracer une courbe de décroissance radioactive du ^{14}C, qui relie au temps le pourcentage de ^{14}C résiduel mesuré dans un échantillon depuis un instant initial. De cette façon, il est possible de dater un échantillon.

• La connaissance biologique du cycle du carbone – incorporation du C atmosphérique (CO_2) dans la matière des êtres vivants par la photosynthèse et sa restitution sous forme de CO_2 lors de la respiration – permet de montrer qu'il existe des échanges permanents de carbone entre l'atmosphère et les êtres vivants. Ainsi, les molécules carbonées des êtres vivants sont en permanence renouvelées et contiennent le même rapport $^{14}C/^{12}C$ que celui de l'atmosphère.

• À la mort d'un être vivant, ces échanges cessent (« fermeture du système »). Le rapport $^{14}C/^{12}C$ des molécules carbonées diminue puisque le ^{14}C se désintègre, tandis que le ^{12}C reste stable.

• Ainsi le croisement des études sur l'atome et des études sur le métabolisme des êtres vivants a permis de mettre au point la méthode de datation du ^{14}C.

Précipitation du carbonate de calcium et nacre

1 heure
10 points

INTÉRÊT DU SUJET • Les reflets irisés de la surface interne nacrée des coquilles et des perles de mollusques sont très recherchés. Mais la nacre présente-t-elle un intérêt biologique pour les mollusques ?

La calcite, de formule $CaCO_3$ (carbonate de calcium), est le sédiment majoritaire produit par précipitation en milieu aquatique. Les êtres vivants fabriquent une forme plus rare de $CaCO_3$, l'aragonite, présente notamment dans la nacre des coquilles. Montrons que l'aragonite de la nacre est une forme cristalline plus intéressante pour les mollusques que la calcite.

PARTIE 1 • CALCITE ET ARAGONITE, DEUX FORMES DU CARBONATE DE CALCIUM

DOCUMENT 1 Cristallisation par croissance

Le carbonate de calcium s'obtient par précipitation en milieu aqueux des ions calcium Ca^{2+} et carbonate CO_3^{2-}, selon un mécanisme de germination-croissance. Un germe se forme par association d'anions et de cations puis grossit pour donner un monocristal.

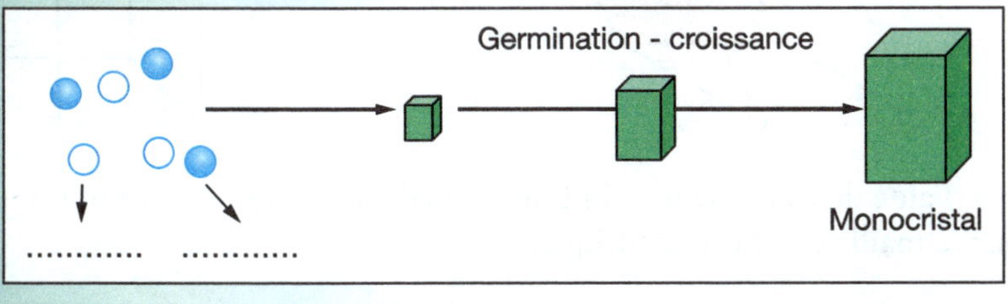

On distingue selon leur structure cristalline, plusieurs formes naturelles du carbonate de calcium dont deux sont prédominantes : la calcite rhomboédrique, la plus fréquente, et l'aragonite orthorhombique, plus rare, mais fréquente dans les cristaux produits par les êtres vivants.

Source : *Nanostructures biologiques*, Jacques Livage et Serge Berthier

DOCUMENT 2 **Cristaux de calcite et d'aragonite**

Les angles entre les faces cristallines de ces deux formes de $CaCO_3$ permettent de les distinguer l'un de l'autre.

Source : www.pierresetcristaux.net

À partir de vos connaissances et des informations apportées par les documents 1 et 2, répondre aux questions suivantes.

▶ **1.** Dire ce que représentent les entités sphériques du document 1 et leur attribuer une formule.

▶ **2.** Expliquer pourquoi le cristal formé est neutre.

▶ **3. a)** Donner le nom des réseaux cristallins de la calcite et de l'aragonite.

b) Associer chaque forme de maille (A et B) à la calcite, ou à l'aragonite.

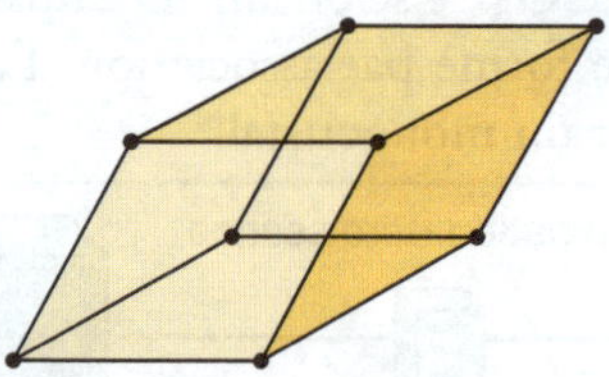
A

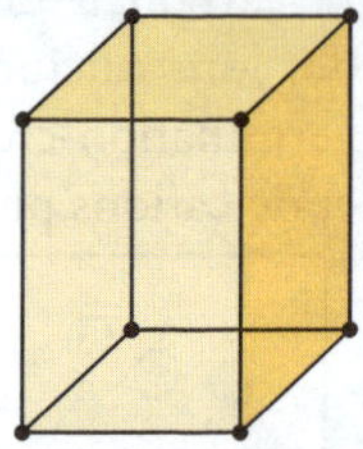
B

c) À l'aide du document 1, indiquer quelle maille est orthorhombique et quelle maille est rhomboédrique.

▶ **4.** La maille de la calcite est représentée ci-contre. On s'intéresse aux seuls ions calcium Ca^{2+} (en vert sur le schéma). Les ions numérotés se trouvent à l'intérieur de la maille.

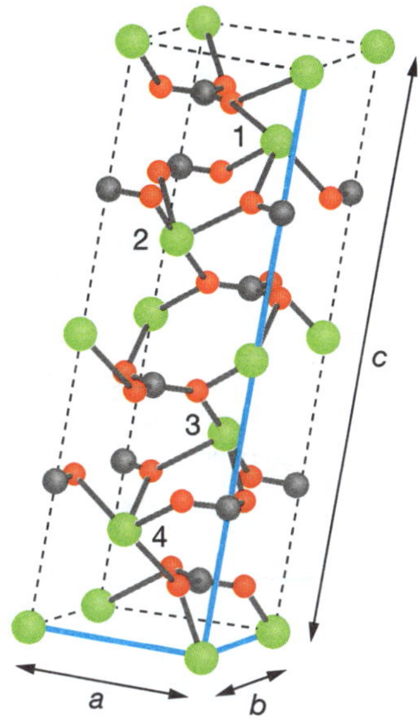

a) Déterminer le nombre d'ions Ca^{2+} appartenant à la maille (multiplicité), en procédant comme vous le feriez pour une maille cubique.

b) En déduire la multiplicité des ions carbonate CO_3^{2-}.

c) Calculer la masse volumique :

$$\rho = \left(\frac{\text{masse ions dans la maille}}{\text{volume de la maille}} \right)$$

de cette forme cristalline, sachant que la masse molaire du carbonate de calcium est $M = 1{,}001 \times 10^2$ g · mol^{-1}.

On donne le nombre d'Avogadro : $N_A = 6{,}02 \times 10^{23}$ mol^{-1} et la longueur des arêtes : $a = 0{,}499$ nm ; $b = 0{,}499$ nm ; $c = 1{,}71$ nm.

▶ **5.** Expliquer, en vous aidant des réponses précédentes et des données suivantes, en quoi une coquille faite de cristaux d'aragonite présenterait un avantage par rapport à une coquille faite de cristaux de calcite.

Données

- $\rho_{(\text{aragonite})} = 2{,}9$ à $3{,}0$ g · cm^{-3}.
- Dureté$_{(\text{aragonite})}$ = 3 à 4.
- Dureté$_{(\text{calcite})}$ = 3.

PARTIE 2 • ARAGONITE ET NACRE

DOCUMENT 3 **La coquille des mollusques**

Les mollusques élaborent leur coquille en guidant la précipitation du carbonate de calcium ($CaCO_3$). La peau du mollusque (appelée manteau) sécrète tout d'abord une couche organique rigide externe (cuticule), ce qui délimite un espace de minéralisation, contenant une solution saturée en ions, dans lequel la coquille se forme par précipitation et croissance contrôlée des cristaux.

Les cellules du manteau sécrètent des molécules organiques, notamment des protéines, qui provoquent la formation de germes cristallins et constituent par ailleurs un ciment qui bloque la croissance des cristaux et les lie les uns aux autres.

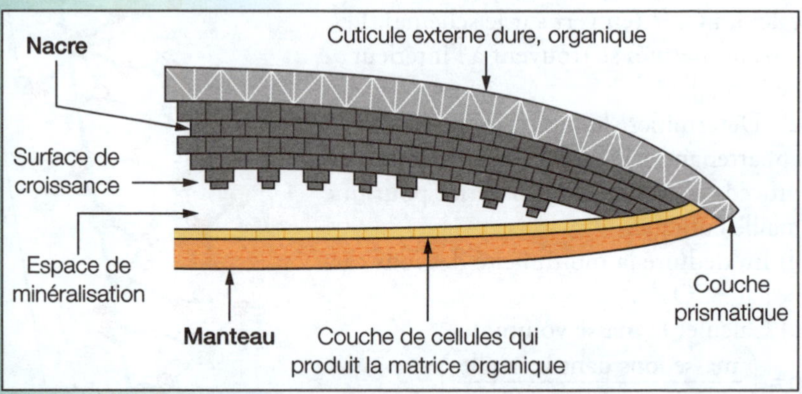

Structure de la coquille d'un mollusque

La couche externe est constituée de cristaux de calcite, parfois d'aragonite, cela dépend des mollusques.
La couche interne est faite de cristaux d'aragonite en forme de tablettes dont l'association avec la matrice organique forme la nacre, 3 000 fois plus dure que l'aragonite pure et très résistante.

DOCUMENT 4 **La coquille d'ormeau vue au microscope électronique**

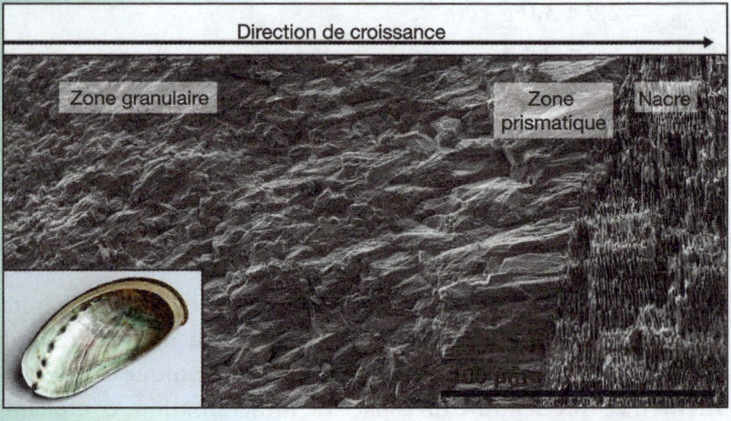

Photo prise au microscope électronique à balayage d'une coupe de coquille d'*H. asinina*

DOCUMENT 5 **Structure hiérarchisée de la nacre**

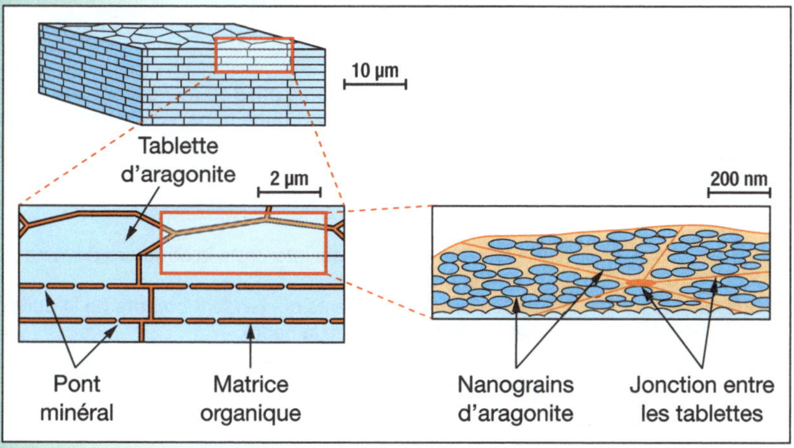

Source : www.researchgate.net

À partir de vos connaissances et des informations apportées par les documents 1 à 5, répondre aux questions suivantes.

▶ **6.** Indiquer deux différences entre les cristaux formés par précipitation et ceux formés par biominéralisation.

▶ **7.** Décrire la structure et les propriétés de la nacre et conclure sur son importance dans la vie des mollusques.

LES CLÉS DU SUJET

Comprendre les documents

Document 1 • Cristallisation par croissance	• Il décrit la précipitation du carbonate de calcium. • Le schéma est à légender à partir du texte.
Document 2 • Cristaux de calcite et d'aragonite	• Il présente des cristaux de calcite et d'aragonite. • Observez bien la géométrie de cristaux isolés, en particulier les angles entre leurs faces.

Document 3 • La coquille des mollusques	• Il décrit la structure interne d'une coquille. • Portez attention à la double nature minérale et organique de cette structure.
Document 4 • La coquille d'ormeau vue au microscope électronique	• C'est une photographie prise au microscope électronique à balayage d'une coupe transversale de la coquille d'un ormeau (mollusque). • Comparez la structure de la nacre avec celle des couches granulaire et prismatique.
Document 5 • Structure hiérarchisée de la nacre	• C'est un schéma qui interprète la structure de la nacre à différentes échelles. • Repérez les éléments qui rendent compte de la dureté et de la résistance de la nacre.

Répondre aux questions

Coups de pouce

▶ **1**, ▶ **2** et ▶ **3.** Ces questions ne demandent pas de rédaction, il suffit de justifier brièvement vos réponses.

▶ **4.** Il s'agit ici d'effectuer les calculs que vous avez déjà faits en classe. Donnez des formules à chaque fois que cela est possible et justifiez votre démarche de façon brève mais précise.

▶ **5.** Il faut établir le lien entre les données et les résultats précédents.

▶ **7.** Commencez par décrire la structure de la nacre à l'échelle d'observation la plus grande (aidez-vous du schéma du document 3), puis précisez cette organisation en allant à des échelles plus petites.

Aide à la résolution de la question 6

Montrer que les cristaux biologiques présentent des différences d'organisation par rapport aux cristaux abiotiques.

❶ Identifiez les critères qui vont vous aider à différencier les cristaux présents dans une coquille de mollusque (doc. 4) des monocristaux du document 1.

❷ Rédigez votre réponse en utilisant des arguments précis : décrivez les cristaux, donnez des ordres de grandeur.

❸ Concluez en résumant les idées développées à l'étape 2.

24 CORRIGÉ GUIDÉ

PARTIE 1 • CALCITE ET ARAGONITE, DEUX FORMES DU CARBONATE DE CALCIUM

▶ **1.** Les sphères représentent les ions qui constituent le monocristal.

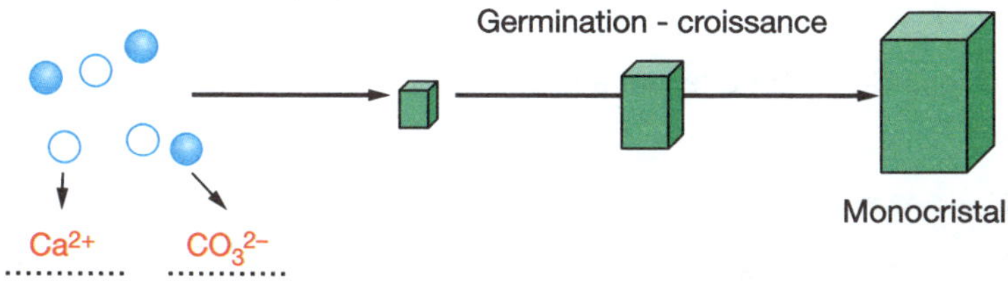

▶ **2.** Le cristal $CaCO_3$ est constitué de cations Ca^{2+} et d'anions CO_3^{2-} en nombres égaux d'après cette formule. Les charges de ces ions (deux positives et deux négatives) se compensent pour former un solide ionique neutre.

▶ **3. a)** Le réseau cristallin de la calcite est rhomboédrique et celui de l'aragonite est orthorhombique.

b) D'après les formes des deux cristaux dans le document 2 on peut associer la maille A à la calcite et celle de la maille B à l'aragonite.

> **À NOTER**
> Il existe un lien entre l'organisation à l'échelle microscopique et la forme des cristaux à l'échelle macroscopique, identifiable grâce aux angles entre les faces cristallines.

c) On peut déduire des réponses précédentes que A, la calcite, possède une maille rhomboédrique et B, l'aragonite, une maille orthorhombique.

▶ **4. a)** On constate sur le schéma qu'il y a un ion Ca^{2+} sur chaque sommet de la maille, qui contient 8 sommets. Seul $\frac{1}{8}$ de chaque ion se trouve dans la maille. On a alors :

$N_1 = 8 \times \frac{1}{8} = 1$ ion Ca^{2+} par maille.

D'autre part, le schéma indique qu'il y a 4 ions Ca^{2+} au milieu des 4 arêtes longues, donc :

$N_2 = 4 \times \frac{1}{4} = 1$ ion Ca^{2+} par maille (4 ions partagés entre 4 mailles).

Sachant qu'il y a aussi $N_3 = 4$ ions numérotés qui se trouvent complètement dans la maille, le nombre total d'ions Ca^{2+} à l'intérieur de la maille est donné par :

$N = N_1 + N_2 + N_3 = 1 + 1 + 4 = 6.$

Il y a donc 6 ions Ca^{2+} appartenant à la maille.

b) Le cristal étant neutre, sa maille doit donc contenir autant de cations que d'anions. Le nombre d'ions CO_3^{2-} est donc le même que celui d'ions Ca^{2+} :

$N' = N = 6.$

Il y a 6 ions CO_3^{2-} appartenant à la maille.

c)

▶ Le conseil de méthode

Donnez d'abord la formule générale qui lie la masse volumique d'un cristal à sa multiplicité et au volume de sa maille. Développez ensuite cette relation en faisant intervenir les données de l'exercice. Rappelez-vous aussi que le motif n'est pas l'un ou l'autre des deux ions, mais le carbonate de calcium.

La masse volumique est donnée par la relation suivante :

$$\rho = \frac{N \times m(1\text{ motif})}{V} \quad \text{avec } m_{(1\text{ motif})} = m_{(CaCO_3)} = \frac{M(CaCO_3)}{N_A}$$

On a aussi $N = 6$ et $V = a \times b \times c$

D'où :

$$\rho = \frac{N \times M(CaCO_3)}{N_A \times V}$$

$$\rho = \frac{6 \times 1{,}001 \times 10^2}{6{,}02 \times 10^{23} \times 0{,}499 \times 10^{-7} \times 0{,}499 \times 10^{-7} \times 1{,}71 \times 10^{-7}}$$

À NOTER
Exprimez a, b et c en cm pour donner ρ en $g \cdot cm^{-3}$.
Donnez la réponse avec 3 chiffres significatifs.

D'où finalement la masse volumique de la calcite est :

$\rho = 2{,}34\ g \cdot cm^{-3}.$

▶ 5. D'après les données, la masse volumique de l'aragonite (2,9 à 3 $g \cdot cm^{-3}$) et sa dureté (3 à 4) sont supérieures à celles de la calcite. On en déduit que l'aragonite est plus résistante que la calcite car plus dense et plus dure que cette dernière. On peut penser que les êtres vivants capables de fabriquer des coquilles à base d'aragonite sont avantagés car mieux protégés.

PARTIE 2 • ARAGONITE ET NACRE

▶ **6.** • Les cristaux formés par précipitation simple grossissent à partir de germes cristallins. Si les conditions le permettent, ils peuvent atteindre des dimensions importantes, de l'ordre du centimètre comme sur les photos du document 1. La forme de ces cristaux, qui dépend de la structure cristalline, est variable d'un cristal à l'autre.

• Les biocristaux, eux, demeurent de petite taille (quelques centaines de nm). Par ailleurs, leur forme est la même à l'intérieur de chaque couche : grains puis prismes dans la couche externe de la coquille, et enfin tablettes dans la nacre. Cette forme ne semble pas être en rapport direct avec la structure de la maille cristalline. La taille et la forme des cristaux biologiques sont donc contrôlées lors du processus de cristallisation de la coquille.

À NOTER
La deuxième partie du sujet montre que c'est davantage l'assemblage des cristaux d'aragonite entre eux qui est responsable de la solidité des coquilles de mollusques, bien plus que ses caractéristiques physiques.

▶ **7.** • La nacre est faite d'unités d'aragonite, les tablettes, très plates : 5 µm de long pour 1 µm d'épaisseur, et associées les unes aux autres à la manière d'un mur de briques, grâce à un ciment organique. On remarque que les tablettes sont également reliées entre elles par des ponts minéraux.

• Si on regarde de plus près (échelle du nm), on constate que les tablettes sont elles-mêmes mixtes : faites de nanograins d'aragonite, cimentés ensemble par la matrice organique. L'ensemble forme donc une structure extrêmement stable et solide. Ceci est confirmé par les données du document 3 : la nacre est 3 000 fois plus dure que l'aragonite seule et par conséquent très résistante. Elle constitue donc une protection très efficace pour le corps des mollusques contre les chocs et pressions du milieu extérieur.

La structure des frustules des diatomées

1 heure
10 points

INTÉRÊT DU SUJET • Plus de 100 000 espèces de diatomées (phytoplancton) sont présentes dans tous les milieux aquatiques. Leur coque transparente inspire les scientifiques.

Les diatomées sont des algues unicellulaires qui construisent une carapace de verre, le frustule, autour de leur membrane à partir de silice dissoute. Les caractéristiques de cette architecture vitreuse inspirent de diverses manières les chimistes, notamment en médecine, avec la création de nanovecteurs de médicaments.

PARTIE 1 • UNE ARCHITECTURE VITREUSE CRISTALLINE

DOCUMENT 1 Le frustule, une boîte de verre

Le frustule permet de protéger la cellule. Peu de prédateurs parviennent à le briser. Par ailleurs sa transparence rend possible la photosynthèse.
Longueur du frustule : 0,1 mm.

Ph © Nancy Nehring / coll. E+/Getty images

Diatomée du genre *Cymbella*

DOCUMENT 2 La structure multi-échelle d'une coque de frustule

Les coques du frustule sont percées de pores répartis sur trois couches. Ils permettent à la cellule de communiquer avec le milieu extérieur pour assurer son métabolisme.
Les diatomées sont en concurrence entre elles et avec d'autres organismes pour l'accès à la silice dissoute. Si la fabrication du frustule coûtait trop de ressources matérielles et énergétiques, d'autres algues moins exigeantes se développeraient plus vite et en plus grand nombre.

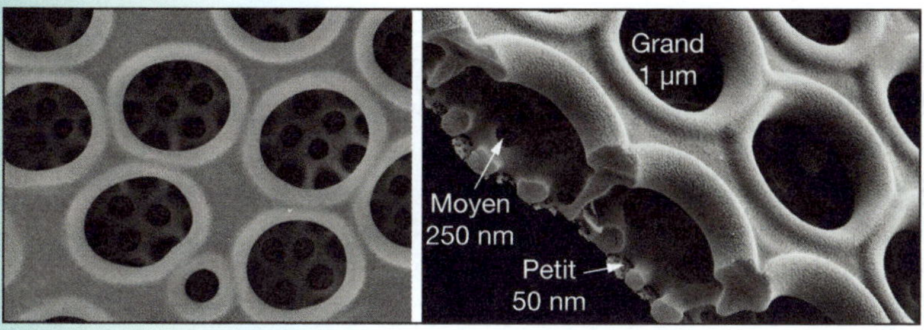

Ph © Serge Berthier, Institut des Nanosciences de Paris

Structure hiérarchique des pores du frustule de la diatomée *Coscinodiscus wailessii*

SCIENCES

DOCUMENT 3 Diagramme de l'énergie en fonction de la longueur d'onde

Les ondes électromagnétiques sont caractérisées par leurs longueurs d'onde λ (en nanomètre pour la lumière visible) ou leurs fréquences.

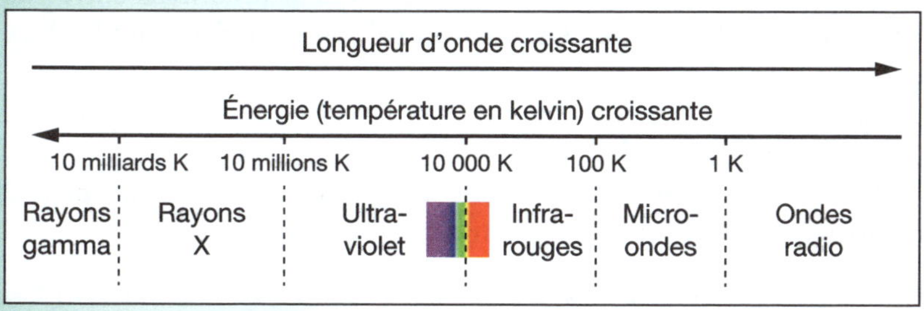

L'analyse de la lumière transmise à travers un frustule montre que les rayons UV ne passent pas. Cette propriété est liée à l'interaction du rayonnement solaire avec la triple porosité hiérarchique du frustule. Les diatomées peuvent ainsi venir chercher les rayons solaires en surface, sans être brûlées par les UV, très énergétiques.

À partir de vos connaissances et des informations apportées par les documents 1 à 3, répondre aux questions suivantes.

▶ **1.** Répondre au QCM en cochant la bonne réponse.

a) Les rayons stoppés par le frustule :

❑ sont de couleur violette.
❑ sont visibles à l'œil nu par les humains.
❑ ne transportent pas d'énergie.
❑ transportent plus d'énergie que la lumière visible.

b) L'énergie transportée par une onde électromagnétique :
- ☐ augmente lorsque la température diminue.
- ☐ augmente lorsque la longueur d'onde diminue.
- ☐ ne varie pas lorsque la longueur d'onde varie.
- ☐ diminue avec la longueur d'onde.

c) Une diatomée doit pouvoir s'approcher de la surface pour recevoir :
- ☐ les radiations visibles les plus énergétiques.
- ☐ les radiations nécessaires à sa photosynthèse.
- ☐ les radiations invisibles du soleil.
- ☐ les ultra-violets les plus énergétiques.

▶ **2.** Les cristaux photoniques sont des structures périodiques qui « contrôlent » la propagation de la lumière constituée de photons.
Dans ses travaux sur les cristaux photoniques, Raphaël Pierre écrit :
« … On constate combien le comportement du photon est profondément modifié lorsque l'on structure de manière périodique un milieu initialement homogène. Les photons qui n'interagissaient pas dans le milieu homogène ne s'ignorent plus et communiquent désormais entre eux… La lumière est diffusée par les motifs et subit des réflexions multiples… »

a) Définir un cristal.

b) Expliquer ce qui, dans la structure d'une coque de frustule, permet une analogie avec un cristal.

c) Expliquer en quoi la structure d'une coque de frustule peut être comparée à celle d'un cristal photonique.

▶ **3** Citer trois avantages de la présence de pores dans le frustule, pour les diatomées.

PARTIE 2 • BIOMIMÉTISME : LA CRÉATION DE SILICE NANOSTRUCTURÉE

DOCUMENT 4 Le procédé sol-gel

On a mis en œuvre des protocoles de polymérisation de la silice dans des conditions de température et de pression proches des conditions ambiantes. C'est la chimie dite « douce » car elle demande peu de ressources énergétiques et matérielles.

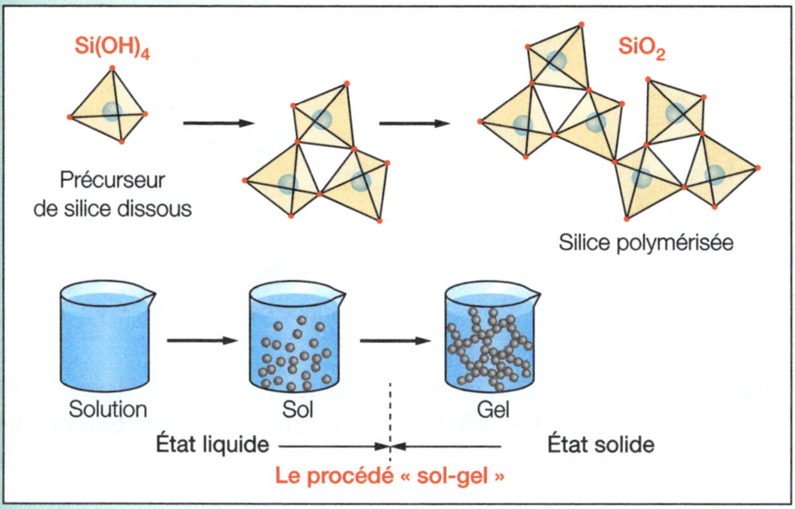

DOCUMENT 5 **Création de nanovecteurs à double porosité hiérarchique**

À l'intérieur du cytoplasme d'une diatomée en division, des vésicules créent des agrégats protéiques de forme sphérique de trois tailles différentes, qui constituent des gabarits autour desquels la silice polymérise. Les trois tailles de nanostructures de silice polymérisée sont excrétées puis elles s'auto-assemblent pour former le frustule.

Les chercheurs se sont inspirés de ce mécanisme pour créer des nanovecteurs de silice, bien tolérée par l'organisme, contenant un médicament anticancéreux. Pour cela, le procédé sol-gel a été adapté de différentes façons.

Première technique. On introduit dans le procédé sol-gel des tensioactifs (savons), c'est-à-dire des molécules constituées de deux parties fonctionnelles : une tête hydrophile et une chaîne carbonée hydrophobe. Les tensioactifs choisis forment des micelles cylindriques de quelques dizaines de nanomètres. Leur tête attire fortement la silice qui polymérise autour.

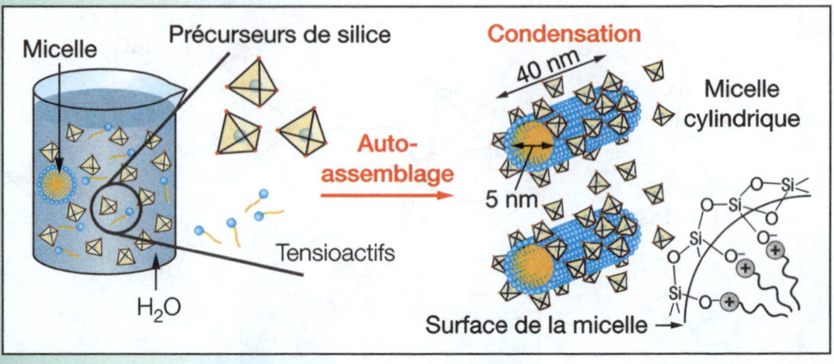

Deuxième technique. On modifie la technique précédente en dirigeant la formation des micelles cylindriques autour de billes de latex d'une centaine de nanomètres. On obtient un gabarit sphérique avec deux tailles de pores comme il est montré sur le schéma ci-dessous.

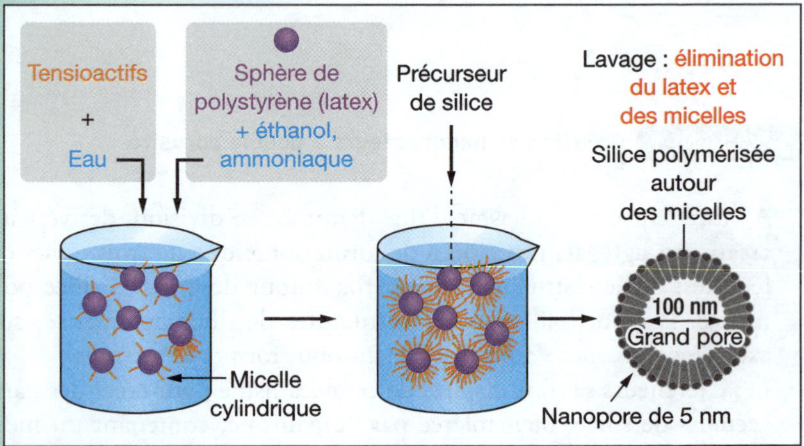

Avec ce dernier procédé, on crée des nanovecteurs (150 nm de diamètre) qui sont absorbés par les cellules. L'anticancéreux est associé à des nanoparticules d'or de 2 nm dans les nanopores de l'enveloppe, ce qui permet de le concentrer et de le stabiliser jusqu'à son relargage dans la cellule à tuer. La grande cavité a été chargée en particules d'or de 6 nm qui, chauffées par infrarouges, contribueront à détruire les cellules cancéreuses.

Source : *Chimie des matériaux hybrides*, Clément Sanchez.

À partir de vos connaissances et des informations apportées par les documents 4 et 5, répondre aux questions suivantes.

▶ **4.** Expliquer comment se met en place une micelle en milieu aqueux et comment ces micelles guident la polymérisation de la silice dans le procédé sol-gel.

▶ **5.** Nommer des molécules qui se comportent de manière similaire dans la membrane plasmique des cellules et les représenter dans un schéma de membrane.

▶ **6.** Le terme « biomimétisme » signifie que les technologies cherchent à imiter la nature : soit directement, en reproduisant des formes naturelles, soit en s'inspirant de certains mécanismes de création des matériaux naturels.
Montrer en quoi la fabrication de billes de silice à double porosité constitue une forme de biomimétisme d'un frustule de diatomée.

LES CLÉS DU SUJET

Comprendre les documents

Document 1 • Le frustule, une boîte de verre	Ce document de référence présente une espèce de diatomée enfermée dans son frustule.
Document 2 • La structure multi-échelle d'une coque de frustule	• Cette photographie montre les détails de la structure du frustule. • Repérez les trois niveaux d'organisation d'une coque de frustule pour répondre à la question 2. b.
Document 3 • Diagramme de l'énergie en fonction de la longueur d'onde	• Il montre de quelle façon varie l'énergie d'une onde électromagnétique en fonction de sa longueur d'onde et décrit comment le frustule interagit avec les longueurs d'onde de la lumière solaire. • Relevez bien le sens des différentes flèches.
Document 4 • Le procédé sol-gel	• Il s'agit du principe de création de verre non par fusion de silice, mais à partir de silice dissoute. • Repérez le mécanisme qui forme le gel de silice.
Document 5 • Création de nanovecteurs à double porosité hiérarchique	• Il donne le principe permettant de créer des nanovecteurs à double porosité hiérarchique. • Utilisez vos connaissances sur la bicouche lipidique pour expliquer l'intérêt des tensioactifs.

Répondre aux questions

Coups de pouce

▶ **1.** Aidez-vous du document 3 pour répondre au QCM.

▶ **3.** Il s'agit de saisir des informations dans l'ensemble des documents.

▶ **4.** Appuyez-vous sur vos connaissances sur la membrane plasmique.

▶ **6.** Il s'agit de montrer en quoi la structure du nanovecteur et son processus de fabrication s'inspirent de la mise en place du frustule.

Aide à la résolution de la question 2. c

Démontrer qu'une coque de frustule est assimilable à un cristal photonique.

1. Cherchez les points communs entre un cristal et une coque de frustule.
2. Montrez, à l'aide du texte introductif, que le fonctionnement d'une coque de frustule est semblable à celui d'un cristal photonique vis-à-vis de la lumière.
3. Concluez en synthétisant vos arguments.

25 CORRIGÉ GUIDÉ

PARTIE 1 • UNE ARCHITECTURE VITREUSE CRISTALLINE

▶ **1. a)** Les rayons stoppés par le frustule, les UV, transportent plus d'énergie que la lumière visible.

b) L'énergie transportée par une onde électromagnétique augmente lorsque la longueur d'onde diminue.

c) Une diatomée doit pouvoir s'approcher de la surface pour recevoir les radiations nécessaires à sa photosynthèse.

▶ **2. a)** Un cristal est un empilement ordonné d'une entité, nommée motif : atome, molécule ou ions.

b) • La structure d'une coque de frustule présente une porosité hiérarchique. Les trous de plus grand diamètre (1 µm) sont organisés de manière régulière, formant un réseau hexagonal à deux dimensions, en dessous duquel une couche percée de trous de diamètre plus petits (250 nm), présente également une organisation assez régulière.

À NOTER
La structure du frustule présente un motif qui rappelle une organisation similaire à celle d'un motif cristallin.

• Elle-même recouvre une couche de trous encore plus petits (50 nm). La répétition régulière des pores hexagonaux de 1 µm avec leurs sous-porosités peut être assimilée à une structure cristalline, le pore hexagonal étant le motif.

c) D'après la définition, un cristal photonique est une structure périodique qui modifie la propagation de la lumière. Nous venons de montrer que la coque d'une frustule peut être assimilée à une structure cristalline. Le document 3 détaille une autre particularité de ce frustule : celui-ci est capable de réfléchir les rayonnements ultraviolets, ce qui protège la diatomée de ce type de rayonnement. On peut alors conclure que la coque d'un frustule se comporte comme un cristal photonique qui modifie la propagation des différentes longueurs d'onde de la lumière solaire.

▶ **3.** Grâce aux pores, la cellule est protégée tout en restant en contact avec le milieu extérieur : elle importe les éléments dont elle a besoin pour vivre et rejette les déchets de son métabolisme. Par ailleurs la mise en place du frustule poreux n'est pas trop coûteuse en énergie et en matière : elle demande peu de silice. Enfin, le frustule est une structure légère, ce qui permet à la diatomée de remonter vers la surface pour chercher la lumière.

PARTIE 2 • BIOMIMÉTISME : LA CRÉATION DE SILICE NANOSTRUCTURÉE

▶ **4.**

> **▶ Le conseil de méthode**
> Appuyez-vous sur vos connaissances pour analyser et interpréter des documents inconnus. Ainsi vous ne savez peut-être pas ce qu'est une micelle ou un tensioactif ; dans ce cas repérez les deux parties d'un tensioactif sur le schéma. Ces deux parties sont comparables à celles des phospholipides qui structurent la bicouche lipidique d'une membrane.

Les tensioactifs sont des petites molécules à double polarité : la queue est une chaîne carbonée hydrophobe, et la tête est chargée positivement (cationique), ce qui lui confère une affinité avec l'eau. Les parties hydrophobes se regroupent entre elles et forment des structures (micelles) cylindriques. La silice est chargée négativement, elle est donc attirée par les têtes positives hydrophiles des tensioactifs et polymérise à la surface des micelles.

▶ **5.** Les phospholipides membranaires sont également des molécules avec une tête hydrophile (groupement phosphate) et deux queues hydrophobes (acides gras).

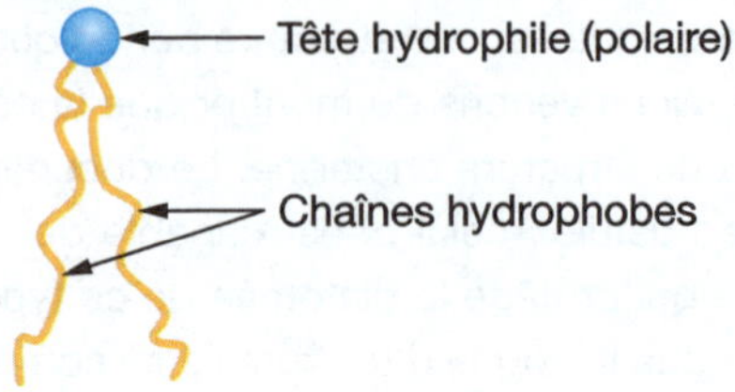

Un phospholipide

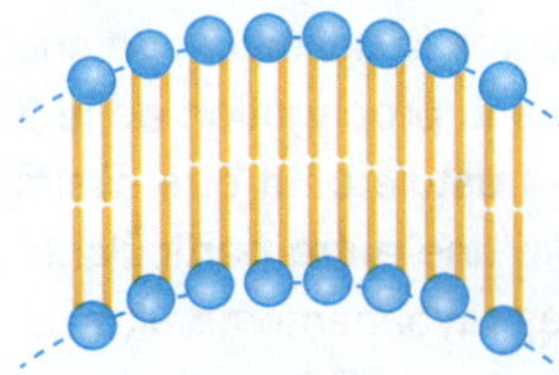

Répartition en bicouche des phospholipides membranaires

▶ **6.**

> ▶ **Le conseil de méthode**
> Cherchez au brouillon le(s) point(s) commun(s) entre les nanovecteurs et les frustules ainsi que leurs différences avant de rédiger votre réponse.

• Les chercheurs ont créé des nanovecteurs en silice, dans la même matière première que les frustules. De plus ils ont créé une structure poreuse hiérarchique comme pour les frustules : une grande sphère centrale délimitée par une couche de silice percée de nanopores cylindriques. La forme des pores est différente de celle des pores d'un frustule et il n'y a que deux niveaux de porosité, donc les chercheurs n'ont pas imité complètement la structure du frustule.

• Ils se sont en revanche inspirés du mécanisme qui permet de créer différentes tailles de pores chez les diatomées. Celles-ci créent des gabarits organiques de trois tailles, autour desquels la silice polymérise. Les chercheurs ont imité cela en introduisant deux sortes de gabarits dans leur procédé sol-gel : les micelles cylindriques de 5 nm de diamètre et les billes de polystyrène de 100 nm de diamètre. Dans le nanovecteur siliceux, les plus petites particules d'or et les médicaments sont piégés dans les nanopores de 5 nm, tandis que la grande cavité a été chargée en particules d'or plus grosses.

Devenirs du rayonnement solaire

1 heure
10 points

INTÉRÊT DU SUJET • À l'heure où tous s'accordent sur l'urgence de limiter notre impact sur le réchauffement climatique et de trouver des solutions douces pour nous y adapter, citoyens, ingénieurs et chercheurs s'emparent du sujet sous ses différents aspects.

PARTIE 1 • VÉGÉTALISER LES VILLES

DOCUMENT 1 Le devenir de l'énergie reçue en ville

La thermographie infrarouge permet d'étudier l'impact de la couverture végétale en zone urbaine sur le climat local.

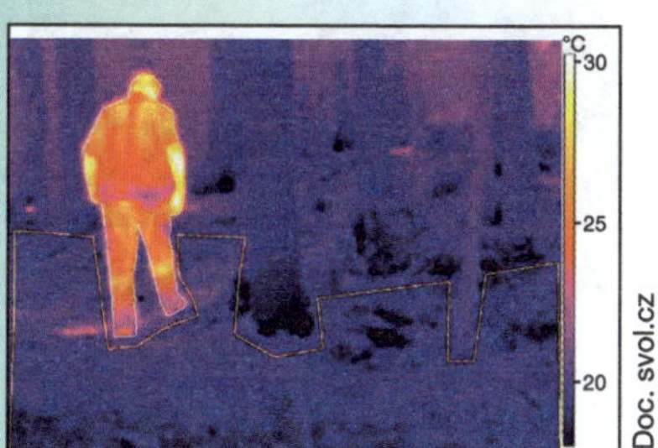

Figure 1. **Personne au pied d'un arbre**

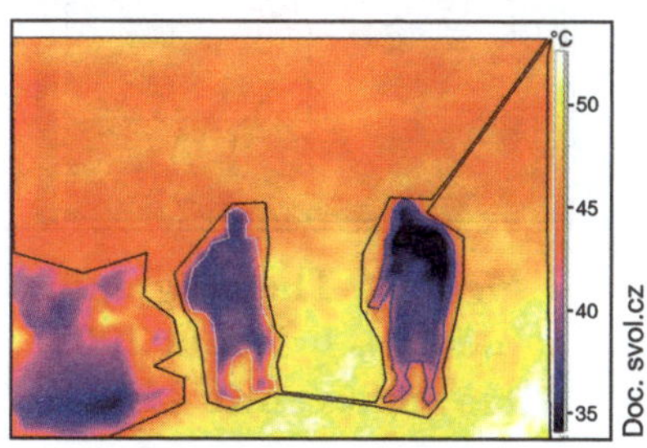

Figure 2. **Personnes sur un parking**

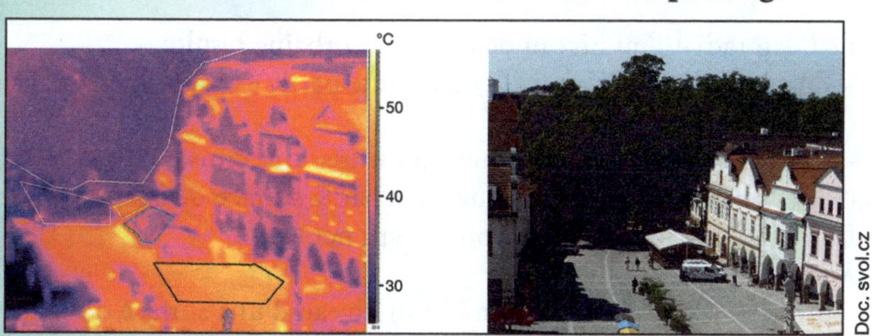

Figure 3. **Vue d'en haut de Třeboň un jour ensoleillé d'été**

Un parasol et un arbre réfléchissent environ 20 % du rayonnement solaire. Mais un grand arbre transpire des centaines de litres d'eau, en utilisant 0,7 kWh/L pour convertir l'eau liquide en vapeur. Celle-ci se condense lorsqu'elle rencontre des surfaces fraîches, ce qui restitue de la chaleur à l'air. Un parc d'1 ha (hectare) a un pouvoir de rafraîchissement comparable à 1 000 appareils à air conditionné.

D'après : « How trees cool down towns in summer », Jan Pokorny, Czech Republic, et Urška Ratajc, Slovenia.

DOCUMENT 2 L'îlot de chaleur urbain

Les espaces urbains constituent des îlots de chaleur, particulièrement marqués lors des minimums de températures, la nuit. Combinés à des températures caniculaires, ils engendrent une surmortalité comme lors de l'été 2003 à Paris.

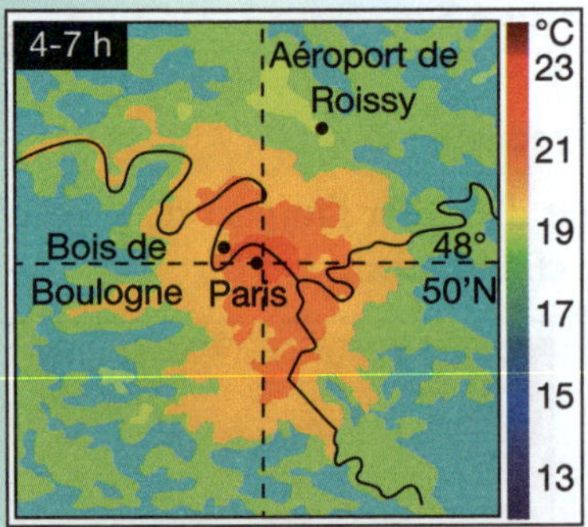

Figure 4. **Thermographie de Paris le 9 août 2003 (moyennes entre 4 h-7 h).**

Source : Dousset *et coll.* (2011), *Int. J. Climatol.*, 31, 313-323.

Ph © yilmazsavaskandag / iStock Editorial / Getty Images Plus Turkey

Figure 5. **Bilan des échanges radiatifs en ville**

Le bilan radiatif au niveau de la surface urbaine résulte :
– du rayonnement global (R_g) dont une partie est réfléchie par la surface (albédo « *a* ») ;
– de la différence entre rayonnement thermique émis par l'atmosphère (R_a) et rayonnement thermique émis par la surface de la terre (R_t).
Le bilan radioatif, appelé rayonnement net (R_n) :
$R_n = R_g(1 - a) + R_a - R_t$
représente la puissance disponible au niveau d'une surface donnée.

Plusieurs processus concourent à générer le phénomène d'îlot de chaleur urbain :
– la faiblesse en milieu bâti de l'évaporation. Lorsqu'elle est faible, l'énergie qui n'est pas utilisée pour vaporiser l'eau contribue à réchauffer les surfaces, donc l'atmosphère ;
– le faible albédo de nombreux matériaux urbains ;
– un bien meilleur stockage de chaleur par les matériaux urbains (bâtiments, revêtements...) ;
– l'existence de sources de chaleur interne à la ville (circulation, climatisation, industrie, etc.) ;
– enfin, des vents plus faibles en moyenne à l'échelle de la ville, modérant les échanges thermiques avec l'atmosphère.

Source : *Impact de la végétation sur le microclimat urbain et la qualité de l'air*, Yves Brunet

SCIENCES

À partir de vos connaissances et des informations apportées par les documents 1 et 2, répondre aux questions suivantes.

▶ **1.** Expliquer sur quel principe physique repose la thermographie infrarouge.

▶ **2.** La puissance surfacique moyenne du rayonnement solaire au sommet de l'atmosphère est égale à 342 $W \cdot m^{-2}$. Sachant que l'albédo terrestre moyen est égal à 30 %, calculer la puissance surfacique du rayonnement incident moyen parvenant au sol.

▶ **3.** La puissance surfacique moyenne émise par l'atmosphère est égale à 417 $W \cdot m^{-2}$ et celle du sol est égale à 391 $W \cdot m^{-2}$. Calculer la puissance nette moyenne disponible au niveau d'une surface donnée. Expliquer pourquoi cette puissance nette augmente fortement en été.

▶ **4.** À l'aide des informations extraites de l'ensemble des documents, montrer que les arbres sont un atout contre les canicules d'été et expliquer leur action rafraîchissante.

PARTIE 2 • MAÎTRISER L'ÉNERGIE SOLAIRE

DOCUMENT 3 Efficacité d'un panneau solaire en fonction de l'angle d'incidence du rayonnement

Des panneaux photovoltaïques ont été installés dans une centrale dans les environs d'une ville située à une latitude de 45 °N. Leur efficacité est mesurée en fonction de l'angle d'inclinaison avec lequel ils sont positionnés.

Inclinaison (degrés) 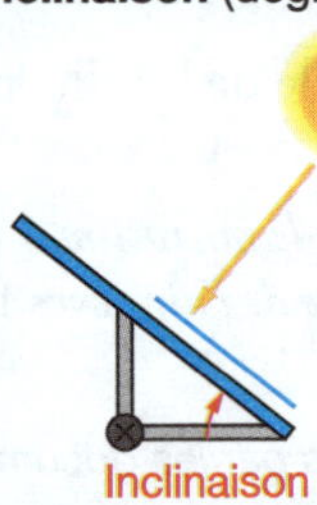	0	15	25	45	55	70	90
Efficacité	88 %	94 %	98 %	100 %	98 %	87 %	68 %

DOCUMENT 4 Rayonnement reçu par la Terre

B désigne la ville où sont installés les panneaux.

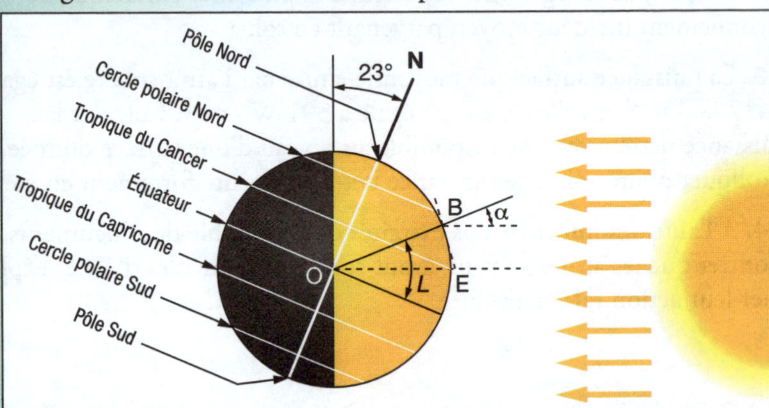

À partir de vos connaissances et des informations apportées par les documents, répondre aux questions suivantes.

▶ **5. a)** Compléter le schéma donné ci-contre à l'équinoxe, en y faisant figurer la ville B, la ligne d'équateur, l'axe de rotation de la Terre ainsi que la direction des rayons solaires.

b) Donner l'inclinaison des panneaux pour laquelle leur efficacité est maximale lors des équinoxes. Justifier.

▶ **6. a)** Donner la saison représentée sur le document 4.

b) Trouver, en justifiant, les angles L et α figurant sur le document 4.

c) Déduire de la réponse précédente l'angle d'inclinaison des panneaux pour une efficacité maximale en été.

LES CLÉS DU SUJET

Comprendre les documents

Document 1 • Le devenir de l'énergie reçue en ville	• Il présente des photographies prises avec une caméra thermique (infrarouge) de lieux urbains et explique le rôle de climatiseur naturel d'un arbre. • Exploitez ces figures en comparant les zones urbaines et arborées (donnez des valeurs chiffrées).
Document 2 • L'îlot de chaleur urbain	• Il présente les échanges thermiques (puissances reçue, perdue et stockée) au niveau d'une surface. • Utilisez ces données pour répondre à la question 3. Faites correspondre les termes étudiés en cours avec ceux de l'article (puissance solaire incidente, puissance thermique liée à l'effet de serre).
Document 3 • Efficacité d'un panneau solaire	• Il fournit l'angle d'inclinaison à donner à un panneau photovoltaïque pour que son efficacité soit maximale. • Portez attention au fait que l'inclinaison est un angle et qu'elle s'exprime donc en degrés.
Document 4 • Rayonnement reçu par la Terre	• Il montre la position de la Terre lorsqu'elle reçoit des rayons solaires en tenant compte de l'inclinaison de son axe de rotation. • Observez tous les angles qui interviennent et cherchez les relations mathématiques qui les lient entre eux.

Répondre aux questions

Coups de pouce

▶ **1.** Répondez brièvement, mais avec précision, c'est une question de cours. Il s'agit d'expliquer l'origine des rayons infrarouges émis par les différentes composantes terrestres.

▶ **2.** Vous devez connaître les définitions des termes employés et savoir faire ce calcul.

▶ **3.** Utilisez le résultat du calcul précédent et cherchez quel facteur est modifié en été.

▶ **5. a)** Inspirez-vous du schéma du document 4.

b) Utilisez le schéma de la question précédente et vos connaissances en mathématiques. Cherchez ensuite la relation entre les données du document 3 et le printemps.

▶ **6. b) et c)** Dans ces deux questions vous devez déterminer différents angles sur le schéma du document 4 pour pouvoir répondre. Nommez ces angles et écrivez des relations mathématiques entre eux pour être clair et précis, puis reliez-les à l'inclinaison des panneaux.

Aide à la résolution de la question 4

Montrer que les arbres rafraîchissent la ville.

❶ Extrayez des documents 1 et 2 les données chiffrées qui démontrent l'impact des arbres sur le climat local d'une ville et présentez-les.

❷ Expliquez, à l'aide d'informations extraites du document 1, comment la puissance solaire absorbée par un arbre ne contribue pas à réchauffer l'atmosphère et comparez avec le devenir de l'énergie solaire absorbée par la surface d'un bâti.

❸ Concluez sur l'importance de végétaliser les villes à l'avenir.

26 CORRIGÉ GUIDÉ

PARTIE 1 • VÉGÉTALISER LES VILLES

▶ **1.** Un corps qui absorbe de l'énergie solaire émet des radiations de longueurs d'ondes plus grandes, infrarouges ou thermiques (comprises entre 0,7 µm et 1 mm), jusqu'à l'établissement d'un équilibre. La caméra infrarouge permet de mesurer les températures des longueurs d'onde émises.

▶ **2.** La puissance surfacique du rayonnement incident moyen parvenant au sol est : $P = R_g(1 - a)$
$P = 342 \times (1 - 0{,}3) = 239\ \text{W} \cdot \text{m}^{-2}$.

▶ **3.** • La puissance nette moyenne P_n disponible au niveau d'une surface donnée est : $P_n = R_n = R_g(1 - a) + R_a - R_t = P + R_a - R_t$
où R_a est la puissance surfacique moyenne émise par l'atmosphère (effet de serre) et R_t celle émise par le sol, d'où :
$P_n = 239 + 417 - 391 = 265\ \text{W} \cdot \text{m}^{-2}$.

> **▶ Le conseil de méthode**
> En été, la puissance surfacique nette disponible est plus forte. Partez de l'équation $P_n = P + R_a - R_t$ puis identifiez l'impact des saisons sur ces termes.

• En été, du fait de l'inclinaison de la Terre sur son axe de rotation, les rayons qui parviennent à la surface sont moins inclinés que le reste de l'année. La puissance surfacique solaire (P) est donc plus élevée que pour les autres saisons. Examinons ce que deviennent les deux autres termes de l'équation $P_n = P + R_a - R_t$. Même si R_a (effet de serre) est élevée, une bonne partie est compensée par l'absorption de CO_2 par photosynthèse. De plus, les pertes par le sol (R_t) augmentent. La puissance surfacique nette disponible au sol en été (P_n) dépend donc essentiellement de la puissance solaire incidente qui lui parvient.

▶ **4.** • L'étude thermique menée en République tchèque en été (document 1) montre que la température de l'atmosphère sous les arbres est toujours inférieure à celle des autres corps : les températures des arbres et du sol sont de 20 °C, alors que celle de la personne est de 26 °C.

• De même, la température des surfaces réfléchissantes des murs et des parasols de Trebon est plus élevée un jour caniculaire (36 °C) que celle des arbres du parc voisin (32 °C). Enfin la température des surfaces non réfléchissantes comme le sol bétonné dépasse largement 40 °C.

• Le document 2 montre que, dans l'îlot de chaleur urbain que constitue Paris, le bois de Boulogne présente des températures plus basses, comparables à celles de la banlieue voisine. Cela démontre que les arbres constituent bien des îlots de fraîcheur au sein des villes. Ils agissent en ombrageant le sol qui reçoit une puissance surfacique plus faible et en évapotranspirant de l'eau, qui, lorsqu'elle quitte la feuille, passe de l'état liquide à l'état gazeux, ce qui consomme de l'énergie thermique qui sinon aurait chauffé les arbres. En l'absence d'arbres, l'énergie solaire serait absorbée par les surfaces bâties, ce qui augmenterait l'échauffement du sol et de l'atmosphère.

Ainsi l'adaptation des villes aux canicules nécessitera de planter des arbres.

PARTIE 2 • MAÎTRISER L'ÉNERGIE SOLAIRE

▶ **5. a)** À l'équinoxe la Terre peut être représentée par le modèle ci-contre (rayons parallèles à l'équateur).

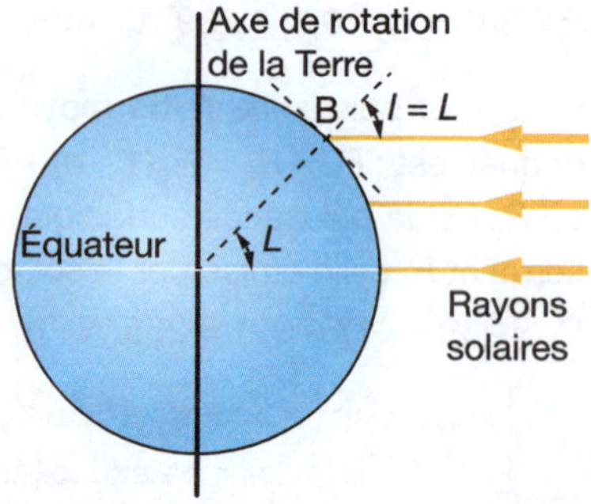

b) À l'équinoxe dans la ville B, $I = L$ car les rayons solaires sont parallèles à l'équateur, et la normale à la surface en B les coupe en formant des angles correspondants, I et L égaux.

Pour une efficacité maximale, les rayons doivent arriver avec un angle total de 90° sur les panneaux. Donc si on incline les panneaux d'un angle de $i = 45°$, on obtient cet angle total :

$I + i = 45 + 45 = 90°$ (situation du document 3).

▶ **6. a)** Il s'agit de l'été dans l'hémisphère Nord et de l'hiver dans l'hémisphère Sud.

b) L est l'angle formé par la normale à la surface au point B et l'équateur. Le prolongement de la normale est le rayon terrestre qui forme l'angle (que l'on appelle la latitude d'un point) avec la direction de l'équateur. Donc $L = 45°$.

> **À NOTER**
> L'axe de rotation de la Terre est incliné vers le Soleil sur le document 4 ce qui indique la saison.

L'axe de rotation de la Terre est incliné à 23°, donc :

$\widehat{EOB} = L - 23 = 45 - 23 = 22°$.

D'autre part, la droite BO forme deux angles correspondants égaux avec la direction des rayons solaires, on a donc : $\alpha = \widehat{EOB} = 22°$.

c) • D'après les réponses précédentes, les rayons solaires arrivent en B avec un angle d'incidence $\alpha = 22°$. Pour une efficacité maximale les rayons doivent arriver perpendiculairement sur les panneaux : angle d'incidence de $I = 0°$ (et de 90° par rapport à l'horizontale en B).

> **MOT-CLÉ**
> L'angle d'incidence est mesuré par rapport à la normale.

• Il faut donc incliner les panneaux de 22° pour recevoir ces rayons perpendiculairement, c'est-à-dire lever le côté droit du panneau de 22°.

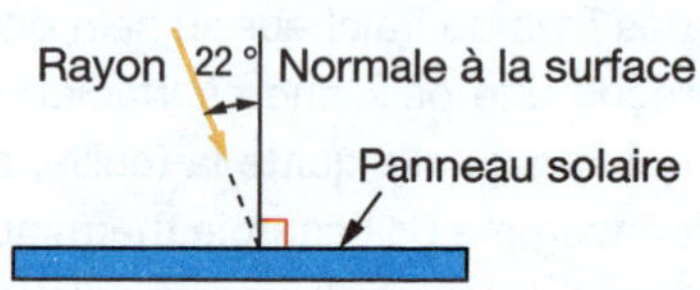

Le projet Ice911 contre le réchauffement climatique

1 heure
10 points

INTÉRÊT DU SUJET • Limiter la fonte des glaces constitue un enjeu majeur dans la lutte contre le réchauffement climatique et ses impacts. Comment les scientifiques collaborent-ils pour étudier la fonte de la banquise arctique et chercher des solutions ?

La géo-ingénierie désigne les interventions à grande échelle sur l'environnement destinées à contrer le réchauffement climatique. Deux types de recherches existent : l'extraction et la séquestration du CO_2, et la gestion du rayonnement solaire. Le projet Ice911, créé en 2006, vise la préservation du bouclier thermique Arctique.

PARTIE 1 • LA BANQUISE, UN BOUCLIER THERMIQUE

DOCUMENT 1 Le principe du projet Ice911

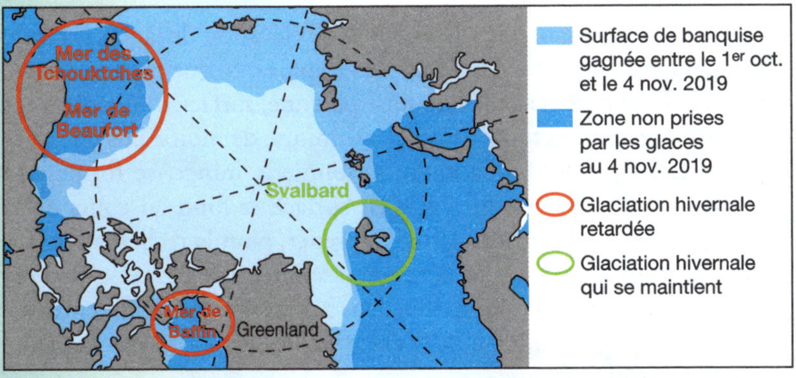

Ice911 s'est donné pour mission de stabiliser et d'augmenter la surface de la banquise pérenne, année après année. Comment ? En recouvrant les premières glaces d'hiver dans certaines zones stratégiques de la banquise par des microsphères de silice (verre) creuses, un matériau flottant et réfléchissant.

Au cours des dernières années, le projet a été testé avec succès sur plusieurs lacs, dont un de 4 000 m^2 au bord de la mer des Tchouktches en Alaska, une zone avec des vents puissants. Le sable siliceux s'est fixé à la surface de la glace et a limité l'ampleur de la fonte. Quand une partie de la glace a fondu, il s'est intégré aux sédiments des rives.
L'équipe vise maintenant à mettre en application ses techniques en affrétant des navires pour traiter certaines zones clés comme la mer de Beaufort.

Source : www.meteofrance.fr, 6 novembre 2019

DOCUMENT 2 **Albédo en Arctique en 1980 et en 2010**

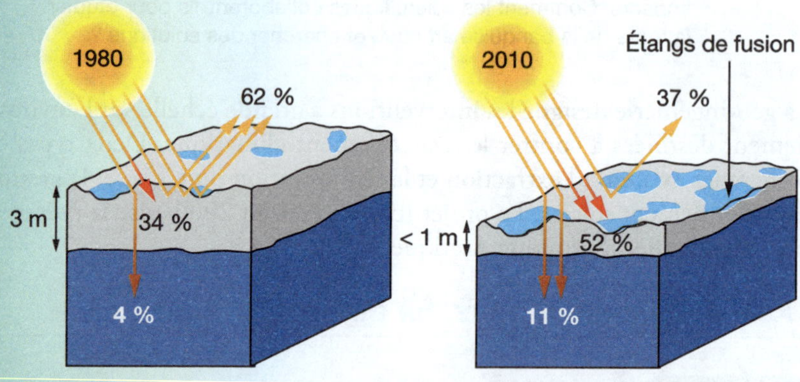

Figure a. **En 1980** ***Figure b.*** **En 2010**

Au cours des quarante dernières années, l'élévation de la température de la région arctique a été 2 à 3 fois plus importante que pour le reste de la planète. La superficie de la banquise pérenne, surface minimale de glace qui persiste après la fonte estivale, a diminué de moitié et s'est considérablement amincie. La banquise saisonnière, mince, se forme durant l'hiver lorsque l'eau de mer gèle en surface et fond au cours de l'été. Les physiciens de l'Institut Alfred Wegener, pour la recherche polaire et marine, ont effectué des mesures en Arctique. Les figures a et b représentent la banquise, en un même lieu, à deux époques différentes.

- En 1980 (figure a), on a de la glace vieille, épaisse (3 m), la banquise pérenne est majoritaire.
- En 2010 (figure b), on a de la glace jeune, mince (quelques dizaines de cm), c'est une banquise saisonnière avec des étangs de fusion dont le fond est tapissé de poussières sombres.

Source : lewebpedagogique.com

DOCUMENT 3 **Études sur le matériau K_1 du projet Ice911**

Le matériau K_1 est constitué de billes creuses de silice blanche réfléchissante, de 65 µm de diamètre en moyenne. C'est une sorte de sable blanc très fin, qui adhère à la glace humide et permet de blanchir les surfaces traitées.
La silice est le constituant majoritaire des roches de la croûte terrestre, c'est donc un matériau bon marché.
Le matériau K_1 a été testé par un laboratoire de tests environnementaux sur différentes espèces marines : aucun effet néfaste n'a été observé. Des tests sur différents étangs ont démontré un gain de réflectivité de 15 à 20 %, une partie de la glace des zones testées a été préservée de la fonte.

SCIENCES

À partir de vos connaissances et des informations apportées par les documents, répondre aux questions suivantes.

▶ **1.** Donner l'albédo de la glace ancienne et montrer que l'albédo de la banquise arctique diminue avec la fonte des glaces (document 2).

▶ **2.** Expliquer la ou les raison(s) de cette variation.

▶ **3.** À l'aide du tableau suivant et des informations extraites des documents, indiquer les critères utilisés pour choisir le matériaux K_1.

Type de surface	Albédo
Neige fraiche, soleil haut	0,80-0,85
Neige fraiche, soleil bas	0,90-0,95
Vieille neige	0,50-0,60
Sable	0,20-0,30
Herbe	0,20-0,25
Terre humide	0,10
Terre sèche	0,15-0,25
Forêt	0,05-0,10
Eau, soleil horizontal	0,50-0,80
Eau, soleil au zénith	0,03-0,05
Nuage épais	0,70-0,80
Nuage mince	0,25-0,50

Albédo de quelques types de surface

Source : Villeneuve et Richard, *Vivre pour l'avenir, Réagir pour l'avenir*, éd. Multimonde, 2007

▶ **4.** Expliquer pourquoi la banquise arctique est considérée comme un « bouclier thermique » pour la planète. Expliquer aussi comment les ingénieurs de Ice911 se sont appuyés sur les travaux des chercheurs pour imaginer leur solution afin de préserver ce bouclier thermique arctique.

PARTIE 2 • EFFET DE SERRE ET TEMPÉRATURE DES PLANÈTES

DOCUMENT 4 La température des planètes

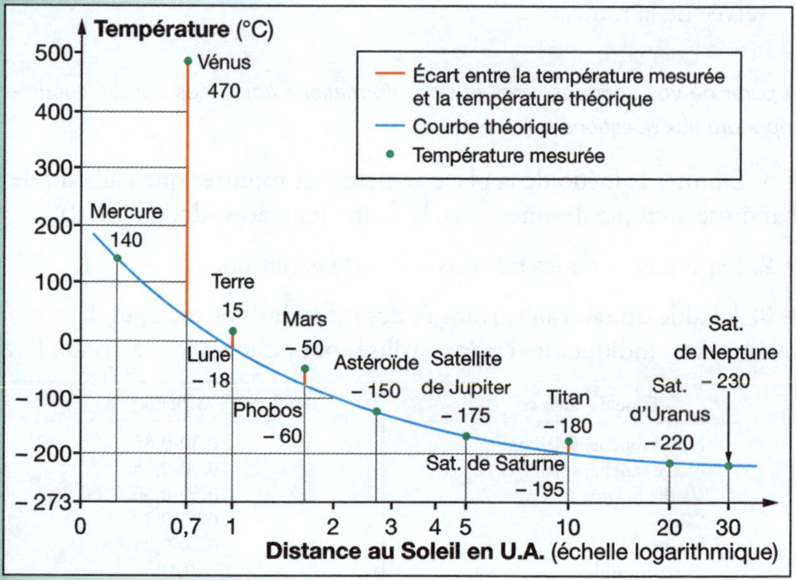

Source : peda-go.fr

DOCUMENT 5 L'atmosphère des planètes telluriques

	N_2	O_2	CO_2	Pression atmosphérique
Mercure				nulle
Vénus	4,5 %		95,5 %	élevée
Terre	78 %	21 %	< 1 %	moyenne
Mars	2,7 %		95,32 %	faible

DOCUMENT 6 **Vénus**

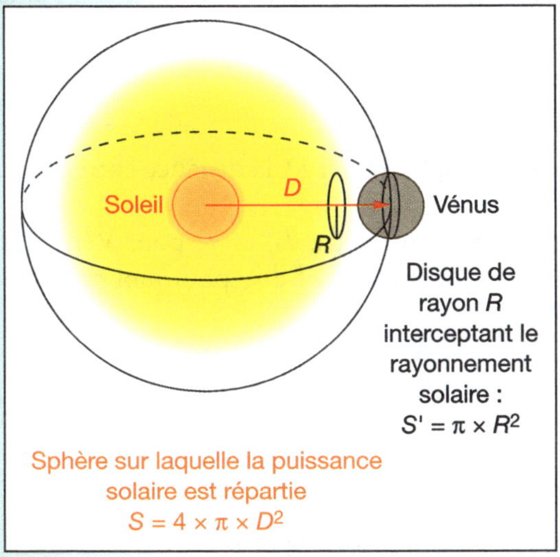

La deuxième planète du système solaire, Vénus, évolue à une distance $D = 108 \times 10^6$ km du Soleil. Son rayon, semblable à celui de la Terre, mesure $R = 6\,052$ km.
Cette planète, comme toutes les autres, n'intercepte qu'une partie de la puissance solaire qui est de $P_s = 3{,}86 \times 10^{26}$ W.
Vénus réfléchit $2{,}27 \times 10^{17}$ W de la puissance solaire reçue.

Les réponses aux questions suivantes s'appuieront sur vos connaissances et sur les informations apportées par les documents.

▶ **5. a)** Donner l'expression de la puissance solaire reçue par Vénus, P_V, à l'aide du document 6 et démontrer qu'elle peut s'écrire sous la forme :

$$P_V = \frac{P_s}{4} \times \left(\frac{R}{D}\right)^2$$

b) Calculer P_V puis l'albédo A_V de Vénus.

▶ **6.** La **température d'équilibre** d'une planète est la température théorique de sa surface (si on suppose cette température uniforme) en l'absence d'atmosphère. C'est une grandeur théorique qui n'a pas vocation à être mesurée, contrairement à la température effective.
Pour calculer la température effective T_V de Vénus on l'assimile à un corps noir dont la longueur d'onde, correspondant au maximum d'intensité lumineuse émise, est $\lambda_m = 3{,}48$ µm.

a) Calculer la température effective de Vénus à l'aide de la loi de Wien.
b) Calculer la température d'équilibre de Vénus à l'aide de la relation suivante :

$$T_e = 280 \times \left(\frac{1-A}{D^2}\right)^{\frac{1}{4}}$$

avec A, l'albédo de la planète, et D, la distance entre la planète et le Soleil en U.A.
c) Expliquer l'écart trouvé entre T_V et T_e pour Vénus que l'on constate également dans le document 4 et dire pourquoi on n'observe pas un tel écart pour Mars.

LES CLÉS DU SUJET

Comprendre les documents

Document 1 **Le principe du projet Ice911**	• Il présente le projet et donne un aperçu de l'état de la banquise. • Notez les zones dont la glaciation reprend difficilement.
Document 2 **Albédo en Arctique en 1980 et en 2010**	• Il décrit l'évolution du comportement de la banquise face au rayonnement solaire incident. • Identifiez dans chaque situation les parts de la puissance solaire absorbée, transmise et réfléchie.
Document 3 **Études sur le matériau K_1 du projet Ice911**	• Il présente les caractéristiques des billes siliceuses K_1. • Prenez en compte les effets secondaires possibles des billes sur l'environnement.
Document 4 **La température des planètes**	• Il présente les températures réelles, mesurées des planètes du système solaire, et leurs températures théoriques liées à leur distance au Soleil. • Repérez les planètes pour lesquelles les deux valeurs ne concordent pas.
Document 5 **L'atmosphère des planètes telluriques**	• Il présente la composition et l'épaisseur de l'atmosphère des planètes telluriques. • Vous devez connaître les principaux gaz à effet de serre pour l'analyser.
Document 6 **Vénus**	• Il présente le comportement de Vénus face à la lumière solaire. • Utilisez les formules données.

Répondre aux questions

Coups de pouce

▶ **1.** Identifiez l'albédo sur les schémas et expliquez les différences constatées entre 1980 et 2010 à l'aide du document 2.

▶ **3.** Identifiez quel élément naturel on a cherché à imiter pour fabriquer les billes du matériau K_1 et identifiez les contraintes nécessaires pour réussir leur déploiement sur une grande échelle.

▶ **5. a)** à **6. b)** Il s'agit de calculs, faites attention à bien présenter un calcul littéral avant de passer à l'application numérique.

▶ **6. c)** Votre réponse doit être argumentée : comparez les caractéristiques de Mars et de Vénus puis identifiez leur principale différence.

Aide à la résolution de la question 4

Démontrer que la banquise est un bouclier thermique pour la Terre et expliquer comment le projet permettrait de le restaurer

❶ Expliquez pourquoi le réchauffement de l'Arctique a été supérieur à celui du reste de la planète ces 40 dernières années, en utilisant vos connaissances sur l'albédo.

❷ Montrez comment les scientifiques ont trouvé, par leurs mesures, les facteurs à l'origine de la fragilisation de la banquise et de sa perte d'albédo.

❸ Montrez que les ingénieurs de Ice911 se sont appuyés sur ces données pour proposer une solution technique contrant les effets mis en évidence afin de restaurer peu à peu la banquise pérenne.

27 CORRIGÉ GUIDÉ

PARTIE 1 • LA BANQUISE, UN BOUCLIER THERMIQUE

▶ **1.** L'albédo est le quotient du rayonnement réfléchi par celui reçu par une surface ou un matériau. D'après le document 2 la vieille glace réfléchit 62 % du rayonnement reçu, son albédo est donc $A_{\text{vieille glace}} = 62$ % (ou 0,62).
Pour la glace jeune, on constate, par le même raisonnement, que $A_{\text{jeune glace}} = 37$ % (ou 0,37). L'albédo de la glace jeune, épaisse de moins d'un mètre, souvent de première année (banquise hivernale) est donc bien plus faible que celui de la glace ancienne de la banquise permanente, épaisse de quelques mètres. Plus la banquise fond, plus son albédo diminue.

▶ **2.** Le pourcentage du rayonnement transmis qui traverse la couche de glace est de 11 % pour la glace jeune et de 4 % pour une glace plus vieille. De plus, alors que seulement 34 % de l'énergie solaire est absorbée par la couche de glace ancienne, ce chiffre passe à 52 % pour de la glace jeune. En effet, la couche de glace jeune est riche en étangs sombres qui absorbent l'énergie solaire. Ainsi, la glace jeune de la banquise hivernale possède un albédo bien plus faible que la vieille glace.

▶ **3.** Les billes creuses de silice K_1 ont des propriétés très similaires à celles de la neige : légères, blanches, réfléchissantes. Les ingénieurs auraient pu utiliser des billes qui ressemblent davantage à de la glace en utilisant de la silice transparente. Mais l'albédo de la neige fraîche, blanche et réfléchissante, est bien plus élevé que celui de la glace, même ancienne : 0,9 contre 0,6 pour cette dernière. Les ingénieurs se sont inspirés de la neige, le matériau naturel le plus réfléchissant connu.

• Ces billes K_1 sont bon marché, la silice étant une matière première abondante, et elles ne sont pas toxiques pour les êtres vivants. En effet lors de la fonte estivale, même réduite par l'usage des billes, une partie d'entre elles se retrouvent dans l'eau. Il est important qu'elles n'induisent pas de désordre écologique.

À NOTER
Des nanoparticules de silice auraient été problématiques car elles pénètrent les barrières physiologiques des organismes vivants. La taille de billes K_1 est suffisamment élevée pour ne pas induire ces effets secondaires problématiques.

▶ **4.**

▶ Le conseil de méthode
Recensez au brouillon l'ensemble des données établies par les études scientifiques. Utilisez aussi les réponses précédentes.

• Le réchauffement climatique a entraîné une fonte des glaces et donc une baisse de l'albédo de l'Arctique, engendrant un réchauffement deux à trois fois plus important que dans les autres régions du monde. Ainsi, plus le climat se réchauffe, plus l'albédo de la banquise diminue, entraînant alors un réchauffement supplémentaire et accéléré du climat…

• L'albédo de la glace pluriannuelle (banquise pérenne) est bien plus efficace que celui de la glace hivernale qui l'a remplacée dans une partie de l'Arctique. C'est sur ce constat établi par les scientifiques, que repose la démarche d'Ice911 : le projet vise à reconstituer peu à peu la glace pluriannuelle, véritable bouclier thermique, afin de limiter le réchauffement des pôles et donc celui de la planète. De plus, pour des raisons matérielles, les ingénieurs ne peuvent pas appliquer leur poudre K_1 à l'ensemble de la banquise. Ils ciblent des zones stratégiques, telles que la mer de Beaufort. Les données scientifiques montrent en effet que la glace hivernale a plus de mal à se reformer dans ces endroits.

• Ainsi les données scientifiques sur l'évolution de la banquise guident les choix des ingénieurs d'Ice911, que ce soit pour déterminer leur objectif, pour concevoir un produit imitant la neige et non toxique pour la biodiversité, mais aussi pour cibler leur action.

PARTIE 2 • EFFET DE SERRE ET TEMPÉRATURE DES PLANÈTES

> **▶ Le conseil de méthode**
> La puissance reçue par une planète n'est qu'une portion de la puissance que le Soleil diffuse autour de lui. Vénus ne reçoit qu'une portion $\frac{S'}{S}$ de la puissance solaire P_S.
> Tenez-en compte pour écrire l'expression de P_V.

SCIENCES

▶ **5. a)** La puissance solaire est diffusée autour de l'astre sur une sphère de rayon D. La puissance surfacique ou la puissance par unité de surface est donc donnée par :

$$P_{\text{surfacique solaire}} = \frac{P_S}{S}$$

D'autre part, seule une fraction S' du rayonnement, et donc de la puissance surfacique solaire, atteint Vénus. Avec $S' = \pi R^2$ (où R est le rayon du disque S' et celui de la planète), la puissance reçue par la planète (P_V) a donc pour expression :

$$P_V = P_{\text{surfacique solaire}} \times S'$$

$$P_V = P_S \times \frac{S'}{S} = P_S \times \frac{\pi R^2}{4\pi D^2} = \frac{P_s}{4} \times \left(\frac{R}{D}\right)^2$$

D'où, en effet, $P_V = \frac{P_S}{4} \times \left(\frac{R}{D}\right)^2$

b) $P_V = \frac{3{,}86 \times 10^{26}}{4} \times \left(\frac{6\ 052}{108 \times 10^6}\right)^2 = 3{,}03 \times 10^{17}$ W

$$A_V = \frac{P_{\text{réfléchie}}}{P_V} = \frac{2{,}27 \times 10^{17}}{3{,}03 \times 10^{17}} = 0{,}75$$

L'albédo de Vénus est de 75 %.

> **À NOTER**
> Cette puissance s'exprime en W et n'est pas une puissance par unité de surface.

▶ **6. a)** D'après la loi de Wien :

$$T_V = \frac{2,90 \times 10^{-3}}{\lambda_{max}} = 735 \text{ K}$$

$T_V = 735 - 273 = 462$ °C

La température moyenne de Vénus est 462 °C.

Par comparaison, la température moyenne de la Terre est de 15 °C.

MOT-CLÉ
Dans la loi de Wien, la température s'exprime en kelvins. Les degrés Celsius et les kelvins sont reliés par la formule suivante : $T(\text{K}) = T(°\text{C}) + 273$

b) $T_e = 280 \times \left(\frac{1 - A}{D^2}\right)^{\frac{1}{4}} = 257 \text{ K}$

$T_e = 257 - 273 = -16$ °C

À NOTER
En utilisant cette relation il faut laisser les distances en U.A.

c) On constate qu'il y a un très grand écart entre la température effective de Vénus et celle calculée :
$T_V - T_e = 462 + 16 = 478$ °C

Cet écart est visible sur le graphique du document 4 également, tandis que, pour Mars, l'écart est très faible : de l'ordre d'une dizaine de degrés Celsius.

Le document 5 montre que les deux planètes ont un pourcentage de CO_2 (gaz à effet de serre) comparable (95 %) dans leur atmosphère respective ; en revanche, on observe une grande différence de pression atmosphérique. La pression atmosphérique de Vénus est élevée car son atmosphère est dense et épaisse, ce qui explique qu'elle donne lieu à un effet de serre très marqué, alors que Mars a une atmosphère très ténue (pression faible) qui ne permet pas l'existence d'un effet de serre notable.
L'effet de serre est à l'origine de la conservation de l'énergie thermique et plus il est important plus la température moyenne d'une planète augmente.

Pandora, un astre singulier

1 heure
10 points

INTÉRÊT DU SUJET • Les films de science-fiction nous font rêver, mais s'inspirent d'éléments réels. Ainsi, les créateurs du film *Avatar* se sont inspirés du système solaire pour donner vie à la lune Pandora.

Pandora est une « exolune » de l'univers de fiction d'*Avatar*. Il s'agit de l'un des satellites – imaginaires – de la géante gazeuse Polyphème qui orbite autour d'Alpha Centauri, le système d'étoiles doubles le plus proche de notre système solaire, situé à 4,37 années-lumière, dont les deux étoiles A et B sont similaires à notre Soleil. Étudions la physique de Pandora.

PARTIE 1 • LES ASTRES DU MONDE D'*AVATAR*

DOCUMENT 1 Atmosphère de Pandora

L'atmosphère de Pandora contient du diazote et du dioxygène, comme la Terre, mais plus de 18 % de dioxyde de carbone (contre 0,04 % sur Terre), du xénon (5,5 %), du méthane (plus de 1 %) et du sulfure d'hydrogène. Sa température moyenne est de 30 °C.

DOCUMENT 2 Le jour et la nuit sur Pandora

Pandora a un axe d'inclinaison de 29° par rapport au plan de l'écliptique. Elle tourne sur elle-même en un mois, d'autre part elle accomplit son orbite d'un rayon d'environ $2,5 \times 10^5$ km autour de Polyphème en 690 jours terrestres.

Polyphème gravite autour de l'étoile Alpha Centauri A (ACA), principale source de lumière de Pandora et de sa planète. Pandora reçoit aussi une lumière importante d'Alpha Centauri B (ACB). Ainsi, les nuits pandoriennes ne sont jamais sombres.

Source : james-camerons-avatar.fandom.com

À partir de vos connaissances et des informations apportées par les documents, répondre aux questions suivantes.

▶ **1. a)** Calculer la vitesse de révolution de Pandora autour de la planète Polyphème en $m \cdot s^{-1}$.
b) Dire, en justifiant, s'il existe des saisons sur Pandora.

▶ **2.** L'une des étoiles les plus brillantes du ciel nocturne terrestre, ACA, est aussi la plus brillante du système Alpha Centauri. L'énergie de cette étoile provient de la fusion nucléaire des noyaux d'hydrogène dans son cœur. Sa masse est $M_A = 2{,}2 \times 10^{30}$ kg et la puissance rayonnée de cette étoile semblable au Soleil est de l'ordre de 10^{26} W.
a) Rappeler la relation entre la puissance et l'énergie et en déduire l'énergie rayonnée par ACA en 1,0 seconde. Donner la réponse avec deux chiffres significatifs.
b) Calculer la variation de masse de l'étoile en 1,0 seconde. On donne la vitesse de la lumière : $c = 3{,}0 \times 10^8\ m \cdot s^{-1}$.
c) En considérant que 10^9 tonnes d'hydrogène sont transformées en hélium toutes les secondes sur cette étoile, estimer sa durée de vie approximative en années terrestres si on suppose qu'elle s'éteindra lorsque 10 % de sa masse totale subira la réaction de fusion nucléaire qui est à l'origine de son rayonnement.

▶ **3.** Quelles hypothèses peut-on avancer pour expliquer la température moyenne sur Pandora, sachant que celle de la Terre est de 15 °C ?

PARTIE 2 • LE MONDE D'*AVATAR* ET SES HABITANTS

DOCUMENT 3 **Les Na'vis dans leur monde**

Avatar, film de James Cameron, 2009.

Les Na'vis sont des êtres humanoïdes bipèdes originaires de Pandora. Ils sont très grands : en moyenne les mâles mesurent 3 m et les femelles 2,8 m.
Les Na'vis vivent en communauté sur les arbres-maisons : arbres massifs de 200 m de hauteur en moyenne et d'environ 60 m de diamètre.
Ils redoutent le thanator, un prédateur qui se déplace très rapidement. Haut de 2,5 m et long de 5,5 m, il aurait pu battre un T-Rex !

DOCUMENT 4 **Spectres d'action et d'absorption des pigments chlorophylliens**

Sur Pandora, les plantes brillent, tirent des pointes de feuilles empoisonnées et communiquent. Rien de tout cela ne correspond exactement à notre définition de « plante », en revanche la forêt tropicale luxuriante de cette lune, qui abrite une riche biodiversité, semble très similaire aux forêts tropicales humides terrestres.

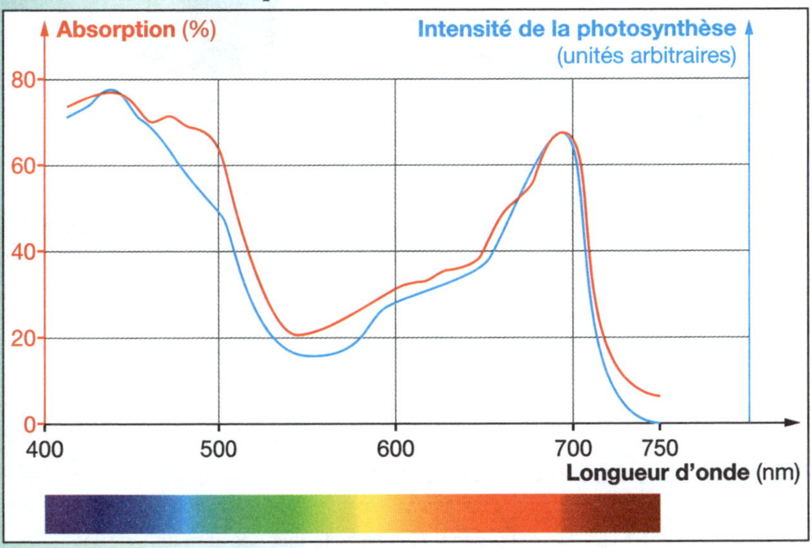

Spectre d'absorption des différents pigments des plantes vertes terrestres et spectre d'action de la photosynthèse

À partir de vos connaissances et des informations apportées par les documents, répondre aux questions suivantes.

▶ **4.** Expliquer pourquoi on peut penser que les plantes de Pandora présentent des pigments semblables à ceux des plantes terrestres.

▶ **5.** À partir de l'étude de l'ensemble des informations, démontrer que la photosynthèse semblable à celle présente sur Terre est possible sur Pandora.

▶ **6.** Perché sur un arbre-maison un Na'vi (point N) aperçoit un thanator (point T) au pied d'un autre arbre, sous un angle de $\widehat{T} = 35{,}0°$. Sachant qu'un enfant joue au pied de l'arbre-maison où il se trouve (point S), le Na'vi descend, prend ce dernier dans ses bras et court le mettre à l'abri (situation représentée sur le schéma ci-dessous : attention l'échelle n'est pas respectée). Il peut atteindre l'abri (point A) en 10 secondes à grandes enjambées. Le thanator se déplace lui à une vitesse de 100 km · h^{-1}, presque aussi vite qu'un jaguar, et il ne peut emprunter que le ponton TA. Le Na'vi réussira-t-il à lui échapper ?

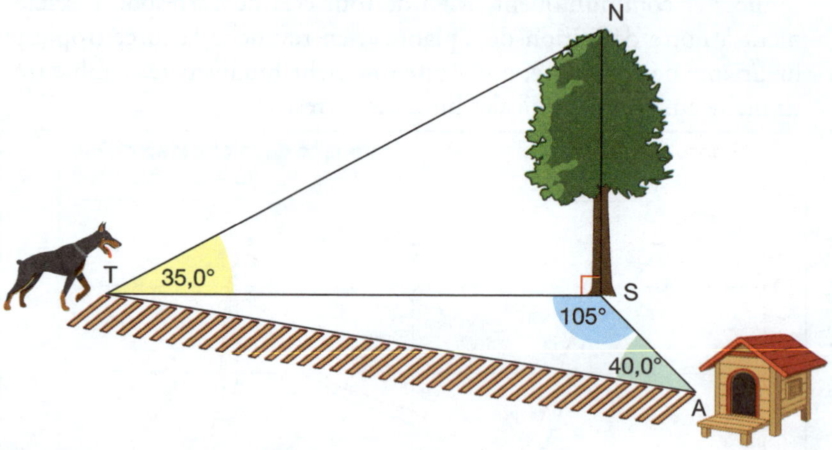

LES CLÉS DU SUJET

Comprendre les documents

Document 1 • Atmosphère de Pandora	• Il présente les caractéristiques atmosphériques de la lune Pandora. • Notez des ressemblances avec la Terre.
Document 2 • Le jour et la nuit sur Pandora	• Il apporte des précisions sur le mouvement et les particularités de Pandora. • Il faut souligner les données de ce document.
Document 3 • Les Na'vis	• Il décrit les habitants de Pandora. • Notez les informations sur les tailles.

Document 4 • Spectres d'action et d'absorption des pigments chlorophylliens

• Il présente les spectres d'action et d'absorption des pigments chlorophylliens.
• Il faut les mettre en relation avec la couleur verte des plantes terrestres et pandoriennes.

Répondre aux questions

Coups de pouce

▶ **1. a)** Pour calculer cette vitesse dans l'unité demandée il faut convertir la distance comme la durée.

▶ **2. b)** Il faut utiliser une relation très connue pour effectuer ce calcul.

▶ **3.** La Terre sert de référence, il faut donc partir de la différence de température entre Pandora et la Terre, puis avancer des hypothèses pour l'expliquer.

▶ **6.** Le schéma représentant des triangles fait appel à une méthode vue en cours pour mesurer une distance.

Aide à la résolution de la question 5

Démontrer que la photosynthèse est possible sur Pandora.

❶ Recherchez les conditions nécessaires à la photosynthèse sur Terre et notez-les au brouillon.

❷ Par l'étude de l'ensemble des documents, montrez que chacune des conditions est réalisée sur Pandora.

❸ Concluez en effectuant un bilan afin de montrer si toutes les conditions sont présentes ou non.

28 CORRIGÉ GUIDÉ

PARTIE 1 • LES ASTRES DU MONDE D'*AVATAR*

▶ **1. a)** On calcule d'abord la distance D parcourue par Pandora autour de Polyphème. C'est le périmètre d'un cercle de rayon $R = 2{,}5 \times 10^5$ km. Cela donne :
$D = 2\pi R = 2 \times 3{,}14 \times 2{,}5 \times 10^5 = 1{,}6 \times 10^6$ km $= 1{,}6 \times 10^9$ m.

Pandora effectue cette distance pendant une durée T telle que :

$T = 690$ jours $= 690 \times 24 \times 3\,600 = 6{,}0 \times 10^7$ s

La vitesse de révolution de Pandora, V_P, est donnée par :

$$V_P = \frac{D}{T} = 26 \text{ m} \cdot \text{s}^{-1}$$

MOT-CLÉ
La **révolution** est le mouvement circulaire d'un astre autour d'un autre.

b) Il existe bien des saisons sur Pandora, car l'axe de rotation de cette lune est incliné de 29° par rapport au plan de l'écliptique, d'après le document 2. Cette inclinaison est responsable des saisons.

▶ **2. a)** La relation entre l'énergie E (en J) et la puissance rayonnée (en W) est :

$E = P \times \Delta t$

Donc l'énergie rayonnée par ACA en 1 seconde est :

$E = 10^{26} \times 1{,}0 = 1{,}0 \times 10^{26}$ J

b) D'après la relation d'Einstein entre la variation de masse et l'énergie, on a :

$E = \Delta m \times c^2$

D'où $\Delta m = \frac{E}{c^2} = 1{,}1 \times 10^9$ kg

L'étoile ACA perd une masse de $1{,}1 \times 10^6$ tonnes par seconde.

c)

▶ Le conseil de méthode

Il faut d'abord calculer la masse totale transformée pendant la vie de l'étoile en utilisant l'énoncé. Utilisez ensuite la masse de combustible nucléaire transformée toutes les secondes pour trouver la durée de vie de l'étoile.

D'après l'énoncé, Alpha Centauri A (ACA) s'éteindra lorsque 10 % de sa masse totale sera consommée. La masse transformée dans l'étoile jusqu'à son extinction est donc :

$$m = 10\,\% \times M_A = \frac{10}{100} \times 2{,}2 \times 10^{30} = 2{,}2 \times 10^{29} \text{ kg} = 2{,}2 \times 10^{26} \text{ tonnes}$$

Le temps de vie de l'étoile est donné par la relation :

$$t = \frac{m}{\text{masse d'hydrogène transformée par seconde}} = \frac{2{,}2 \times 10^{26}}{10^9} = 2{,}2 \times 10^{17} \text{ s}$$

Une année terrestre dure 365 jours et chaque jour dure 24 heures. Sachant qu'une heure contient 3 600 secondes on a :

$$t = \frac{2{,}2 \times 10^{17}}{365 \times 24 \times 3\,600} = 7{,}0 \times 10^9 \text{ ans}$$

On peut donc estimer le temps de vie d'ACA à environ sept milliards d'années.

▶ 3.

> ▶ **Le conseil de méthode**
> Il faut d'abord retrouver les conditions qui déterminent la température à la surface d'un astre, puis comparer celles de Pandora et de la Terre, afin d'expliquer leur différence de température.

• La température moyenne de Pandora est de 30 °C, soit le double de celle de la Terre. On cherche à expliquer cette différence en comparant les caractéristiques des deux astres.

• On peut expliquer la température à la surface d'une planète – et le rayonnement thermique qu'il reçoit – en fonction de sa distance par rapport à son étoile (plus la planète est proche de son étoile et plus la quantité d'énergie thermique reçue est élevée), de son rayon (plus il est grand, plus la planète reçoit du rayonnement) et de l'énergie émise par l'étoile mais nous n'avons pas les données.

• La température d'un astre dépend aussi de l'effet de serre et de la capacité à retenir les infrarouges par l'atmosphère grâce à certains gaz tels que le dioxyde de carbone, la vapeur d'eau ou le méthane. Ce phénomène augmente la température à la surface de l'astre.

• Les densités des atmosphères de Pandora et de la Terre sont proches, mais l'atmosphère de Pandora contient 450 fois plus de dioxyde de carbone que celle de la Terre (18 % au lieu de 0,04 %).

Nous pouvons conclure, en l'abscence d'autres données, que la présence très importante de CO_2 (gaz à effet de serre) peut expliquer une température moyenne sur Pandora deux fois plus élevée que sur la Terre.

PARTIE 2 • LE MONDE D'*AVATAR* ET SES HABITANTS

▶ **4.** La couleur des plantes dépend des pigments qu'elles contiennent. Il est noté dans le texte du document 4 que, malgré des caractéristiques originales, les forêts de Pandora ressemblent à celles de la Terre. De plus dans le document 3, on peut voir que les plantes pandoriennes sont vertes. Ayant la même couleur que les plantes terrestres, elles doivent contenir les mêmes pigments.

▶ **5.** La photosynthèse est la production de matière organique par les végétaux chlorophylliens à partir de matière minérale (eau, sels minéraux et dioxyde de carbone) et d'énergie solaire reçue.

• Vérifions si les plantes pandoriennes reçoivent l'énergie nécessaire à la photosynthèse. D'après l'introduction du sujet, il est noté que l'étoile ACA est similaire à notre Soleil et émet donc les mêmes radiations. Les plantes pandoriennes reçoivent alors les radiations nécessaires à la photosynthèse.

• Vérifions si les plantes pandoriennes ont accès à la matière minérale nécessaire à la photosynthèse. D'après le document 1, l'atmosphère de Pandora est riche en dioxyde de carbone nécessaire à la photosynthèse et on aperçoit de l'eau liquide dans l'illustration du document 3.

• Vérifions si les plantes pandoriennes peuvent effectuer la photosynthèse. D'après le spectre d'absorption du document 4, les plantes terrestres contiennent des pigments chlorophylliens responsables de l'absorption des radiations lumineuses solaires, principalement bleues (entre 60 % et 75 % d'absorption) et rouges (jusqu'à 70 %). Les radiations qui permettent la photosynthèse sont visibles sur le spectre d'action ; ce sont les mêmes pour lesquelles l'intensité de la photosynthèse est maximale. Comme les plantes pandoriennes semblent contenir les mêmes pigments que les plantes terrestres, elles peuvent absorber et utiliser les radiations bleues et rouges pour la photosynthèse.

• D'après les informations étudiées, la photosynthèse sur Pandora est possible comme sur Terre et sans doute même de manière plus importante grâce à la présence de dioxyde de carbone plus élevée.

▶ **6.** • **Calcul de ST**. Dans le triangle NST, rectangle en S, NS = 200 m et l'angle $\widehat{T} = 35°$. On peut écrire :

$$\tan(35) = \frac{NS}{ST} \Leftrightarrow ST = \frac{NS}{\tan(35)} = \frac{20}{\tan(35)} = 286 \text{ m}$$

• **Calcul de TA**. D'après la relation de triangulation plane dans le triangle STA : $\frac{TS}{\sin(40)} = \frac{TA}{\sin(105)}$

d'où $TA = TS \times \frac{\sin(105)}{\sin(40)} = 286 \times \frac{\sin(105)}{\sin(40)} = 430 \text{ m}$

À NOTER
Il faut calculer TA par triangulation, ce qui nécessite d'abord le calcul de ST dans le triangle NST.

L'animal doit donc parcourir cette distance à une vitesse de $V = 100 \text{ km} \cdot \text{h}^{-1}$.

• **Calcul du temps qu'il faut au thanator pour parcourir TA.** On sait que :

$V = \frac{TA}{\Delta t}$ d'où $\Delta t = \frac{TA}{V}$

Il faut convertir V en $\text{m} \cdot \text{s}^{-1}$ pour effectuer ce calcul : $V = \frac{100}{3{,}60} = 27{,}8 \text{ m} \cdot \text{s}^{-1}$

D'où : $\Delta t = \frac{430}{27{,}8} = 15{,}5 \text{ s}$

Il faut 15,5 s au thanator pour atteindre l'abri, alors que le Na'vi atteint l'abri en 10 s. L'adulte et l'enfant ont donc réussi à échapper à l'animal.

La sphéricité de la Terre

1 heure
10 points

INTÉRÊT DU SUJET • Depuis longtemps l'humanité s'interroge sur les caractéristiques de sa planète : sa place dans l'univers, sa forme, son âge et sa constitution. La curiosité de l'homme a fait de lui un voyageur qui a cherché à se repérer, à se localiser et à mesurer ces caractéristiques.

Les Grecs de l'Antiquité attribuaient déjà à la Terre une forme sphérique, et Ératosthène (276-194 av. J.-C.) fut le premier à en calculer la circonférence. Dans tout ce qui suit, la Terre est assimilée à une sphère de rayon 6 371 km.

PARTIE 1. REPÉRAGE SUR LA SPHÈRE TERRESTRE

Afin de se repérer à la surface de la sphère terrestre, on utilise des coordonnées géographiques (longitude, latitude).

Ville	Pays	Longitude	Latitude
Libreville	Gabon	9° Est	0°
Quito	Équateur	79° Ouest	0°
Toronto	Canada	79° Ouest	44° Nord
Toulouse	France	1° Est	44° Nord

▶ **1.** Calculer la longueur d'un méridien terrestre.

▶ **2.** À partir des informations du tableau ci-dessus :
a) indiquer les villes qui sont situées sur un même méridien ;
b) indiquer les villes qui sont situées sur un même parallèle.

▶ **3.** On note O le centre de la Terre, et T, Q et T′ les villes Toronto, Quito et Toulouse. On note I le centre du parallèle passant par Toronto et Toulouse. Sur la figure 1.a du document 1, représentant la sphère terrestre, on a placé les points O, I, Q, T et T′.

DOCUMENT 1 **Représentations graphiques permettant un repérage spatial sur la sphère**

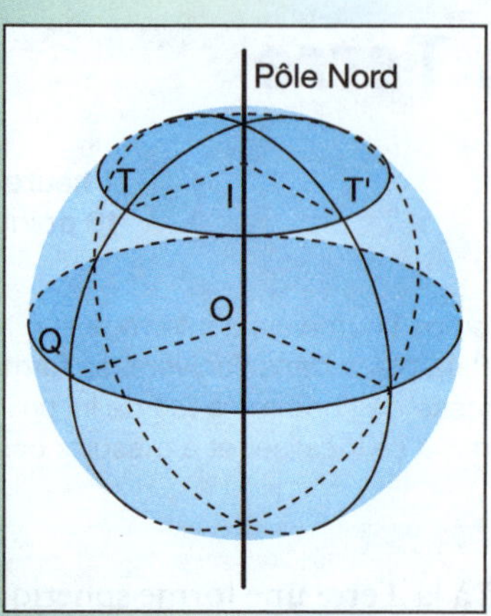

Figure a. **Sphère terrestre**

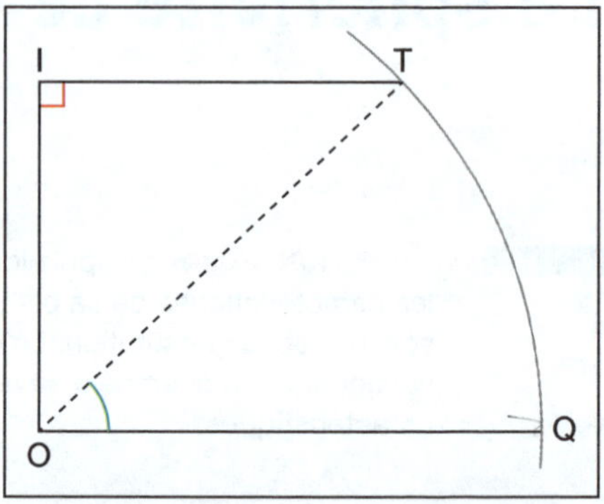

Figure b. **Plan contenant l'axe des pôles et le point T**

a) Donner la mesure, en degrés, des angles $\widehat{QOT}$ et $\widehat{TIT'}$.

b) Calculer la longueur de la portion de méridien reliant Quito à Toronto.

▶ **4.** À l'aide de la figure b :

a) Préciser la longueur OT puis calculer la longueur IT.

b) En déduire la longueur du parallèle passant par Toulouse et Toronto.

c) Justifier, par un calcul, que la longueur de la portion de parallèle reliant Toulouse à Toronto est environ égale à 6 399 km.

▶ **5.** Un système d'information géographique (SIG) donne les informations suivantes.

• Distance Quito-Toronto : 4 891 km.

• Distance Toulouse-Toronto : 6 230 km.

• Pour un système d'information géographique, la distance entre deux points du globe est le plus court chemin qui les relie à la surface de la Terre.

Expliquer pourquoi les longueurs données par le SIG et celles calculées dans les questions 3 et 4 sont, dans un cas, très proches alors que, dans l'autre, elles ne le sont pas.

PARTIE 2. LES DIFFÉRENTS CLIMATS DE LA TERRE

DOCUMENT 2 Les zones climatiques à la surface de la Terre

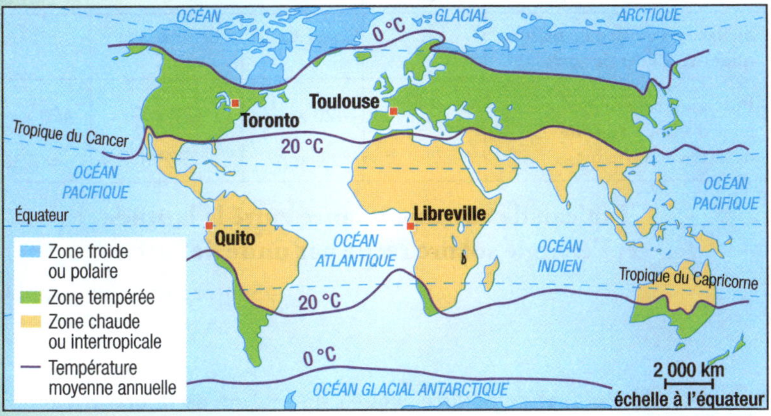

Source : planete-terre.tripod.com

Sur la carte du document 2, on constate que Quito et Libreville, qui sont à la même latitude, sont dans une zone chaude intertropicale. Pour Toronto, situé à la même longitude que Quito, la température moyenne annuelle est plus basse.

Afin d'expliquer ces différences climatiques, un élève a proposé comme hypothèse : « Il fait plus chaud à l'équateur qu'aux pôles parce que la Terre est plus proche du Soleil à l'équateur qu'aux pôles ».

DOCUMENT 3 Puissance solaire reçue par unité de surface en fonction de la latitude

Ph © Frédéric Hanoteau / Archives Hatier

Résultat observé pour un même éclairage de l'équateur (à gauche) et des pôles (à droite)

Latitude	0°	45° Nord	60° Nord	89° Nord
Pays, régions, villes correspondant à la latitude	Équateur, Brésil, Kenya	Bordeaux	Oslo, St-Pétersbourg	Pôle Nord
Surface recevant une même quantité d'énergie (m^2)	1	1,4	2	57
Puissance solaire reçue en moyenne par unité de surface (W/m^2)	420	$420 \times \frac{1}{1,4}$ = 300	$420 \times \frac{1}{2}$ = 210	$420 \times \frac{1}{57}$ = 7,36

Tableau de correspondance entre la latitude et l'énergie solaire reçue par unité de surface

Source : www.ac-grenoble.fr

DOCUMENT 4 **Puissance solaire reçue en fonction de la distance au Soleil (en unités astronomiques U.A., 1 U.A. = $1,5 \times 10^8$ km)**

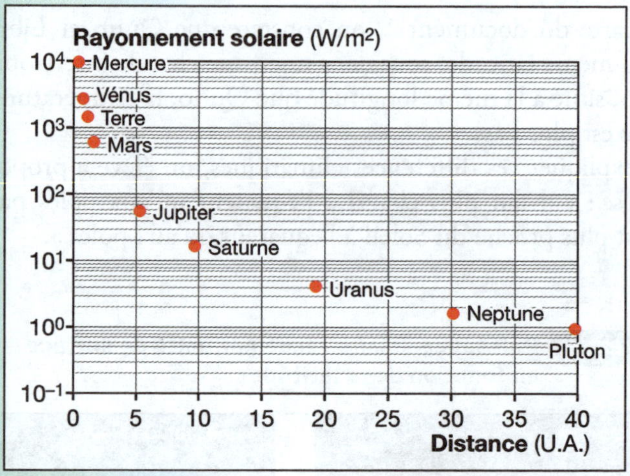

Source : planet-terre.ens-lyon.fr

▶ **6.** À partir des connaissances acquises et des informations issues des documents 3 et 4, rédiger un paragraphe argumenté permettant à la fois d'expliquer qu'il fait plus chaud à l'équateur qu'aux pôles mais aussi d'invalider l'hypothèse émise par cet élève.

La justification des arguments pourra s'appuyer sur des schémas explicatifs.

LES CLÉS DU SUJET

Comprendre les documents

Document 1 • Représentations graphiques permettant un repérage spatial	• Il rappelle des informations sur la géométrie des sphères et quelques-unes de leurs propriétés. • Ce document, qu'il faut compléter au fur et à mesure, vous permettra de faire quasiment tous les calculs demandés.
Document 2 • Les zones climatiques à la surface de la Terre	• C'est un document de référence qui présente les trois zones climatiques à la surface de la Terre ainsi que les températures moyennes annuelles dans ces zones. • Repérez les différentes zones et notez leur localisation.
Document 3 • Puissance solaire reçue par unité de surface	• Il présente la façon dont se répartit la puissance solaire reçue sur un endroit de la Terre en fonction de sa latitude. • Notez les surfaces éclairées sur les deux photographies et établissez le lien avec les données du tableau.
Document 4 • Puissance solaire reçue en fonction de la distance au Soleil	• Il donne la puissance solaire reçue par m^2 des planètes en fonction de leur distance au Soleil. • Notez bien l'évolution de cette puissance et l'unité utilisée pour exprimer la distance.

Répondre aux questions

Coups de pouce

▶ 3, ▶ 4 et **▶ 5.** Ces questions ne demandent pas de rédaction longue, il faut néanmoins expliquer brièvement les réponses trouvées et préciser les formules et calculs effectués. Utilisez le document 1 et n'hésitez pas à le compléter pour vos calculs et raisonnements.

Aide à la résolution de la question 6

Expliquer pourquoi il fait plus chaud à l'équateur qu'aux pôles et invalider l'hypothèse émise par un élève donnée dans l'énoncé

❶ Montrez d'abord que l'élève a été trompé par une lecture rapide du document 4.

❷ Expliquez ensuite pourquoi la puissance reçue par m^2 sur la surface de la Terre n'est pas la même partout sur notre planète à l'aide du document 3.

❸ Concluez sur les températures moyennes à l'équateur et aux pôles, en vous appuyant sur vos explications à propos de la puissance reçue par unité de surface de ces deux régions. Vous invaliderez ainsi l'hypothèse de l'élève.

29 CORRIGÉ GUIDÉ

PARTIE 1 • REPÉRAGE SUR LA SPHÈRE TERRESTRE

▶ **1.** Si nous assimilons la Terre à un cercle de rayon $R_T = 6\,371$ km, la longueur d'un méridien terrestre que l'on notera L_M est la moitié de la circonférence de la planète, car le méridien est un demi-cercle imaginaire reliant les deux pôles : $L_M = \pi \times R_T = \pi \times 6\,371 \approx 2{,}002 \times 10^4$ km.

▶ **2. a)** Les villes se situant sur un même méridien ont la même longitude. On constate, d'après le tableau, que Quito et Toronto sont sur le même méridien.

b) Les villes se situant sur un même parallèle ont la même latitude. D'après le tableau, Libreville et Quito (latitude 0°) sont sur le même parallèle, de même, Toronto et Toulouse (latitude 44° N) sont sur le même parallèle.

▶ **3. a)** Les mesures de ces angles s'obtiennent par le tableau :
$\widehat{QOT} = 44°$ représente la latitude de Toronto ; $\widehat{TIT'} = 79° + 1° = 80°$ représente la somme des longitudes de Toronto et de Toulouse.

b) La longueur d'un arc de méridien comme $\overset{\frown}{QT}$ est liée à L_M, la longueur du méridien calculé à la question **1** par la relation :

$$\frac{\overset{\frown}{QT}}{\widehat{QOT}} = \frac{L_M}{180} \Leftrightarrow \overset{\frown}{QT} = \widehat{QOT} \times \frac{L_M}{180} = \frac{44 \times 2{,}002 \times 10^4}{180} = 4\,894 \text{ km.}$$

▶ **4. a)** OT représente le rayon de la Terre : $OT = R_T = 6\,371$ km.

> ▶ **Le conseil de méthode**
>
> La longueur du parallèle est la circonférence d'un cercle dont le rayon n'est pas celui de la Terre sauf pour le parallèle passant par l'équateur. La figure b du document 1 montre bien le rayon $r = IT$ cherché. Utilisez le cosinus de l'angle $\widehat{OTI}$ dans le triangle rectangle OIT pour calculer r.

Pour calculer IT on utilise les relations dans les triangles dans le schéma b du document 1. OIT est un triangle rectangle en I. On a donc :

$$\cos\widehat{OTI} = \frac{IT}{OT} = \frac{IT}{R_T}$$

D'où : $IT = R_T \times \cos\widehat{OTI}$.

Or $\widehat{OTI} = \widehat{QOT} = 44°$ car ce sont deux angles alternes-internes formés par OT qui coupe les deux droites parallèles IT et OQ.

D'où finalement : $IT = R_T \times \cos\widehat{OTI} = R_T \times \cos 44° = 4\,583$ km.

b) On appelle L_P la longueur du parallèle passant par T et T′. Ce parallèle est un cercle imaginaire de rayon $r = IT = 4\ 583$ km dont la longueur est donnée par la circonférence de ce cercle.

$L_P = 2 \times \pi \times r = 28\ 795 \text{ km} = 2{,}880 \times 10^4 \text{ km}$.

c) On appelle $L_{TT'}$ la longueur de la portion de parallèle TT′. On peut écrire :

$$\frac{L_{TT'}}{\widehat{TIT'}} = \frac{L_P}{360} \Leftrightarrow L_{TT'} = \widehat{TIT'} \times \frac{L_P}{360} = \frac{2{,}880 \times 10^4 \times 80}{360} = 6\ 399 \text{ km}.$$

La longueur calculée est compatible avec la valeur donnée par l'énoncé.

▶ **5.** Un SIG donne la distance la plus courte qui relie deux points sur la surface du globe, c'est-à-dire l'arc du grand cercle passant par ces deux points.

• La valeur de la distance calculée entre Quito et Toronto ($\widehat{QT} = 4\ 894$ km) est très proche de la distance donnée par le SIG ($D_{QT} = 4\ 891$ km). Cette valeur est bien la longueur d'un arc de grand cercle passant par les deux villes : nous l'avons obtenu par le calcul d'un arc de cercle sur le méridien terrestre, un grand cercle sur la sphère terrestre. Ainsi la valeur de $\widehat{QT}$ est quasiment égale à D_{QT}.

• En revanche, la valeur de la distance calculée entre Toronto et Toulouse ($L_{TT'} = 6\ 399$ km) s'éloigne de la distance donnée par le SIG ($D_{TT'} = 6\ 230$ km). Cette différence vient du fait que $L_{TT'}$ n'est pas l'arc d'un grand cercle passant par ces deux villes, mais celui d'un parallèle qui ne correspond pas à la distance la plus courte qui sépare deux points sur une sphère.

PARTIE 2 • LES DIFFÉRENTS CLIMATS DE LA TERRE

▶ **6.** • D'après le graphique du document 4, la puissance reçue par les différentes planètes varie en fonction de leur distance au Soleil. Plus une planète s'éloigne du Soleil et plus la puissance reçue par m^2 est moindre. Mais cette distance se mesure en unités astronomiques (U.A.), c'est-à-dire en multiple de $1{,}5 \times 10^8$ km, tandis que la différence entre les distances qui séparent l'équateur et les pôles du Soleil est de l'ordre du rayon terrestre (6 400 km), distance négligeable devant 1 U.A.

• À titre d'exemple, Mars reçoit environ 600 W · m^{-2} de moins que la Terre, quand les pôles reçoivent 400 W · m^{-2} de moins que l'équateur, ce qui est donc comparable. Pourtant, la planète rouge est plus éloignée du Soleil que la Terre (0,5 U.A. plus loin, c'est-à-dire des dizaines de millions de kilomètres). Les pôles, eux, ne sont situés que 6 000 km plus loin du Soleil que l'équateur. Il existe donc une autre raison aux différences

> **À NOTER**
> Le graphique du document 4 est réalisé sur des repères semi-logarithmiques. Il faut être vigilant lors de la lecture des valeurs sur l'axe des ordonnées.

SCIENCES

d'énergies reçues entre le pôle et l'équateur que celle de leurs distances au Soleil. Ceci invalide l'hypothèse de l'élève.

• On peut expliquer la différence de températures moyennes entre l'équateur et les pôles en se basant tout d'abord sur les résultats apportés par le modèle analogique de la Terre et du Soleil du document 3 (rayon de la lampe = rayon solaire ; sphère = Terre). Pour un même éclairage de ces deux régions, on constate que la puissance solaire reçue par l'équateur se répartit sur un disque restreint, tandis que cette même puissance se répartit sur une surface étirée bien plus grande aux pôles. La puissance reçue par m^2 est donc plus élevée à l'équateur qu'aux pôles.

• Le tableau du document 3 montre aussi que la puissance moyenne reçue par unité de surface est de 420 $W \cdot m^{-2}$ à l'équateur (latitude 0°), mais elle diminue lorsque la latitude augmente, c'est-à-dire en se déplaçant vers le nord (latitude 89 °N). Cette puissance est en effet 57 fois plus faible sur les pôles.

• L'énergie venant du Soleil – qui permet l'échauffement de la Terre – se répartit sur une surface de plus en plus grande en allant de l'équateur vers les pôles. Ceci explique la différence de la température moyenne annuelle sur la planète entre l'équateur et les pôles.

Différentes méthodes de datation au service de la géologie

1 heure
10 points

INTÉRÊT DU SUJET • Certains phénomènes lents tels que l'évolution de la vie ou les évènements géologiques ne peuvent être conçus que dans un cadre temporel long. Comment l'expérimentation et l'évolution des techniques ont-elles permis de dater avec précision l'âge de la Terre ?

La datation est une belle illustration de la coopération entre plusieurs champs disciplinaires : la paléontologie, la biologie, les sciences physiques notamment à travers les connaissances sur la désintégration radioactive et l'archéologie qui utilise ces savoirs scientifiques et ces techniques pour étudier le mode de vie passé des êtres humains.

PARTIE 1 • L'HISTOIRE DE LA DÉTERMINATION DE L'ÂGE DE LA TERRE

DOCUMENT 1 L'âge de la Terre

Au Moyen Âge et à la Renaissance, les experts religieux et astronomes définissent un âge de la Terre de 6 000 ans. Cet âge se base sur la création divine : la Terre et les espèces, puis l'Homme, ont été créés en une semaine il suffit donc d'additionner les générations, de descendant en descendant jusqu'à Adam.

En 1778, Buffon pense que la Terre et les planètes, animées d'un même mouvement anti-horaire, sont des morceaux de Soleil arrachés par sa collision avec une comète. Il estime l'âge de la Terre en mesurant le temps de refroidissement de boulets métalliques, chauffés au rouge. Par analogie, en considérant le diamètre de la Terre, il propose un âge de 96 670 ans et prédit qu'elle sera encore habitable pendant quelques dizaines de milliers d'années.

DOCUMENT 2 Les apports de la radioactivité

La découverte de la radioactivité à la fin du XIXe siècle permet de comprendre que le flux d'énergie thermique rayonné par la Terre n'est pas seulement dû à l'énergie thermique initiale, mais aussi à la désintégration de certains noyaux radioactifs contenus dans les roches, principalement celles du manteau terrestre.
La radioactivité est aussi utilisée comme méthode de datation. En 1902 Ernest Rutherford montre que le rapport isotopes radioactifs/isotopes radiogéniques ne dépend que du temps et constitue donc une horloge fiable.

Source : *Enseignement scientifique 1re*, Doc. 2 p. 156, Hatier, 2019

DOCUMENT 3 L'apport des météorites

En 1950, Clair Patterson utilise des météorites pour proposer un âge de la Terre réaliste. Considérées comme des restes non agrégés en planète du système solaire, les météorites sont donc les témoins de sa formation. Les nouvelles technologies dont Patterson dispose lui permettent de proposer un âge absolu pour la Terre : 4,57 milliards d'années.

À partir de vos connaissances et des informations apportées par les documents 1 à 3, répondre aux questions suivantes.

▶ **1. a)** Citez, à partir de vos connaissances, un fait d'observation géologique ou biologique qui permette d'invalider l'estimation de l'âge de la Terre proposée par Buffon.
b) Selon Buffon, la Terre devrait cesser d'être habitable après un certain temps. À partir du document 1, expliquer ce qui, dans ses hypothèses, a pu l'amener à cette conclusion.
c) Montrer en quoi la découverte de la radioactivité a remis en cause l'hypothèse initiale de Buffon, et d'autres après lui qui cherchaient à estimer le temps de refroidissement de la Terre depuis sa formation.

▶ **2.** Expliquer l'intérêt des météorites par rapport aux roches de la croûte terrestre pour estimer l'âge de la Terre.

PARTIE 2 • DATATION DE LA FRESQUE DE ÇATALHÖYÜK

DOCUMENT 4 Rapport $^{14}C/^{12}C$ de la matière vivante et du CO_2 atmosphérique

La méthode de datation par le carbone 14 a permis d'estimer l'âge de nombreuses peintures rupestres à base de matières organiques. Elle est basée sur la mesure dans les échantillons testés du rapport $^{14}C/^{12}C$, le ^{12}C étant un isotope stable du C. Le rapport $^{14}C/^{12}C$ est stable au cours du temps.

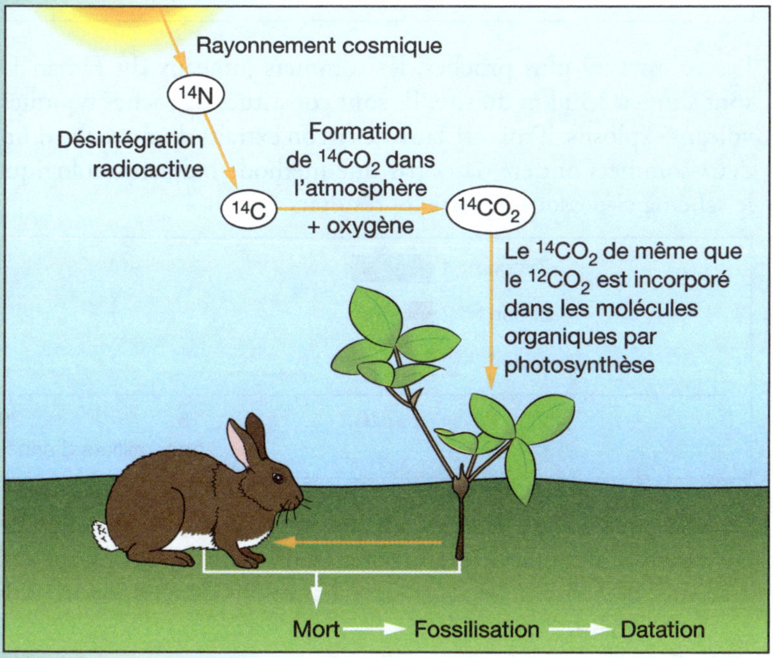

DOCUMENT 5 La peinture murale de Çatalhöyük

Les vestiges de Çatalhöyük (Turquie), vieux de plusieurs milliers d'années, constituent l'une des plus anciennes villes connues. On y a découvert une peinture murale, reproduite ci-dessus. L'interprétation de cette peinture fait l'objet d'une controverse. Selon certains chercheurs, elle représenterait une peau de léopard au-dessus de motifs géométriques. Pour d'autres, il s'agirait d'un volcan en éruption explosive surplombant un plan de la ville.

D'après A. K Schmitt *et al.*, PLOS ONE, 2014

Les volcans les plus proches, les sommets jumeaux du Hasan Dagi, sont situés à 130 km du site. Ils sont constitués de roches typiques des volcans explosifs. Trois cristaux de zircon extraits d'une roche d'un des deux sommets ont été datés par une méthode radiochronologique, et le schéma ci-dessous montre les résultats.

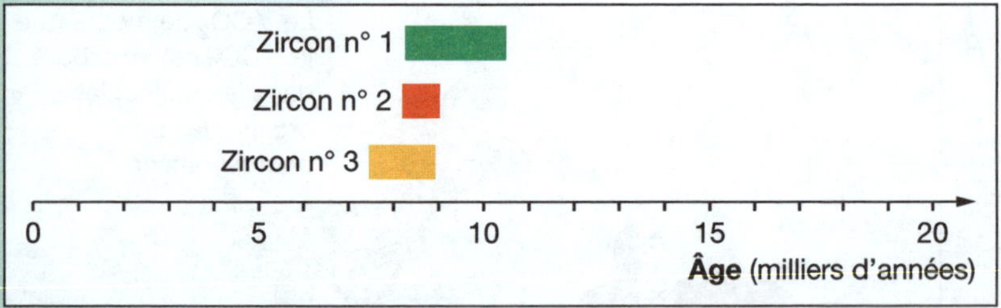

Les charbons de bois associés à la peinture murale de Çatalhöyük ont été datés par la méthode du carbone 14. Le nombre de désintégrations d'atomes de carbone 14 dans ces échantillons de charbon de bois est compris entre 4,2 et 4,8 U.A.

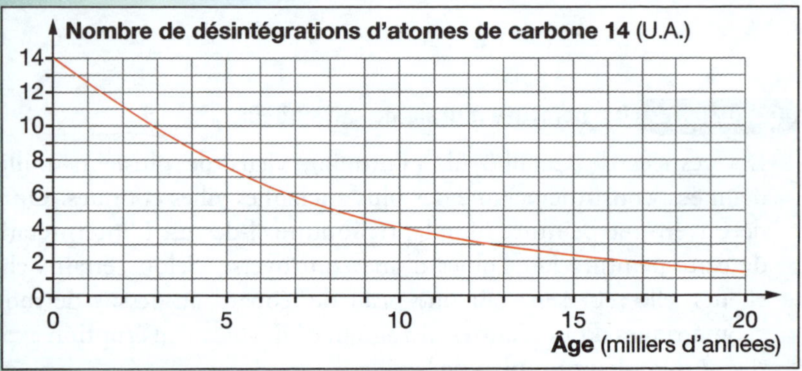

Les réponses aux questions suivantes s'appuieront sur vos connaissances et sur les informations apportées par les documents 4 et 5.

▶ **3.** Décrire la méthode de datation au carbone 14. Expliquer pourquoi elle ne permet pas de dater des échantillons au-delà de 50 000 ans.

▶ **4.** Estimer par un encadrement graphique sur la courbe du document 5 ci-avant, l'ancienneté de la peinture de Çatalhöyük et expliquer en quoi l'ensemble des données obtenues par radiochronologie, laisse penser que les peintres de Çatalhöyük, ont représenté l'éruption d'un volcan proche.

LES CLÉS DU SUJET

Comprendre les documents

Document 1 • L'âge de la Terre	• Il décrit une première démarche scientifique basée sur l'analogie pour déterminer l'âge de la Terre. • Repérez l'argument sur lequel repose la démarche expérimentale de Buffon.
Document 2 • Les apports de la radioactivité	• Ce document présente dans son contexte historique la découverte de la radioactivité. • Il est à mettre en relation avec le précédent.
Document 3 • L'apport des météorites	• Il présente la dernière étape ayant permis d'estimer l'âge de la Terre, validé par la communauté scientifique. • Identifiez l'argument démontrant que les météorites sont des témoins plus fiables des origines de la Terre que les roches terrestres elles-mêmes.
Document 4 • Rapport $^{14}C/^{12}C$ de la matière vivante et du CO_2 atmosphérique	• Les principes de la méthode de datation au carbone 14 sont présentés ici. • Identifiez les mécanismes biologiques sur lesquels repose cette technique. Montrez qu'ils sont à l'origine d'un échange permanent de carbone entre atmosphère et êtres vivants.
Document 5 • La peinture murale de Çatalhöyük	• Il présente une peinture murale humaine, au temps de l'âge de pierre. • Trouvez des arguments pour montrer que les peintres ont pu assister à une éruption volcanique (explosive).

Répondre aux questions

Coup de pouce

▶ **2.** Appuyez-vous sur le texte du document 3 et sur vos connaissances sur l'érosion des roches terrestres.

Aide à la résolution de la question 4

Démontrer que les peintres de Çatalhöyük ont représenté une éruption dont ils ont été témoins.

❶ Montrez que la fresque en l'absence d'échelle peut être interprétée de deux façons différentes.

❷ Identifiez l'âge de la peinture murale et des roches volcaniques les plus proches du site.

❸ Concluez sur la probabilité que les peintres aient assisté à une éruption d'un volcan voisin.

30 CORRIGÉ GUIDÉ

PARTIE 1 • L'HISTOIRE DE LA DÉTERMINATION DE L'ÂGE DE LA TERRE

▶ **1. a)** La démarche de Buffon a eu le mérite de proposer un âge de la Terre plus éloigné que celui des 6 000 ans obtenu par interprétation littérale de la Bible. Or, à son époque, le XVIIIe siècle, on avait commencé à étudier les grands bassins sédimentaires comme le bassin Parisien ou celui de Londres.

• On savait, en mesurant les taux de sédimentation, que pour accumuler une dizaine de centimètres de sédiments, il fallait des milliers d'années. Aussi, en appliquant le principe de l'actualisme, on aurait dû arriver assez vite à la conclusion que l'âge des sédiments les plus profonds des grands bassins sédimentaires dépassait quelques millions d'années. Certains scientifiques proposaient alors des périodes de déluges au cours desquels la sédimentation aurait été accélérée, mais cela ne convainquait pas la communauté scientifique.

> **MOT-CLÉ**
> L'**actualisme** est un des principes fondateurs de la géologie qui postule que les processus qui se sont exercés dans le passé lointain s'exercent encore de nos jours.

• Enfin, au XIXe siècle, la théorie de l'Évolution – qui impliquait des changements lents des espèces – ne pouvait se concevoir dans un cadre temporel de quelques milliers d'années, là encore il fallait imaginer une évolution des espèces sur plusieurs millions d'années.

b) Buffon pense que la Terre et les planètes, animées d'un même mouvement anti-horaire, sont des morceaux de Soleil arrachés par sa collision avec une comète. Il suppose donc que la température à la surface de la Terre dépend de l'énergie emmagasinée lors de sa formation. Ainsi puisque la Terre se refroidit, elle atteindrait des températures très basses, incompatibles avec la vie.

c) La découverte de la radioactivité à la fin du XIXe siècle permet de comprendre que le flux d'énergie thermique diffusé par la Terre n'est pas seulement dû à l'énergie thermique initiale, mais aussi à la désintégration de certains noyaux radioactifs contenus dans les roches, principalement celles du manteau terrestre. On ne peut donc pas estimer l'âge de la Terre à partir de la durée de refroidissement d'une sphère magmatique initiale car il faut tenir compte de la chaleur produite par radioactivité en même temps qu'elle évacuait l'énergie thermique initiale. Pour atteindre son état actuel il a fallu plus de temps que ce que Buffon avait imaginé.

À NOTER
Selon le programme, ne pas utiliser le terme de « chaleur », mais privilégier l'expression d'« énergie thermique ».

▶ **2.** Considérées comme des restes non agrégés en planète du système solaire, les météorites sont les témoins de sa formation. Présentes dans le système solaire depuis sa formation, elles n'ont pas subi les remaniements liés à l'érosion et l'altération des roches de surface des planètes, ni les remaniements liés à la tectonique des plaques. Alors qu'il ne reste aucune roche témoin de l'origine de la Terre dans la croûte terrestre (même s'il reste quelques fragments très âgés), les météorites qui continuent de s'écraser sur Terre sont des témoins de la création du système solaire. Leur datation donne l'âge du système solaire et donc de la Terre.

PARTIE 2 • DATATION DE LA FRESQUE DE ÇATALHÖYÜK

▶ **3.** Le carbone 14 se forme en permanence dans l'atmosphère à partir de l'azote 14. C'est un isotope instable du carbone qui se désintègre au cours du temps. Le carbone 12, lui, est un isotope stable du carbone. On estime que le rapport carbone 14/carbone 12 reste constant au cours du temps.

▶ Le conseil de méthode

Il est important de comprendre ce qu'on appelle système ouvert et système fermé en datation : tant que des échanges d'éléments ont lieu entre un échantillon et son environnement, le système est ouvert. Quand ces échanges cessent, le système se ferme. La datation radioactive donne l'âge de fermeture d'un système. Ici il s'agit d'expliquer en quoi les êtres vivants constituent des systèmes ouverts tout au long de leur vie.

SCIENCES

Ainsi, par photosynthèse puis par transfert du carbone organique au sein des chaînes alimentaires, le ^{14}C est intégré aux molécules organiques des êtres vivants. Il s'agit d'un échange permanent tout au long de la vie des êtres vivants. Lorsqu'un être vivant meurt, le « système se ferme » : le ^{14}C contenu dans les tissus organiques se désintègre progressivement provoquant la baisse du rapport $^{14}C/^{12}C$ (car le ^{12}C est stable). On connaît le rapport $^{12}C/^{14}C$ initial, puisque c'est le même que celui de l'atmosphère actuelle. On connaît l'équation de courbe de désintégration du ^{14}C. En mesurant la teneur en ^{14}C et en ^{12}C des restes organiques, on en déduit l'âge de l'échantillon. La durée de demi-vie du ^{14}C est courte : autour de 5 500 ans (voir le graphique), ainsi au bout de 50 000 ans, il reste trop peu de ^{14}C pour pouvoir dater l'échantillon.

▶ **4.** • La datation de peinture donne un âge compris entre 8 400 ans et 9 500 ans.

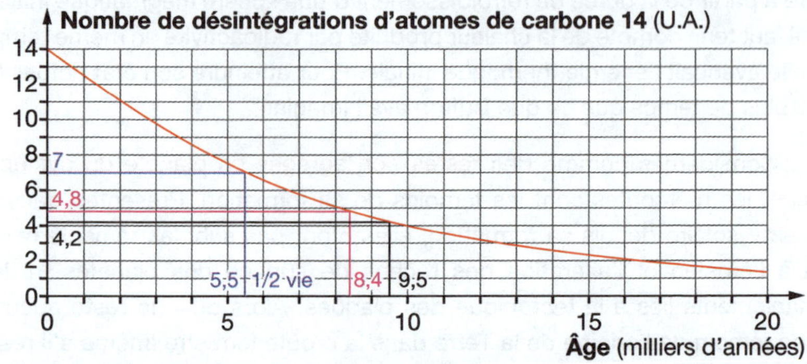

• L'interprétation de la peinture fait l'objet d'une controverse : comme aucun élément ne permet de lui attribuer une échelle, le dessin tacheté orange pourrait représenter une peau de léopard.

• Cependant il paraît plus logique qu'il s'agisse d'un volcan en éruption explosive surplombant la ville. Les motifs géométriques représenteraient alors des habitations, et les traits au-dessus un panache et des blocs projetés très haut. Enfin on sait qu'il existe un volcan à deux sommets à une centaine de kilomètres, ce qui n'est pas si loin quand on considère un volcan explosif dont le panache s'élève à plusieurs dizaines de kilomètres de hauteur.

• Trois cristaux de zircon des roches d'un des sommets ont été datés : zircon 1 : 8 200 à 10 700 ans ; zircon 2 : 8 100 à 9 100 ans ; zircon 3 : 7 300 à 9 000 ans.

• On constate que ces fourchettes d'âge recoupent l'âge de la peinture. Ainsi il paraît très probable que les peintres de Çatalhöyük, ont assisté à l'éruption du volcan Hasan Dagi et l'ont représentée, il y a environ 9 000 ans.

Des instruments, des notes et des gammes

1 heure
10 points

INTÉRÊT DU SUJET • Pour Pythagore et ses adeptes, l'Univers s'expliquait par des nombres. Ils ont donc cherché à relier la musique aux nombres et à trouver un ordre pour les notes : les gammes. Pourtant celles-ci destinées à sonner agréablement à l'oreille n'étaient pas parfaites et tourbillonnaient dans un cycle de « quintes » infini !

Les instruments de musique produisent des sons auxquels l'oreille humaine associe certaines caractéristiques : hauteur, timbre et intensité. La répartition des notes dans une gamme a été retenue pour qu'elles sonnent de manière harmonieuse. La recherche de cette harmonie a conduit à différents types de gammes, celle de Pythagore et les tempérées.

Le sujet est composé de deux parties indépendantes.

PARTIE 1 • DES INSTRUMENTS ET DES NOTES

Les cordes d'un piano vibrent lorsqu'elles sont frappées par de petits marteaux actionnés par les touches du clavier. Les sons produits par le piano résultent de ces vibrations.

DOCUMENT 1 Notes associées aux touches d'un piano pour l'octave Do3-Do4 et fréquences associées en hertz (Hz)

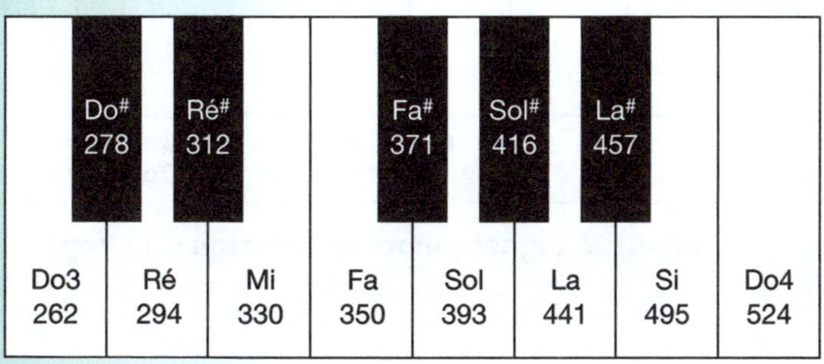

▶ **1.** Calculer la fréquence du La4 située une octave au-dessus du La3.

▶ **2.** On s'intéresse aux sons produits par ce piano. Un système d'acquisition informatisé permet l'enregistrement et la visualisation des signaux associés à ces sons (document 2).

a) Justifier que les figures 1 et 2 du document 2 correspondent à deux notes différentes.

b) Identifier les notes correspondantes aux figures 1 et 2.

DOCUMENT 2 **Signaux enregistrés correspondant à des notes de musique jouées par un piano**

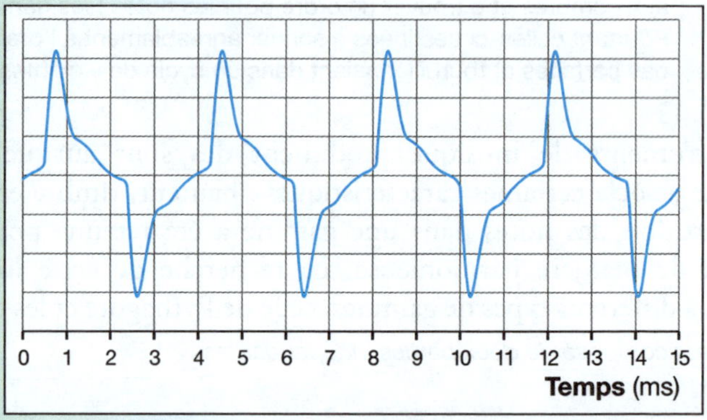

***Figure 1.* Signal sonore en fonction du temps**

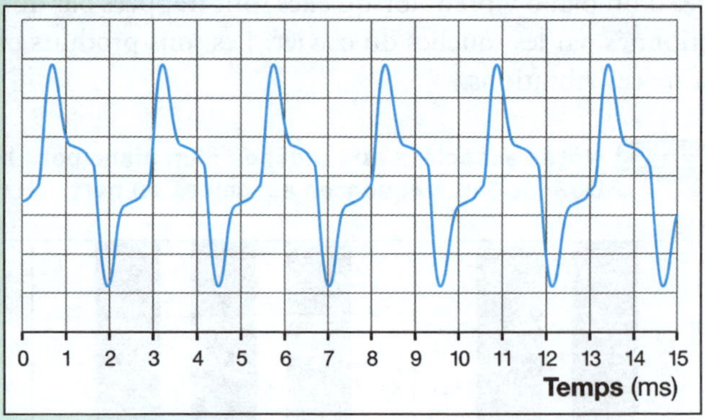

***Figure 2.* Signal sonore en fonction du temps**

PARTIE 2 • DES NOTES ET DES GAMMES

La théorie musicale étant fondée sur des rapports de fréquences, on décide de simplifier les calculs en attribuant la valeur 1 (sans unité) à une fréquence choisie comme référence. Celle-ci correspond à une note de référence (par exemple 262 Hz pour le Do 3). On retrouve ensuite les fréquences réelles en multipliant les valeurs calculées par la fréquence de la note de référence.

La construction des gammes dites de Pythagore est basée sur le cycle des quintes : on part de la fréquence de valeur $f_0 = 1$. On construit une nouvelle fréquence, la quinte, en multipliant f_0 par $\frac{3}{2}$. On réitère ce processus pour obtenir la quinte de la quinte, et ainsi de suite. À certaines étapes, le fait de multiplier par $\frac{3}{2}$ une fréquence f comprise entre 1 et 2 peut donner une fréquence supérieure ou égale à 2. On se propose de démontrer que, si on divise par 2 la valeur obtenue, on la ramène dans l'octave.

SCIENCES

▶ **3.** On suppose que $1 \leqslant f < 2$ et on raisonne par disjonction de cas :

- premier cas : $1 \leqslant f < \frac{4}{3}$. Montrer que $1 \leqslant \frac{3}{2} \times f < 2$;
- deuxième cas : $\frac{4}{3} \leqslant f < 2$. Montrer que $2 \leqslant \frac{3}{2} \times f$ et $1 \leqslant \frac{1}{2} \times \frac{3}{2} f < 2$.

▶ **4.** L'algorithme ci-contre permet de calculer les fréquences des notes successivement obtenues par ce processus jusqu'à ce qu'on retombe sur la fréquence initiale.

Recopier et compléter le tableau ci-après, en donnant les valeurs des 12 premières quintes obtenues par cet algorithme.

Les résultats seront donnés d'abord sous forme exacte comme quotients d'une puissance de 2 par une puissance de 3, puis par leurs valeurs décimales approchées au centième obtenues à l'aide de la calculatrice.

```
f ← 1
f ← 3/2 × f
n ← 1
Tant que f ≠ 1 faire
        n ← n + 1
        f ← f × 3/2
        Si f ⩾ 2 alors f ← × 1/2
        Fin Si
Fin Tant que
```

Numéro de la note	0	1	2	3	4	5	6	7	8	9	10	11	12
Fréquence (fraction irréductible)	1	$\frac{3}{2}$				$\frac{3^5}{2^7}$	$\frac{3^6}{2^9}$	$\frac{3^7}{2^{11}}$		$\frac{3^9}{2^{14}}$	$\frac{3^{10}}{2^{15}}$	$\frac{3^{11}}{2^{17}}$	$\frac{3^{12}}{2^{19}}$
Fréquence (valeur approchée à 10^{-2} près)	1	1,5				1,9	1,42	1,07		1,20	1,80	1,35	1,01

▶ **5.** L'algorithme termine-t-il pour une valeur de $n \leqslant 12$?

▶ **6.** Chacune des fréquences calculées est obtenue à partir de 1 par des multiplications successives par $\frac{3}{2}$ et éventuellement par $\frac{1}{2}$. Elles peuvent toutes s'écrire sous la forme $\frac{3^m}{2^n}$ où m et n sont des entiers non nuls.

a) Démontrer que l'égalité $\frac{3^m}{2^n} = 1$ est impossible.

b) Que peut-on en déduire pour l'algorithme proposé ci-dessus ?

▶ **7.** D'après ce qui précède, le cycle des quintes ne « reboucle » jamais exactement sur la note de départ. À l'aide du tableau de la question **4**, justifier le choix de 12 notes dans une gamme construite selon ce principe.

▶ **8.** Si on choisit comme fréquence de référence celle du Do3, les fréquences réelles des autres notes sont obtenues en multipliant par 262 les fréquences calculées dans le tableau de la question **4**. En les rangeant dans l'ordre croissant et en arrondissant à l'unité, on obtient les fréquences des notes de la gamme de Pythagore à 12 notes.

Do	Do#	Ré	Ré#	Mi	Fa	Fa#	Sol	Sol#	La	La#	Si
262	280	295	315	332	354	373	393	420	442	472	497

a) Comparer ces fréquences à celles inscrites sur les touches du piano.
b) Calculer au centième près les rapports entre la fréquence du Do# et celle du Do puis entre la fréquence du Ré et celle du Do# dans cette gamme. Que constate-t-on ?

▶ **9. a)** Calculer au centième près les rapports entre la fréquence du Do# et celle du Do puis entre la fréquence du Ré et celle du Do# dans la gamme figurant sur le piano. Que constate-t-on ?
b) Comment nomme-t-on la gamme représentée sur le piano ? En quoi diffère-t-elle de la gamme de Pythagore à 12 notes ?

LES CLÉS DU SUJET

Comprendre les documents

Document 1 • Notes associées aux touches d'un piano

- Il représente en partie le clavier d'un piano.
- Ce document vous permet d'associer une fréquence aux notes apparaissant sur les touches.

Document 2 • Signaux enregistrés des notes jouées par un piano

- Il contient deux figures représentant des signaux sonores en fonction du temps.
- Repérez dans ce document le temps correspondant à chaque graduation horizontale.

Répondre aux questions

Coups de pouce

▶ **1.** Utilisez la définition de l'octave.

▶ **2. a)** Utilisez les propriétés d'une note et les formules données en cours.

▶ **3.** Il s'agit d'une démonstration mathématique. Partez de l'inéquation donnée au début de chaque cas et soyez rigoureux.

▶ **4.** Réalisez le code pour mieux voir les résultats.

▶ **5.** Établissez une correspondance entre la valeur de f et la boucle de l'algorithme.

▶ **6. b)** Il faut étendre le résultat trouvé à la question **6. a** pour $n > 12$.

▶ **8. b)** et **9. a)** Soyez précis dans vos calculs.

Aide à la résolution de la question 9. b

Donner le nom de la gamme du piano et expliquer sa différence avec la gamme de Pythagore.

❶ Montrez d'abord que la gamme du piano est constituée de fréquences à intervalles réguliers et donner son nom.

❷ Expliquez ensuite la différence entre la gamme de Pythagore et la gamme du piano.

❸ Concluez sur l'intérêt d'utilisation de la gamme du piano et le défaut de celle de Pythagore.

31 CORRIGÉ GUIDÉ

PARTIE 1 • DES INSTRUMENTS ET DES NOTES

▶ **1.** Le La3 a pour fréquence $f_{La3} = 441$ Hz. Le La4, à l'octave de La3, a par définition une fréquence telle que :

$f_{La4} = 2 \times f_{La3} = 2 \times 441 = 882$ Hz

▶ **2. a)** Deux notes sont différentes si les fréquences des sons qui leur correspondent sont différentes. On cherche les fréquences des signaux représentés sur les figures du document 2. Pour ce faire, il faut d'abord déterminer les périodes de ces signaux car on sait que $f = \dfrac{1}{T}$.

- Figure 1 : $T_1 = 15 \times \dfrac{1{,}0}{4} = 3{,}75$ ms d'où $f_1 = \dfrac{1}{3{,}75 \times 10^{-3}} = 2{,}6 \times 10^2 = 260$ Hz
- Figure 2 : $T_2 = 15 \times \dfrac{1{,}0}{6} = 2{,}5$ ms d'où $f_2 = \dfrac{1}{2{,}5 \times 10^{-3}} = 4{,}0 \times 10^2 = = 400$ Hz

On constate que les fréquences ne sont pas identiques, il s'agit donc bien de deux notes différentes.

b) La note la plus proche correspondant à f_1 est le Do3 avec 262 Hz et celle correspondant à f_2 est le Sol avec 393 Hz.

PARTIE 2 • DES NOTES ET DES GAMMES

▶ **3.** On suppose que $1 \leqslant f < 2$.

- Premier cas. Si $1 \leqslant f < \dfrac{4}{3}$, en multipliant par $\dfrac{3}{2}$ on obtient :

$\dfrac{3}{2} \leqslant \dfrac{3}{2} \times f < \dfrac{3}{2} \times \dfrac{4}{3}$

$\dfrac{3}{2} \leqslant \dfrac{3}{2} \times f < \dfrac{4}{2}$

$\dfrac{3}{2} \leqslant \dfrac{3}{2} \times f < 2$ et $\dfrac{3}{2} > 1$ d'où finalement $1 \leqslant \dfrac{3}{2} \times f < 2$, cqfd.

- Deuxième cas. Si $\dfrac{4}{3} \leqslant f < 2$, en multipliant par $\dfrac{3}{2}$ on obtient :

$\dfrac{4}{3} \times \dfrac{3}{2} \leqslant \dfrac{3}{2} \times f < 2 \times \dfrac{3}{2}$

$\dfrac{4}{2} \leqslant \dfrac{3}{2} \times f < 3$ d'où $2 \leqslant \dfrac{3}{2} \times f$, cqfd.

De même si $\frac{4}{3} \leqslant f < 2$, en multipliant par $\frac{1}{2} \times \frac{3}{2}$ on obtient :

$$\frac{1}{2} \times \frac{3}{2} \times \frac{4}{3} \leqslant \frac{1}{2} \times \frac{3}{2} \times f < \frac{1}{2} \times \frac{3}{2} \times 2$$

$$1 \leqslant \frac{1}{2} \times \frac{3}{2} \times f < \frac{3}{2}$$

Et $\frac{1}{2} \times \frac{3}{2} \times f < 1,5$ d'où finalement $\frac{1}{2} \times \frac{3}{2} \times f < 2$, cqfd.

▶ **4.** Le code permet de compléter le tableau d'après les instructions.

Numéro de la note	0	1	2	3	4	5	6	7	8	9	10	11	12
Fréquence (fraction irréductible)	1	$\frac{3}{2}$	$\frac{3^2}{2^2} \times \frac{1}{2}$	$\frac{3^3}{2^4}$	$\frac{3^4}{2^5} \times \frac{1}{2}$	$\frac{3^5}{2^7}$	$\frac{3^6}{2^9}$	$\frac{3^7}{2^{11}}$	$\frac{3^8}{2^{12}}$	$\frac{3^9}{2^{14}}$	$\frac{3^{10}}{2^{15}}$	$\frac{3^{11}}{2^{17}}$	$\frac{3^{12}}{2^{19}}$
Fréquence (valeur approchée à 10^{-2} près)	1	1,5	1,12	1,69	1,27	1,9	1,42	1,07	1,60	1,20	1,80	1,35	1,01

▶ **5.** On constate que, dans le tableau, $f \neq 1$ pour $n \leqslant 12$.

D'autre part, l'algorithme doit effectuer la boucle tant que $f \neq 1$. On en déduit que l'algorithme n'est pas terminé.

▶ **6. a)**

> **▶ Le conseil de méthode**
>
> Vous pouvez raisonner par l'absurde. Développez le numérateur de la fraction, puis le dénominateur et utilisez le fait qu'un nombre pair n'est pas égal à un nombre impair. N'oubliez pas de conclure.

Sachant que le produit de deux nombres pairs est pair et que le produit de deux nombres impairs est impair, on peut écrire que :

$3^m = 3 \times 3 \times 3 \times \ldots \times 3$ sera impair, et $2^n = 2 \times 2 \times 2 \times \ldots \times 2$ sera pair.

Or si $\frac{3^m}{2^n} = 1$, on peut en déduire que $3^m = 2^n$, c'est-à-dire qu'un nombre impair est égal à un nombre pair, ce qui est absurde.

L'égalité $\frac{3^m}{2^n} = 1$ est donc impossible.

b) On peut déduire du résultat trouvé dans la question précédente que l'algorithme proposé ne permettra jamais de trouver une fréquence égale à 1. En effet, les valeurs des fréquences se calculent en multipliant 1 par $\frac{3^m}{2^n}$, or :

$$\frac{3^m}{2^n} \neq 1 \Rightarrow f \neq 1$$

▶ **7.** Le cycle des quintes ne reboucle jamais sur la note de départ, donc $f \neq 1$. La gamme peut être considérée comme finie lorsque la fréquence f est très proche de 1. On constate, d'après les valeurs du tableau, que lorsque $n = 12$ (12 notes), $f = 1{,}01$, valeur très proche de 1. On peut donc considérer que ces 12 notes constituent une gamme.

MOT-CLÉ
Lorsqu'on dit que le cycle des quintes ne reboucle pas sur la note de départ, cela veut dire que la note de la fin de la gamme dans le tableau a une fréquence f telle que $f \neq 1$.

▶ **8. a)** En comparant les valeurs des fréquences du tableau à celles inscrites sur les touches du piano, on constate qu'elles sont proches sauf pour Do3 et Sol pour lesquels elles sont identiques.

b) Calcul des rapports demandés avec les valeurs du tableau :

$$\frac{f_{Do\#}}{f_{Do}} = \frac{280}{262} = 1{,}07$$

$$\frac{f_{Ré}}{f_{Do\#}} = \frac{295}{280} = 1{,}05$$

À NOTER
Il faut effectuer ce calcul tel qu'il est demandé : au centième près.

On constate que ces rapports sont très proches et supérieurs à 1.

▶ **9. a)** En prenant les valeurs inscrites sur les touches du piano on trouve les rapports suivants :

$$\frac{f'_{Do\#}}{f'_{Do}} = \frac{278}{262} = 1{,}06$$

$$\frac{f'_{Ré}}{f'_{Do\#}} = \frac{294}{278} = 1{,}06$$

On constate que ces rapports sont égaux.

b) On constate que les touches d'un piano permettent d'obtenir des sons (notes) dont les rapports des fréquences sont identiques. L'octave de la gamme du piano est donc divisée en 12 intervalles égaux. On passe d'une note à la suivante en multipliant sa fréquence par $R = 2^{\frac{1}{12}} = 1{,}06$

Ainsi au bout de 12 itérations, la fréquence finale est le double de la fondamentale. Cette gamme aux intervalles réguliers est la gamme tempérée.

La gamme de Pythagore à 12 notes, quant à elle, ne boucle pas sur une fréquence dont la valeur est le double de la fondamentale. Le rapport R n'est pas le même pour toutes ses fréquences. C'est sa différence avec la gamme tempérée. La dernière quinte de la gamme de Pythagore s'appelle « la quinte du loup » donnant un son désagréable à l'oreille.

La gamme tempérée, malgré ses petits défauts de justesse, à l'inverse de celle de Pythagore, permet une grande facilité d'utilisation par plusieurs musiciens qui jouent ensemble.

Un concert de rock

1 heure
10 points

INTÉRÊT DU SUJET • Bercé par le chant depuis sa naissance, l'être humain donne libre cours à la création musicale depuis des temps immémoriaux. De nos jours, l'écoute de musique amplifiée, notamment, est-elle conciliable avec notre quatrième sens, « l'ouïe », défini par Aristote ?

La nécessité de baisser le niveau sonore dans les concerts ou d'autres lieux publics vient d'être actualisée dans une nouvelle loi. Même sans écouter de musique, nous sommes entourés de bruit, ce qui a des répercussions sur la santé, le sommeil et le stress. Nous savons tous aujourd'hui qu'une exposition à des niveaux sonores trop élevés et sur de longues durées peut altérer l'audition de manière définitive.

PARTIE 1 • ENVOYEZ LA MUSIQUE !

DOCUMENT 1 Baisse du niveau sonore en concert : « Il y a des salles où on ne pourra techniquement plus jouer »

Pour protéger l'audition du public, un décret impose aux salles de concert, aux discothèques et aux festivals de baisser le volume de 3 décibels. Une mesure qui risque de toucher plus durement certaines petites salles. Ce sont 3 décibels qui font déjà frémir certains organisateurs de concerts. Le 1er octobre 2018 au plus tard, le niveau sonore maximal autorisé dans les lieux diffusant de la musique amplifiée passera de 105 à 102 décibels (dBA), selon un nouveau décret. Conçue pour « protéger l'audition du public » et « la santé des riverains », cette règle s'appliquera dans les lieux clos.
Que les mélomanes se rassurent : ils percevront à peine la différence. Leur oreille interne, en revanche, appréciera. Car selon le Centre d'information et de documentation sur le bruit, l'oreille « commence à souffrir sans que nous le sachions à partir d'une exposition à 85 décibels pendant 8 heures ».

www.francetvinfo.fr

DOCUMENT 2 **Le guide du son**

Le son est une vibration qui se propage dans l'air. Il provoque une sensation auditive qui peut être agréable ou devenir désagréable, voire dangereuse, si son niveau qui se mesure en décibels (dB) est excessif. Les sons audibles se situent entre 0 dB et 120 dB. Sur le graphique du champ auditif humain, la courbe supérieure représente la limite des intensités perceptibles. Pour les sons d'un niveau d'intensité sonore supérieur à ces valeurs, il y a risque de destruction de l'oreille interne (cochlée). On parle souvent, à tort, de « seuil de la douleur » (> 120 dB), mais il n'y a de douleur que s'il y a rupture du tympan. En revanche, n'attendons pas d'avoir mal pour protéger notre oreille interne des sons nocifs dès 90 dB (seuil de danger). Et pourtant le niveau d'intensité sonore d'un concert de rock est de 110 dB !

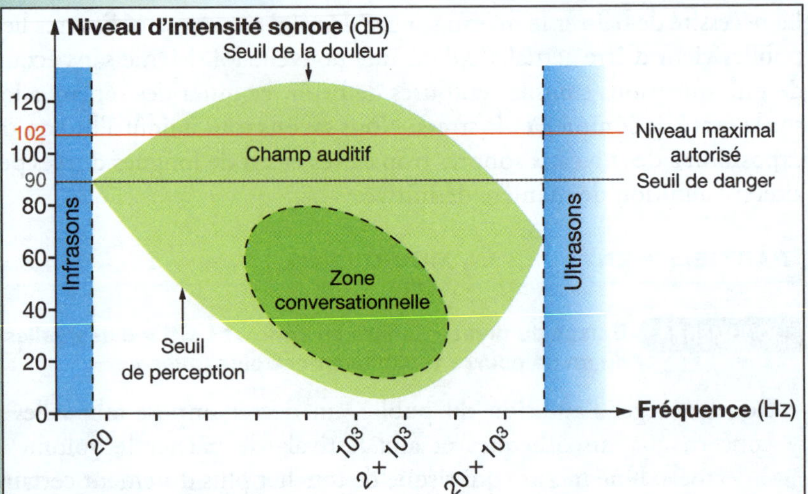

Champ auditif humain

D'après www.cochlea.org

DOCUMENT 3 **Zoé au concert de rock**

Passionnée par la musique rock, Zoé, adepte du groupe mythique The Queen, entre dans la salle où se produit le groupe Les Zazous sauvages. Le guitariste accorde son instrument pour la dernière fois et le piano esquisse quelques *la* à 440 Hz derrière le rideau qui ne tarde pas à s'ouvrir dans un fracas inimaginable atteignant le niveau sonore maximal. Le chanteur pousse dans les aiguës en soutenant le *la* du pianiste avant de lancer sur scène des milliers d'harmoniques.

À partir de vos connaissances et des informations apportées par les documents 1, 2 et 3, répondre aux questions suivantes.

▶ **1.** Le signal ci-dessous représente une note décomposée enregistrée au concert.

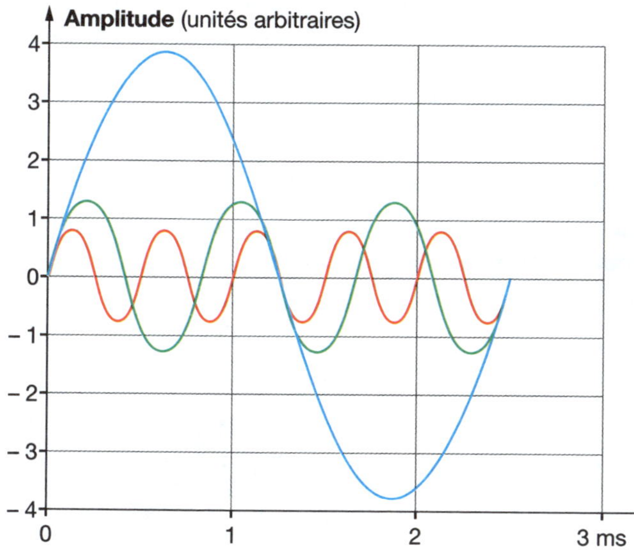

a) Dire s'il s'agit d'un son pur ou composé, en justifiant.
b) Indiquer sur le graphique le nom que l'on peut attribuer à chacun des trois signaux représentés.
c) S'agit-il d'un *la* ? Justifier par calcul.
d) Représenter le spectre de ce son sur un graphique.

▶ **2. a)** La fréquence fondamentale f d'un son émis par une corde vibrante de longueur L est liée à la tension T (en N) de celle-ci et à sa masse linéique μ (en $kg \cdot m^{-1}$) par la relation suivante :

$$f = \frac{1}{2L} \times \sqrt{\frac{T}{\mu}}$$

Lorsque le guitariste accorde son instrument, il doit modifier l'une des grandeurs physiques apparaissant dans cette formule : laquelle ? Justifier qualitativement à l'aide de la formule.
b) Indiquer si le son émis par la guitare devient plus grave ou plus aigu lorsque le guitariste augmente la tension de la corde manipulée. Justifier.
c) Démontrer que la fréquence du son émis par la corde double si la tension de celle-ci est multipliée par 4.

▶ **3. a)** D'après le graphique du champ auditif humain, quel est le seuil de perception pour un son de 20 Hz, de 1 000 Hz ? L'oreille humaine est-elle plus sensible aux moyennes ou aux basses fréquences ?
b) Grâce aux informations données par le graphique, discuter du bien-fondé de la valeur limite autorisée dans les salles de concert.
c) Comment Zoé peut-elle se protéger des sons nocifs lors du concert ?

PARTIE 2 • ENTENDRE LA MUSIQUE

DOCUMENT 4 Schéma de l'oreille humaine

Les ondes sonores traversent trois parties de l'oreille humaine avant d'être transformées en message nerveux.

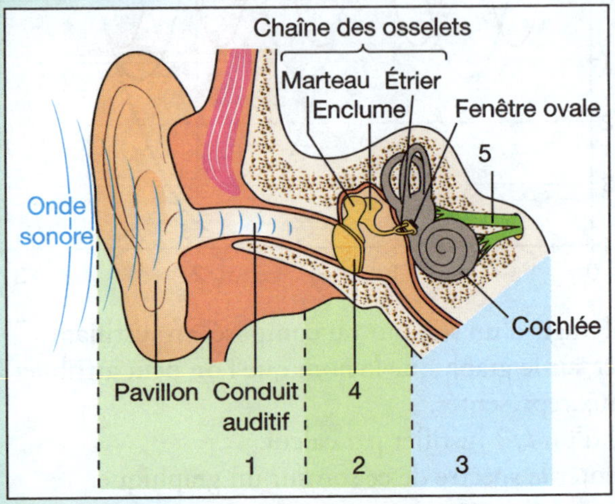

Anatomie de l'oreille humaine

DOCUMENT 5 L'ennemi n° 1 de nos cellules sensorielles : le bruit !

La cochlée est fragile : il faut la protéger ! Parmi les facteurs de risque il y a, au premier plan, le bruit intensif. L'exposition à des niveaux sonores élevés détruit de façon irréversible nos cellules sensorielles (cellules ciliées) et provoque surdité et acouphènes.
Nous n'avons à la naissance qu'un capital très limité de cellules sensorielles (moins de 15 000), et ces cellules une fois détruites ne sont pas remplacées.
Afin de diagnostiquer des causes de surdité, il est possible d'effectuer un examen auditif au cours duquel le patient est soumis à des sons de

différentes fréquences et niveaux d'intensité. On obtient un audiogramme qui permet de connaître le pourcentage de perte de perception pour chaque type de fréquence.

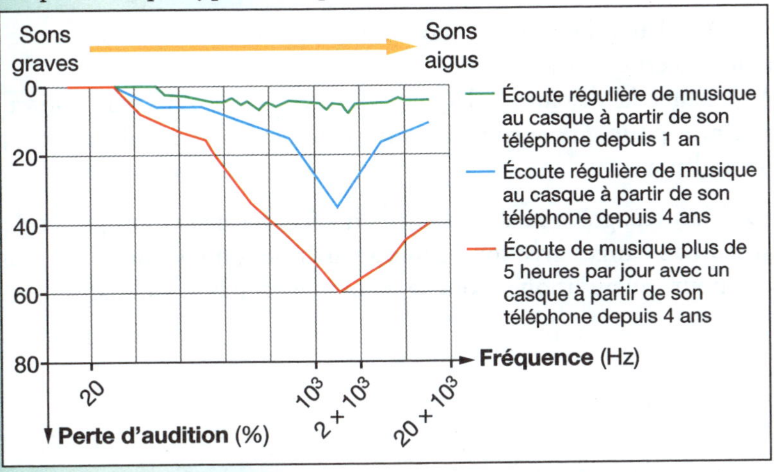

Pertes d'audition révélées par les audiogrammes

DOCUMENT 6 **Le niveau d'intensité sonore**

Le niveau d'intensité sonore L se mesure suivant une échelle logarithmique et s'exprime en décibels (dB). L se calcule par la relation suivante :

$$L = 10 \times \log\left(\frac{I}{I_0}\right)$$

avec $I_0 = 10^{-12}\ \mathrm{W \cdot m^{-2}}$ représentant l'intensité sonore minimale audible.

La fonction du logarithme décimal admet la propriété suivante : $\log(10^a) = a$ d'où $10^{\log(a)} = a$

Données

- $S = 4\pi r^2$, avec S, surface de la sphère dans laquelle l'onde sonore se propage.
- On considérera que la puissance sonore associée au concert ou de l'instrument que Zoé entendra le plus est de 5,0 W.

▶ **4. a)** Compléter les légendes 1 à 5 du schéma de l'oreille humaine.
b) Quelle partie de l'oreille est sensible aux vibrations sonores et les convertit en message nerveux ?

▶ **5. a)** Calculer l'intensité sonore I correspondant au niveau sonore d'un concert de rock.
b) Calculer la distance à laquelle doit se placer Zoé par rapport aux enceintes pour que le son du concert ne devienne pas dangereux pour son audition.

▶ **6.** Montrez, grâce au document 5, qu'écouter de la musique au-delà du seuil de danger avec son casque à partir de son téléphone est dangereux pour son audition, et que le volume n'est pas le seul danger.

LES CLÉS DU SUJET

Comprendre les documents

Document 1 • Baisse du niveau sonore en concert	• Le texte informe sur un décret de loi destiné à protéger l'audition. • Quelques valeurs du niveau d'intensité sonore sont données.
Document 2 • Le guide du son	• Il présente des informations sur les sons et leur perception. • De nombreuses informations sont notées sur le graphique du champ auditif humain.
Document 3 • Zoé au concert de rock	• C'est une introduction aux questions qui suivent. • Prêtez attention à la fréquence qui y apparaît.
Document 4 • Schéma de l'oreille humaine	• Ce document est un schéma de l'anatomie de l'oreille. • Le schéma sera à compléter d'après vos connaissances.
Document 5 • L'ennemi n° 1 de nos cellules sensorielles : le bruit !	• Il décrit la fragilité de l'oreille interne et l'examen auditif (audiogramme) de personnes exposées à une musique trop forte. • Comparez les audiogrammes.
Document 6 • Le niveau d'intensité sonore	• Il donne la formule permettant le calcul du niveau d'intensité sonore L. • Notez la propriété de la fonction logarithmique.

Répondre aux questions

Coups de pouce

▶ **1. a)** à **d)** Ces questions abordent le son comme une onde avec toutes ses caractéristiques, il suffit de bien connaître votre cours pour pouvoir y répondre.

▶ **3. a)** et **b)** Ces questions demandent une lecture du graphique représentant le champ auditif afin de trouver les valeurs à exploiter.

▶ **4.** Ce sont des questions de cours.

▶ **5. a)** Utilisez les données des documents 2 et 6 pour répondre à cette question. Notez aussi la propriété de la fonction logarithmique et soyez rigoureux.

Aide à la résolution de la question 6

Montrer qu'il y a perte d'audition lorsqu'on écoute de la musique trop fort avec son casque et qu'il existe une autre cause de danger que le volume sonore.

❶ Identifiez les différences d'exposition entre les trois cas (volume, durée d'exposition) avant de comparer les conséquences sur leur audition.

❷ Rédigez votre réponse en notant les valeurs trouvées sur l'audiogramme pour les trois cas et comparez-les.

❸ Concluez en résumant les effets de l'écoute de la musique trop fort en insistant sur la notion de durée d'exposition. Ajoutez des conseils afin de protéger son audition.

SCIENCES

32 CORRIGÉ GUIDÉ

PARTIE 1 • ENVOYEZ LA MUSIQUE !

▶ **1. a)** Le graphique représente un son qui a été décomposé, il s'agit donc d'un son composé. Un son pur ne correspond qu'à une seule courbe sinusoïdale.

b) La courbe bleue représente la fréquence fondamentale, la courbe verte, la première harmonique et la rouge, la seconde harmonique.

c) Pour vérifier s'il s'agit d'un *la*, il faut calculer la fréquence de la fondamentale : la courbe bleue. La fréquence (en hertz) est donnée par :

$$f_1 = \frac{1}{T} = \frac{1}{2{,}5 \times 10^{-3}} = 400 \text{ Hz}$$

On constate que la fréquence calculée est très proche de celle du *la* : $f_{la} = 440$ Hz, il s'agit donc bien d'un *la* à quelques erreurs de mesure près.

d) Il faut tracer le graphique représentant l'amplitude en fonction de la fréquence en Hz. Chaque sinusoïde est représentée par un pic sur sa propre fréquence. $f_1 = 400$ Hz, $f_2 = 3f_1$ et $f_3 = 5f_1$.

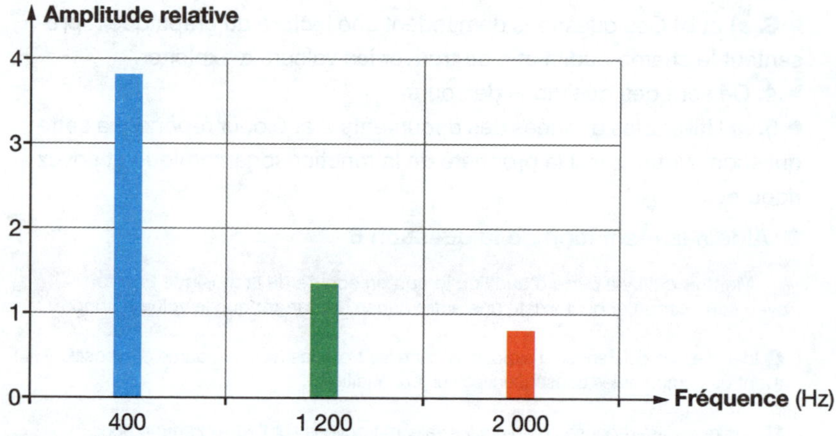

▶ **2. a)** D'après la formule donnée, on constate que la fréquence émise par la corde est proportionnelle à la racine carrée de T et inversement proportionnelle à sa longueur et à la racine carrée de la masse linéique.

> **À NOTER**
> Il faut bien regarder la formule de f, expliquer à quelle grandeur f est proportionnelle et de quelle façon.

Ne pouvant pas modifier l'épaisseur de sa corde, et donc sa masse linéique, ni sa longueur (car le manche et les clés restent les mêmes), le guitariste ne peut intervenir qu'au niveau de la tension de la corde. On peut donc écrire $f = k \times \sqrt{T}$ avec k constante.

Il tourne donc les clés d'accordement qui augmentent ou diminuent la tension T de la corde.

b) D'après la formule de f, lorsque T augmente, la fréquence augmente également car ces deux grandeurs sont proportionnelles. D'autre part, les sons de fréquences élevées sont des sons aigus. On peut donc conclure qu'en augmentant la tension de la corde, le son qu'elle émet est de plus en plus aigu.

c) Si $T' = 4 \times T$, on a alors :

$f' = k \times \sqrt{4 \times T} = 2 \times k \times \sqrt{T}$ donc on a bien $f' = 2 \times f$.

> **À NOTER**
> Vous pouvez utiliser l'expression simplifiée $f = k \times \sqrt{T}$ donnée dans la question précédente pour effectuer la démonstration.

On vient de démontrer que la fréquence double si la tension de la corde est multipliée par 4.

▶ **3. a)** Le seuil de perception représente les niveaux d'intensité sonore minimaux que l'oreille humaine peut percevoir. Sur le graphique du champ auditif humain, il est représenté par la limite basse du champ auditif (en vert). Pour un son de 20 Hz, on lit une valeur de 90 dB environ et pour 1 000 Hz une valeur de 5 dB. Notre oreille est donc plus sensible aux moyennes fréquences qu'aux basses fréquences.

b) Le seuil de la douleur représente les niveaux d'intensité sonore maximaux que l'oreille humaine peut supporter, sans altération des cellules cochléaires : c'est la limite supérieure du champ auditif. Au-delà, il y a danger pour l'oreille interne entraînant des risques de surdité irréversibles.

La limite autorisée dans les concerts étant de 102 dB, d'après le graphique, elle est en dessous du seuil pour les moyennes fréquences, mais elle dépasse le seuil de la douleur pour les basses et hautes fréquences. La limite de 102 dB dans les salles de concert permet d'être sous le seuil de la douleur pour la plupart des fréquences sonores, mais elle reste supérieure au seuil de danger (90 dB) pour toutes les fréquences ! Il est donc impératif de protéger ses oreilles en concert.

c) Pour atténuer le niveau d'intensité sonore en concert, Zoé doit s'éloigner des enceintes qui sont la source sonore ou porter des bouchons d'oreilles qui atténuent le son et l'exposent à moins de décibels pendant le concert.

PARTIE 2 • ENTENDRE LA MUSIQUE

▶ **4. a)**

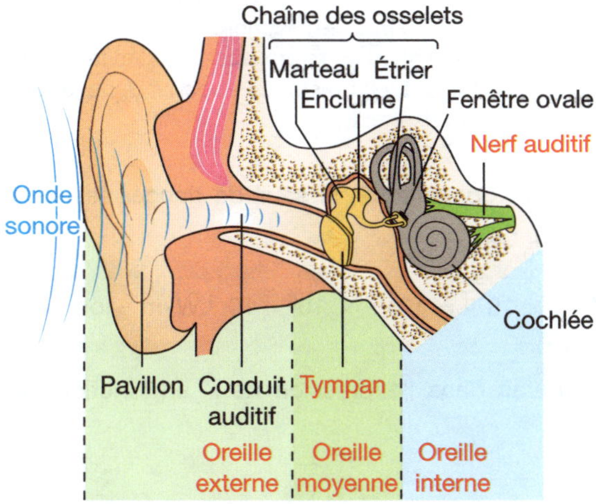

b) La partie de l'oreille sensible aux vibrations sonores est la cochlée. Les cellules ciliées qu'elle contient sont sensibles aux vibrations et les convertissent en messages nerveux qui sont transmis au cerveau par le nerf auditif.

À NOTER
Les sons qui sont des vibrations de l'air sont convertis en ondes mécaniques et transmis par le tympan, les osselets et le liquide cochléaire. Lorsque leurs cils se déplacent, les cellules cochléaires produisent un message nerveux auditif transmis ensuite par le nerf auditif.

▶ **5. a)** D'après le document 2, le niveau d'intensité sonore d'un concert de rock est situé à $L = 110$ dB. La formule du document 6 nous donne :

$$L = 10 \times \log\left(\frac{I}{I_0}\right)$$

D'après les propriétés indiquées dans le même document, on peut donc écrire :

$$\frac{L}{10} = \log\left(\frac{I}{I_0}\right) \text{ d'où } 10^{\frac{L}{10}} = 10^{\log\left(\frac{I}{I_0}\right)} \text{ et finalement } 10^{\frac{L}{10}} = \frac{I}{I_0}$$

$$I = I_0 \times 10^{\frac{L}{10}}$$

$$I = 10^{-12} \times 10^{\frac{110}{10}} = 10^{-12} \times 10^{11} = 10^{-1}\ \text{W} \cdot \text{m}^{-2}$$

L'intensité sonore I d'un concert de rock correspondant à un niveau d'intensité de 110 dB (avec 3 chiffres significatifs si on veut être précis) est de :

$I = 1{,}00 \times 10^{-1}\ \text{W} \cdot \text{m}^{-2}$

b)

▶ Le conseil de méthode
Le seuil de danger est donné dans le document 2.
Il faut calculer d'abord l'intensité sonore I' correspondant au seuil de danger, puis écrire la relation entre la puissance I' et la distance qui sépare Zoé de la scène. Notez que la distance apparaît dans la formule rappelée dans les données de l'exercice.

D'après l'échelle du document 2, le seuil de danger est situé à $I' = 90$ dB.

D'autre part : $I' = I_0 \times 10^{\frac{L'}{10}}$

D'où : $I' = 10^{-12} \times 10^{\frac{90}{10}} = 10^{-12} \times 10^{9} = 10^{-3}\ \text{W} \cdot \text{m}^{-2}$ (ou plus précisément, $1{,}0 \times 10^{-3}\ \text{W} \cdot \text{m}^{-2}$).

La distance apparaît dans l'expression de I' en fonction de la puissance sonore P :

$$I' = \frac{P}{S} = \frac{P}{4\pi r^2}$$

On a donc :

$$P = 4\pi \times r^2 \times I'$$

$$r = \sqrt{\frac{P}{4\pi I'}} = \sqrt{\frac{5,0}{4\pi \times 10^{-3}}} = 20 \text{ m}$$

Il faut donc que Zoé se place à au moins 20 m de la scène ou des enceintes pour ne pas faire courir un danger à ses oreilles.

▶ **6.** Notre oreille est fragile. Écouter de la musique trop fort est dangereux pour notre audition, la surdité est irréversible. L'étude des audiogrammes des sujets exposés nous le démontre.

• Les trois sujets dont on a les audiogrammes écoutent régulièrement de la musique à un niveau d'intensité trop élevé, au-delà du seuil de danger de 90 dB. Les sujets A et B écoutent régulièrement la musique de leur téléphone au casque ; le sujet A depuis un an, le B depuis 4 ans. La comparaison de leurs audiogrammes nous permet de voir la conséquence de la durée globale d'exposition. Le sujet C écoute de la musique pendant plus de 5 heures par jour avec son casque depuis 4 ans. La comparaison de son audiogramme avec celui du cas B nous montre l'impact d'une exposition journalière trop élevée sur une même durée de 4 ans.

• La perte auditive du sujet A est notable, mais limitée avec moins de 5 % pour toutes les fréquences. La perte auditive du sujet B est beaucoup plus importante, atteignant presque 40 % pour des sons entre 1 et 2 kHz, donc des sons de fréquence moyenne. Comme leur source sonore est la même, on peut en déduire que c'est le temps d'exposition quatre fois plus long du sujet B qui a entraîné sa perte d'audition supérieure. Il a perdu 8 fois plus d'audition !

• La perte auditive du sujet C est encore plus importante, atteignant 60 % pour des sons de fréquence moyenne. La comparaison avec le sujet B qui écoute aussi la musique au casque depuis 4 ans montre bien que si le temps d'exposition journalier est plus long, la perte d'audition est bien plus importante.

À NOTER
Il ne reste que 40 % d'audition au sujet C pour les fréquences moyennes qui sont celles de la conversation, ce qui le handicapera dans la vie de tous les jours.

• L'exposition à des sons au-delà du seuil de danger de 90 dB est toujours dangereuse pour les cellules ciliées de notre oreille interne. L'écoute de musique au casque avec un volume trop élevé est donc toujours nocive et entraîne une surdité due à la destruction des cellules ciliées de la cochlée. Mais plus le temps d'exposition est long, plus les dégâts sont importants et la perte d'audition prononcée. Il faut donc baisser le volume sonore de son casque et écourter son temps d'écoute pour limiter au maximum cette exposition afin de garder ses cellules ciliées intactes et une bonne audition.

Anglais

INFOS et CONSEILS

Compréhension de l'oral

Compréhension de l'écrit et expression écrite

Les axes culturels en 8 fiches

1 Réussir le contrôle continu en langues

Vos compétences en langues vivantes (LVA et LVB) sont évaluées à travers différents exercices.

A Les différents types d'exercices

1. La compréhension de l'oral

- Un document audio ou vidéo d'1 minute 30 maximum vous est présenté **trois fois**. Il s'écoule **une minute** après chaque écoute ou visionnage.
- Vous rendez compte par écrit, **en français**, de ce document : vous devez faire figurer les réponses à tous les items présents dans la consigne.

Pensez à...	Évitez de...
• prendre en notes des mots clés **pendant** puis **entre** les différent(e)s écoutes/visionnages. • indiquer toutes les informations nécessaires pour **caractériser** le document et rendre compte de son **contenu**.	• prendre en notes des phrases entières qui vous feront perdre votre concentration. • négliger l'étape du brouillon : il vous permettra de ne pas oublier d'éléments clés au moment de la rédaction.

2. La compréhension de l'écrit

- Votre sujet comprend un ou deux textes, et parfois un document iconographique.
- Vous répondez **dans la langue concernée** au sujet posé. L'énoncé peut prendre l'une des deux formes ci-dessous.

Type n° 1
Vous répondez à plusieurs questions portant sur le(s) document(s).

Type n° 2
Une seule question vous demande d'établir un lien entre le(s) document(s) et l'axe culturel.

3. L'expression écrite

Deux sujets vous sont proposés : vous devez en choisir un et répondre en 120 mots minimum. Vous avez toujours le choix entre un **sujet de réflexion ou d'analyse** et un **sujet d'invention**. Le sujet peut aussi prendre appui sur un document iconographique.

Rédiger un texte argumentatif	Produire un écrit d'invention
• Discernez clairement l'axe sur lequel porte votre sujet. • Ordonnez vos idées : expliquez avant d'analyser. • Justifiez votre propos grâce à de courtes citations. • Concluez brièvement.	• Discernez clairement le genre du sujet que vous avez choisi : lettre, article de presse, suite de texte… • Au brouillon, notez la trame que vous suivrez pendant votre rédaction. • Rédigez des phrases courtes et prenez le temps de vous relire.

B En résumé

● **Pour votre première langue vivante (LVA) comme pour la seconde (LVB)**, l'évaluation se déroule en deux temps.

Le contrôle continu de langues en 1re

COMPRÉHENSION ORALE
- **Support : document audio ou vidéo**
- **Restitution en français, à l'écrit**

COMPRÉHENSION ÉCRITE
- **Support : textes et/ou document iconographique**
- **Restitution dans la langue cible, à l'écrit**

EXPRESSION ÉCRITE
- **Support : sujet de réflexion ou d'invention**
- **Rédaction d'un écrit dans la langue cible**

● Les documents supports et les questions posées sont toujours **en lien avec l'un des 8 axes culturels** :

- Identités et échanges
- Espace privé et espace public
- Art et pouvoir
- Citoyenneté et mondes virtuels
- Fictions et réalités
- Innovations scientifiques et responsabilité
- Diversité et inclusion
- Territoire et mémoire

33 Identities and exchanges

Globalization: harmful or helpful?

COMPRÉHENSION DE L'ORAL

20 min
20 points

INTÉRÊT DU SUJET • Dans un monde de plus en plus global et uniformisé, un pays comme l'Irlande peut-il conserver son identité, ses valeurs et ses particularités ?

Vous allez visionner trois fois le document ci-dessous.

DOCUMENT **Does Globalization Destroy Culture?**

© PovertyCure (Episode 4, 2015)

cutt.ly/AuenAft (0'54-2'25)

En rendant compte, en français, du document, vous montrerez que vous avez compris les points ci-dessous.

Thème principal • déroulement des faits ou informations fournies • identité des personnages • différents points de vue (s'il y a lieu) • éléments implicites (s'il y a lieu) • fonction et portée du document.

LES CLÉS DU SUJET

Identifier les caractéristiques clés du document (1re écoute)

Caractéristiques du document

- **Genre :** extrait de reportage télévisé
- **Thème :** la mondialisation et les cultures locales ou nationales
- **Enjeu :** Si elle peut détruire les cultures locales, la mondialisation favorise aussi leur rayonnement.
- **Intervenants :** Un journaliste lance le sujet, trois personnes interviennent.

Affiner sa compréhension (2e et 3e écoutes)

1. Ouverture du débat par le journaliste	• Observez bien le titre du document pour comprendre à quelle question le reportage tente de répondre. • Relevez une question similaire posée par le journaliste au début du reportage. Voyez ensuite comment cette question est mise en contexte et précisée.
2. Première intervention	Repérez au début du reportage les exemples justifiant la question et l'inquiétude générée par la mondialisation.
3. Deuxième puis troisième interventions	• Relevez les différents éléments de la culture irlandaise cités qui servent de contre-exemples. Soyez particulièrement attentif à la dernière intervention. • Relevez les mots-clés présentant le côté positif de la mondialisation.

ANGLAIS

33 CORRIGÉ GUIDÉ

Script

A related concern about globalization is its effects on indigenous cultures.

MAN 1 (JOURNALIST): I mean, even if we grant that global competitive markets create prosperity, is it worth the fast food chains and the big box stores that we see everywhere we go? And what about a sense of vulgarity and bringing things to the lowest common denominator? And perhaps most important, does globalization destroy local culture?

Man 2 (journalist): I mean, the question of globalization, I mean, obviously it can destroy local cultures, I mean, there's simply no question about that, and it can create an unfortunate homogeneity. As you go around to various countries around the world, you're discovering they've become more and more similar. At the same time, as people see that happening, they often, you know, react by trying to say "hang on, what here is actually worth holding on to?" And so, it can actually lead to a resurgence of some traditional forms of identity.

Man 3: So, the Irish language has grown, has been taught in private schools actually, across most of this part of Ireland where people – where maybe the language, had been lost for three or four generations – are sending their children to be educated into the Irish language. Irish music, traditional dance – you've seen the Riverdance phenomenon all over the world – that's Irish culture.

Man 4: In Ireland, we've actually used globalization to sell our culture around the rest of the world. So, you've got great Irish rock bands like U2, you've obviously got Guinness and you've got Irish culture, poetry and films and that shows how a small country can use globalization to huge success.

Proposition de compte rendu en français

Ce reportage tourné en Irlande analyse les conséquences de la mondialisation sur les cultures locales. Le journaliste introduit le débat en demandant si la mondialisation, avec ses chaînes de fast-food et ses grands magasins, détruit les cultures locales.

Pour le premier intervenant, la mondialisation crée une homogénéité regrettable : les pays sont de plus en plus semblables. Cependant, ce phénomène peut également entraîner une résurgence des identités traditionnelles.

Le deuxième évoque la langue irlandaise, de nouveau enseignée dans des écoles privées en Irlande : des parents envoient leurs enfants étudier cette langue alors qu'ils ne la parlent plus depuis plusieurs générations. Il cite aussi la musique irlandaise, la danse traditionnelle et le phénomène *Riverdance*.

Selon le dernier intervenant, la mondialisation a permis de diffuser la culture irlandaise dans le monde (U2, Guinness, poésie, cinéma…), montrant comment un pays peut profiter de la mondialisation.

Ainsi, ce reportage souligne un effet positif de la mondialisation sur les cultures locales.

CONSEIL
Utilisez les images pour appréhender le contexte : il ne s'agit pas ensuite de les décrire, mais de montrer votre compréhension de la mondialisation.

DES POINTS EN +
Conclusion possible : « Les intervenants, s'ils ne nient pas une certaine homogénéisation du monde actuel, montrent comment des cultures locales peuvent réapparaître et se faire connaître à travers le globe. »

Telecommuting: a better work-life balance?

COMPRÉHENSION DE L'ORAL

20 min
20 points

INTÉRÊT DU SUJET • Grâce aux nouvelles technologies, le télétravail permet d'exercer son activité professionnelle depuis chez soi et il ne cesse de se développer. Lors d'une épidémie, il peut même s'avérer indispensable. Mais convient-il pour autant à tout le monde ?

Vous allez visionner trois fois le document ci-dessous.

DOCUMENT **Pros and Cons of Telecommuting**

© sbj live (business in motion)

bit.ly/38mPZnI

En rendant compte, en français, du document, vous montrerez que vous avez compris les points ci-dessous.

Thème principal • destinataire • informations fournies • identité des personnages • différents points de vue (s'il y a lieu) • éléments implicites (s'il y a lieu) • fonction et portée du document.

LES CLÉS DU SUJET

Identifier les caractéristiques clés du document (1re écoute)

Caractéristiques du document

- **Genre :** témoignage d'une télétravailleuse du site *sbjLive, Business in Motion*
- **Thème :** les avantages et les inconvénients du télétravail
- **Enjeu :** Il est nécessaire de bien se connaître pour envisager ou non le télétravail.
- **Intervenante :** Angela Frantz, télétravailleuse employée par *Ultimate Software*

Affiner sa compréhension (2e et 3e écoutes)

1. Les inconvénients du télétravail	• Lisez le titre du reportage pour comprendre à quelle question il répond. • Relevez comment Angela illustre les différents problèmes que peuvent rencontrer les télétravailleurs. • Notez un moment cité en exemple qui semble indispensable à certains (mais pas à Angela).
2. Les avantages du télétravail	• Repérez les grands types d'avantages *(benefits)* cités. • Écoutez l'exemple personnel qu'Angela nous donne concernant les trajets (*commuting*).
3. Conclusion : le télétravail est-il fait pour moi ?	• Notez les trois éléments importants permettant de conclure et de répondre à la question posée. • Relevez les questions qu'Angela pose au sujet des enfants. • Écoutez le dernier élément à prendre en compte (*jobs*).

34 CORRIGÉ GUIDÉ

Script

Angela Frantz: It's not right for everybody. I have a lot of friends who like shiny things, and squirrels catch their attention and this would be really challenging because "oh, maybe I can get a load of laundry, or my kids need attention or my dog just, you know, had an accident in the house or something."

And there's a lot of possible distractions. On the flip side, I have friends who are remote and they work 70 hours a week. You know, I can't tell you not to, but is that the kind of work-life balance you are interested in? So, you have to be self-regulating, self-motivating.

For some people, the isolation is the biggest challenge. If you are a very social person, then you might need to be in an office environment so that you can have coffee breaks. I never take a break for coffee, because why would I? I just have it on my desk, it's just there, I don't need to go socialize.

> **DES POINTS EN +**
> Pour parler de télétravail, il existe plusieurs mots et expressions en anglais : *telecommuting, telework(ing), remote working*.

For someone who is interested in it, there's a lot of financial benefits and convenience benefits. I used to not enjoy my commute and I would be really exhausted by the time I got home, just from my commute. I don't have that now. So, it's pretty easy for me to put an extra ½ hour, an hour a day to get a lot done because I'm not commuting.

So, know yourself and know what kind of things you would enjoy, what kind of things would challenge you. If you have kids at home, do you have a dedicated room so you can close the door and get your stuff done or do they need your attention? And for some jobs, that may work and for other jobs that wouldn't.

Proposition de compte rendu en français

Angela Frantz, une télétravailleuse employée par *Ultimate Software*, explique, à l'aide d'exemples, pourquoi le télétravail ne convient pas à tout le monde. Elle présente les avantages et les inconvénients du télétravail pour aider les auditeurs à savoir si cette façon de travailler leur correspondrait.

Ceux qui se laissent facilement distraire (lessive, enfants, chien…) peuvent se retrouver dans une situation difficile alors que d'autres ont tendance à travailler plus à la maison. Il faut donc savoir quel équilibre vie professionnelle/vie personnelle nous voulons et savoir comment se réguler.

Pour les personnes très sociables, l'isolement est le plus gros problème. Pour se sentir bien, elles ont besoin d'être au bureau et de faire des pauses café avec les collègues. Angela, elle, n'en ressent pas le besoin.

Le télétravail apporte aussi des avantages financiers et pratiques. Avant, Angela trouvait les trajets particulièrement fatigants. Maintenant, elle peut facilement travailler une demi-heure ou une heure en plus.

Il faut donc bien se connaître, savoir ce que nous aimons et ce qui nous stimule. Avec des enfants, il faut savoir s'ils ont besoin de notre attention ou si nous pouvons nous isoler pour travailler. Enfin, le télétravail peut fonctionner pour certains métiers mais pas pour d'autres.

Art, politics and influence

COMPRÉHENSION DE L'ORAL

20 min
20 points

INTÉRÊT DU SUJET • Andy Warhol est un artiste iconique du XXe siècle. Influencé par la société qui lui était contemporaine, il a par exemple représenté des personnalités politiques.

Vous allez visionner trois fois le document ci-dessous.

DOCUMENT **Andy Warhol: Pop, Power and Politics**

Doc. The scottish.parliament.uk

bit.ly/2SImoAz (0'00-0'35 ; 1'08-1'20 ; 1'48-fin)

En rendant compte, en français, du document, vous montrerez que vous avez compris les points ci-dessous.

Thème principal • destinataire • situation, déroulement des faits ou informations fournies • identité des personnages • différents points de vue (s'il y a lieu) • éléments implicites (s'il y a lieu) • fonction et portée du document.

LES CLÉS DU SUJET

Identifier les caractéristiques clés du document (1re écoute)

Caractéristiques du document

- **Genre :** reportage télévisé présentant une exposition
- **Thème :** l'œuvre d'Andy Warhol, le pouvoir et la politique
- **Enjeu :** Une exposition Warhol au parlement écossais explore le lien entre son œuvre et le pouvoir.
- **Intervenants :** un journaliste (voix off) et Matt Wrbican, archiviste du musée Andy Warhol à Pittsburgh

Affiner sa compréhension (2e et 3e écoutes)

1. Présentation de l'artiste	• Anticipez et préparez-vous : lisez le titre de la vidéo (qui cite l'artiste et le nom de l'exposition). • Relevez au début du reportage les différentes informations données sur l'artiste (son nom, la reconnaissance dont il bénéficie…).
2. Description de l'exposition	Prêtez attention aux informations que donne le journaliste sur l'exposition : son nom, son lieu, les œuvres exposées…
3. Intervention d'un spécialiste	• Relevez la question posée par le journaliste (en voix off) sur le sens de l'œuvre de Warhol et sur son impact aujourd'hui. • Prêtez particulièrement attention aux propos de Matt Wrbican, spécialiste de Warhol. Relevez les mots-clés de sa réponse. • Notez les informations supplémentaires susceptibles d'attirer des visiteurs : les thèmes abordés, le lien avec des personnalités locales…
4. Informations pratiques sur l'exposition	Repérez les détails pratiques énoncés à la fin du reportage : dates de l'exposition, modalités d'entrée, comment se renseigner…

ANGLAIS

35 CORRIGÉ GUIDÉ

Script

JOURNALIST (voice over): He's one of the most iconic figures of the last century, famous for his portraits of celebrities and politicians, his association with pop art and the phrase "fifteen minutes of fame": Andy Warhol.

Pop, power and politics is a free exhibition being held at the Scottish Parliament featuring more than forty of the acclaimed artist's works, exploring the themes that motivated Warhol the most: power and politics. Many of the works have never been seen in Scotland before, and the Parliament's presiding officer played a special role insulating pieces ranging from a self-portrait to an image of American president Richard Nixon. [...]

The exhibition is the result of a collaboration between the Scottish Parliament, Carnegie's UK trust and the Andy Warhol's museum in Pittsburgh. The exhibition has been timed to coincide with a week of events celebrating Andrew Carnegie's legacy. [...] Other works on display include portraits of the Queen and Jimmy Carter.

So, what is it that makes Warhol's work talked over and still relevant today?

MATT WRBICAN (chief archivist, the Andy Warhol's museum in Pittsburgh): People are always fascinated with him and his work. I think part of it was that he was so much a part of his time and always really interested in things that were really cutting edge. Warhol loved political power. He was fascinated by it. And this would just thrill him to no end, I'm sure he would be all over this.

JOURNALIST (voice over): The exhibition will run from the 5th of October until the 3rd of November. Tickets for the exhibition are free but booking is recommended. Please visit the Scottish Parliament website for details or call 0131-348-54-54.

Proposition de compte rendu en français

Après une brève introduction sur Andy Warhol – artiste pop art du XXe siècle célèbre pour ses portraits et l'expression du « quart d'heure de gloire » –, ce reportage écossais promeut l'exposition *Pop, pouvoir et politique* sur Warhol.

CONSEIL
Relevez certains noms propres à l'aide du titre et du sujet : ce sont surtout des personnages politiques peints par Warhol.

Ce sont plus de quarante œuvres qui sont exposées au parlement écossais, dont certaines pour la première fois, portant sur les thèmes du pouvoir et de la politique. Organisée par le parlement écossais, la fondation Carnegie UK et le musée Warhol, l'exposition a lieu à l'occasion d'événements célébrant l'héritage de Carnegie.

Selon Matt Wrbican, archiviste en chef du musée Warhol de Pittsburgh, l'œuvre de Warhol fascine toujours car l'artiste était de son temps et s'intéressait à tout ce qui était d'avant-garde. Il aimait le pouvoir politique et aurait été ravi de cette exposition.

DES POINTS EN +
Andrew Carnegie (1835-1919) est un industriel écossais naturalisé américain, connu pour sa philanthropie.

Le reportage donne enfin des informations pratiques : l'exposition a lieu du 5 octobre au 3 novembre ; l'entrée est gratuite mais il est préférable de réserver ; on peut obtenir des détails sur le site du parlement ou au 0131-348-54-54.

Can technology improve the society we live in?

COMPRÉHENSION DE L'ORAL

20 min
20 points

INTÉRÊT DU SUJET • Il semble impossible aujourd'hui de vivre sans smartphone, ordinateur ou objet connecté. N'est-il pas temps d'envisager ces technologies autrement ? Pourraient-elles faire de nous de meilleurs citoyens ?

Vous allez écouter trois fois le document ci-dessous.

DOCUMENT **Meet Q, the Gender-Neutral Voice Assistant**

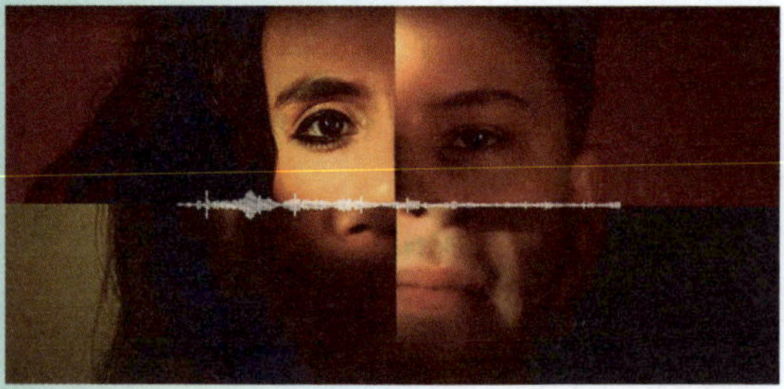

Doc. Meet-Q- the First Genderless Voice

n.pr/2HF75Cz (jusqu'à 1'31)

En rendant compte, en français, du document, vous montrerez que vous avez compris les points ci-dessous.

Thème principal • déroulement des faits ou informations fournies • identité des personnages • différents points de vue (s'il y a lieu) • éléments implicites (s'il y a lieu) • fonction et portée du document.

LES CLÉS DU SUJET

Identifier les caractéristiques clés du document (1re écoute)

Caractéristiques du document

- **Genre** : extrait d'une émission de radio
- **Thème** : les dernières avancées du tourisme spatial
- **Enjeu** : extrait de journal télévisé de la chaîne américaine CNN
- **Intervenants** : le présentateur, une reporter, J. Carpenter (chercheuse) et l'assistant Q

Affiner sa compréhension (2e et 3e écoutes)

1. Présentation d'une nouvelle technologie : Q	• Lisez le titre de l'émission : il vous annonce son thème. • Focalisez-vous sur l'introduction du présentateur et les mots-clés utilisés. • Notez les caractéristiques données par la reporter et par la voix Q concernant sa fabrication.
2. Les raisons pour lesquelles Q a été développée	Prêtez particulièrement attention à ce qu'explique Julie Carpenter, chercheuse, sur l'objectif principal de ces recherches et leurs causes.
3. Ce que cette invention pourrait changer	• Concentrez-vous sur la fin du document et en particulier sur la conclusion de la reporter. • Relevez le mot – utilisé par Julie Carpenter à la phrase précédente – qui est répété par la journaliste Dalia Mortada.

ANGLAIS

36 CORRIGÉ GUIDÉ

Script

(*Voice over*) When most people talk to technology, whether it's Alexa or Siri or Google Assistant, the voice that talks back sounds female. Some do choose a male voice. And now researchers have been developing a gender-neutral option called Q. NPR's Dalia Mortada reports.

CONSEIL

Prêtez attention aux mots qui sont répétés et/ou qui relèvent du même champ lexical : ils permettent de comprendre le thème principal du document.

DALIA MORTADA: Meet Q.

Q: Hi. I'm Q, the world's first genderless voice assistant.

MORTADA: The voice of Q was developed using dozens of voices.

Q: My voice was recorded by people who neither identify as male nor female and then altered to sound gender-neutral, putting my voice between 145 and 175 Hertz.

MORTADA: That's the range audio researchers identified for the best gender-neutral effect. Julie Carpenter is an expert in human behavior and emerging technologies. And she was one of the researchers behind Project Q.

JULIE CARPENTER: One of our big goals with Q was to contribute to a global conversation about gender, and about gender in technology and ethics, and how to be inclusive with people that identify in all sorts of different ways.

MORTADA: She points out that people often expect to hear a particular kind of voice in a given situation.

CARPENTER: There is a history of research that shows often that people might prefer to hear a female-sounding voice in some situations, particularly when the tasks associated with that voice are assistive. It really reinforces gender stereotypes.

MORTADA: Q would give companies a chance to break through that stereotype if they choose.

Proposition de compte rendu en français

Cette émission de radio de la NPR présente une technologie visant à lutter contre le sexisme : un assistant vocal à la voix neutre, ni féminine, ni masculine. En effet, la plupart des assistants vocaux (Alexa, Siri, l'assistant Google) ont une voix de femme même s'il est aussi possible de sélectionner une voix d'homme. Des chercheurs ont donc développé une voix non genrée : Q.

> **DES POINTS EN +**
> NPR *(National Public Radio)* est la principale radio non commerciale et de service public aux États-Unis.

Une reporter, aidée de Q, explique que cette voix a été créée à partir d'enregistrements de douzaines d'hommes et de femmes. Sa fréquence a ensuite été modifiée pour obtenir un effet neutre (entre 145 et 175 hertz).

Julie Carpenter, une des chercheuses à l'origine du projet Q, explique que l'un des objectifs était de contribuer à un débat mondial sur l'éthique et le genre dans les technologies et sur l'inclusion des personnes. Selon elle, la recherche montre que les individus préfèrent entendre une voix féminine dans certaines situations, notamment pour être assistés, ce qui renforce les stéréotypes sexistes.

La reporter conclut en expliquant que Q permettrait aux entreprises qui le souhaitent de rompre avec ces stéréotypes.

37 Scientific innovations and responsibility

Space tourism: from science fiction to reality

COMPRÉHENSION DE L'ORAL

20 min
20 points

INTÉRÊT DU SUJET • Depuis le XIXe siècle, la science-fiction nous fait voyager dans l'espace à bord de vaisseaux extraordinaires. La fiction est-elle sur le point de devenir réalité ? Le tourisme de demain sera-t-il spatial ?

DOCUMENT **The Future of Space Travel**

Doc. Virgin galactic

cnn.it/2VEqziM

En rendant compte, en français, du document, vous montrerez que vous avez compris les points ci-dessous.

Thème principal • informations fournies • identité des personnages • différents points de vue (s'il y a lieu) • éléments implicites (s'il y a lieu) • fonction et portée du document.

LES CLÉS DU SUJET

Identifier les caractéristiques clés du document (1re écoute)

Caractéristiques du document

- **Genre** : extrait de journal télévisé de la chaîne américaine CNN
- **Thème** : les dernières avancées du tourisme spatial
- **Enjeu** : Différents programmes commerciaux permettront bientôt de voyager dans l'espace.
- **Intervenant** : Phil Han, journaliste pour CNN à Londres

Affiner sa compréhension (2e et 3e écoutes)

1. *Virgin Galactic* : le leader du secteur du tourisme spatial	• Notez les nombreux mots et expressions clés (liés au thème) utilisés pour décrire ce programme : *sub-orbital flights*, *above Earth*, *weightlessness…* • Relevez les nombres et chiffres qui y sont associés.
2. *Bloon* : un autre programme de voyage spatial	• Focalisez-vous d'abord sur les mots-clés qui décrivent cet autre projet. • Relevez les nombres et chiffres qui y sont associés.
3. *The Air Cruise* : une nouvelle façon d'explorer la Terre	• Repérez les groupes de mots soulignant en quoi ce dernier projet est différent. • Notez les mots décrivant explicitement ce nouveau concept.

37 CORRIGÉ GUIDÉ

Script

Journalist (voice over): We may not be flying through space at warp speed just yet, but if *Star Trek* is any inspiration, we soon could be.

Virgin Galactic is a pioneer in the space travel industry and will be the first commercial programme to offer sub-orbital flights to paying passengers. Tourists will spend $200,000 to have a seat on board but they'll have the pleasure of being over 100 kilometres above Earth and experiencing 6 minutes of weightlessness. Virgin has also built the first ever commercial space port in New Mexico. It's here that the company will base their current and future space programme.

Bloon is another company focussing their efforts on space tourism, but speed isn't a top priority. Four passengers – each paying over $100,000 – will float 36 kilometres above Earth. The giant helium ballon will hold a tiny capsule that will offer views of the setting sun and the curvature of the Earth.

But while trips to other planets may seem a long way off, others are turning to new ways of exploring Earth. The Air Cruise is a radical new design in travel that could see 100 guests soaring in a gigantic floating hotel. The hotel would take you to some of the most exotic locations on Earth and will celebrate relaxation over intergalactic travel.

Phil Han, CNN, London.

Proposition de compte rendu en français

Ce reportage de CNN porte sur les dernières avancées du tourisme spatial : le journaliste présente trois programmes commerciaux qui pourraient bientôt faire de la science-fiction une réalité.

Virgin Galatic est une entreprise pionnière dans ce domaine et la première à proposer des vols suborbitaux. Pour 200 000 dollars, les passagers pourront voyager à 100 km au-dessus de la Terre et passer 6 minutes en apesanteur. *Virgin Galactic* a construit un port spatial au Nouveau-Mexique comme base de son programme.

CONSEIL
Dans ce sujet, prêtez attention aux données numériques (prix, distances, nombre de passagers). Si vous n'êtes pas au point, révisez les nombres avant l'épreuve.

Bloon est une autre entreprise du tourisme spatial. Pour 100 000 dollars chacun, quatre passagers pourront flotter à 36 km au-dessus de la Terre. Un ballon géant à l'hélium contiendra une minuscule capsule permettant d'observer le soleil couchant et la courbure de la Terre.

D'autres encore proposent de nouvelles façons d'explorer la Terre. Ainsi, l'*Air Cruise* est un gigantesque hôtel flottant pouvant accueillir 100 clients et les transporter dans les lieux les plus exotiques de la Terre, en privilégiant la relaxation au voyage intergalactique.

Paving the way for change and inclusion

COMPRÉHENSION DE L'ORAL

20 min
20 points

INTÉRÊT DU SUJET • L'intégration de minorités (à l'école, au travail, etc.) ne se fait jamais sans difficultés. Pourtant, opter pour la diversité et pour l'inclusion est enrichissant et bénéfique pour tous.

Vous allez visionner trois fois le document ci-dessous.

DOCUMENT **University of South Carolina marks 50th anniversary of desegregation**

Doc University of South Carolina, 50th anniversary of desegregation (11/09/2013)

cutt.ly/jueDnhl (jusqu'à 1'30)

En rendant compte, en français, du document, vous montrerez que vous avez compris les points ci-dessous.

Thème principal • destinataire • déroulement des faits ou informations fournies • identité des personnages • différents points de vue (s'il y a lieu) • éléments implicites (s'il y a lieu) • fonction et portée du document.

LES CLÉS DU SUJET

Identifier les caractéristiques clés du document (1re écoute)

Caractéristiques du document

- **Genre** : extraits de discours
- **Thème** : la déségrégation et son impact dans les universités américaines
- **Enjeu** : Quelle est la portée de l'intégration d'étudiants noirs à l'université de Caroline du Sud ?
- **Intervenants** : le président de l'USC puis la première étudiante noire à l'USC

Affiner sa compréhension (2e et 3e écoutes)

1. Présentation de l'événement	• Écoutez bien l'introduction du président de l'université. • Relevez la date, les noms et les actions mentionnés.
2. Portée de cet événement	• Dans la deuxième partie de l'intervention du président, notez les mots-clés décrivant l'impact de cet événement à l'époque. • Relevez une de ses conséquences récentes.
3. Un témoignage, 50 ans après	• Écoutez Henrie Monteith et son analyse de l'événement tel qu'elle l'a vécu à l'époque. • Relevez les soutiens qu'elle mentionne et dont elle se sentait alors la porte-parole.

ANGLAIS

38 CORRIGÉ GUIDÉ

Script

Harris Pastides (President, University of South Carolina): Fifty years ago, on this day, September 11th 1963, also a Wednesday morning, Henrie Monteith, James Solomon and Robert Anderson walked up these nine steps as the first African Americans since Reconstruction to do two things: to register for classes at the University of South Carolina and to right a grievous wrong.

The overall campus experience of Henrie, James and Robert were decidedly mixed. Yet, their active participation in the classroom and on campus paved the way for a change of heart at this university and to greater understanding. Recently, your university was honored as one of the nation's top universities for diversity and inclusivity and that could never have happened without you.

HENRIE MONTEITH TREADWELL (one of the first African American students at USC): So many people walked up those steps with me, carried me up those steps and they were people from across the state, across the nation, students from every university, individuals who advocated, who wanted to make sure that we turned that corner. I look forward to the one-hundredth celebration.

Proposition de compte rendu en français

Ces extraits de discours sont prononcés devant une assemblée réunie à l'occasion du 50e anniversaire de la déségrégation à l'université de Caroline du Sud (USC).

Harris Pastides, le président de l'université, rappelle que, le 11 septembre 1963, Henrie Monteith, James Solomon et Robert Anderson ont été les premiers noirs américains à s'inscrire à l'USC, réparant ainsi une grave injustice. Leur expérience n'a pas été facile, mais leur implication active au sein de l'université a ouvert la voie à un changement d'attitude et à une meilleure compréhension. Grâce à eux, cette université est aujourd'hui l'une des meilleures du pays en matière de diversité et d'inclusion.

DES POINTS EN +
Aux États-Unis, jusqu'aux années 1960, les Afro-Américains subissent de nombreuses discriminations du fait de la ségrégation. En 1962, le premier étudiant noir inscrit à l'université du Mississipi doit être protégé pour intégrer le campus.

Henrie Monteith explique ce qu'elle a ressenti ce jour-là : elle s'est sentie soutenue et portée par de nombreuses personnes dans l'État et le pays tout entier, par les étudiants de toutes les universités et par tous ceux qui réclamaient ce changement. Elle conclut en disant qu'elle attend avec impatience la célébration du 100e anniversaire.

Has gender equality finally been achieved?

COMPRÉHENSION DE L'ÉCRIT ET EXPRESSION ÉCRITE 1 h 30 20 points

INTÉRÊT DU SUJET • Les femmes ont longtemps été cantonnées à la sphère privée avant de se battre pour leurs droits. Sont-elles enfin les égales des hommes ? N'est-il vraiment plus nécessaire de poursuivre le combat ?

DOCUMENT Gender stereotypes

I often make the mistake of thinking that something that is obvious[1] to me is just as obvious to everyone else. Take my dear friend Louis, who is a brilliant, progressive man. We would have conversations and he would tell me: "I don't see what you mean by things being different and harder for women. Maybe it was so in the past but not now. Everything is fine now for women." I didn't understand how Louis could not see what seemed so evident.

I love being back home in Nigeria, and spend much of my time there in Lagos, the largest city and commercial hub of the country. Sometimes, in the evenings when the heat goes down and the city has a slower pace[2], I go out with friends and family to restaurants or cafés. On one of those evenings, Louis and I were out with friends. There is a wonderful mixture in Lagos: a sprinkling of energetic young men who hang around outside certain establishments and very dramatically "help" you park your car. Lagos is a metropolis of almost twenty million people, with more energy than London, more entrepreneurial spirit than New York, and so people come up with all sorts of ways to make a living. As in most big cities, finding parking in the evenings can be difficult, so these young men make a business out of finding spots, and – even when there are spots available – of guiding you into yours with much gesticulating, and promising to "look after" your car until you get back. I was impressed with the particular theatrics of the man who found us a parking spot that evening. And so as we were leaving, I decided to give him a tip[3]. I opened my bag, put my hand inside my bag to get my money, and I gave it to the man. And he, this man who was happy and grateful[4], took the money from me, and then looked across at Louis and said, "Thank you, sah!"

Louis looked at me, surprised and asked: "Why is he thanking me? I didn't give him the money." Then I saw realization dawn on Louis's face. The man believed that whatever money I had ultimately came from Louis. Because Louis is a man.

Chimamanda Ngozi Adichie, *We should all be feminists*, 2014

1. obvious: *évident*; 2. pace: *rythme*; 3. a tip: *un pourboire*; 4. grateful: *reconnaissant*.

COMPRÉHENSION DE L'ÉCRIT — 10 POINTS

Answer the following questions in English, using your own words.

1. Who is the narrator?

2. Focus on paragraph 1 and pick out information about Louis:
- how he is related to the narrator;
- the kind of person he is;
- what he thinks about gender equality at the beginning of the text.

3. Focus on the situation in paragraph 2:
- where is the action set?
- Who is the new character involved?
- How does he react when the narrator gives him a tip?

4. How does Louis react to the man thanking him? To what extent does it illustrate the narrator's point?

EXPRESSION ÉCRITE — 10 POINTS

Vous traiterez en anglais l'un des deux sujets suivants au choix. Répondez en 120 mots au moins.

Sujet A

Two students receive an award from the mayor for an article they wrote about women's rights. Write the mayor's speech.

Sujet B

Do you agree with Chimamanda Ngozi Adichie that we should all be feminists? Why (not)?

LES CLÉS DU SUJET

Compréhension de l'écrit

Comprendre le document

Caractéristiques du document

- **Auteur :** Chimamanda Ngozi Adichie, auteure nigériane née en 1977
- **Genre :** essai sur le féminisme écrit à la suite d'une conférence
- **Problématique :** Certains pensent que l'égalité des sexes est acquise mais les préjugés sexistes persistent.

Préparer sa réponse à la question 4

• Notez bien les deux temps de la réaction de Louis : d'abord étonné, il comprend ensuite le sens de ce qui vient de se passer.

• Pour répondre à la deuxième partie de la question, interprétez ce que Louis vient de comprendre (relisez les dernières lignes du texte) en le reliant à l'introduction du texte : contrairement à ce qu'affirme Louis, Chimamanda y explique qu'il lui paraît évident que beaucoup reste à faire pour l'égalité des sexes.

Expression écrite

Sujet A

• **Key ideas.** The speech you have to write is delivered by the mayor of the city. He addresses the students and their school community for an event and a cause they are all proud of: the tone must be formal, benevolent *(bienveillant)* and laudatory *(élogieux)* at the same time.

• **A few tools.** Organise your speech: you can first present the students and their article, then focus on what they fight for (for example, girls' education). Find at least one argument to illustrate why this cause is worth supporting. To conclude, you can encourage other people to get involved and congratulate the students.

■ **Sujet B**

• **Key ideas.** You have to write an argumentative essay about feminism. You must answer the question, give your opinion and justify it with convincing *(convaincant)* arguments.

• **A few tools.** Start with your personal definition of "feminism". Then organise your arguments in paragraphs, using link words: one paragraph about the reasons why feminism is still a worthy cause (pay gap, sexual harassment...) and one explaining why everybody (including men) should be feminists.

39 CORRIGÉ GUIDÉ

COMPRÉHENSION DE L'ÉCRIT

▶ **1.** The narrator is Chimamanda Ngozi Adichie, the Nigerian feminist author of the essay.

▶ **2.** Louis is a friend of the narrator's. He is a smart and open-minded man. He thinks gender equality is now achieved ("Everything is fine now for women" l. 6).

▶ **3.** The action is set in Lagos, the largest city in Nigeria.

The new character is a young man who earns some money helping people find a parking spot and looking after their car. He has just helped the narrator and her friend find a parking spot.

When Chimamanda gives him a tip, he doesn't thank her for the money she has just given him: he thanks Louis, the narrator's male friend instead.

DES POINTS EN +
Chimamanda Ngozi Adichie a écrit *We should all be feminists* après une conférence en 2012. Vous pouvez visionner la conférence dans son intégralité : *cutt.ly/AueJrE4.*

▶ **4.** At first, Louis is surprised: he doesn't understand why the man thanked him. Then, he eventually realises that the young man thinks it is his money since he is the man. This makes Louis understand that Chimamanda was right: gender prejudices and stereotypes are still very present and gender equality is far from being achieved yet.

EXPRESSION ÉCRITE

Sujet A

Good evening ladies and gentlemen,

I have the honour to be here today to reward two of your fellow students, Clara and Aïcha, whose article about women and education in Africa was awarded several prices for its quality and its truthfulness.

In this article, Clara and Aïcha show that, today, education is still not available to everyone. In sub-Saharan Africa, for example, more than 30 million girls of primary and lower secondary school age are out of school. Clara and Aïcha believe that if African girls can get an education, they will marry later, invest in their children's education, resist gender-based discrimination… and eventually change their community.

VOCABULAIRE
- *gender-based* : sexiste
- *on behalf of* : au nom de
- *heartfelt* : sincère (du fond du cœur)

Like them, I think girls' education can change the world! That is why I'm proud to give them, on behalf of the city council, this £3,000 prize to help the girls' education programme they support. And I'd like to encourage young people like you to fight for girls' education and women's rights all over the world.

Clara and Aïcha, you are changing the world. Your implication deserves our heartfelt admiration.

(177 mots)

Sujet B

Although the word "feminism" has somehow become unpopular, I like its true definition: the belief that women should have the same rights and opportunities as men. That is why I do believe we should all be feminists.

Indeed, it is easy to find evidence that gender equality hasn't been achieved yet. Women are still the main victims of sexual harassment, abuse and violence. The gender gap is also visible in terms of power and pay: everywhere, women are paid less than men, even for the same job, and few of them occupy leading positions in big companies or in the political sphere.

VOCABULAIRE
- *somehow* : d'une certaine manière
- *the gender gap* : l'écart hommes-femmes
- *narrow* : étroit

Besides, gender stereotypes are not a women's problem only; they affect men too. Indeed men are expected to be masculine and strong and not show any sign of emotion or weakness. And since both women and men feel pressured to fit into narrow gender roles, they should all act as feminists. I hope that, eventually, when we are all feminists, we will all live in a fairer society.

(170 mots)

ANGLAIS

Living on Mars: a mere fantasy or a soon-to-be reality?

COMPRÉHENSION DE L'ÉCRIT ET EXPRESSION ÉCRITE

1 h 30
20 points

INTÉRÊT DU SUJET • Après la conquête de la Lune dans les années 1960, le nouveau défi de l'homme est d'atteindre Mars. Sujet de nombreux récits de science-fiction, Mars est-elle à notre portée ou restera-t-elle une planète inaccessible ?

DOCUMENT 1 Alone on Mars

Six days into what should be the greatest two months of my life, and it's turned into a nightmare.

I don't even know who'll read this. I guess someone will find it eventually. Maybe a hundred years from now.

For the record… I didn't die on Sol[1] 6. Certainly the rest of the crew thought I did, and I can't blame them. Maybe there'll be a day of national mourning for me, and my Wikipedia page will say, "Mark Watney is the only human being to have died on Mars."

And it'll be right, probably. 'Cause I'll surely die here. Just not on Sol 6 when everyone thinks I did.

Let's see… where do I begin?

The Ares Program. Mankind reaching out to Mars to send people to another planet for the very first time and expand the horizons of humanity blah, blah, blah. The Ares 1 crew did their thing and came back heroes. They got the parades and fame and love of the world.

Ares 2 did the same thing, in a different location on Mars. They got a firm handshake and a hot cup of coffee when they got home.

Ares 3. Well, that was my mission. Okay, not mine per se. Commander Lewis was in charge. I was just one of her crew. Actually, I was the very lowest ranked member of the crew. I would only be "in command" of the mission if I were the only remaining person.

What do you know? I'm in command.

I wonder if this log will be recovered before the rest of the crew die of old age. I presume they got back to Earth all right. Guys, if you're reading this: It wasn't your fault. You did what you had to do. In your position I would have done the same thing. I don't blame you, and I'm glad you survived.

Andy Weir, *The Martian*, 2011

1. A sol is a Mars solar day: it lasts 24 hours and 39 minutes, the duration of the day-night cycle on Mars.

DOCUMENT 2 An Interview With Elon Musk About Mars

The entrepreneur details his plan to send one million humans to the red planet.

In the year 2014 Elon Musk doesn't need much of an introduction. Not since Steve Jobs has an American technologist captured the cultural imagination like Musk. He is the inspiration for Robert Downey Jr's Iron Man. His life story has already become a legend.

He decided idle hedonism wasn't for him, and instead sank his fortune into a pair of unusually ambitious startups. With his automobile company he would replace the world's cars with electric vehicles and with his space company he would colonize Mars. And so I wondered, why space?

"I think there is a strong humanitarian argument for making life multi-planetary," he told me, "in order to safeguard the existence of humanity in the event that something catastrophic were to happen, in which case being poor or having a disease would be irrelevant, because humanity would be extinct."

Musk told me this first group of settlers will need to pay their own way. "My rough guess is that for a half-million dollars, there are enough people that could afford to go and would want to go. But it's not going to be a vacation jaunt. It's going to be saving up all your money and selling all your stuff, like when people moved to the early American colonies."

A million people on Mars sounds like a techno-futurist fantasy. And yet, the very existence of Musk's space venture is fantasy.

Ross Andersen, www.theatlantic.com, October 3rd 2014
(abridged and adapted)

ANGLAIS

COMPRÉHENSION DE L'ÉCRIT — 10 POINTS

▶ Answer the following questions in English, using your own words.

Text 1

▶ **1.** After reading the text, what can you say about the narrator and the situation he is in?

▶ **2.** Focus on the following three clues:
- "I don't even know who'll read this" (l. 3);
- "Let's see… where do I begin?" (l. 11);
- "Guys, if you're reading this" (l. 24-25).

What do they reveal about what the narrator is doing? Explain why he is writing that.

▶ **3.** Focus on what is said about the Ares program (l. 12 to 21). In what ways do the three missions Ares 1, Ares 2 and Ares 3 differ?

Text 2

▶ **4.** After reading the text, what can you say about:
- Elon Musk?
- The reasons why he is famous?
- His plans for the future?

▶ **5.** What can you say about his vision of the future of humanity?

▶ **6.** What are the conditions required to be part of the "first group of settlers" (l. 17)?

Texts 1 and 2

▶ **7.** In your opinion, which text is the more realistic? Justify your answer.

EXPRESSION ÉCRITE — 10 POINTS

▶ Vous traiterez en anglais l'un des deux sujets suivants au choix. Répondez en 120 mots au moins.

Sujet A

You are the commander of mission Ares 1. You have just come back from your mission and you are invited to give the opening speech at a press conference. Write your speech.

Sujet B

On a blog, you read three different reactions from people who have just read the article "An Interview With Elon Musk About Mars". Which one do you agree most with? Why?

1. "Living on Mars? That is nonsense!"

2. "I'm going to start saving money immediately to pay for my trip to Mars."

3. "Right now I can't imagine living on Mars but that could be a great idea for the future..."

LES CLÉS DU SUJET

Compréhension de l'écrit

Comprendre les documents

Caractéristiques du document 1

- **Auteur :** Andy Weir, romancier américain né en 1972
- **Genre :** extrait du roman de science-fiction *The Martian*, publié en 2011
- **Intrigue :** La mission Ares 3 a quitté Mars en laissant un homme qui se retrouve seul sur cette planète.

Caractéristiques du document 2

- **Auteur :** Ross Andersen, journaliste américain
- **Genre :** article publié sur Internet en octobre 2014, interview du magnat américain Elon Musk
- **Idée principale :** Elon Musk explique pourquoi il a investi des milliards dans un projet visant à établir une colonie humaine sur Mars.

Préparer sa réponse à la question 7

• Le premier texte est extrait d'un roman de science-fiction, l'histoire est donc purement fictive. Néanmoins, à votre avis, certains éléments indiquent-ils la possibilité d'une telle scène dans la réalité ?

• Le second texte est une adaptation d'une interview d'Elon Musk. Bien que son projet puisse sembler démesuré et improbable, il est cependant bien réel. Est-il pour autant réaliste ?

Expression écrite

Sujet A

• **Key ideas.** Be careful! The speech concerns the commander of mission Ares 1, not Ares 3. You have a few clues about Ares 1 in the text. It made history by being the first one ever to send humans on Mars. They got back to Earth where they were given a hero's welcome and were celebrated worldwide.

• **A few tools.** The tone of your speech has to be rather formal (*officiel*); for example, don't use contracted forms. To gain the audience attention and interest, avoid (*évitez*) long sentences; use powerful words or expressions (such as superlatives) and a little humour if you can. You can start by thanking the audience for being there and the organisers for inviting you.

Sujet B • Key ideas and a few tools

If you agree with the 1st reaction	• It is now a well-known fact that Mars is a very cold and hostile planet. Humans would need extremely sophisticated and expensive equipment to merely survive on Mars. • Instead of spending billions trying to colonise other planets, we should use our money, intelligence and energy protecting our wonderful planet.
If you agree with the 2nd reaction	• In the near future, climate change, overpopulation, wars... will make life on Earth impossible. Humankind is sooner or later doomed to extinction. Some NASA experts assert that life is possible on Mars. So why not try to build a better world there? • I am fascinated by Elon Musk's project to send humans on Mars in the near future and I would love to be part of it!
If you agree with the 3rd reaction	• I am still young, I haven't seen much of the world yet and I feel I have a lot to discover. I think our planet is still the best place to live. • However, if life on Earth proved impossible in the future because of climate change or other curses (*fléaux*), Mars could offer humans a brand new life!

40 CORRIGÉ GUIDÉ

COMPRÉHENSION DE L'ÉCRIT

Text 1

▶ **1.** The narrator, Mark Watney, was part of a crew that travelled to Mars. They were on the mission Ares 3. The crew and their commander have gone back to Earth but they have left him behind thinking that he was dead. He is now alone on Mars, convinced that he will die soon.

▶ **2.** The narrator, the only human being on Mars, is writing a log to tell about his experience and his feelings. He hopes that, one day, someone will be able to read it, in particular his crew fellows.

▶ **3.** Ares 1 was the first mission ever to send humans on Mars. They came back to Earth as heroes and were celebrated worldwide. Ares 2 was successful too but its return to Earth was almost unnoticed. As to Ares 3, it seems the crew had to leave in a hurry, leaving a member behind.

Text 2

▶ **4.** Elon Musk is an American tycoon. He is mostly famous for spending billions on a futurist (scientific) program whose purpose is to colonise Mars. He is also well-known for his electric cars company. His plan is to save humankind by sending a million human beings over to Mars.

▶ **5.** He has a pessimistic vision of the future of humanity. Indeed, he thinks that humanity on Earth is in danger of extinction. Therefore, humans should colonise other planets in order to save humankind.

▶ **6.** The first settlers will have to pay a half-million dollars for their trip to Mars. They will have to save up all their money and accept to get rid of all their belongings.

Texts 1 and 2

▶ **7.** In my opinion, the second text seems more realistic. Indeed, there are already programs planning to send humans on Mars in a few decades. Besides, according to some NASA experts, it will be possible for humans to live there in the future.

As to the first text, it doesn't seem realistic that a commander would ever abandon a member of her/his crew alone on Mars. And if technology is advanced enough to send humans on Mars, how come the man can't communicate with his crew or with Earth?

ANGLAIS

EXPRESSION ÉCRITE

Sujet A

Good evening ladies and gentlemen,

First, I would like to thank the organisers for inviting me tonight; my thanks also go to all of you for your presence and interest.

Who hasn't fantasized about coming one day face to face with a Martian? Well, ladies and gentlemen, tonight, your dream has come true! Except you may be a little disappointed this incredible adventure did not turn us into little green creatures...

Humans' quest has always been to go faster, to go farther and to conquer new territories. Our history bears so many extraordinary examples of what women or men have been able to achieve, including going to the Moon!

> **VOCABULAIRE**
> - *to fantasize (about sth)* : rêver de, fantasmer sur
> - *a quest* : une quête
> - *a landmark* : un événement majeur
> - *an achievement* : une réussite

Yet, going to Mars seemed to be the ultimate unreachable goal. That is why this adventure will not only remain a landmark in the history of humanity but also the most phenomenal human achievement ever! As the commander of Ares 1, I cannot begin to tell you how honoured I am to have been part of it!

(166 mots)

Sujet B

Reaction 1:

Today, my hero is not Elon Musk or any other eccentric billionaire. My heroine is Greta Thunberg; I totally identify with her. Indeed, we are the same age and I share the same convictions: we must protect our planet for the future generations.

So, personally, life on Mars doesn't make me dream at all. It is a proven fact that it is a very cold and hostile planet; humans would need very costly and sophisticated equipment simply to survive there. Not to mention the trip, which, at best, would take several months! And to what end? To slowly destroy Mars as we are destroying Earth?

> **VOCABULAIRE**
> - *proven* : avéré
> - *to endow (with)* : doter (de)
> - *a waste* : un gâchis, un gaspillage

I have seen enough of Earth by myself or on pictures and films to know that it is endowed with countless natural beauties. So, really, spending hundreds of billions on a project to colonise Mars is to me pure nonsense and such a waste! We'd better concentrate our energy, intelligence and money to protect the treasures that we already have.

(165 mots)

Artificial intelligence: an asset or a threat?

COMPRÉHENSION DE L'ÉCRIT ET EXPRESSION ÉCRITE

1 h 30
20 points

INTÉRÊT DU SUJET • Selon les adversaires de l'intelligence artificielle (IA), les robots seraient une réelle menace pour l'humanité. L'IA est-elle la future ennemie de l'être humain ou sa plus sûre alliée ?

DOCUMENT **Tech billionaires Zuckerberg and Musk battle it out for AI**

Two of the world's richest and most intelligent men are arguing about the future of artificial intelligence (AI).

Elon Musk and Mark Zuckerberg are locked in a very public feud over artificial intelligence.

Musk has repeatedly warned about the dangers of AI, describing it as a potentially existential threat to the human race.

Zuckerberg has a different take. On Sunday, he took questions live over the internet while barbecuing beef brisket at his backyard in Palo Alto, California. He responded to a question about Elon Musk's warnings by saying he was tired of the fear-mongering.

"With AI especially, I'm really optimistic," Zuckerberg said during the live broadcast. "I think that people who are naysayers and kind of try to drum up these doomsday scenarios – I just, I don't understand it. I think it's really negative and in some ways I actually think it is pretty irresponsible."

Musk shot back on Tuesday morning with a tweet saying, "I've talked to Mark about this. His understanding of the subject is limited." He added that a movie on the subject of AI was "coming soon," but didn't provide details about the film or his involvement.

Musk ignited a global discussion on the perils of AI in 2014. He predicted that humans might be doomed if we make machines that are smarter than us. He said in a recent interview that his warnings haven't been heeded.

Musk, who's leading space exploration projects and major tunneling initiatives, is now trying to develop AI that he hopes will have a positive impact on humanity. He's heading up a startup that intends to build devices to connect the human brain with computers.

Zuckerberg is no stranger to AI. He worked last year on developing an artificial intelligence system to help run his life and his home. After about 100 hours of work, he posted a video at the end of 2016 showcasing an AI system called Jarvis, which is voiced by the actor Morgan Freeman.

In his broadcast, Zuckerberg said AI could be a force for good because it helps power self-driving cars and diagnose illnesses. "If you're arguing against AI, then you're arguing against safer cars that aren't going to have accidents. And you're arguing against being able to better diagnose people when they are sick. I just don't see how, in good conscience, some people can do that. I'm just much more optimistic on it than probably a lot of folks are," Zuckerberg said.

"In the next 5-10 years, AI is going to deliver so many improvements in the quality of our lives," he added.

Musk, who has been warning about intelligent robots causing massive job losses and potentially gaining uncontrollable autonomy, responded to Zuckerberg after a social network user posted the tech billionnaire's comments.

Musk, founder of a space company, says humans have to consider colonising other worlds and even merging with machines to maintain the upper hand over robots that "will be able to do everything better than us".

Adapted from http://mydigitalfc.com (*The Financial Chronicle*),
Wednesday, July 26, 2017

COMPRÉHENSION DE L'ÉCRIT — 10 POINTS

Answer the following questions in English, using your own words.

1. After reading the text, what can you say about:

a) the main topic of the text?
b) The people involved?
c) Their opinions on the topic?

▶ **2.** Comment on the following paragraph and explain Musk's feelings on the topic:
"Musk says humans have to consider colonising other worlds and even merging with machines to maintain the upper hand over robots that 'will be able to do everything better than us'."

EXPRESSION ÉCRITE — 10 POINTS

▶ **Vous traiterez en anglais l'un des deux sujets suivants au choix. Répondez en 120 mots au moins.**

Sujet A

You participate in a science competition: "The perfect robot". Participants must create a robot that will improve people's lives. The winner will receive $10,000 to build a prototype. Write a speech to present your idea of the perfect robot to the jury.

Sujet B

Who do you agree most with? Why?

"AI is a rare case where we need to be proactive in regulation instead of reactive because if we're reactive in AI regulation, it's too late"

Elon Musk

"In the next five to ten years, AI is going to deliver so many improvements in the quality of our lives. I'm really optimistic"

Mark Zuckerberg

Ph © J. Watson/Afp — Ph © M. Ngan/Afp

LES CLÉS DU SUJET

Compréhension de l'écrit

Comprendre le document

Caractéristiques du document

Genre : article de journal en ligne, publié en juillet 2017

Source : mydigitalfc.com est le site du *Financial Chronicle (FC)*, un quotidien économique indien.

Idée principale : L'article oppose les opinions de Mark Zuckerberg et d'Elon Musk sur l'intelligence artificielle (IA).

Points de vue présentés :
– E. Musk met en garde contre la menace que pourrait représenter l'IA.
– M. Zuckerberg pense qu'elle ne peut être qu'un atout pour l'humanité.

Préparer sa réponse à la question 2

• Lisez attentivement et plusieurs fois la citation. Relevez les mots et expressions clés qui vous permettront de comprendre les intentions et les sentiments d'Elon Musk.

• Gardez en tête l'opinion d'Elon Musk (que vous avez notée dans la réponse précédente) : contrairement à Mark Zuckerberg, il est inquiet à propos du développement de l'IA et insiste sur ses dangers.

Expression écrite

Sujet A

• **Key ideas.** You have to write a speech, delivered in front of a jury: start addressing the jury (before the other members of the audience). Find strong arguments to convince them in order to win the competition of "the perfect robot".

• **A few tools.** Organise your speech: you can start by explaining the different tasks your robot is able to perform, then show why it can improve people's lives and make the world a better place to live.

Sujet B • Key ideas and a few tools

If you agree with Mark Zuckerberg	• You are optimistic about the future of AI; you will focus on its successful examples and improvements. • Intelligent robots are developed to improve people's lives and help the human race in many different fields: medicine (ex: robotic surgical systems), transports (ex: autopilots), everyday life (ex: smart personal assistants). • Thus, AI means progress: why should anybody go against progress?
If you agree with Elon Musk	• You are more pessimistic and cautious about AI; you fear it may cause many problems to human beings in the future. • Most of these issues have been long-standing concerns. They have already been tackled in dystopian fictions where robots eventually gain control over humans (ex: *Terminator*; *I, Robot*; *2001, A Space Odyssey*...). • That is why a good legal framework *(cadre juridique)* is essential to avoid these problems in the future: laws must be defined and implemented to regulate AI and its development before it is too late.

41 CORRIGÉ GUIDÉ

ANGLAIS

COMPRÉHENSION DE L'ÉCRIT

▶ **1. a)** The topic of the text is artificial intelligence (AI) and its future evolution.

b) Two famous AI specialists and tech billionaires are involved: Elon Musk and Mark Zuckerberg.

c) These two men don't agree about AI:

Elon Musk thinks AI can be dangerous to the human race. Indeed, if we create robots that are better and more intelligent than us, there might be a point where these robots will take our jobs and even gain control over us.

> **CONSEIL**
> Pour mieux comprendre les mots composés, regardez comment ils sont construits. En les « décortiquant » et en les rapprochant d'autres mots connus, vous parviendrez à deviner ce qu'ils signifient.

On the contrary, Zuckerberg is hopeful about the future of AI. He doesn't understand why human beings should be afraid of it since it is developed to be good to us and to help us in many ways. He gives the examples of self-driving cars which are made to avoid accidents or robots used in medicine to diagnose diseases: they are definitely made to improve our lives. In his opinion, it is nonsense to even mention the dangers of AI.

▶ **2.** In this paragraph, Musk is still worried about the future of AI and he suggests some solutions to avoid its dangers.

According to him, the threat is a serious one: if robots are better and smarter than us, they may take the upper-hand.

That is why we have to find strategies to remain in control; for example, colonising other planets and merging with machines or connecting with computers. Musk thus shows his dystopian vision of the evolution of AI.

VOCABULAIRE
- *to take the upper-hand* : prendre l'avantage
- *to merge with machines* : fusionner avec les machines

EXPRESSION ÉCRITE

Sujet A

Members of the jury, Ladies and Gentlemen

It is an honour to be here today to present Nannybot, the robot I have designed as a result of my great interest in robotics technology and my life as an elder brother.

Indeed, Nannybot is programmed to look after children in any situation. It is able to read a child's face to anticipate his or her needs, and to adapt to different circumstances. In the morning, Nannybot will wake up your children, give them a healthy breakfast and get them ready. But most of all, it will also be useful at night, checking the quality of their sleep and providing the necessary care they need.

Thus, when Nannybot is around, you won't need to worry about your children's well-being anymore. You will finally be able to enjoy the quality time you can now spend with them.

That is why I am sure Nannybot is the perfect childminder and companion that can make both children and adults live a better life.

(168 words)

VOCABULAIRE
- *to look after* : s'occuper de
- *to provide care* : fournir des soins
- *a childminder* : une nourrice (*a nanny*: une nounou)

Sujet B

Like Mark Zuckerberg, I am hopeful about the future of AI and I agree with his optimistic view on the improvements it will lead to.

As a matter of fact, AI is already everywhere. In medicine, robotic surgical systems allow doctors to perform precision surgery. On planes, AI autopilots make flights safer. At home, smart personal assistants (such as Siri, Alexa or Cortana) are always listening to us in order to add tasks to our calendar, make and receive phone calls or check our home devices.

VOCABULAIRE
- *hopeful* : plein d'espoir, optimiste
- *surgery* : intervention chirurgicale
- *to improve* : améliorer → *an improvement* : une amélioration
- *a field* : un domaine

Therefore, as those examples show, AI has remarkably improved our lives in different fields. Why would this change in the future? If AI technology is programmed for the good of humans, it will thus be more and more useful, and will make our lives better and better.

I believe that intelligent robots are the future and AI is progress. It would be impossible and ridiculous to try to stop progress and get back to primary forms of technology.

(164 mots)

ANGLAIS

42 Diversity and inclusion

Looking way beyond disability

COMPRÉHENSION DE L'ÉCRIT ET EXPRESSION ÉCRITE

1 h 30
20 points

INTÉRÊT DU SUJET • Ce n'est pas uniquement en modifiant les lois que le regard sur le handicap changera : des événements sportifs tels que les Jeux paralympiques ont sans doute un impact plus grand dans l'évolution des mentalités.

DOCUMENT 1 A special PE lesson

My first experiences of disability sport were pretty confusing, not to mention painful and slightly humiliating. I lost my sight very suddenly aged 13 in 1984 and, before I could blink, or think, I was whisked away to a "special" boarding school for blind children in Worcester – 200 miles away from my home.

[…] I was pretty […] intrigued, when it came to having my first PE[1] lesson.

So, how does sports work with one teacher and 10 blind kids in a class? I'm still not quite sure actually but we all trooped out onto the running track, with everyone cracking jokes and pushing each other, all seeing it as an entirely normal lesson – except me. We were going to do a 100m sprint, I learned. But how do you run if you can't see? A fairly basic question which, seemingly, I was a bit too embarrassed to ask at that tender age. So I didn't.

We all lined up at the top of the track, and, as new boy, I was chosen to go first. The teacher stood at the other end with a very loud megaphone. "OK Damon. On your marks, get set, go..." I ran as hard and as fast as I could but something weird was happening. The teacher started shouting "five, five, five!" I didn't get it. Was he adding maths into our leisure curriculum? "Five, five, five, six, six, six, seven!" I must have been going impressively fast because I could no longer feel the track under my trainers. "Eight, eight, eight, nine!" It was all happening at a dizzying pace and, was it my imagination or was I going slightly downhill? "Nine, nine, nine, 10, 11, ditch, long grass, brambles... Whittington Road".

Everyone laughed loudly and, as the teacher unravelled me from the bushes, he explained his number shouting system. "Did you not know? Five means you're running straight towards me, four means you've gone a little to the left, six means you're erring right." I'd gone off the scale.

Damon Rose, Paralympics: *The perils of being a blind athlete*,
BBC News, 7 September 2012

1. PE = physical education.

DOCUMENT 2 London 2012: How the world saw the Paralympics

As the final day of the Paralympic Games unfolded across London, media commentators from around the world have reflected on its achievements.

[…] Bahrain's Gulf Daily went as far as to say that the abiding legacy of London 2012 may not be the victories of the likes of Mo Farah or Bradley Wiggins, but the "fundamental change in the way much of the world looks at disability". It said the Paralympics "have swiftly taught us to look beyond disability towards achievement".

Nigeria's Vanguard newspaper said the games "have given humanity an opportunity to push the limits of human capacity to adapt as evident in the stunning performances of disabled athletes".

Germany's Zeit daily said: "The British can not only organise, they can celebrate. With seemingly boundless enthusiasm they cheered in the packed stadiums every last runner to finish the Paralympics."

Australia's Canberra Times said: "Those who admire, respect and are inspired by the magnificent feats of athletes with a disability might reflect on folk who show as much courage, determination and perseverance in their daily personal and professional lives".

[…] Writing for the Australian newspaper, disabled journalist Melanie Reid marvelled at the unique sights of Paralympic events: "80,000 people falling silent so that a blind long-jumper can sprint into her darkness towards the sound of someone clapping."

"The sight of a young woman, her body frantic with cerebral palsy, achieving serenity on the back of a horse. The potency of men

ANGLAIS

with no legs turned into gods by the menace of their 30 running blades."

She concluded that the games had somehow made disability "cool".

BBC News, 10 September 2012

COMPRÉHENSION DE L'ÉCRIT — 10 POINTS

▶ Answer the following questions in English, using your own words.

Texts 1 and 2

▶ **1.** What do both texts deal with?

Text 1

▶ **2.** What terrible thing happened to the narrator and when?

▶ **3.** What happened to him during the PE lesson? Where did he end up?

▶ **4.** Why didn't the narrator ask his teacher for more information about how to run in a straight line?

Text 2

▶ **5.** This document is:

a) a newspaper article;
b) a collection of newspaper clips;
c) an extract from the Guinness Book of World Records.

▶ **6.** Look at the following expressions: "stunning performances" (l. 11), "boundless enthusiasm" (l. 13), "magnificent feats" (l. 17). Explain in your own words what they show about the general opinion expressed by all media.

▶ **7.** How have the London Paralympics changed the perception of disabled people among the public?

EXPRESSION ÉCRITE — 10 POINTS

▶ Vous traiterez en anglais l'un des deux sujets suivants au choix. Répondez en 120 mots au moins.

Sujet A

You are a disabled athlete. Explain why you would like to enter an Olympic competition.

Sujet B

You are in London for the 2012 Paralympic Games. Write an article about the Paralympics and their effects on society.

LES CLÉS DU SUJET

Compréhension de l'écrit

Comprendre les documents

Caractéristiques du document 1

- **Auteur :** Damon Rose, un journaliste et présentateur britannique aveugle
- **Genre :** article de BBC News dans lequel l'auteur partage une histoire personnelle
- **Thème :** Atteint de cécité à l'adolescence, l'auteur raconte son premier cours de sport dans une école adaptée.

Caractéristiques du document 2

- **Auteur :** rédaction de BBC Monitoring
- **Genre :** article de BBC Monitoring, compilant des coupures de journaux du monde entier
- **Thème :** lors des Jeux paralympiques de Londres (2012), les athlètes ont changé le regard des spectateurs sur le handicap.

Préparer sa réponse à la question 7

• Pour vous mettre sur la voie, pensez aux expressions citées à la question précédente ainsi qu'aux adjectifs choisis par les journalistes : le ton est enthousiaste, les mots utilisés sont très positifs et ne concernent pas seulement la réaction des médias.

• Relevez et analysez les mots liés au thème du changement, de la modification (« *fundamental change* », « *taught us to look beyond disability towards achievement* », « *to make disability cool* ») : ils soulignent une avancée, un enseignement, un enrichissement.

Expression écrite

Sujet A

• **Key ideas.** Contrary to preconceived ideas, the words "disabled" and "athlete" are not contradictory. Some disabled people have set ambitious athletic goals and have achieved them, thus turning their handicap into an asset (*un atout*).

• **A few tools.** This essay is a first-person narrative. After briefly explaining your "story", explain what motivates you to become a top-level athlete and take part in the Paralympic Games. You have to express strong willpower (*volonté*), determination and what you will do to achieve your goal.

Sujet B

• **Key ideas.** Since the first Paralympic Games in 1960, disabled athletes have amazed the world by their courage and their accomplishments. The London 2012 Paralympic Games were the largest ever with 4,302 athletes from 14 countries. The public was supportive and the media coverage had never been so important.

• **A few tools.** Think of a catchy headline for your article. Considering the information given above, use powerful words to express your admiration regarding the athletes' extraordinary performances. Explain how it changed people's vision of disabled athletes, seeing them first and foremost as incredible human beings able to perform miracles.

42 CORRIGÉ GUIDÉ

COMPRÉHENSION DE L'ÉCRIT

Texts 1 and 2

▶ **1.** Both texts deal with disability and sport.

Text 1

▶ **2.** The narrator suddenly became blind when he was 13 years old.

▶ **3.** During the PE lesson, as he was doing a 100m sprint, he left the track and didn't understand his teacher's instructions to run straight. He eventually fell in some bushes, far away from the track.

VOCABULAIRE
• *a disability* : un handicap < *disabled* : handicapé
• *blind* : aveugle, non voyant
• *to leave the track* : quitter la piste

▶ **4.** The narrator didn't ask his teacher for more information because he was embarrassed. Indeed, he was a teenager at the time and all the other pupils seemed to behave as if everything was normal, as if there was nothing to worry about. He felt he shouldn't ask anything and should do like the others.

Text 2

▶ **5.** The document is a collection of newspaper clips.

▶ **6.** These expressions show how positive the general opinion is. The public is impressed by the fighting spirit of the disabled sportsmen and women and the high level of the results. Audiences around the world are enthusiastic about the events.

▶ **7.** As a result of the London Paralympics, people are no longer embarrassed by disability. They are supportive and admiring. For many, disability has even become "cool".

DES POINTS EN +
Les Jeux paralympiques de 2012 ont suscité un engouement médiatique et populaire sans précédent. La chaîne Channel 4 a éveillé l'intérêt du public avec une remarquable campagne de publicité : *Meet the Superhumans.*

EXPRESSION ÉCRITE

Sujet A

As a child, I was a real daredevil. The only thing that could keep me quiet was watching the Olympic Games and I used to dream that someday I would be an Olympic swimming champion. As a reckless teenager, I had a bad accident that confined me to a wheelchair.

After I recovered from my accident, the only thing that kept me sane was the idea of swimming again. I heard of a man who had become the first French Paralympic swimming champion in 2008; he became my model and doing as well as he did became my goal.

I have been training hard for four years now; I have already taken part in Paralympic competitions but I haven't quite reached an international level yet. However, in 2024, the games will take place in Paris. Not only do I want to achieve my goal but I also want to prove that being disabled doesn't make you less of an athlete or less of a person.

(165 mots)

VOCABULAIRE
- *a daredevil* : un casse-cou
- *reckless* : imprudent, irréfléchi
- *sane* : sain d'esprit
- *to achieve a goal* = *to reach a goal* : atteindre un but
- *it doesn't make you less of an athlete* : vous n'en êtes pas moins un athlète

ANGLAIS

Sujet B

Who is disabled?

London, 10th September 2012

Yesterday, the closing ceremony of the 2012 Paralympic Games was held in the Olympic Stadium, leaving us with a sense that these so-called disabled athletes we followed for a few days were anything but disabled.

> **VOCABULAIRE**
> • *so-called* : soi-disant
> • *obvious* : évident
> • *an ability* : une capacité

Indeed, those Paralympic events were not just captivating games, they were mostly true challenges, remarkable achievements and incredible victories. When we saw a blind long-jumper sprint in her darkness or a sportsman with no-leg run at such speed, we didn't see disabled people but powerful and admirable athletes.

This may be the starting point of some change in our society. The performers who have made us dream can never be considered second-class citizens again. The whole society must benefit from their courage, skills and what we should now call their obvious abilities.

Now that we understand what the Paralympics are really about, we can wonder: who is really disabled? Are they or are we?

(156 mots)

Remembering wars

COMPRÉHENSION DE L'ÉCRIT ET EXPRESSION ÉCRITE

1 h 30
20 points

INTÉRÊT DU SUJET • Le 11 novembre, en Europe, dans le Commonwealth et aux États-Unis, on commémore les sacrifices de la Première Guerre mondiale. S'agit-il d'une simple tradition ou d'un devoir de mémoire indispensable ?

DOCUMENT **"I felt humbled by their sacrifice"**

The descendant of a Somme dispatch rider has spoken of his 'humility' and emotion after completing a commemorative motorbike ride across the battlefield.

As reported, David Holdway-Davis, 20, joined motorbikers from as far afield as England, Australia, France and New Zealand at the Communal Cemetery in Abbeville at the start of a special journey in honour of the bravery of his great-great uncle, Corporal Oswald Davis.

Building apprentice David flew from Brisbane, Australia, to take part in the special trip. He said: "I can only imagine the hardship and suffering Oswald endured. On that first morning at Abbeville, as I stood in the shadow of the tall trees and immaculate gravestones of the men who died in such terrible circumstances near this quiet, atmospheric and impeccably maintained cemetery, I felt humbled by their sacrifice. It was the most moving experience of my life."

The group, including David's father Philip, traced the route Oswald followed exactly 100 years ago, during the Battle of the Somme.

The memorial riders began their journey near Oswald's first army muster site where, his training complete, he started his riding duties. Their next stop was Amiens, then Senlis-Le-Sec, and on to Thiepval, where Philip laid a wreath at the memorial.

In a speech at the memorial, Philip said: "This tribute is from the Royal British Legion and Oswald's family for all the dispatch riders of World War One. We remember these brave men with thanks and pride."

On July 23, the bikers reached Ypres, in time to attend the 8pm Remembrance Service at the Menin Gate.

Oswald survived the battle that claimed 1.3 million casualties and went on to ride his bike through Belgium and Germany until he was demobbed. He returned to work in the family business in Birmingham and died in 1962.

He was a talented writer, and left an archive of work, including his war diary, newspaper articles and two novels. A copy of his diary is available to download from triumphonthewesternfront.com.

In homage to Oswald, enthusiastic biker David borrowed a modern Triumph for the bike journey. He said: "It's a lot more powerful than Oswald's machine but, from reading his diary, I know that he was very fond of that wonderful old motorcycle and it didn't let him down. Besides carrying a basket containing 28 pigeons, he somehow managed to do all his own repairs, drive through mud-filled craters, dodging shrapnel and bombs, and deal with lice, hunger and constant fear. His sense of duty was awesome. My generation can learn a lot from men like him. France is a beautiful country, and I am so grateful that I am able to visit. Thanks, Uncle Oz!"

The Connexion, *French news and views*, 28 July 2016

COMPRÉHENSION DE L'ÉCRIT — 10 POINTS

▶ **Give an account of the text in English, focusing on the information we are given about David and Oswald, on David's special journey, its goal and meaning, and on the way David considers Oswald.**

EXPRESSION ÉCRITE — 10 POINTS

▶ **Vous traiterez en anglais l'un des deux sujets suivants au choix. Répondez en 120 mots au moins.**

Sujet A

Back to Australia, David is interviewed about his commemorative trip to France. Imagine the interview.

Sujet B

If you could take part in a commemorative ceremony of remembrance, which one would you like to attend and why?

LES CLÉS DU SUJET

Compréhension de l'écrit

Comprendre le document

Caractéristiques du document

- **Genre :** article de presse rédigé à partir d'une interview de David Holdway-Davis
- **Source :** magazine en ligne *The Connexion* (destiné aux anglophones installés en France)
- **Thème :** David rend hommage à son arrière-grand-oncle qui a participé à la bataille de la Somme (1916).

Préparer sa réponse

• Présentez d'abord le document de façon globale dans l'introduction.

• Organisez votre compte rendu en anglais en autant de parties que de points importants sur lesquels vous devez porter votre attention :

– les personnages principaux : d'abord David puis Oswald ;

– le voyage qu'a entrepris David pour rendre hommage à son arrière-grand-oncle ;

– le rapport que David entretient avec la mémoire d'Oswald.

Expression écrite

Sujet A

• **Key ideas.** In 2016, David Holdway-Davis, a young Australian of 20, went on a commemorative motorbike ride with his father; they followed the route that his great-great uncle Oswald Davis had taken 100 years before during the battle of the Somme in France. Keep in mind that David's trip was a very emotional and memorable one.

• **A few tools.** Use the information given in the text. Imagine simple but relevant (*pertinentes*) questions from the journalist which enable David to give clear answers about his motivations, about the trip itself and his feelings during and after the trip. For David's answers, use adjectives expressing feelings such as "respect", "admiration", "pride" or "gratitude".

Sujet B

• **Key ideas.** A commemorative ceremony is an official event to honour someone's memory, like war heroes or victims; it can also honour an outstanding event like the end of a world war, the 9/11 terrorist attacks in New York, etc. Officials usually take part in these commemorations but ordinary citizens can also attend them.

• **A few tools.** During your history classes at school, you learnt about some major historical events, for example the French Revolution, World Wars I & II, D-Day, the French Resistance, the Holocaust... Which one(s) were you particularly interested in? Think of some heroes or a hero/heroine of this event and explain the reasons why you would like to take part in a commemorative ceremony honouring them or him/her.

43 CORRIGÉ GUIDÉ

COMPRÉHENSION DE L'ÉCRIT

This document is a newspaper article published in *The Connexion* on 28 July 2016. It is about David Holdway-Davis and his commemorative journey to pay tribute to his great-great uncle.

David is a twenty-year-old Australian building apprentice from Brisbane. He decided to go on a motorbike ride in France with his father Philip to follow the route his great-great uncle Oswald Davis had taken 100 years before, during the battle of the Somme. Oswald was from Birmingham (England) and he was a corporal and a dispatch rider during the first world war. He wrote about his experience of the war and shared it through his war diary, newspaper articles and two novels before he died in 1962.

VOCABULAIRE
• *to pay tribute to* : rendre hommage à
• *a building apprentice* : un apprenti (des métiers) du bâtiment
• *a dispatch rider* : une estafette, un messager (à moto)
• *to look up to = to admire and respect*
• *to emulate* : imiter

To honour Oswald and the other soldiers who fought during the battle of the Somme, David, his father and other participants from England, France, Australia and New-Zealand went on a special commemorative journey. They rode their motorbikes starting from Abbeville, then stopping in Amiens, Senlis-le-Sec, Thiepval before they arrived in Ypres where they attended a Remembrance ceremony.

David considers Oswald a hero and a role model. He admires his great great-uncle for all the things he managed to do in such a difficult context, for his bravery and his sense of duty. He thinks Oswald should be an inspiration to young people like him, the kind of person his generation should look up to and emulate.

EXPRESSION ÉCRITE

Sujet A

JOURNALIST: David, you were born long after your great-great uncle Oswald Davis died and yet, you went as far as France to honour him; what motivated you to do this commemorative trip?

DAVID: Well, uncle Oswald has always been the family hero. We have all read his war diary and we feel so proud of him! When my father suggested we could do this trip, I was really enthusiastic.

JOURNALIST: What impressed you the most during the trip?

DAVID: Without a doubt, I can say I was amazed by the incredible trip he took with his motorcycle despite the many difficulties and dangers; how he could survive such hardship is a miracle!

JOURNALIST: What did you learn from this trip? Did it change you?

DAVID: I can't tell you how emotional I felt at the Abbeville communal cemetery; surrounded by hundreds of white gravestones, I realised how many people had sacrificed their life to defend freedom. I was overwhelmed with gratitude and admiration. It's an experience I will never forget and I feel more mature and more responsible today.

(179 mots)

VOCABULAIRE
- *without a doubt* : sans hésitation
- *hardship* : épreuve(s)
- *a gravestone* : une pierre tombale
- *to overwhelm* : submerger, envahir

Sujet B

When I was 15, I took part in a national contest about the French Resistance during World War II. While doing some research, I became really fascinated by these "Fighters in the Shadows". 27 May is in France a day of remembrance and commemoration to honour them, so attending an official ceremony would be a very special experience for me.

VOCABULAIRE
- *a contest* : un concours
- *remembrance* : souvenir
- *to attend (sth)* : assister (à)
- *to pay tribute (to)* : rendre hommage (à)

We have all heard of Jean Moulin, a well-known hero of the French Resistance. However, I'd rather honour the many ordinary citizens, women and men, who risked their lives in many ways to fight against German repression; they helped Resistance networks by providing information, they took part in sabotage operations, they hid Jewish people in their homes, etc.

There's one Resistance fighter in particular whose story really impressed and moved me. His name was Henri Fertet, he was executed when he was only 16. Before dying, he wrote a farewell letter to his parents which showed how brave and dignified he was. Henri has become my hero and it would be an honour to pay tribute to him.

(178 mots)

2 Identities and exchanges

Populations have always migrated, but with the development of transport, mass tourism has increased the movement of people around the globe. But is our identity questioned in this global world?

A Going global or local?

globalisation: la mondialisation
global issues: les problèmes mondiaux
developed/developing countries: les pays développés/en voie de développement
a blend: un mélange
trade: le commerce
fair trade: le commerce équitable
at the crossroads of: au carrefour de
to bring together: rassembler
to threaten: menacer
to expand: s'étendre
to supply/provide: fournir

B Wanted and unwanted migrations

a host country: un pays d'accueil
home country: le pays d'origine
a foreigner: un étranger
an illegal immigrant: un immigré clandestin
exile: l'exil
a smuggler: un passeur
an asylum seeker: un demandeur d'asile
climate migrations: les migrations climatiques
undocumented: sans papiers
uprooted: déraciné
hospitable: accueillant, hospitalier
to settle down: s'installer
to be deported: être expulsé
to flee: fuir
to cross the border: franchir la frontière

C Travels far and wide

a gap year: une année sabbatique
abroad: à l'étranger
the travelling bug: le virus du voyage
accommodation: l'hébergement
to widen one's horizons: élargir son horizon
to go on a trip: faire un voyage
to be homesick: avoir le mal du pays

DID YOU KNOW?

More than 1.8 billion people work in the tourist industry, but the environmental impact and recent pandemics show how fragile most countries are when they depend entirely on mass tourism. This phenomenon may affect our capacity to organise cultural exchanges in the short term, and make some people cling to their national identity as they will distrust foreigners. Time will tell!

3 Private sphere and public sphere

The public and the private spheres were originally separate, but things have evolved and it is no longer so: be it at work or in the street, they tend to merge, which raises the issue of privacy.

A Women: from the private to the public sphere

the gender gap: le fossé hommes/femmes
the glass ceiling: le plafond de verre
domestic violence: les violences conjugales
sexual harrassment: le harcèlement sexuel
equal pay: l'égalité des salaires
parity: la parité
a menial job: un emploi subalterne
a single mother: une mère célibataire
a housewife: une femme au foyer
to improve: améliorer

B Remote working or commuting?

teleworking: le télétravail
an office: un bureau (lieu de travail)
home schooling, remote learning: l'enseignement à distance
a work schedule: les horaires de travail
a means of transport: un moyen de transport
lunch break: la pause déjeuner
privacy: l'intimité
to work from home: travailler à domicile
to schedule: planifier, programmer
to blend: mélanger
to save time: gagner du temps

C More security or more dictatorship?

CCTV cameras: caméras de surveillance
anti-social behaviour: les comportements antisociaux
dystopian: dystopique
utopian: utopique
the crime rate: le taux de criminalité
mass surveillance: la surveillance de masse
to deter: dissuader
to monitor: surveiller
to feel safe: se sentir en sécurité
to track: pister
to watch: regarder, observer

DID YOU KNOW?

The United Kingdom is the world's most watched country, with 1% of the world's population and 20% of the world's CCTV cameras, most of them owned by councils (*les municipalités*). Some NGOs like Big Brother Watch wonder if they are used properly regarding the issue of privacy.

4 Art and power

Art is a form of power in itself as it conveys emotions and makes us reflect about life. It is also a means to protest, often against more traditional forms of power – and thus may work as a counter-power.

A Art's mission

a work of art: une œuvre d'art
a painting: un tableau
a workshop: un atelier
an exhibition: une exposition
a performance: une représentation
art for art's sake: l'art pour l'art
freedom of speech: la liberté d'expression
committed: engagé
the crowd: la foule
to break with: rompre avec
to move: toucher
to share: partager
to draw attention to: attirer l'attention sur
to raise awareness: sensibiliser

B When art supports power

true-to-life: fidèle à la réalité
to launch an event: lancer un événement
to support: soutenir
to promote: promouvoir
to praise: louer, glorifier
to contribute to Ving: contribuer à
to emphasise: mettre l'accent sur
to abide by the rules: se conformer aux règles
to identify with: s'identifier à
to commission: commander (une œuvre)

C When art is a form of protest

censorship: la censure
satire: la satire
criticism: la critique
satirical: satirique
to convey: véhiculer
to struggle: lutter
to question: remettre en question
to blame s.o. for sth: reprocher quelque chose à quelqu'un
to undermine: saper, déstabiliser
to name and shame: dénoncer et condamner

DID YOU KNOW?

Banksy is among the most famous and influential street artists. No one knows who hides behind this pseudonym, but this artist, who started his satirical street art in Bristol, uses murals (*des fresques murales*) to depict for instance Steve Jobs, the Apple founder, as a migrant in the Calais jungle (*The Son of a Migrant*, 2015).

5 Citizenship and virtual worlds

The virtual worlds created thanks to the Internet blur boundaries and enable us to cross borders more easily. Therefore, they question the notion of citizenship, as frontiers are now erased by technological devices.

A Acting as a citizen

civil rights: les droits civiques
a ballot: un scrutin, un vote
a politician: un homme/une femme politique
a proxy vote: un vote par procuration
the counting of votes: le dépouillement
the turnout: la participation
an election campaign: une campagne électorale
the mayor: le maire
to run for office: se présenter
to get informed: s'informer
to demonstrate: manifester

B Social networks

the Internet: Internet
a topic: un sujet
a user: un utilisateur
targeted ads: des publicités ciblées
hacking: le piratage
a post: un message
a laptop: un ordinateur portable
crowdfunding: le financement participatif
a customer database: une base de données de clients
cyberbullying: le harcèlement sur Internet
to go viral: devenir viral

C Whistleblowers: heroes or traitors?

a threat: une menace
wrongdoing: un acte répréhensible
a leak: une fuite
an oath: un serment
to blow the whistle on: alerter sur
to reveal: révéler
to spy on: espionner
to jeopardise: mettre en danger
to tap: mettre sur écoute
to betray: trahir

DID YOU KNOW?

Julian Assange is an Australian who founded Wikileaks in 2006. After publishing leaks (*avoir divulgué des informations*) concerning the US Army and its action in Afghanistan, Assange had to flee and take asylum in the Ecuador embassy in London, from which he was expelled in 2019 and sent to prison. The US wants to charge Assange with espionage.

6 Fictions and realities

A myth usually defines something many people believe, but that is actually untrue. It illustrates the fine line between fiction and reality. But with the development of social networks, the truthfulness of what is presented as fact is now questioned as well.

A Legends and myths

a heroic figure: une figure héroïque
a role model: un modèle
an ordeal: une épreuve
an outstanding achievement: une réussite exceptionnelle
to embody: incarner
to dare: oser
to praise: faire l'éloge de
to stand out: se distinguer
to debunk a myth: briser un mythe

B Imaginary worlds

evil: le mal
the villain: le méchant
special effects: les effets spéciaux
behind the scenes: derrière le décor
escapism: l'évasion
a time machine: une machine à voyager dans le temps
a space flight: un vol spatial
a tale: un conte
a wizard: un magicien
to blur the boundaries: brouiller les limites
to conquer: conquérir
to unfold: se dérouler
to air, to broadcast: diffuser

C Truth or "alternative facts"?

fake news: les fausses informations
truthfulness: la véracité
a conspiracy theory: une théorie du complot
propaganda: la propagande
fact checking: la vérification des faits
disclosure: une révélation
reliable: fiable
to distort the truth: déformer la vérité
to mislead: induire en erreur
to set up a hoax: monter un canular
to ban: interdire
to spread: se répandre
to outweigh: peser plus lourd que

DID YOU KNOW?

It is more and more difficult to make out real facts from fake news. Due to algorithms, it is proven that fake news spread much faster than reality. Fact checking is necessary to make news reliable, but is reliability still what people expect?

7 Scientific innovations and responsibility

Progress is inherently scientific. Scientists conduct research about genetics, A.I., energy, diseases. If some people consider that science is at the root of the issues we are now encountering in our modern world, others believe it is the solution.

A Human activity and climate change

global warming: le réchauffement climatique
greenhouse gas emissions: les émissions de gaz à effet de serre
a concern: une préoccupation
renewable energy: les énergies renouvelables
a natural disaster: une catastrophe naturelle
nuclear waste: les déchets nucléaires
fertilizers: les engrais
environmental: écologique
to raise awareness of: sensibiliser à

B Progress: boon or bane for mankind?

a vaccine: un vaccin
a cure: un traitement
I.T. (Information Technology): l'informatique
a piece of software: un logiciel
the swine/bird flu: la grippe porcine/aviaire
a threat: une menace
to outperform: surpasser
to predict: prévoir
to ensure: s'assurer que
to endanger: mettre en danger
to account for: expliquer
to harm: faire du mal à

C Ethical issues

a scientist: un scientifique
an experiment: une expérience
a sample: un échantillon
a breakthrough: une découverte capitale
genetic engineering: la manipulation génétique
DNA: l'ADN
GMOs: les OGM (organismes génétiquement modifiés)
consent: le consentement
cloning: le clonage
hazardous: risqué
to disrupt: perturber

DID YOU KNOW?

Some renowned scientists like Stephen Hawking who died in 2018 worry about the potential dangers of A.I. which may one day surpass human beings. Yet some "transhumanists" advocate the enhancement of the human body thanks to technology.

8 Diversity and inclusion

The notion of diversity encompasses ethnic minorities, sexual identity, the generation gap and how we deal with handicap. Increasingly, all parts of society demand inclusion and integration on an equal footing with the rest of the population.

A Minorities: second-class citizens?

bias: un préjugé
prejudices: des préjugés
a conflict: un conflit
ableism: la discrimination fondée sur les capacités physiques
ageism: la discrimination fondée sur l'âge
the generation gap: le fossé des générations
the elderly: les personnes âgées
young people: les jeunes
gender: le genre
femininity: la féminité
racism: le racisme
the colour bar: la discrimination raciale
a disability: un handicap
the disabled: les handicapés
a disease: une maladie
an impairment: une déficience
prior to: antérieur à
outdated: dépassé
under-represented: sous-représenté
blind: aveugle
to be discriminated against: subir une discrimination
to come out: faire son *coming out*
to be reluctant: être réticent
to be biased: avoir des préjugés
to pigeonhole s.o.: mettre qqn dans une case

B From discrimination to integration

equal opportunities: l'égalité des chances
a scholarship: une bourse (d'études)
affirmative action: la discrimination positive
a wheelchair: un fauteuil roulant
a prosthetic leg: une jambe artificielle
alternative (keyboard): (clavier) adapté
adjustable: réglable
to implement quotas: mettre en place des quotas
to be entitled to: avoir le droit légal de

DID YOU KNOW?

The American Obesity Association fights against all forms of obesity discrimination or stigmatisation, be it at work or in healthcare settings. In a country where 36% of people are obese, this association struggles to combat biases and make people consider obesity as a disease.

9 Territory and memory

Throughout history, borders between countries have changed, populations have migrated; some territories have been settled in, colonised, and peoples have been displaced. But does it matter to keep track of the past?

A History and remembrance

an event: un événement
a landmark event: un moment important
the timeline: la chronologie
an anniversary: un anniversaire (d'un événement)
a historic building: un bâtiment historique
a world heritage site: un site classé au patrimoine mondial
a memorial: un monument commémoratif
a war memorial: un monument aux morts
duty of remembrance: le devoir de mémoire
oblivion: l'oubli
to remind of: rappeler
to commemorate: célébrer (un événement)
to pay tribute to: rendre hommage à
to erect: ériger
to acknowledge the past: reconnaître le passé

B Remembering oppression

a settler: un colon
a reservation: une réserve
a tribe: une tribu
the breaking up of families: la désintégration des familles
a slave: un esclave
triangular trade: le commerce triangulaire
civil rights: les droits civiques
human rights: les droits de l'homme
an apology: des excuses
a scar: une cicatrice
a reminder: un rappel
to free: libérer
to abolish: abolir
to own: posséder
to evict: mettre dehors
to remove: retirer

DID YOU KNOW?

Between 1905 and 1967, the Australian government removed mixed-race Australian Aboriginal children from their families (one third of them were concerned), which led to the breaking up of families and a loss of Aboriginal customs. In 2008, the Australian Prime Minister presented an apology to Indigenous Australians for these "Stolen Generations".

Espagnol

Retrouvez les informations et les conseils pour réussir le contrôle continu en espagnol au début de la section consacrée à l'anglais.

→ pages 202-203.

Otra forma de viajar: el turismo solidario

COMPRÉHENSION DE L'ORAL

20 min
20 points

INTÉRÊT DU SUJET • Le reportage présenté met en évidence l'intérêt de voyager de façon responsable et solidaire, pour aller à la rencontre de nouvelles cultures et vivre de nouvelles expériences.

Vous allez visionner trois fois le document ci-dessous.

DOCUMENTO Turismo solidario

cutt.ly/6ylPut6

En rendant compte, en français, du document, vous montrerez que vous avez compris les points ci-dessous.

Thème principal • nature et objectifs du programme présenté • fonction et portée du document.

LES CLÉS DU SUJET

Identifier les caractéristiques clés du document (1re écoute)

Caractéristiques du document

- **Genre** : extrait de journal télévisé (reportage)
- **Thème** : tourisme solidaire et bénévolat
- **Enjeu** : voyager pour découvrir et partager ses différences
- **Intervenants** : une présentatrice, une touriste qui pratique le tourisme solidaire, le directeur de la fondation CODESPA et la responsable de l'ONG Afrikable

Affiner sa compréhension (2e et 3e écoutes)

1. Intervention de la présentatrice

- Observez bien le titre du document pour comprendre le thème et la portée du reportage.
- Identifiez la nature du programme présenté, les pays concernés et le nombre de personnes impliquées.

2. Témoignage d'Ainhoa Romero

Identifiez la nature de son expérience (lieu et modalités) ainsi que ses envies.

3. Intervention du directeur de CODESPA

Indiquez le type de logement proposé par la fondation et les activités que le voyageur peut expérimenter.

4. Intervention de la responsable de l'ONG Afrikable

- Identifiez le parcours de Mónica Herreras.
- Notez les apports du bénévolat et le profil des bénévoles.

44 CORRIGÉ GUIDÉ

Script

Ainhoa Romero: Esta es la casa donde me quedé. Ella es Paulina, es la dueña.

Locutora: Ainhoa no quería ser una turista más. Se enteró del programa Rutas que la ONG CODESPA ha montado en Perú, Bolivia y Ecuador. Son las propias comunidades indígenas las que atienden a los viajeros y comparten con ellos sus actividades cotidianas.

José Ignacio González, director de Fundación CODESPA: Ofrecen vivienda muy sencilla, pero una vivienda en sus propias casas. Les dan de comer la comida tradicional. Les enseñan cómo se cultiva, cómo se cosecha, cómo se produce el pan.

Ainhoa Romero: Lo que a mí me apetecía, era meterme y conocer realmente, o sea la realidad del Perú, entonces para eso meterme y convivir con los indígenas y meterme en los pueblos que sí que son la realidad de lo que hay en Perú.

Locutora: Cincuenta mil personas de todo el mundo eligen este programa al año pero hay otros que dan un paso más. Se van de voluntarios con alguna ONG en sus vacaciones para trabajar en un proyecto. Mónica se fue a Kenia.

Mónica Herreras, responsable de vacaciones solidarias en la ONG Afrikable: Aprendes a ver las cosas de forma diferente, valoras mucho más lo que tienes, eso para empezar y también te enriqueces en el sentido en que te enseñan.

Locutora: Le gustó tanto que se quedó un año. Ahora ella se ocupa de otros voluntarios.

Mónica Herreras: Nosotros pedimos que sean personas flexibles, que tengan capacidad de adaptación, que sean tolerantes. Eso es lo más importante y que tengan ganas de colaborar.

Locutora: Querer ayudar pero también saber cómo hacerlo. Por eso pasan por un curso de formación antes de partir. Cuando llegan, se traen, dicen, más de una lección de vida.

Proposition de compte rendu en français

> **CONSEIL**
> Suivez le rythme du reportage et les différents interlocuteurs pour organiser votre compte rendu : prenez en notes des mots-clés.

Ce reportage télévisé présente le tourisme solidaire : celui-ci consiste à se rendre directement chez l'habitant afin de partager le quotidien, la nourriture et la culture des populations locales.

Des ONG comme CODESPA proposent ce type de programme au Pérou, en Bolivie ou en Équateur. Ainhoa Romero raconte son expérience chez Paulina, qui lui a permis de vivre la vie quotidienne des Péruviens.

Au niveau mondial, environ 50 000 personnes pratiquent ce tourisme. D'autres vont encore plus loin et partent comme bénévoles pendant leurs vacances pour aider des ONG comme Afrikable à développer leur projet.

Selon Mónica Herreras, qui est allée au Kenya, cela permet de voir les choses différemment, de valoriser ce que l'on possède déjà et de s'enrichir grâce à ce que l'on apprend. Cette volontaire a beaucoup aimé le concept et a choisi de rester un an pour s'occuper d'autres bénévoles.

Vouloir apporter son aide est une chose, mais savoir le faire en est une autre. C'est pour cette raison que les bénévoles suivent une formation avant de partir. Cette expérience devient alors une leçon de vie.

Una creación original para popularizar la lectura

COMPRÉHENSION DE L'ORAL

20 min
20 points

INTÉRÊT DU SUJET • Un artiste argentin a créé une bibliothèque ambulante étonnante et originale. Son objectif ? Démocratiser la lecture.

Vous allez visionner trois fois le document ci-dessous.

DOCUMENTO **El arma de instrucción masiva**

© AFP (18/05/2010)

cutt.ly/vylO7e4

En rendant compte, en français, du document, vous montrerez que vous avez compris les points ci-dessous.

Thème principal du document • situation et informations présentées • objectifs de cette œuvre et caractère innovant • fonction et portée du document.

LES CLÉS DU SUJET

Identifier les caractéristiques clés du document (1re écoute)

Caractéristiques du document

- **Genre** : extrait d'un reportage
- **Thème** : une bibliothèque ambulante originale
- **Problématique** : Comment diffuser la culture gratuitement ?
- **Intervenants** : la présentatrice, l'artiste Raúl Lemesoff et un motocycliste

Affiner sa compréhension (2e et 3e écoutes)

1. La présentation générale du projet	• Lisez attentivement le titre du document pour comprendre le thème du reportage. • Identifiez le projet créé par l'artiste, le pays/la ville où il circule et sa volonté d'exporter le concept en Europe.
2. Les informations détaillées	• Relevez le nombre de livres que contient la bibliothèque ambulante et précisez d'où ils viennent. • Relevez le type de voiture utilisée ainsi que sa portée symbolique.
3. Les objectifs du projet	• Indiquez les différents objectifs de l'artiste. • Notez les quatre verbes qu'il utilise.

45 CORRIGÉ GUIDÉ

Script

Locutora: Raúl sabe que su auto, o mejor dicho su tanque, nunca pasa desapercibido en las calles de Buenos Aires. De hecho, ese es el objetivo, porque lo que construyó el artista es una verdadera librería sobre ruedas, aunque con una diferencia: los libros no se venden sino que se regalan al primero que aparezca.

Motorista: ¿Tienes algo de Gardel?

Raúl Lemesoff: Sí, acá lo tengo, mira. Mira.

Motorista: Bueno, muchas gracias.

Raúl Lemesoff: De nada, a disfrutarlo.

Locutora: Más de novecientos ejemplares se apilan sobre el capó y las puertas de ese Ford Falcón de 1999. En Argentina, ese auto es todo un símbolo. Durante la dictadura era el modelo que usaban los militares. Raúl lo transformó completamente y creó su «arma de instrucción masiva».

Raúl Lemesoff: El «arma de instrucción masiva» quiere que la gente tome conciencia de varios aspectos de la vida: compartir, educarse, divertirnos y contribuir a la paz por medio de la literatura.

Locutora: Todos los libros fueron donados por particulares y cada tanto hay que renovar las reservas. Esta biblioteca ambulante ya dio la vuelta a Argentina y llegó incluso a lugares aislados donde a menudo la mitad de los niños no van a la escuela. La meta es llevar la literatura donde no existe. Y la aventura no termina en las fronteras del país. En un futuro, Raúl quiere exportar su proyecto a Europa para crear allá también nuevas armas de instrucción masiva.

Proposition de compte rendu en français

Ce reportage présente une œuvre originale qui ne passe pas inaperçue dans les rues de Buenos Aires. L'artiste Raúl Lemesoff a transformé une voiture en librairie ambulante où les livres ne sont pas vendus mais offerts au premier venu.

> **DES POINTS EN +**
> Prenez en compte les quatre points indiqués dans la consigne.

Plus de 900 livres s'empilent ainsi sur le capot et les portes de sa Ford Falcon de 1999. En Argentine, cette voiture est un symbole : ce modèle était utilisé par les militaires pendant la dictature. Raúl l'a complètement transformé pour en faire une « arme d'instruction massive ». Il voudrait que les gens prennent conscience des pouvoirs de la littérature, qui permet le partage, l'instruction, le divertissement et contribue à la paix.

Tous les exemplaires ont été donnés par des particuliers et il est nécessaire de les renouveler régulièrement. Cette bibliothèque ambulante a déjà fait le tour de l'Argentine : elle s'est même rendue dans des endroits isolés où les enfants ne vont pas toujours à l'école. L'objectif est d'amener la littérature là où elle n'existe pas. Dans le futur, Raúl souhaiterait exporter son concept en Europe pour y créer d'autres armes d'instruction massive.

Adicción al teléfono móvil y a las redes sociales

COMPRÉHENSION DE L'ORAL

20 min
20 points

INTÉRÊT DU SUJET • Quels sont les risques liés à l'utilisation excessive du téléphone portable et des réseaux sociaux ? Le cas des jeunes Espagnols illustre bien l'émergence de la « nomophobie ».

Vous allez visionner trois fois le document ci-dessous.

DOCUMENTO **Adicción al teléfono móvil**

© rtve.es (Telediario 3/11/2013)

cutt.ly/CylOJv7

En rendant compte, en français, du document, vous montrerez que vous avez compris les points ci-dessous.

Thème principal • point de vue du reportage • fonction et portée du document.

LES CLÉS DU SUJET

Identifier les caractéristiques clés du document (1re écoute)

Caractéristiques du document

- **Genre** : extrait d'un reportage
- **Thème** : la nomophobie (l'addiction au téléphone portable)
- **Problématique** : les dangers du téléphone portable et des réseaux sociaux
- **Intervenants** : un présentateur, le père d'une jeune fille qui souffre d'addiction, un psychologue et un auteur

Affiner sa compréhension (2e et 3e écoutes)

1. Le présentateur	• Observez bien le titre du document pour comprendre le thème du reportage. • Relevez les données chiffrées (âges, pourcentages). • Précisez le sens du terme « *nomofobia* ».
2. Le père	Indiquez les raisons de la fugue de sa fille de 14 ans.
3. Le psychologue	Relevez les signes de l'addiction qu'il identifie.
4. L'auteur du livre *Dieta digital*	Notez l'âge à partir duquel il est raisonnable d'utiliser son premier smartphone.

46 CORRIGÉ GUIDÉ

ESPAGNOL

Script

LOCUTOR: Este padre prefiere mantener el anonimato. Su hija de 14 años se pasaba el día enganchada a las redes sociales. Le quitaron el móvil, la relación se tensó y una noche la niña se escapó. La encontraron…

EL PADRE: … en medio de una plaza con su ordenador absolutamente sola y además en una situación de riesgo porque de noche una niña de 14 años… pues no es un sitio demasiado idóneo.

Locutor: Tomaron medidas. La niña fue tratada en este centro, el primero en España dedicado a la adicción a los móviles. Los expertos la conocen como nomofobia, del inglés «no mobile phone». Los síntomas.

Marc Masip, psicólogo: Nerviosismo, ansiedad, angustia por salir de casa sin el teléfono móvil o estar en un lugar fuera de casa sin batería sin cobertura o sin conexión 3G.

Locutor: España lidera el ranking europeo: el 77% de los jóvenes de entre 18 y 24 años padecen nomofobia. Las primeras señales de adicción son usar las redes sociales más de 2 horas al día o tener más de 500 amigos online.

Jordi Romañach, autor del libro *Dieta digital*: La edad más o menos correcta en función de la maduración de cada niño o de cada niña para tener su primer teléfono inteligente estaría sobre los 13 años. Lógicamente, esa regla no se cumple.

Locutor: El 65% de los niños españoles entre 8 y 12 años tiene móvil inteligente. En Francia y Alemania, no llega al 50%. En este colegio han cambiado las normas, los de eso tienen que dejarlo en la taquilla.

Proposition de compte rendu en français

Ce reportage sur l'addiction au téléphone portable commence par le témoignage d'un père. Sa fille de 14 ans a fugué après que ses parents lui ont confisqué son téléphone : ils l'ont retrouvée seule, la nuit, avec son ordinateur. Elle a alors été envoyée dans le premier centre créé en Espagne pour lutter contre cette addiction.

> **CONSEIL**
> Respectez bien les trois points indiqués dans la consigne pour rédiger votre compte rendu.

Le présentateur rappelle que l'Espagne est leader de ce que les experts appellent la « nomophobie », de l'anglais « *no mobile phone* » : 70 % des 18-24 ans seraient ainsi touchés.

Selon un psychologue, cette phobie se caractérise par de la nervosité et de l'anxiété à l'idée de sortir de chez soi sans téléphone portable ou de se retrouver sans batterie, sans couverture ou sans connexion 3G. Les premiers signes apparaissent notamment lorsque l'on utilise les réseaux sociaux plus de 2 heures par jour.

L'auteur de l'ouvrage *Dieta digital* rappelle que l'âge adéquat pour avoir un téléphone intelligent est de 13 ans. Cette règle n'est pas respectée puisque 65 % des enfants espagnols entre 8 et 12 ans ont des téléphones intelligents, contre 50 % en France et en Allemagne.

Dans un collège, par exemple, les élèves doivent maintenant laisser leur téléphone dans leur casier.

Pueblo gitano

COMPRÉHENSION DE L'ORAL

20 min
20 points

INTÉRÊT DU SUJET • La Journée internationale du peuple gitan est l'occasion de s'interroger sur l'intégration difficile des jeunes gitans en milieu scolaire, et sur les problèmes liés à la discrimination.

Vous allez écouter trois fois le document ci-dessous.

DOCUMENTO **Día Internacional del Pueblo Gitano [Radio 5, 2019]**

bit.ly/3b3MfyH ou sur www.annabac.com

En rendant compte, en français, du document, vous montrerez que vous avez compris les points ci-dessous.

Thème principal du document • situation exposée • fonction et portée du document.

EXPRESSION ÉCRITE — 10 POINTS

Vous traiterez en espagnol l'un des deux sujets suivants au choix. Répondez en 120 mots au moins.

Sujet A

La segregación y la discriminación escolares son temas de actualidad. Redacte un artículo para concienciar a sus compañeros del instituto.

Sujet B

Un artículo de la prensa española publicado en abril de 2019 se titula: «Recuerdo, visibilidad, respeto y reconocimiento en el Día Internacional del Pueblo Gitano». Comente este titular.

LES CLÉS DU SUJET

Identifier les caractéristiques clés du document (1re écoute)

Caractéristiques du document

- **Genre** : extrait d'une émission de radio
- **Thème** : l'intégration des jeunes gitans en milieu scolaire
- **Problématique** : Comment éviter l'échec scolaire des enfants gitans ?
- **Intervenants** : une présentatrice, une journaliste et la directrice adjointe de la Fondation du secrétariat gitan

Affiner sa compréhension (2e et 3e écoutes)

1. L'introduction	• Identifiez la situation en lisant le titre du document. • Relevez le thème à partir des mots-clés (par exemple : « *educación* », « *fracaso escolar* »).
2. Les données	• Précisez les conséquences négatives de la ségrégation sur les enfants gitans scolarisés. • Relevez les chiffres en rapport avec leur situation scolaire (pourcentages, etc.).
3. Les conséquences générales	• Indiquez la raison de l'échec scolaire et les régions concernées. • Notez les effets négatifs sur l'ensemble de la société.

47 CORRIGÉ GUIDÉ

Script

LOCUTORA: Es 8 de abril, el Día Internacional del Pueblo Gitano. Este año, Minerva Oso, centrado en fomentar la educación y evitar el fracaso escolar.

MINERVA OSO, periodista: Visibilizar las consecuencias negativas de la segregación escolar que, según la Agencia de Derechos Fundamentales de la Unión Europa, afecta el 30% del alumnado gitano y que repercute negativamente la calidad de su educación. Reduce las oportunidades de los niños y niñas de esta comunidad y favorece el fracaso escolar y abandono temprano. El 64% de los chavales gitanos no termina la educación secundaria y además tiene un impacto negativo en la convivencia. Carolina Fernández es subdirectora de Incidencia de la Fundación Secretariado Gitano.

CAROLINA FERNÁNDEZ: Tiene efectos también sobre el conjunto de la sociedad. Afecta a la cohesión social, a la convivencia, a los procesos de socialización. Daña también el reconocimiento de la diversidad social y cultural que tenemos en nuestra sociedad actual.

MINERVA OSO, periodista: Una práctica, la de concentrar a los jóvenes gitanos, que, según esta fundación, ocurre de forma desproporcionada en 173 centros educativos de España. Fundamentalmente en Andalucía, Madrid y Castilla y León. Por este motivo, España ha sido señalada por varios organismos internacionales: Naciones Unidas, la Agencia de la Unión Europea para los Derechos Fundamentales o el Consejo de Europa.

Proposition de compte rendu en français

Cet extrait d'une émission de radio diffusée le 8 avril, pour la Journée internationale du peuple gitan, soulève les problèmes liés à l'échec scolaire.

Selon l'Agence des droits fondamentaux de l'Union européenne, la ségrégation scolaire a des conséquences négatives qui affectent 30 % des élèves gitans ainsi qu'une répercussion négative sur l'éducation en général. Elle réduit les opportunités de ces enfants et favorise l'échec scolaire et la déscolarisation précoce. Ainsi, 64 % des enfants gitans ne finissent pas l'école secondaire.

> **CONSEIL**
> Prêtez attention aux données chiffrées (pourcentages, nombre de centres éducatifs). Si vous n'êtes pas au point, révisez les nombres avant l'épreuve.

Cette situation a des répercussions négatives sur l'ensemble de la société en affectant la cohésion sociale, le vivre-ensemble et les processus de socialisation. La reconnaissance de la diversité socioculturelle en est également affectée.

Le regroupement des élèves gitans dans 173 centres éducatifs d'Andalousie, de Madrid et de Castille-et-Léon a été dénoncé par différents organismes internationaux comme les Nations Unies, l'Agence des droits fondamentaux de l'Union européenne ou le Conseil de l'Europe.

Violeta Parra: la memoria de Chile

COMPRÉHENSION DE L'ORAL

20 min
20 points

INTÉRÊT DU SUJET • L'inauguration d'un musée dédié à Violeta Parra, célèbre artiste chilienne, est l'occasion de réfléchir aux lieux qui permettent de construire la mémoire culturelle d'un territoire.

Vous allez visionner trois fois le document ci-dessous.

DOCUMENTO **Homenaje a la cantautora Violeta Parra**

© AFP (02/12/2013)

cutt.ly/UylO0fL

En rendant compte, en français, du document, vous montrerez que vous avez compris les points ci-dessous.

Thème principal • informations relatives au lieu présenté • identité des personnes et lien entre elles • fonction et portée symbolique du lieu présenté.

LES CLÉS DU SUJET

Identifier les caractéristiques clés du document (1re écoute)

Caractéristiques du document

- **Genre :** extrait de journal télévisé (reportage)
- **Thème :** l'inauguration d'un musée consacré à Violeta Parra, célèbre artiste chilienne
- **Problématique :** le musée comme lieu de mémoire et de transmission
- **Intervenants :** la fille de Violeta et un présentateur qui introduit le sujet

Affiner sa compréhension (2e et 3e écoutes)

1. Introduction du sujet par le présentateur	• Observez bien le titre du document pour comprendre le thème et le but du reportage. • Identifiez le lieu, l'événement annoncé et les informations relatives à Violeta Parra.
2. Intervention de la fille de Violeta	Indiquez les raisons qui l'ont décidée à ouvrir ce lieu dédié à l'œuvre de sa mère.
3. Conclusion du présentateur	Identifiez les éléments qui permettent d'affirmer qu'il s'agit d'un succès.

48 CORRIGÉ GUIDÉ

Script

Locutor: La capital chilena inauguró un museo en honor a la polifacética Violeta Parra. Una de las artistas más universales que ha dado Chile. Un total de cuarenta y nueve obras y objetos personales muestran al espectador otra faceta importante aunque menos conocida de la artista. Es que la autora de la canción *Gracias a la vida* fue también pintora, bordadora y ceramista. Al igual que su música, la creación pictórica de Parra, nacida en 1917, está inspirada en la cultura de su pueblo ubicado al sur de Chile. Para su hija, la creación de este museo hace justicia a algo que debió hacerse mucho antes.

Isabel Parra, hija de Violeta Parra: Teníamos una deuda con Violeta. Teníamos que crear una fundación para reunir sus obras y la idea y el sueño comienza desde que nosotros estábamos afuera, en el exilio. Y personalmente me decía, cuando vuelva a Chile, tengo que preocuparme de hacer el museo Violeta Parra.

Locutor: En su primera semana de apertura, lo han visitado más de cinco mil doscientas personas. Isabel cuenta que muchos niños cantan y bailan las canciones revolucionarias y políticas de la artista. Algo que para su hija, suena a misión cumplida.

Proposition de compte rendu en français

Le musée Violeta Parra a été inauguré dans la capitale chilienne. La célèbre chanteuse chilienne, née en 1917, est l'une des artistes les plus universelles du Chili. Le musée expose 49 œuvres et objets personnels qui montrent les différentes facettes de l'auteure de la célèbre chanson « Gracias a la vida ». Ses chansons, tout comme sa peinture, s'inspirent de ses origines dans le sud du Chili.

> **DES POINTS EN +**
> Prenez bien en compte les quatre points indiqués dans la consigne et respectez la trame du reportage.

C'est sa fille, Isabel Parra, qui a eu l'idée de créer cette fondation pendant son exil à l'étranger. Pour elle, il s'agissait d'une obligation, d'une dette envers sa mère, afin de lui rendre hommage.

La première semaine de son ouverture, le musée a accueilli 5 200 visiteurs. De nombreux enfants chantent et dansent désormais sur les chansons révolutionnaires de Violeta Parra. Pour sa fille, la mission a été accomplie.

Pueblos indígenas

COMPRÉHENSION DE L'ÉCRIT ET EXPRESSION ÉCRITE

1 h 30
20 points

INTÉRÊT DU SUJET • Pour reconnaître les populations indigènes du Pérou et de la Bolivie, discriminées pendant des siècles, il est fondamental de leur accorder un espace plus important dans la société et de respecter leur langue.

DOCUMENTO 1 La Lima de ayer y la Lima de hoy

La Lima de entonces era todavía – fines de los cuarenta – una ciudad pequeña, segura, tranquila y mentirosa. Vivíamos en compartimentos estancos. Los ricos y acomodados en Orrantia y San Isidro; la clase media de más ingresos en Miraflores, y la de menos en Magdalena, San Miguel, Barranco; los pobres, en La Victoria, Lince, Bajo el Puente, El Porvenir. Los muchachos de clases privilegiadas a los pobres casi no los veíamos y ni siquiera nos dábamos cuenta de su existencia: ellos estaban allá, en sus barrios, sitios peligrosos y remotos donde, al parecer, había crímenes. Un muchacho de mi medio, si no salía de Lima, podía pasarse la vida con la ilusión de vivir en un país de hispanohablantes, blancos y mestizos, totalmente ignorante de los millones de indios – un tercio de la población – quechuablantes y con unos modos de vida completamente diferentes.

En los últimos veinte años, millones de emigrantes de la sierra han venido a instalarse en Lima, en barriadas – eufemísticamente llamadas pueblos jóvenes – que cercan a los antiguos barrios. A diferencia de nosotros, los muchachos de la clase media limeña descubren hoy la realidad del país con solo abrir las ventanas de su casa.

Con sus cinco y medio o seis millones de habitantes y sus enormes problemas – las basuras, el deficiente transporte, la falta de viviendas, la delincuencia –, Lima ha perdido muchos encantos. Pero ahora es, verdaderamente, la capital del Perú, porque ahora todas las gentes y los problemas del país están representados en ella.

Mario Vargas Llosa, *Sables y utopías*, 2009

ESPAGNOL

DOCUMENTO 2 Una nueva era en Bolivia

El clima del altiplano boliviano es impredecible y cruel. Llegando a La Paz, a 3.800 metros sobre el nivel del mar, tuve que pasarme todo el día en cama, aturdido por el soroche[1]. Y hoy sábado, aunque se supone que estamos en verano, ni la bufanda ni el jersey de lana bastan para protegerme del frío de la mañana: cinco grados. Y sin embargo, mientras me acerco a las ruinas de Tiwanaku, el clima humano va compensando las inclemencias del meteorológico. Más de 20.000 personas se han reunido a presenciar el rito andino con que el nuevo presidente Evo Morales se inviste ante los indios aimaras y quechuas. Nunca un presidente boliviano había convocado tanta expectativa: 1.200 periodistas de todo el mundo han venido a cubrir sus tres apariciones públicas. Y ésta, que subraya su origen indígena, es la primera.

Las celebraciones del domingo incluyen el tradicional cambio de mando y un nuevo encuentro con las masas, esta vez en La Paz. Una vez más, el mitin es multitudinario. En su discurso preliminar, el vicepresidente anuncia el fin de los 513 años de opresión indígena y el inicio de una nueva era.

La legitimidad y la expectativa de Evo Morales no se limitan al 64 % indígena de los bolivianos. Buena parte de la clase media votó por él, e incluso algunos conservadores que nunca lo harán se sienten orgullosos de que un indígena pastor de llamas pueda alcanzar la presidencia de su país.

Santiago Roncagliolo, *Jet lag*, 2007

1. el soroche: *le mal de l'altitude.*

DOCUMENTO 3 Las lenguas indígenas en el Perú

© Doc. Ministerio de Cultura, Gobierno del Peru

COMPRÉHENSION DE L'ÉCRIT — 10 POINTS

Conteste las preguntas siguientes y redacte las respuestas.

Diga de qué tratan los tres documentos y cuáles son las relaciones que se pueden establecer entre ellos.

EXPRESSION ÉCRITE — 10 POINTS

Vous traiterez en espagnol l'un des deux sujets suivants au choix. Répondez en 120 mots au moins.

Sujet A

Usted decide participar en un concurso de elocuencia y tiene que preparar un discurso para defender a las minorías indígenas de América Latina (Bolivia, Perú...). Puede dar argumentos para mostrar por qué es una plusvalía favorecer la diversidad cultural y étnica.

Sujet B

La Asamblea General de la Organización de las Naciones Unidas (ONU) proclamó 2019 como el Año Internacional de las Lenguas Indígenas. Explique y comente cuáles pueden ser los motivos y el interés de esta decisión.

LES CLÉS DU SUJET

Compréhension de l'écrit

Comprendre les documents

	Document 1	Document 2	Document 3
Auteur	L'écrivain péruvien et prix Nobel de littérature Mario Vargas Llosa	Santiago Roncagliolo	Ministère de la Culture
Genre	Essai extrait d'un recueil	Essai tiré d'un recueil d'articles courts publiés dans le blog littéraire *Boomeran(g)*	Affiche publicitaire péruvienne
Thème	L'auteur réfléchit à l'évolution de la capitale du Pérou, Lima.	Le nouveau président bolivien, Evo Morales, réalise son discours d'investiture devant les Indiens aymaras et quechuas.	Au Pérou, il existe de nombreuses langues indigènes comme l'aymara, l'asháninca ou le quechua.

Préparer sa réponse

• Relevez les points importants développés dans chaque document (inégalités ethniques, reconnaissance des Indiens, langues indigènes).

• Expliquez en quoi la reconnaissance des populations indigènes au Pérou et en Bolivie constitue le thème commun aux trois documents.

Expression écrite

Sujet A

• **Analyser le sujet.** Vous devez rédiger un discours. Cherchez à convaincre en structurant bien vos parties. Pour cela, développez les deux points mis en avant dans le sujet : la défense des minorités et la diversité culturelle et ethnique comme plus-value.

• **Organiser ses idées.** Commencez en expliquant qu'il est fondamental de reconnaître les minorités indigènes. Vous pouvez ensuite élargir votre réflexion en insistant sur l'importance de changer de comportement face aux minorités : il est nécessaire de respecter les différences afin de s'enrichir mutuellement.

Sujet B

• **Analyser le sujet.** Montrez quel est l'intérêt de faire de 2019 l'année des langues indigènes. Vous pouvez vous appuyer sur les documents 2 et 3 pour argumenter, en montrant l'impact du président Evo Morales sur la communauté internationale et la place des langues minoritaires au Pérou.

• **Organiser ses idées.** Montrez en quoi il est nécessaire de favoriser la diversité. Présentez ensuite les motifs de la décision de l'ONU : donner une reconnaissance nationale et internationale aux langues indigènes. Enfin, expliquez l'intérêt de cette décision : les langues minoritaires ont le droit d'exister et d'être reconnues.

49 CORRIGÉ GUIDÉ

COMPRÉHENSION DE L'ÉCRIT

El primer documento trata de la evolución de Lima, la capital del Perú. Esta ciudad estaba dividida en diferentes barrios. La clase alta, la clase media y la clase baja no se mezclaban. Tras la emigración masiva de millones de personas que vinieron de la sierra, la población se fue mezclando y hoy en día, a pesar de la pobreza y de la inseguridad, Lima es una capital representativa de lo que es realmente la población peruana.

> **DES POINTS EN +**
> Résumez bien les 3 documents séparément avant d'expliquer ce qu'ils ont en commun.

El segundo documento habla del discurso de investidura del primer presidente de origen indígena de Bolivia, Evo Morales. Para presentarse ante los indios aimaras y quechuas, eligió las ruinas de Tiwanaku, en el Altiplano. Luego se fue a la Paz, capital administrativa de Bolivia, donde su vicepresidente recordó que pondrían fin a los «513 años de opresión indígena» y que se iba a iniciar una «nueva era» (l. 18).

El tercer documento es un cartel publicitario que promueve las lenguas indígenas recordando que el español no es la única lengua que se habla en el Perú. En efecto, además del quechua que es hablado por tres millones setecientas mil personas, se hablan también el aimara y el asháninca.

Estos tres documentos hablan del reconocimiento de la población indígena en el Perú y en Bolivia. Durante muchos siglos, no se han reconocido ni las lenguas ni las poblaciones indígenas oprimidas por los blancos y las clases altas. Hoy en día, si las desigualdades sociales no han desaparecido, por lo menos se empieza a reconocer la diversidad étnica.

EXPRESSION ÉCRITE

Sujet A

Hoy en día, tenemos que reconocer a las minorías indígenas de países como el Perú o Bolivia. En efecto todos sabemos que las comunidades de los indios quechuas, aimaras o ashánincas no ocupan el espacio que se les debería conceder.

VOCABULAIRE
- *conceder* : accorder
- *los ciudadanos* : les citoyens
- *enriquecer* : enrichir

Estos indios son ciudadanos como los demás. La lengua oficial del Perú y de Bolivia es el español, pero recordemos que tienen su propia lengua y su propia cultura. Tenemos que aceptar sus diferencias porque son legítimas. Desde la conquista de los españoles, los indios han sido oprimidos y no han sido reconocidos como el pueblo más legítimo de estos países: esto tiene que cambiar.

Además, la diversidad cultural y étnica nos puede enriquecer a todos. En primer lugar, porque tanto las lenguas como las tradiciones culturales nos aprenden muchas cosas sobre el modo de vivir y de pensar de los pueblos indígenas. En segundo lugar, porque esa diversidad forma parte del patrimonio cultural de toda la humanidad.

(158 mots)

Sujet B

Al proclamar 2019 como el Año Internacional de las Lenguas Indígenas, la Asamblea General de la Organización de las Naciones Unidas ha querido favorecer la diversidad de las lenguas indígenas para otorgarles un lugar y un trato que no tenían hasta ahora.

VOCABULAIRE
- *otorgar* : attribuer
- *una toma de conciencia* : une prise de conscience
- *reflexionar* : réfléchir

Podemos pensar que esta proclamación ha favorecido una toma de conciencia de países como el Perú. En efecto, este reconocimiento internacional permite acelerar el reconocimiento nacional. Cada país tiene que enfrentarse con sus propios problemas para iniciar cambios importantes. También podemos añadir que hombres políticos como Evo Morales, que fue el primer presidente boliviano de origen indígena, hizo que la comunidad internacional reflexionara sobre las lenguas indígenas y su reconocimiento.

Este reconocimiento de la ONU es muy positivo y tiene varios intereses. Por una parte, pone a la luz un problema que se desconocía a nivel internacional y, por otra parte, muestra que las minorías tienen derecho a ser escuchadas y representadas en el mundo. A pesar de ser minoritarias, las lenguas indígenas son tan respetables como las lenguas más habladas en el mundo.

(176 mots)

Padres e hijos

COMPRÉHENSION DE L'ÉCRIT ET EXPRESSION ÉCRITE

1 h 30
20 points

INTÉRÊT DU SUJET • Quelles relations les enfants entretiennent-ils avec leurs parents ? Est-il possible de concilier les désirs de chacun tout en respectant les conventions sociales ?

DOCUMENTO 1 *Dancing Queen*

Dina Di Hermes le había hablado de un programa de televisión que se llamaba *Dancing Queen*. Había un casting para elegir a los miembros del ballet, pero para ser admitido en el proceso de selección el padre y la madre del candidato tenían que participar activamente en la grabación del programa. Edgar lo pensó. Llegado el caso, sí, su padre asistiría. El problema era el adverbio activamente. Activamente significaba que el realizador tomaba algunos planos del padre ensimismado y de la madre entusiasmada, o de ambos irrumpiendo en el escenario para abrazar emocionados a su hijo. Edgar no creía que su padre estuviera dispuesto a hacer algo así, pero tenía que proponérselo si quería asistir a *Dancing Queen*. El momento elegido fue una tarde de sábado. Iban los dos dentro del coche; volvían de hacer el proceso de compra en un mall de las afueras, donde había otra cadena nueva de supermercados, y se habían perdido en un barrio negro.

– Ahora que estamos perdidos, papá, es el momento de decirte que amo la danza, que vivo para ella, que voy a presentarme al concurso *Dancing Queen*, y que tienes que participar activamente junto a mamá.

Cifuentes giró el cuello para mirarlo, por si estuviera sufriendo un ataque epiléptico de los que le daban cuando era niño. Pero no, no estaba echando espuma por la boca.

– ¿Qué tiene que ver que te guste la danza y que quieras participar en *Dancing Queen* con que estemos perdidos, Edgar?

ESPAGNOL

– No tiene nada que ver. Simplemente te lo digo. ¿Hubieras preferido que no te lo dijera?

– No es eso. Claro que quiero que me lo digas. ¿Pero por qué me lo dices ahora?

– Ahora es cuando he sentido la necesidad de contártelo. Lamento no habértelo dicho cuando a ti te apetecía oírlo.

– No es eso, Edgar. No es eso. Hay una serie de normas conversacionales, simplemente. Tú puedes optar por no respetarlas. Bien. Eres un inconformista. Bien. Estás en contra de las convenciones de la sociedad burguesa. Bien. Eres un anarquista. Bien. Pero te arriesgas a que no se te entienda o a provocar malentendidos.

– ¿Qué es lo que no has entendido en todo lo que te he dicho, papá? Amo la danza. La danza contemporánea, no la clásica. Jamás he sentido lo que siento mientras bailo. Me siento pleno. Y al mismo tiempo, cuando cesa la música, me siento culpable. Culpable porque sé que no es eso lo que tú esperas de mí pero amo la danza. No la danza clásica sino la danza contemporánea. Es lo único que me importa de la escuela. Todo lo demás ha perdido valor. Y quiero participar en el programa *Dancing Queen*.

Antonio Orejudo, *Un momento de descanso*, 2011

DOCUMENTO 2 Aquellas tardes...

La vida era fácil, entonces. Antonio se acuerda a menudo de aquellas tardes. La mayoría de las mujeres bailaban unas con otras entre las mesas, porque no estaba bien visto que una se abrazara con alguien que no fuera un pariente, padre, marido o novio. Él iba con su madre, porque a ella le gustaba bailar más que nada en este mundo, y se quedaba con ella hasta que aparecía su padre, que era maestro, y que solía llegar tarde porque siempre tenía algo que hacer, una reunión, un comité, lo que fuera. Pero su madre no se enfadaba, no le molestaba que cuando no estuviera trabajando anduviese metido en política. Estaba orgullosa de él. Tu padre quiere que vivas en un mundo mejor que el nuestro, un mundo más libre y más justo, le decía. Eso lo recuerda. Los domingos en el baile le recibía con una sonrisa orgullosa, y le soltaba con una palmada en el hombro, hala, ya puedes irte, que ya ha venido mi hombre.

Carmen Amoraga, *El rayo dormido*, 2012

COMPRÉHENSION DE L'ÉCRIT — 10 POINTS

▶ **Conteste las preguntas siguientes y redacte las respuestas.**

Diga de qué tratan los dos documentos y cómo se relacionan con el eje temático «Espace privé et espace public».

EXPRESSION ÉCRITE — 10 POINTS

▶ **Vous traiterez en espagnol l'un des deux sujets suivants au choix. Répondez en 120 mots au moins.**

Sujet A

Edgar ha conseguido participar en *Dancing Queen*. Usted lo entrevista para compartir su experiencia con los lectores del periódico del instituto. Redacte el artículo. Piense en exponer su proyecto y en evocar los obstáculos que ha superado.

Sujet B

«Bajo el prisma de la sociedad actual – con sus cambios vertiginosos y el desarrollo galopante de las nuevas tecnologías – la brecha generacional adquiere otra dimensión, acompañada ahora por nuevos conceptos de familia y cuestionamientos a los roles tradicionales de padres e hijos.» Explique y comente esta afirmación sacada de un artículo publicado en abril de 2019.

LES CLÉS DU SUJET

Compréhension de l'écrit

Comprendre les documents

Caractéristiques du document 1

- **Auteur :** Antonio Orejudo
- **Genre :** extrait du roman *Un momento de descanso*, publié en 2011
- **Thème :** Edgar demande à son père l'autorisation de participer à un concours de danse.

Auteur : Carmen Amoraga

Genre : texte extrait du roman *El rayo dormido*, publié en 2012

Caractéristiques du document 2

Thème : Le dimanche, Antonio accompagne sa mère au bal en attendant l'arrivée de son père.

Préparer sa réponse

• Précisez les thèmes communs aux deux documents : les relations entre les parents et leurs enfants ; le respect des conventions sociales.
• Relevez les différences et les points communs entre les deux textes : le premier souligne les difficultés de communication entre un père et son fils alors que le second s'intéresse aux bonnes relations familiales. Les deux textes traitent du respect des normes et des conventions sociales.
• Mettez en relation les documents avec l'axe du programme : demandez-vous si la vie familiale, qui relève de la sphère, privée est touchée par le « qu'en-dira-t-on ».

Expression écrite

Sujet A

• **Analyser le sujet.** Vous avez interviewé Edgar, qui a réussi à participer à l'émission *Dancing Queen*, pour partager son expérience avec les lecteurs du journal du lycée. Appuyez-vous sur le texte pour évoquer sa passion pour la danse et ses difficultés relationnelles avec son père.
• **Organiser ses idées.** Commencez par présenter la passion et le parcours d'Edgar. Puis, évoquez les difficultés qu'il rencontre pour s'inscrire au concours. Concluez sur l'idée de l'accomplissement d'un rêve.

Sujet B

• **Analyser le sujet.** Appuyez-vous sur des mots-clés comme « *cambio* » ou « *desarrollo* » pour montrer que la société et les relations changent et évoluent. Partez de l'expression « *brecha generacional* » pour souligner les difficultés relationnelles qui peuvent exister entre générations.
• **Organiser ses idées.** Après avoir présenté les nouveaux schémas familiaux qui bousculent les relations traditionnelles, montrez comment le décalage générationnel s'accentue dans une société en mouvement.

50 CORRIGÉ GUIDÉ

COMPRÉHENSION DE L'ÉCRIT

Estos dos documentos tratan de las relaciones que existen entre los hijos y los padres y del respeto de las normas sociales.

> **CONSEIL**
> Montrez que vous avez compris le contexte dans lequel s'inscrivent les deux documents : appuyez-vous sur des mots-clés mais ne recopiez pas le texte.

El primer documento habla de Edgar, un chico que quería participar al programa de televisión «Dancing Queen». Le encantaba bailar y, para ser admitido al concurso, necesitaba el acuerdo de sus padres. Con su madre no había ningún problema, pero con su padre iba a ser más difícil.

Un sábado, el chico decidió decirle que la danza era su pasión y que quería presentarse al concurso. En vez de contestarle, el padre le reprochó su falta de respeto hacia las normas convencionales impuestas por la sociedad.

En el segundo texto, vemos que las relaciones entre Antonio y sus padres eran buenas. En aquella época, estaba mal visto que una mujer casada bailara con otra persona que no fuera su marido. Por lo tanto, los domingos por la tarde, el chico acompañaba a su madre a bailar hasta que su padre, que era maestro, llegara de sus reuniones. El hombre estaba muy implicado en la lucha política. Para la mujer, su marido luchaba por una vida mejor, más justa y más libre. La madre estaba muy orgullosa de que su marido se preocupara por el porvenir de su hijo.

Estos dos textos se relacionan con el eje «Espacio privado y espacio público» porque hablan de las relaciones familiares íntimas y de su vínculo con la vida social. En el primer documento, el padre está más preocupado por las convenciones sociales que por los sentimientos profundos de su hijo. Lo más importante es la imagen que se da a los demás. En el segundo documento, si Antonio acompaña a su madre, es porque está mal visto que una mujer baile con un hombre que no es de su familia.

> **DES POINTS EN +**
> Après avoir introduit les thèmes, assurez-vous d'avoir résumé les deux documents séparément pour les relier avec l'axe.

La falta de respeto de estas normas impuestas puede ocasionar conflictos.

EXPRESSION ÉCRITE

Sujet A

Edgar es el ganador del concurso del programa de televisión «Dancing Queen». Lo he entrevistado para el periódico del instituto; os voy a contar su recorrido.

Leva muchos años practicando la danza contemporánea. Cuando baila, se siente feliz. Es lo único que le importa y lo demás no tiene mucho valor para él.

> **VOCABULAIRE**
> - *su recorrido* : son parcours
> - *consagrar* : consacrer
> - *cumplir sus sueños* : réaliser ses rêves

Edgar necesitaba el acuerdo de sus padres para ser seleccionado al casting. Me contó que con su madre, no tenía problemas, pero con su padre, la situación era más complicada. En efecto, un día, le explicó que quería presentarse al concurso de «Dancing Queen». Fue muy difícil convencer a su padre porque, para él, lo más importante eran las apariencias y lo que iban a pensar los demás. Durante la entrevista me explicó que gracias a su madre pudo participar. La experiencia fue extraordinaria y ganó el concurso.

Edgar quiere consagrar su vida al baile y quiere dar un consejo a todos los lectores: lo más importante es cumplir sus sueños.

(164 mots)

Sujet B

Esta afirmación habla de la dificultad que existe hoy en día en establecer relaciones intergeneracionales a causa de la evolución constante de la sociedad. Plantea dos aspectos importantes.

En primer lugar, la sociedad evoluciona y se desarrolla rápidamente gracias a las tecnologías y al cambio de mentalidades. Estos cambios crean nuevas maneras de relacionarse con los demás. Las relaciones que un joven tiene con sus padres ya no se construyen como antes. Nuevos conceptos rompen el esquema tradicional porque hoy, hay más familias monoparentales o reconstituidas. El papel de los padres va evolucionando.

> **VOCABULAIRE**
> - *el esquema* : le schéma
> - *el papel* : le rôle
> - *el desfase* : le décalage

En segundo lugar, podemos pensar que las relaciones conflictuales, entre padres e hijos, se van complicando. La palabra «brecha» subraya la dificultad de establecer una relación. Los hijos pueden cuestionar el papel de los padres porque no entienden su falta de adaptación a un mundo en movimiento constante, y los padres entienden cada vez menos a sus hijos.

Esa brecha siempre ha existido. Las nuevas tecnologías aceleran y amplían el desfase que existe entre dos generaciones.

(169 mots)

Del pueblo a la ciudad

COMPRÉHENSION DE L'ÉCRIT ET EXPRESSION ÉCRITE

1 h 30
20 points

INTÉRÊT DU SUJET • L'exode rural offre-t-il vraiment de nouvelles opportunités et un nouveau départ à ceux qui quittent leur village pour s'installer dans les grandes villes ?

DOCUMENTO 1 Eres muy provinciana

Otras veces me avergonzaba secretamente al obligarme a salir con ella. La veía encasquetarse un fieltro marrón adornado por una pluma de gallo, que daba a su dura fisonomía un aire guerrero, y me obligaba a ponerme un viejo sombrero azul sobre mi traje mal cortado. Yo no concebía entonces más resistencia que la pasiva. Cogida de su brazo corría las calles, que me parecían menos brillantes y menos fascinadoras de lo que yo había imaginado.

– No vuelvas la cabeza —decía Angustias—. No mires así a la gente.

Si me llegaba a olvidar de que iba a su lado, era por pocos minutos. Alguna vez veía un hombre, una mujer, que tenía en su aspecto un algo interesante, indefinible, que se llevaba detrás mi fantasía hasta el punto de tener ganas de volverme y seguirles. Entonces recordaba mi facha y la de Angustias y me ruborizaba.

– Eres muy salvaje y muy provinciana, hija mía —decía Angustias, con cierta complacencia—estás en medio de la gente, callada, encogida, con aire de querer escapar a cada instante. A veces, cuando estamos en una tienda y me vuelvo a mirarte, me das risa.

Carmen Laforet, *Nada*, 1944

ESPAGNOL

DOCUMENTO 2 **Nos vinimos todos**

Cuando nos vinimos, nos vinimos todos. Así que metimos todo lo que pudimos en los carros y nos echamos a la carretera. Tardamos cuatro días en llegar a Barcelona. Lo que más llamó la atención de mis hermanas fue que las calles tuvieran nombre y las casas número. Claro, para no perderse, dijo mi padre. Íbamos con los carros por la Gran Vía, que entonces se llamaba José Antonio, y la gente nos señalaba con la mano y se reía. Por un conocido de mis tíos conseguimos que nos dejaran meternos en un piso del Barrio Chino. En aquella época, esa parte estaba llena de emigrantes aragoneses. Lo primero que hicimos fue ir a ver el Centro Aragonés, que estaba muy cerca, en la esquina de Joaquín Costa. Entrando en Barcelona habíamos visto otros edificios más grandes y más elegantes, pero aquél nos impresionó más. No sé. A lo mejor era que lo sentíamos un poco nuestro. A lo mejor era que lo comparábamos con las casas del pueblo, tan pobres, tan mugrientas[1], y nos parecía que en Barcelona podríamos llegar a hacer cosas y realizar sueños que en el pueblo ni siquiera éramos capaces de concebir. Y eso nos animaba. Empecé a trabajar esa misma semana.

Por entonces llegaban montones de emigrantes todos los días. Los veías por todas partes con sus maletas de cartón y sus cestos de mimbre y sus ropas raídas... Venían en unos trenes que llamábamos borregueros. Un cliente de la peluquería que trabajaba en la estación de Francia[2] me contó que a muchos de ellos la policía los obligaba a subir de nuevo al tren y los devolvía a su tierra.

Ignacio Martínez de Pisón, *El día de mañana*, 2011

1. mugriento(a) : *crasseux(se)*.
2. La estación de Francia es una estación de trenes de Barcelona.

COMPRÉHENSION DE L'ÉCRIT 10 POINTS

Conteste las preguntas siguientes y redacte las respuestas.

▶ **1.** Precise el tema principal y destaque los elementos que caracterizan cada historia personal.

▶ **2.** La ciudad atrae a la gente. Demuéstrelo apoyándose en el documento 2.

EXPRESSION ÉCRITE — 10 POINTS

Vous traiterez en espagnol l'un des deux sujets suivants au choix. Répondez en 120 mots au moins.

Sujet A

En aquella época, tanto la protagonista del documento 1 como el protagonista del documento 2 acaban de llegar a la ciudad grande. Aquella migración desde la España rural hacia las urbes suponía cambios de vida. Redacte un artículo que lo describa y explique.

Sujet B

«La ciudad de los ochenta estaba invadida por un tráfico demencial y por una masa indiferenciada en lo que los inmigrantes (charnegos[1]) y los barceloneses de toda la vida eran indistinguibles. La única posibilidad de supervivencia de la ciudad era la hibridación, el mestizaje.» Comente esta cita del autor barcelonés Félix de Azúa y relaciónela con los documentos 1 y 2.

1. Un charnego es una persona que ha emigrado a Cataluña procedente de una región española de habla no catalana.

LES CLÉS DU SUJET

Compréhension de l'écrit

Comprendre les documents

Caractéristiques du document 1
- **Genre** : texte de fiction
- **Auteur** : Carmen Laforet, romancière espagnole
- **Thème** : Une jeune provinciale arrive dans une grande ville.

Caractéristiques du document 2

- **Genre :** texte de fiction
- **Auteur :** Ignacio Martínez de Pisón, écrivain et scénariste espagnol
- **Thème :** Une famille quitte son village d'Aragon pour s'installer à Barcelone.

Préparer sa réponse

1. Répondez d'abord à la question en vous appuyant sur des éléments factuels. Qui sont les personnages ? Où sont-ils ? Quelle est leur situation ? Précisez ensuite leur état d'esprit en arrivant dans la grande ville, puis présentez leurs sentiments.

2. Précisez d'abord pourquoi le personnage principal est fasciné par Barcelone. Ensuite, expliquez les opportunités offertes par cette grande ville : elle peut permettre de trouver du travail et de sortir de la pauvreté, de réaliser ses rêves.

Expression écrite

Sujet A

• **Analyser le sujet.** Vous devez rédiger un article général en vous appuyant sur l'idée que les protagonistes des deux textes se font des grandes villes.

• **Organiser ses idées.** En introduction, vous pouvez préciser les raisons de la migration de l'Espagne rurale vers les grandes villes. Développez ensuite les points négatifs et les points positifs engendrés par ce changement de vie.

Sujet B

• **Analyser le sujet.** Appuyez-vous sur les questions de compréhension pour expliquer les différentes visions de l'émigration (passer inaperçu dans la masse des grandes villes ou être repéré et discriminé).

• **Organiser ses idées.** Présentez d'abord la vision que l'auteur a de l'arrivée des Espagnols à Barcelone (les nouveaux arrivants se fondent dans la masse). Reliez ensuite les deux textes, en expliquant qu'ils présentent une vision différente de l'émigration (différences vestimentaires, flux des personnes qui se distinguent par leur pauvreté). Concluez sur l'intégration par le travail.

51 CORRIGÉ GUIDÉ

COMPRÉHENSION DE L'ÉCRIT

> **CONSEIL**
> Assurez-vous d'avoir expliqué l'attrait des grandes villes en vous appuyant sur des éléments concrets du second texte.

▶ **1.** Los dos textos hablan del éxodo de los pueblos a las ciudades y de las diferencias y dificultades que existen entre la vida en las grandes ciudades y la vida en los pueblos de las provincias españolas.

En el primer documento, la protagonista se siente intimidada y avergonzada cuando pasea por las calles de la ciudad. Lleva un traje mal cortado y un viejo sombrero azul que la avergüenzan. Sus modales son los de una provinciana. Se siente cohibida pero expresa cierta decepción al realizar que las calles de la ciudad son menos atractivas de lo que pensaba.

En el segundo texto, la protagonista llega de una aldea de Aragón a Barcelona con su familia. Inmediatamente, nota las diferencias que existen entre su pueblo y Barcelona: las calles tienen nombres y las casas números, los edificios son grandes, elegantes y limpios. La ciudad le abre nuevos caminos y le ofrece perspectivas que no podía imaginar en el pueblo.

▶ **2.** En el segundo texto, la protagonista siente fascinación por Barcelona. Al llegar a la ciudad, se da cuenta de que todo es más grande, más bonito. Es consciente de la maravillosa oportunidad que le ofrece esta gran ciudad que le va a permitir cumplir sus sueños. También constata que muchas personas no tienen esa posibilidad ya que la policía rechaza a muchos emigrantes demasiado pobres y numerosos. La ciudad atrae a la gente pobre porque ofrece trabajo y posibilidad de salir de la pobreza. De hecho, la protagonista encuentra trabajo enseguida.

EXPRESSION ÉCRITE

Sujet A

La migración de la población rural hacia las grandes ciudades siempre ha existido porque la gente quiere o necesita cambiar de vida. Lo hace por necesidad, para encontrar trabajo y salir de la pobreza o con la esperanza de cumplir sus sueños.

Sin embargo, salir de una pequeña aldea para ir a una urbe puede causar ciertas decepciones. Muchas veces, las personas se imaginan que las cosas van a salir bien y llega el desengaño. No es tan fácil adaptarse a la vida de las ciudades cuando se viene de un pueblo pequeño donde todo el mundo se conoce. También puede ser difícil encontrar trabajo o alojamiento.

VOCABULAIRE
- *urbe* : grande ville
- *salir bien* : réussir
- *el desengaño* = *la decepción*
- *el alojamiento* : le logement

Pero ese cambio de vida puede ser muy positivo porque permite conocer un mundo hasta ahora desconocido. Hay muchas oportunidades laborales que no existen en los pueblos. Además, la gente puede vivir conservando el anonimato sin que los demás sepan todo lo que hacen.

(151 mots)

Sujet B

Con esta cita, Felix de Azúa explica que los emigrantes procedentes de otras regiones españolas y los catalanes no se diferencian gracias a la multitud y al bullicio que hay en Barcelona. Para el escritor barcelonés, la única posibilidad de sobrevivir en una gran ciudad es integrarse, mezclarse y establecer intercambios.

VOCABULAIRE
- *una cita* : ici, une citation
- *destacarse* : se démarquer/ se mettre en valeur
- *pasar desapercibido* : passer inaperçu

Esta visión de la emigración de los años 80 puede ser exacta, pero no corresponde realmente a la percepción que se destaca de los dos textos. En efecto, en los documentos notamos que los emigrantes se diferencian de los demás porque van mal vestidos o son pobres (texto 1, l. 4: «mi traje mal cortado»; texto 2, l. 20-21: «Los veías por todas partes con sus maletas de cartón y sus cestos de mimbre y sus ropas raídas»).

Si la protagonista del segundo texto subraya que los emigrantes no pasan desapercibidos, también precisa que encuentra trabajo la misma semana en la que llega. Esto deja suponer que la integración se hará fácilmente.

(163 mots)

Pueblo pequeño, pueblo planetario

COMPRÉHENSION DE L'ÉCRIT ET EXPRESSION ÉCRITE

1 h 30
20 points

INTÉRÊT DU SUJET • Jadis déjà présentes au cœur de nos petits villages, les rumeurs et les fausses nouvelles se propagent-elles plus vite depuis l'apparition d'Internet ?

DOCUMENTO 1 El desconocido que viene de fuera

En un pueblo lleno de ancianos y que apenas llega a los doscientos habitantes, el desconocido que viene de fuera con el propósito de instalarse allí se convierte al momento en la gran novedad. No están acostumbrados a recibir gente, sino a lo contrario; la escena que les resulta familiar después de verla repetirse durante años y años es la de la huida. Familias enteras han abandonado el pueblo con el argumento de que es *imposible vivir en Villamediana*. Y naturalmente ellos participan de esa opinión. Se han quedado, sí, pero en contra de su voluntad, porque no tenían otra salida; no porque den valor a lo que tienen. Pero, he aquí que el curso de los acontecimientos cambia y aparece un forastero[1]. Alguien que no debe de pensar lo mismo. No tiene aspecto de estar enfermo, no parece que haya venido en busca de un clima seco. Y tampoco parece que haya sido enviado por ningún museo de Madrid, como sucede con las personas que de cuando en cuando vienen a restaurar las figuras de la iglesia. No, el forastero ha elegido este sitio porque le gusta.

Además de sorprendente, la conclusión es halagadora[2] para todos los que viven en el pueblo. Todos se alegran, todos quieren hablar de ello. La vida les ha deparado, allí donde menos lo esperaban, una sorpresa agradable, y las conversaciones que tienen lugar en la taberna o en las tiendas no se limitan ya a los temas habituales, a la familia, a la caza, al trabajo. La presencia del desconocido da ahora pie a las más diversas conjeturas y suposiciones. Y más tarde, cuando se les presente la ocasión, todos procurarán entablar conversación con él,

ESPAGNOL

y querrán saber cuánto hay de cierto en lo que se imaginaron. ¿Es verdad que le gusta Villamediana? ¿Y por qué le gusta? ¿Por el paisaje? ¿No estará, por casualidad, tratando de olvidar un desengaño amoroso?

Bernardo Atxaga, *Obabakoak*, 1998

1. un forastero: *un étranger (un Espagnol d'une autre région d'Espagne).*
2. halagador: *flatteur.*

DOCUMENTO 2 Pueblo pequeño, infierno grande

Pueblo pequeño, infierno grande. Este refrán[1] popular en mi época de infancia, era utilizado para expresar el sufrimiento que implicaba vivir en un pueblo pequeño, donde casi todos eran conocidos y por tanto, cualquier cosa que hiciéramos, en pocos minutos era conocido por todo el pueblo; pero también, implicaba un riesgo enorme y era el de los efectos de los falsos rumores: con mucha frecuencia ocurría que sin saber de dónde, surgía un rumor sobre alguien, que se iba propagando de boca en boca como fuego en un pastizal[2] y no en pocas oportunidades terminaba ese rumor creando enfrentamientos entre personas y familias, que llegaban hasta generar enemistades a muerte.

Durante mucho tiempo pensé que esa época ya había pasado, porque al crecer estos pueblos y convertirse en ciudades, el antiguo deporte de jugar con la reputación de los demás había perdido su importancia y eso me alegraba mucho, porque pensaba que estábamos entrando en una etapa de la civilización más avanzada, pero lamentablemente he estado muy equivocado, porque lo que ha ocurrido es que esos mismos demonios que armaban peleas entre los pre-adolescentes, que generaban enemistades entre los adultos y que generaban guerras entre las familias, ahora están tecnificados.

Con el auge de internet, ahora se habla de la aldea[3] global y al observar lo que ocurre en este medio de internet, me doy cuenta que el término aldea, es lo más apropiado, porque una aldea es un pueblo pequeño y el refrán sigue vigente, con la diferencia que ahora ya no hablamos de un pueblo pequeño, sino de una aldea global que es un infierno global. Ahora sabemos lo que ocurre en cualquier lugar del mundo en cuestión de segundos, gracias a los que andan en internet como los vagos de los pueblos de antaño. También hay quienes se han dado cuenta del poder de las palabras que se transmiten por internet y generan rumores que producen enfrentamientos entre personas, desprestigio de instituciones y de empresas. Lamentablemente internet se ha convertido en la plaza de esa aldea global, donde los rumores pasan de boca en boca y unos a otros dicen con esa seguridad: «es cierto, porque lo leí en internet».

http://arlacouture.blogspot.com/2010/06/pueblo-pequeno-infierno-grande.html

(miércoles, 2 de junio de 2010)

1. un refrán: *un proverbe.*
2. un pastizal: *un pâturage.*
3. una aldea = un pueblo pequeño.

COMPRÉHENSION DE L'ÉCRIT — 10 POINTS

Conteste las preguntas siguientes y redacte las respuestas.

▶ **1.** Para cada documento, identifique el tipo de texto y precise el tema principal.

▶ **2.** ¿En qué medida es posible relacionar estos dos textos?

▶ **3.** Aclare el refrán «Pueblo pequeño, infierno grande».

EXPRESSION ÉCRITE — 10 POINTS

Vous traiterez en espagnol l'un des deux sujets suivants au choix. Répondez en 120 mots au moins.

Question A

Usted acaba de leer el texto número 2, «Pueblo pequeño, infierno grande»; ahora, quiere dar su opinión personal al respecto. Redacte un comentario para subirlo a la red.

Question B

Comente esta afirmación sacada del texto número 2: «Lamentablemente internet se ha convertido en la plaza de esa aldea global, donde los rumores pasan de boca en boca y unos a otros dicen con esa seguridad: "es cierto, porque lo leí en internet".»

LES CLÉS DU SUJET

Compréhension de l'écrit

Comprendre les documents

- **Caractéristiques du document 1**
  - **Auteur :** Bernardo Atxaga, écrivain basque espagnol
  - **Genre :** texte de fiction
  - **Thème :** Un inconnu s'installe dans un village de 200 habitants et suscite leur curiosité.

- **Caractéristiques du document 2**
  - **Auteur :** un ingénieur colombien
  - **Genre :** article extrait d'un blog
  - **Thème :** Le poids de la rumeur, du petit village au village virtuel planétaire qu'est devenu Internet.

Préparer ses réponses

1. Le second texte développe essentiellement deux points qu'il faudra traiter distinctement : la propagation de la rumeur à l'échelle locale puis à l'échelle mondiale.

2. Les deux textes abordent la difficulté de vivre dans un petit village où tout le monde se connaît.

3. Expliquez ce proverbe populaire en vous appuyant sur des termes comme « *sufrimiento* » (l. 2), « *enfrentamientos* » (l. 10), ou encore « *enemistades* » (l. 11). Vous montrerez ainsi à quel point la vie d'un petit village peut devenir invivable lorsque des rumeurs éclatent et se répandent.

Expression écrite

Sujet A

• **Analyser le sujet.** Donnez votre opinion en vous exprimant à la première personne. Vous pouvez également vous appuyer sur des exemples concrets pour donner votre avis sur les réseaux sociaux et les dificultés qu'ils génèrent.

• **Organiser ses idées.** En premier lieu, développez les idées suivantes : les fausses rumeurs génèrent des conflits ; les réseaux sociaux amplifient les médisances. Vous pouvez ensuite conclure en présentant les aspects positifs et négatifs d'Internet.

■ Sujet B

• **Analyser le sujet.** Appuyez-vous bien sur les termes « *aldea global* » (l. 21), « *rumores* » (l. 30) et l'expression « *porque lo leí en internet* » (l. 34) pour développer les trois idées principales de la phrase du second texte. Veillez à équilibrer vos trois parties.

• **Organiser ses idées.** Introduisez votre propos en évoquant le poids de la rumeur dans un monde globalisé avant de rappeler leur vitesse de propagation ainsi que celle des « potins ». Concluez sur les dégâts causés par les fausses informations et la non-vérification des sources.

52 CORRIGÉ GUIDÉ

COMPRÉHENSION DE L'ÉCRIT

▶ **1.** El primer texto fue sacado de la novela *Obabakoak*. Habla de cómo se percibe la llegada de un forastero en un pueblo pequeño de doscientos habitantes y de la curiosidad que ocasiona.

El segundo texto fue sacado de un blog y trata primero de la dificultad de vivir en un pueblo pequeño a causa de los falsos rumores que se van propagando y que envenenan las relaciones. Después, hace un paralelo entre lo que eran antes los rumores a escala de un pueblo pequeño y lo que llegan a ser actualmente a causa de las redes sociales a nivel mundial.

▶ **2.** Estos dos textos hablan de la dificultad de establecer las relaciones sociales en un pueblo pequeño. En el primer texto de Bernardo Atxaga, todos los habitantes de la aldea se conocen y saben lo que pasa: sea la llegada de un desconocido, sean los actos de cualquier vecino. El segundo texto se refiere a la dificultad de vivir en un pueblo donde los rumores acaban por crear enemistades entre las personas.

▶ **3.** Este refrán popular significa que cuando se vive en un pueblo o aldea con muy pocos vecinos, todo el mundo se conoce y está al corriente de lo que pasa. Rápidamente hay críticas, falsos rumores y enfrentamientos entre la gente. Esta situación es un infierno porque causa mucho sufrimiento.

EXPRESSION ÉCRITE

Sujet A

Pienso que vivir en un pueblo pequeño es difícil porque todo el mundo se conoce y todo lo que se hace acaba por saberse. Además, los rumores y los falsos rumores se propagan muy rápido y provocan conflictos entre los vecinos.

Las aldeas han ido transformándose en ciudades y poco a poco este aspecto negativo ha desaparecido. Los inconvenientes que había en las aldeas ahora se han amplificado a causa de Internet y de las redes sociales para reproducir el mismo procedimiento a nivel mundial. Es lo que el autor llama la «aldea global» (l. 21).

En mi opinión, los rumores o falsas informaciones que circulan en la web son muy peligrosos y causan muchos daños. Sin embargo, no hay que olvidar que las redes sociales también tienen aspectos positivos. De la misma manera que en un pequeño pueblo no hay que creerse todos los chismorreos en Internet: hay que seleccionar y verificar las informaciones.

(153 mots)

VOCABULAIRE
- *propagar* : propager
- *los daños* : les dégâts
- *los chismorreos* : les commérages, les potins

Sujet B

Hoy en día, podemos decir que Internet se ha convertido en una aldea global porque, a pesar de ocupar un tamaño descomunal, el funcionamiento es el mismo que el de un pueblo pequeño donde nacen falsos rumores y se propagan rápidamente.

En efecto, una falsa información puede pasar de una ciudad a otra o de un país a otro en muy poco tiempo y causar muchos estragos, sin que nadie sepa de donde viene la información. Pasa «de boca en boca» (l. 8) sin que nadie la controle y al final, todo el mundo cree que es cierta. Internet acaba generando rumores, que a su vez crean «enfrentamientos» (l. 10) entre las personas.

Podemos añadir que lo más peligroso es que la gente tome en serio todo lo que se dice y divulgue la falsa información, afirmando que es cierta porque la ha leído en Internet.

(142 mots)

VOCABULAIRE
- *el tamaño* : la taille
- *causar estragos* : faire des ravages
- *peligroso/a* : dangereux/euse

Transmisión entre generaciones

COMPRÉHENSION DE L'ÉCRIT ET EXPRESSION ÉCRITE

1 h 30
20 points

INTÉRÊT DU SUJET • La transmission intergénérationnelle participe-t-elle à la construction de la personnalité des individus ? Quelle influence a-t-elle sur la mémoire collective ou individuelle ?

DOCUMENTO 1 Por ti soy torero

¡Qué importante es la figura de un abuelo en la vida de un niño! ¡Cuánto podemos aprender de ellos! A mí, mi abuelo, me marcó el camino[1] a seguir desde los seis años siendo el espejo donde mirarme y la fuente donde bebí y aprendí todo lo que sé.

Gracias abuelo. Por ti soy torero, gracias a ti he conocido la felicidad de ser torero y la satisfacción que me ha proporcionado poder hacerte sentir orgulloso de lo que los dos hemos conseguido juntos. Porque yo soy obra tuya, obra de tu sentir, de tu amor al toreo, de la grandeza y profundidad de tu corazón.

Gracias abuelo, porque soy nieto de un sueño, de tu sueño, de nuestro sueño.

Enrique Ponce, *ABC Toros*, 02/09/2013

1. marcar el camino: *indiquer la voie.*

DOCUMENTO 2 La casa en que nací

Cuando yo tenía ocho años, vivía en una casa en el campo, una casa perdida en las montañas de León; la casa en que nací. Para ti es imposible imaginar lo que supone esto: el aislamiento y la libertad, la dureza y la debilidad, la valentía y el miedo de los niños en el campo. La casa era maravillosa para un niño. Estaba llena de rincones para jugar, para esconderse, para soñar. La casa la había hecho el abuelo según sus ideas y resultaba rara y cómoda a la vez. Me

ESPAGNOL

gustaba encerrarme a mirar revistas en el cuarto de las manzanas. Durante muchos años aquel cuarto estaba dedicado a guardar fruta. Una cosecha enlazada con la otra de modo que el olor permanecía en el aire que había llegado a penetrar en todos los objetos de la habitación.

Me gustaba aquel olor. Tendida en el suelo, sobre una colchoneta, solía pasar grandes ratos en aquella habitación. Cuando supe leer, me encerraba allí con las revistas ilustradas. Leía cuidosamente, tratando de interpretar cada frase. Leía los libros del abuelo, los que guardaba en un armario de su dormitorio: *Las mil y una noches*, Julio Verne, Alejandro Dumas, Víctor Hugo... Yo no iba nunca al cine, de modo que aquellos ratos de lectura eran para mí la única posibilidad de escapar del mundo real que me rodeaba, para huir a otro, imaginario, en el que sucedían aventuras espléndidas. A veces dejaba de leer y me dedicaba a pensar que era a mí a quien ocurrían aquellas cosas. El olor de las manzanas me producía una especie de adormecimiento y yo sentía que flotaba en el espacio, por encima de los árboles de la huerta o que estaba echada en un prado grande y perfumado. Volvía de viaje como de un sueño y seguía leyendo...

Josefina Aldecoa, *Madrid, otoño, sábado*, 2012

COMPRÉHENSION DE L'ÉCRIT — 10 POINTS

Conteste las preguntas siguientes y redacte las respuestas.

Diga de qué trata cada uno de los documentos y cómo se relacionan con el eje temático «Territoire et mémoire».

EXPRESSION ÉCRITE — 10 POINTS

Vous traiterez en espagnol l'un des deux sujets suivants au choix. Répondez en 120 mots au moins.

Sujet A

Tanto Enrique Ponce (torero) como Josefina Aldecoa (escritora) describen como la transmisión de generación en generación les permitió construirse como persona y como profesional. Dé su opinión sobre el tema de la herencia familiar. Diga en qué es importante o no para usted.

Sujet B

A partir de los dos textos y de este cuadro del pintor español Joaquín Sorolla, demuestre cómo se puede pasar de una memoria individual a una memoria colectiva y así construir una herencia y un patrimonio común.

DOCUMENTO 3

Ph© Index Fototeca/Leemage

Joaquín Sorolla, *Comiendo en la barca*, 1898.

ESPAGNOL

LES CLÉS DU SUJET

Compréhension de l'écrit

Comprendre les documents

Caractéristiques du document 1

- **Auteur :** Enrique Ponce, matador espagnol
- **Genre :** témoignage
- **Thème :** Le torero explique d'où lui vient sa passion pour la tauromachie.

Caractéristiques du document 2

- **Auteur :** Josefina Aldecoa, écrivaine et pédagogue espagnole
- **Genre :** texte extrait du recueil de nouvelles *Madrid, otoño, sábado*, 2012
- **Thème :** La narratrice découvre la lecture grâce aux livres de son grand-père.

Caractéristiques du document 3

- **Auteur :** Joaquín Sorolla, peintre espagnol de la fin du XIXe siècle
- **Genre :** tableau peint en 1898
- **Thème :** Des pêcheurs partagent un repas avec leurs enfants.

Préparer sa réponse

• Commencez par donner le thème des documents : la transmission intergénérationnelle. Puis, précisez la relation que le torero entretient avec son grand-père dans le premier texte, avant d'expliquer ensuite dans quel contexte la narratrice du second texte a pris goût à la lecture.

• Mettez les documents en relation avec l'axe du programme. Demandez-vous si la transmission intergénérationnelle est nécessaire à la construction de la personnalité d'un individu et si cet héritage fait partie d'un patrimoine commun.

Expression écrite

Sujet A

• **Analyser le sujet.** Expliquez en quoi l'héritage familial est important ou non pour vous. Appuyez-vous sur les deux documents – qui traitent de la transmission de l'amour de la tauromachie ou de la lecture – ou sur votre propre expérience pour construire votre argumentation.

• **Organiser ses idées.** Dans un premier temps, expliquez l'importance du lien intergénérationnel et de la transmission. Puis, nuancez vos propos en rappelant la nécessité de respecter le libre arbitre de chacun.

Sujet B

• **Analyser le sujet.** Appuyez-vous sur chaque document pour expliquer comment la tradition et l'art permettent de s'approprier la mémoire individuelle pour en faire une mémoire collective et un héritage.

• **Organiser ses idées.** Commencez par expliquer les différences entre mémoire individuelle et mémoire collective. Appuyez-vous ensuite sur les deux textes pour démontrer que l'art fait partie intégrante du patrimoine culturel. Concluez en précisant que le caractère intimiste du tableau a pour but de représenter une tradition, un mode de vie.

53 CORRIGÉ GUIDÉ

COMPRÉHENSION DE L'ÉCRIT

Estos dos textos hablan de la importancia de la transmisión familiar en la vida de un niño. En el primer texto, el torero cuenta cómo le vino la pasión de los toros. Con seis años, su abuelo le transmitió el amor al arte taurino. Hoy en día, Enrique Ponce se siente feliz y orgulloso porque ha cumplido los sueños de su abuelo a quien debe tanto.

> **CONSEIL**
> Pour développer votre propos, appuyez-vous sur des mots-clés présents dans les textes.

En el segundo texto, la narradora recuerda la casa en la que nació. Una casa aislada que se situaba en el campo y donde podía ser libre. De niña, pasaba horas en un cuarto donde se guardaban las manzanas. Cuando supo leer, se encerraba allí y leía los libros de su abuelo. De esa forma podía imaginar, viajar y soñar.

Estos documentos se relacionan con el eje temático «Territoire et mémoire» porque tratan de la transmisión y de la herencia espiritual. En efecto, en ambos casos los abuelos transmiten a sus nietos el amor al arte taurino en el primer texto, y el gusto de la lectura en el segundo texto. Una vez adultos, tanto Enrique Ponce como la narradora recuerdan con nostalgia una época pasada que los hizo felices y que construyó los adultos que son hoy.

> **DES POINTS EN +**
> Résumez d'abord chaque document séparément, puis faites le lien avec l'axe.

La memoria permite vincular la cultura, la pasión y el conocimiento para que los más jóvenes puedan construirse y a su vez ser una correa de transmisión.

EXPRESSION ÉCRITE

Sujet A

Notamos que el vínculo que se establece entre un nieto y su abuelo es muy importante porque permite impulsar a un niño para que se construya como persona en su vida futura. La transmisión de generación en generación es una manera de perennizar las pasiones y comunicar las experiencias. El caso de Enrique Ponce ilustra bien esta situación ya que sin su abuelo nunca habría sido torero.

> **VOCABULAIRE**
> - *el vínculo* : le lien
> - *impulsar* : stimuler
> - *el libre albedrío* : le libre arbitre

Comunicar su pasión es muy positivo siempre y cuando no sea una obligación. En efecto, la transmisión es un acto de amor y de generosidad. Transmitir no es imponer y cada uno tiene que ser libre de elegir su futuro oficio o sus ideas.

La herencia familiar puede ser un peso si las ideas y los gustos se vinculan de una generación a otra por mera tradición. La tradición no tiene que sustituirse al libre albedrío.

(143 mots)

Sujet B

La transmisión intergeneracional remite a la vida privada ya que suele tener lugar en el núcleo familiar. Cada padre o abuelo transmite a su hijo o nieto su historia o su pasión y de ese modo cada familia va construyendo su memoria. Existe claramente una frontera entre la memoria individual y la memoria colectiva que se puede traspasar muy fácilmente a partir del momento en el que se hace pública.

VOCABULAIRE
- *el núcleo familiar* : la cellule familiale
- *traspasar* : franchir
- *las costumbres* : les habitudes

El famoso torero Enrique Ponce no solo ha cumplido los sueños de su abuelo sino que hoy es el emblema de una tradición española que forma parte de la memoria colectiva. El caso de Josefina Aldecoa es el mismo. La obra de un escritor es de todos.

El cuadro de Sorolla representa una escena intimista. Unos pescadores están compartiendo la comida con sus hijos o nietos. La tradición se transmite en la vida privada, pero al realizar esta obra, Sorolla quiso representar las costumbres de estos hombres que viven de la pesca. Esta visión de los pescadores a finales del siglo XIX forma parte del patrimonio común.

(177 mots)

2 Identidades e intercambios

La globalización ha cambiado nuestra vida y la movilidad caracteriza el mundo actual e implica la multiplicación de los contactos y de los intercambios. Se trata también de las fronteras que existen en una sociedad entre diferentes grupos.

A Migrar e integrarse

una frontera: une frontière
un obstáculo: un obstacle
el porvenir: le futur
la inserción: l'intégration
un prejuicio: un préjugé
un refugiado: un réfugié
una valla: une clôture
la solidaridad: la solidarité
fronterizo-a: frontalier
peligroso-a: dangereux
valiente: courageux
indocumentado: sans papiers

inmigrar: immigrer
emigrar: émigrer
exiliarse: s'exiler
acoger: accueillir
integrarse: s'intégrer
intercambiar: échanger
menospreciar, despreciar: mépriser
rechazar: rejeter
superar: surmonter
regresar: revenir
cruzar: traverser
mejorar: améliorer

B El español, ¿una lengua global?

la diversidad: la diversité, la mixité
la cultura: la culture
un ciudadano: un citoyen
la cohesión lingüística: la cohésion linguistique
la lucha generacional: la lutte des générations
una cultura híbrida: une culture hybride
el mestizaje: le métissage
oriundo-a: originaire de
peculiar: particulier
forastero-a, extranjero-a: étranger

luchar: lutter
pertenecer a: appartenir à
aceptar: accepter
reivindicar: revendiquer
fomentar: promouvoir, développer
legar: léguer, transmettre
respaldar: épauler, soutenir
afirmar (su identidad): affirmer (son identité)
independizarse: prendre son indépendance
convivir: vivre ensemble
compartir: partager

¿LO SABÍAS?

Tanto en España como en América Latina coexisten diferentes lenguas. Así en la Península, además del español, se habla el catalán, el gallego o el euskera (el vasco). Y en América Latina, muchas lenguas indígenas (el quechua o el mapache, por ejemplo) siguen vigentes. Todas estas contribuyen a una mayor riqueza cultural y fomenta los intercambios a todos los niveles.

3 Espacio privado y espacio público

Estudiar los espacios privados y públicos y la relación que los une permite comprender mejor cómo se estructura una sociedad. ¿Cómo se producen los cambios en dichos espacios? ¿Qué consecuencias pueden tener sobre el papel de cada uno en la sociedad, el de la mujer por ejemplo?

A Igualdad de género

la violencia de género: la violence conjugale
el machismo: le machisme
el feminismo: le féminisme
el techo de cristal: le plafond de verre
el apoyo: l'appui, le soutien
la emancipación: l'émancipation
un logro: un succès, une victoire
un recurso: un recours, un moyen
maltratar: maltraiter, violenter
perjudicar: nuire
comprometerse: s'engager
involucrarse: s'impliquer
fomentar: promouvoir, encourager
lograr, conseguir: réussir
superar(se): surmonter, se dépasser
intentar: essayer
potenciar: stimuler, renforcer
impulsar: encourager, stimuler

B Trabajar desde casa

el teletrabajo: le télétravail
la flexibilidad: la flexibilité
la movilidad: la mobilité
una ventaja: un avantage
un inconveniente: un inconvénient
una oficina: un bureau
un espacio de trabajo colaborativo: un espace de coworking
una modalidad laboral: une méthode de travail
la soledad: la solitude
autónomo-a, independiente: autonome, indépendant
conciliar vida familiar y vida laboral: concilier vie familiale et vie professionnelle
compartir: partager
aislarse: s'isoler
gestionar su tiempo: gérer son temps
desarrollar capacidades: développer des capacités
interactuar: interagir
revisar, controlar: contrôler
separar las tareas: séparer les tâches

¿LO SABÍAS?

En 2004, se votó en España una ley para proteger a las mujeres víctimas de violencia de género. Es la primera y única ley integral contra la violencia de género en Europa. Su objetivo es prestar ayuda judicial, económica y jurídica a las mujeres víctimas y disuadir al agresor. El 016 es un teléfono de ayuda, activo permanentemente, gratuito y que puede atender en 51 idiomas.

4 Arte y poder

Siempre se utilizó el arte y los artistas para celebrar el poder, para legitimarlo, darle más fuerza. El vínculo entre arte y poder da lugar a muchas preguntas: ¿está el arte al servicio del poder? ¿El poder sirve el arte? ¿Puede el arte ser un contrapoder, una forma de expresión política?

A El arte como apoyo al poder

la libertad de expresión: la liberté d'expression
la libertad artística: la liberté artistique
el control ideológico: le contrôle idéologique
difundir una idea: faire circuler une idée
una apología: une apologie
la neutralidad: la neutralité
ser creativo: être créatif
ensalzar: encenser, porter aux nues
rendir culto a: vénérer, rendre un culte à
alabar: vanter, faire l'éloge de
inculcar una idea: inculquer (enseigner) une idée
tener derecho a: avoir le droit
expresar (una opinión): exprimer une opinion
concienciar: sensibiliser
fomentar: promouvoir, encourager

B Arte y contrapoder

el arte de protesta: l'art contestataire
la censura: la censure
una sátira: une satire
un-a transgresor: un transgresseur
la resistencia: la résistance
una protesta: une protestation, une manifestation
la lucha social, cívica: la lutte sociale, civique
una injusticia: une injustice
un compromiso: un engagement
comprometido-a: engagé
subversivo-a: subversif
caricaturizar: caricaturer
burlarse de: se moquer de
ridiculizar: ridiculiser
transgredir: transgresser, enfreindre
perjudicar: nuire, faire du tort
suscitar controversia: susciter une controverse, une polémique
apoyar, defender una causa: soutenir, défendre une cause
reflexionar, pensar: réfléchir
cuestionar(se): (se) poser des questions

¿LO SABÍAS?

La Movida fue un fenómeno artístico social que surgió en la España post franquista, en los años 1980. Fue un fenómeno con espíritu libertador y creativo que vio su mayor expresión en la música, la pintura o el cómic. Contribuyó a la modernización de España y a su integración en la Europa democrática.

5 Ciudadanía y mundos virtuales

En un mundo numérico y ultra conectado que cambió profundamente las relaciones humanas, ¿cómo evolucionan las relaciones entre el ciudadano y el poder? La utilización de los espacios virtuales conduce a interrogarse sobre las consecuencias que tienen en el plano individual y colectivo.

A Educar a los medias

una herramienta digital: un outil numérique
las habilidades digitales: les aptitudes numériques
un bulo, una falsa noticia: une fausse information
los datos personales: les données personnelles
un documento auténtico: un document authentique
un programa informático: un programme informatique
un avance: un progrès
colgar en la red: publier sur Internet
descargar: télécharger
prestar atención a, tener cuidado con: faire attention à
comprobar una fuente: vérifier une source
interactuar: interagir
engañar: tromper
crear adicción: créer de la dépendance
limitar, prohibir: limiter, interdire
aislar: isoler
usurpar la identidad: voler l'identité

B Mundo numérico y colaboración

la inteligencia artificial: l'intelligence artificielle
una innovación: une innovation
el mecenazgo: le mécénat
una donación: un don
un-a mecenas: un mécène, un bienfaiteur
un apoyo económico: un soutien économique
recolectar fondos: collecter des fonds
invertir: investir
patrocinar: parrainer, sponsoriser
colaborar: collaborer
financiar: financer
implementar: mettre en œuvre
cooperar: coopérer
contribuir: contribuer

¿LO SABÍAS?

El Gobierno español ha lanzado en 2020 el programa Educa en Digital para impulsar la transformación tecnológica de la educación en España. Educa en Digital nace de la necesidad de dar respuesta a una realidad que la emergencia sanitaria del Covid-19 ha puesto de manifiesto: el sistema educativo precisa de un impulso para profundizar en la digitalización.

6 Ficciones y realidades

Los relatos son la base del patrimonio cultural y nutren el imaginario colectivo. Los mundos imaginarios permiten evadirse de la realidad, pero también invitan a reflexionar sobre el mundo real. ¿Cómo la realidad nutre la ficción? ¿Cómo la ficción permite una evolución de la realidad?

A La ficción como medio de escapar de la realidad

una novela: un roman
una intriga: une intrigue
un héroe, una heroína: un héros, une héroïne
una utopía, una distopía: une utopie, une dystopie
una leyenda: une légende
una creencia: une croyance
la imaginación: l'imagination
una figura tutelar: une figure tutélaire (protectrice)
la afición por: la passion pour
soñar (con): rêver (de)
escapar(se): (s')échapper
evadirse: s'évader
desconectar: déconnecter
identificarse con: s'identifier à
ensimismarse: se plonger dans, s'enfermer
hundirse en: se plonger dans
enriquecer: enrichir
perder el juicio: perdre l'esprit
confundir con: confondre avec
engancharse: devenir accro

B La ficción como medio de reflexionar

una percepción: une perception
un espejismo: un mirage, un leurre
una ilusión: une illusion
una sátira: une satire
una (auto)biografía: une (auto)biographie
un reto: un défi
(anti)social: (anti)social
(ir)racional: (ir)rationnel
(sur)realista: (sur)réaliste
las convenciones sociales: les conventions sociales
reflexionar, pensar: réfléchir
cuestionar(se): (se) poser des questions
parodiar: parodier
criticar: critiquer
engañar: tromper
influenciar: influencer
abrir la mente: ouvrir l'esprit

ESPAGNOL

¿LO SABÍAS?

Según muchos autores, la escritura no es más que reescritura. Así, cada escritor, si bien escribe con su propio estilo y siguiendo sus propias ideas, basándose en su propia imaginación, se inspira siempre en sus lecturas anteriores. La literatura también se inspira mucho en la historia.

7 Innovaciones científicas y responsabilidad

El progreso científico permite avances positivos para la humanidad, pero interrogan algunos efectos inducidos. La toma de conciencia de los peligros alimenta una reflexión sobre la ética del progreso. ¿Puede el humano prevenir los peligros relacionados con las innovaciones científicas?

A Luchar por el medioambiente

un desafío: un défi
las energías renovables: les énergies renouvelables
las infraestructuras: les infrastructures
la contaminación: la pollution
el entorno natural: l'environnement naturel
los espacios verdes: les espaces verts
el tratamiento de los residuos: le traitement des déchets
una placa solar: un panneau solaire
los recursos: les ressources
el calentamiento global: le réchauffement climatique
el efecto invernadero: l'effet de serre
el desarrollo sostenible: le développement durable
innovar: innover
amenazar: menacer
mejorar: améliorer
recolectar: collecter
reciclar: recycler
gastar: dépenser
ahorrar: économiser
solucionar: apporter une solution

B Innovaciones científicas, medicina y ética

la ética: l'éthique
la deontología: la déontologie
un dilema: un dilemme
una terapia: une thérapie
una prótesis: une prothèse
las nanotecnologías: les nanotechnologies
el genoma: le génome
una célula madre: une cellule souche
el envejecimiento: le vieillissement
ser responsable: être responsable
un ciborg, un robot: un cyborg, un robot
curar, sanar: guérir
mejorar: améliorer
modificar: modifier
investigar: rechercher
evolucionar: évoluer
progresar: progresser
alterar: modifier

¿LO SABÍAS?

El primer verdadero ciborg, Neil Harbisson, es inglés. Se implantó una antena en el cerebro para poder ver los colores. En efecto, nació con una enfermedad: solo veía en escalas de gris. Esta antena transmite las frecuencias que emiten los colores lo que le permite ver los colores.

8 Diversidad e inclusión

Evolución de las relaciones intergeneracionales, inclusión de las personas con discapacidad, papel de las lenguas en la inserción y la cohesión social son unas de las múltiples cuestiones de la diversidad y de la inclusión que permiten una reflexión sobre la relación con el otro.

A Aceptar las diferencias

una discapacidad: un handicap
la accesibilidad: l'accessibilité
la inclusión: l'inclusion
la compasión: la compassion
la empatía: l'empathie
la superación: le dépassement (de soi)
la (in)tolerancia: l'(in)tolérance
el respeto: le respect
el desprecio: le mépris
ser distinto-a: être différent
ser igual: être identique
(in)visibilizar: rendre (in)visible
rechazar: rejeter
proyectarse: se projeter
alentar: encourager
superar(se): (se) dépasser
estigmatizar: stigmatiser
menospreciar, despreciar: mépriser
excluir: exclure
discriminar: discriminer
salir del armario: sortir du placard (faire son *coming-out*)
la homofobia: l'homophobie

B Relaciones intergeneracionales e interculturales

la convivencia: la cohabitation, le vivre-ensemble
una desigualdad: une inégalité
la marginación: la marginalisation
la multicultural: la multiculturalité
la cohesión: la cohésion
el mestizaje: le métissage
compartir: partager
romper barreras: casser les barrières
aprender de los ancianos: apprendre des personnes âgées
intercambiar: échanger
heredar: hériter
valorar: accorder de l'importance à
promover el pluralismo: promouvoir le pluralisme

¿LO SABÍAS?

América Latina ofrece una contradicción en el trato a la comunidad LGBT. Tiene las tasas más altas de violencia contra los LGBT, pero también tiene algunas de las leyes más progresistas para su igualdad y protección. Las leyes sobre el matrimonio entre personas del mismo sexo y la adopción, el cambio de género en los documentos de identidad y las leyes contra la discriminación entraron en vigor en la década pasada, mucho antes de Estados Unidos o Europa.

9 Territorio y memoria

La multiplicación de los lugares de memoria y de las conmemoraciones plantea la cuestión de la relación entre historia y memoria. Las historias individuales suelen confundirse con el destino colectivo, pero ¿qué relación mantiene cada pueblo con su pasado y cómo se proyecta en el futuro?

A Memoria histórica y patrimonio cultural

una conmemoración: une commémoration
un elogio: un éloge
un patrimonio: un patrimoine
las huellas históricas: les traces de l'histoire
una herencia: un héritage
una raíz (raíces): une racine
un lugar de memoria: un lieu de mémoire
los archivos: les archives
un homenaje: un hommage

recordar algo, acordarse de algo: se souvenir de quelque chose
olvidar: oublier
homenajear: rendre hommage
glorificar: glorifier, magnifier
elogiar: faire l'éloge de
celebrar: célébrer, fêter
testimoniar: témoigner
honrar: rendre hommage
investigar: enquêter
silenciar: passer sous silence
esconder, ocultar: cacher

B Aceptar el pasado para construir el futuro

el deber de memoria: le devoir de mémoire
una herida: une blessure
un daño: une plaie, une souffrance
una secuela: une séquelle
un juicio: un jugement
una condena: une condamnation
un testigo: un témoin
una amnistía: une amnistie

padecer, sufrir: souffrir
curar, sanar: guérir, soigner
respaldar: épauler, soutenir
acusar: accuser
juzgar: juger
perseguir: poursuivre
conceder el perdón: octroyer le pardon
pasar página: tourner la page

¿LO SABÍAS?

Después de 24 años en el valle de los Caídos, los restos de Franco fueron extraídos de su tumba el 24 de octubre de 2019. En aplicación de la Ley de Memoria Histórica, el féretro del dictador se trasladó al cementerio de Mingorrubio-El Pardo. Esta exhumación "pone fin a una afrenta moral" que España arrastraba desde 1975, el enaltecimiento de la figura de un dictador en un espacio público.

Réussir son contrôle continu de spécialité

INFOS et CONSEILS

Mathématiques

Physique-chimie

SVT

SES

HGGSP

1 Réussir son contrôle continu de spécialité

En Première, vous êtes évalué(e) au contrôle continu dans la spécialité que vous décidez de ne pas retenir en Terminale. Est présenté ci-dessous le format d'évaluation le plus courant. Celui-ci pourra cependant être adapté dans votre établissement.

A La spécialité mathématiques

- L'évaluation se compose généralement de **deux à quatre exercices**, noté entre 5 et 12 points chacun. Les exercices sont indépendants les uns des autres et portent sur différents chapitres du programme de Première.
- Pour bien vous préparer, il est nécessaire de fournir un **travail régulier** tout au long de l'année et de vous **entraîner en temps limité**.

> CONSEIL **Il est important de mémoriser au fur et à mesure les résultats essentiels ; pour cela, faites des fiches et vérifiez régulièrement que vous n'avez pas oublié ce que vous avez appris.**

B La spécialité physique-chimie

- Cette évaluation est composée généralement de **deux parties indépendantes**, notée chacune sur 10 points.
- Le sujet donne un poids équivalent aux deux composantes physique et chimie et aborde plusieurs thèmes du programme.
- Les énoncés font référence à des situations contextualisées. Ils peuvent contenir des **documents** et inclure des questions relatives aux **aspects expérimentaux** de cette matière.

C La spécialité SVT

- L'évaluation de spécialité en SVT se compose généralement de deux exercices, qui portent nécessairement sur des chapitres différents du programme de Première.
- L'**exercice 1** évalue la mobilisation des connaissances : une question scientifique (ou un QCM) vous est posée, en appui ou non sur des documents.
- L'**exercice 2** permet la mise en pratique du raisonnement scientifique : à partir d'un ensemble de documents, vous devez proposer une démarche scientifique pour résoudre le problème posé.

> CONSEIL **N'hésitez pas à ajouter un schéma, s'il apporte quelque chose à votre démonstration et révèle une compréhension correcte du sujet.**

D La spécialité SES

- L'évaluation de SES est constituée en général de deux parties indépendantes qui abordent des champs différents du programme.
- Chaque partie est notée sur 10 points :

– la première partie repose sur la **mobilisation de connaissances** et sur la capacité à traiter des informations. Elle comporte soit un exercice conduisant à une résolution graphique, soit un document statistique (tableau, graphique, carte...) accompagné d'une ou plusieurs questions ;

– la seconde partie est un **raisonnement** qui s'appuie sur deux documents de nature différente : un texte et un document statistique. Vous devez construire une argumentation de l'ordre d'une page en exploitant les documents et en faisant appel à vos connaissances.

> CONSEIL **Plutôt que d'utiliser les données brutes présentes dans les documents, faites des calculs pour fournir les chiffres dont vous avez précisément besoin dans votre argumentation.**

E La spécialité HGGSP

- L'évaluation de la spécialité HGGSP (histoire-géographie, géopolitique et sciences politiques) prend le plus souvent la forme d'une **composition**. Le sujet de celle-ci porte sur l'un des axes ou sur l'objet de travail conclusif de l'un des thèmes du programme.
- Vous devez montrer que vous maîtrisez les connaissances acquises au cours de l'année et que vous êtes capable de les **organiser** dans un devoir correctement rédigé.

> CONSEIL **Entraînez-vous en temps limité, dans les conditions d'un devoir sur table. Cela vous permettra d'apprendre à répartir votre temps entre les différentes tâches : l'analyse approfondie du sujet, la mobilisation des connaissances et exemples, la construction du plan, la rédaction.**

54 Sujet complet

Sujet de spécialité en mathématiques

2 heures
20 points

INTÉRÊT DU SUJET • Ce sujet complet transversal vous permet de travailler plusieurs thèmes du programme : fonction exponentielle, probabilités et suites numériques.

Exercice 1 (5 points)
Miscellanées : QCM de 5 questions

Ce QCM comprend 5 questions.
Pour chacune des questions, une seule des quatre réponses proposées est correcte.
Les questions sont indépendantes.
Pour chaque question, indiquer le numéro de la question et recopier sur la copie la lettre correspondant à la réponse choisie.
Aucune justification n'est demandée, mais il peut être nécessaire d'effectuer des recherches au brouillon pour aider à déterminer votre réponse.
Chaque réponse correcte rapporte 1 point. Une réponse incorrecte ou une question sans réponse n'apporte, ni ne retire de point.

▶ **1.** Pour tout réel x, $(e^x)^3$ est égal à :

a) $e^x \times e^3$ **b)** e^{x+3} **c)** e^{3x} **d)** e^{x^3}

▶ **2.** Pour tout réel x, $\cos(x+\pi)$ est égal à :

a) $\sin x$ **b)** $-\cos x$ **c)** $\cos x$ **d)** $-\sin x$

▶ **3.** On souhaite modéliser le niveau de la mer par une suite (U_n) de façon que U_0 représente le niveau de la mer, en mm, en 2003 et que U_n représente le niveau de la mer, en mm, n années après 2003.
Selon le site www.notre-planete.info/terre/climatologie_meteo, on constate une hausse assez rapide du niveau de la mer, qu'on estime à 3,3 mm par an depuis 2003.
Pour traduire ce constat, la suite (U_n) doit être :

a) une suite géométrique de raison 3,3
b) une suite géométrique de raison 1,033

c) une suite arithmétique de raison 1,033

d) une suite arithmétique de raison 3,3

▶ **4.** Les figures ci-dessous représentent quatre polynômes du second degré dans un repère orthonormé et le signe de leur discriminant Δ. Parmi ces propositions, laquelle est juste ?

a)

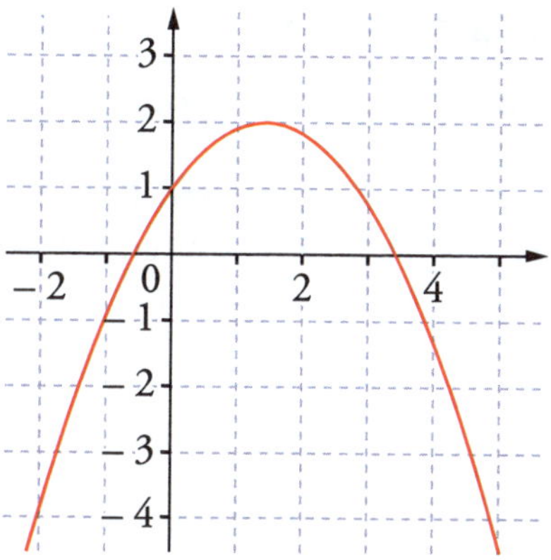

$\Delta > 0$

b)

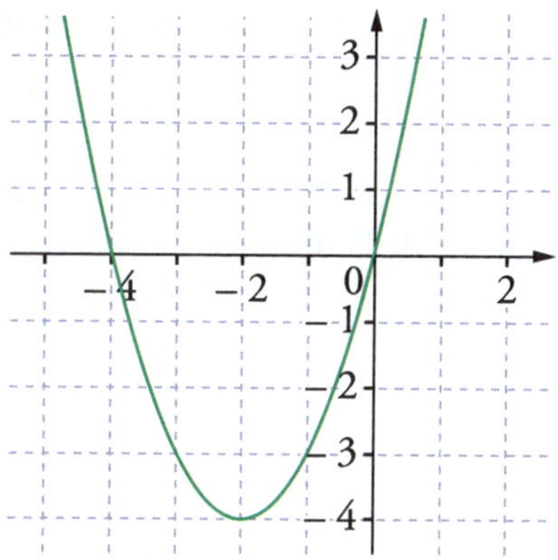

$\Delta = 0$

c)

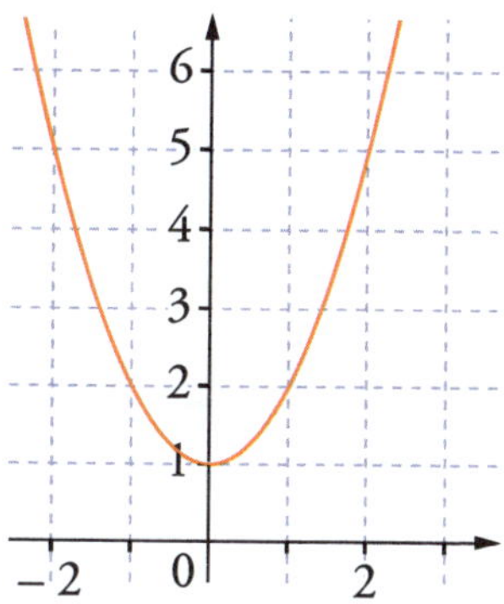

$\Delta > 0$

d)

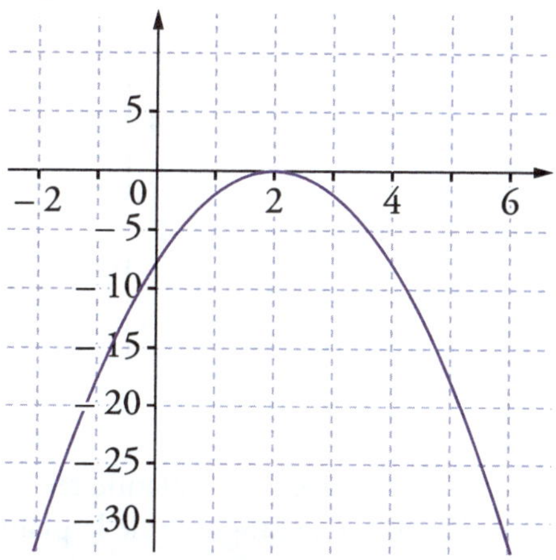

$\Delta < 0$

▶ **5.** Le plan est rapporté à un repère orthonormé.

$\mathscr{D}$ est une droite dont une équation cartésienne est :

$$2x - y + 3 = 0.$$

Parmi ces propositions, laquelle est juste ?

a) La droite $\mathscr{D}$ passe par le point A de coordonnées (2 ; 1).

SPÉCIALITÉS

b) La droite $\mathscr{D}$ est dirigée par le vecteur de coordonnées (–1 ; 2).
c) Le vecteur de coordonnées (2 ; – 1) est normal à la droite $\mathscr{D}$.
d) Le point d'intersection de la droite $\mathscr{D}$ avec l'axe des abscisses a comme coordonnées (0 ; 3).

Exercice 2 (5 points)
Une découpe dans une plaque de bois

Une entreprise de menuiserie réalise des découpes dans des plaques rectangulaires de bois.
Dans un repère orthonormé d'unité 30 cm ci-dessous, on modélise la forme de la découpe dans la plaque rectangulaire par la courbe $\mathscr{C}_f$ représentative de la fonction définie sur l'intervalle [– 1 ; 2] par :

$$f(x) = (-x+2)\,\mathrm{e}^x.$$

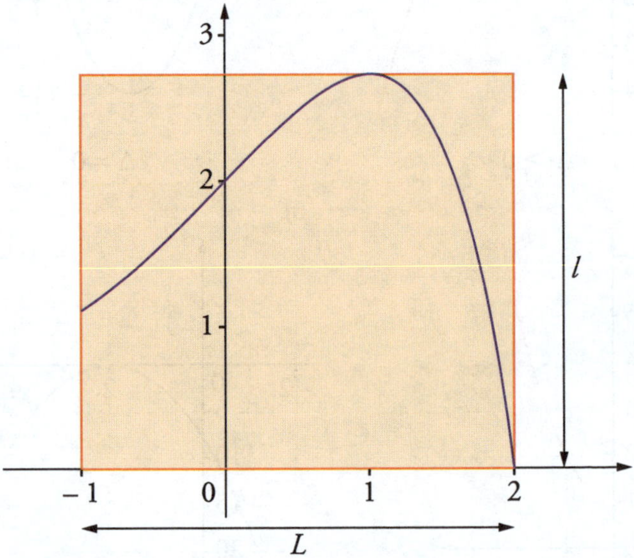

Le bord supérieur de la plaque rectangulaire est tangent à la courbe $\mathscr{C}_f$.
On nomme L la longueur de la plaque rectangulaire et ℓ sa largeur.

▶ **1.** On note f' la fonction dérivée de f.
a) Montrer que pour tout réel x de l'intervalle [– 1 ; 2] :

$$f'(x) = (-x+1)\mathrm{e}^x.$$

b) En déduire le tableau de variations de la fonction f sur [– 1 ; 2].

▶ **2.** La longueur L de la plaque rectangulaire est de 90 cm. Trouver sa largeur ℓ exacte en cm.

Exercice 3 (5 points)
Deux types de contrats d'assurance

Une compagnie d'assurance auto propose deux types de contrat :
– un contrat « Tous risques » dont le montant annuel est de 500 € ;
– un contrat « de base » dont le montant annuel est de 400 €.
En consultant le fichier clients de la compagnie, on recueille les données suivantes :
– 60 % des clients possèdent un véhicule récent (moins de 5 ans) ; les autres clients ont un véhicule ancien ;
– parmi les clients possédant un véhicule récent, 70 % ont souscrit au contrat « Tous risques » ;
– parmi les clients possédant un véhicule ancien, 50 % ont souscrit au contrat « Tous risques ».
On considère un client choisi au hasard.
D'une manière générale, la probabilité d'un événement A est notée $P(A)$ et son événement contraire est noté $\overline{A}$.
On note les événements suivants :
• R : « le client possède un véhicule récent » ;
• T : « le client a souscrit au contrat « Tous risques » ».
On note X la variable aléatoire qui donne le montant du contrat souscrit par un client.

▶ **1.** Recopier et compléter l'arbre pondéré de probabilités traduisant les données de l'exercice.

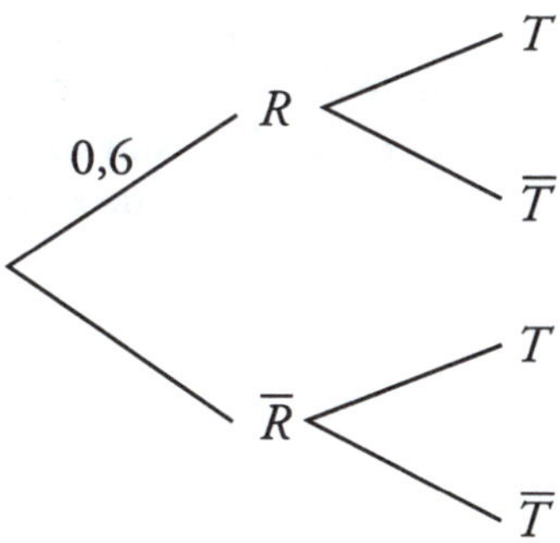

▶ **2.** Calculer la probabilité qu'un client pris au hasard possède un véhicule récent et ait souscrit au contrat « Tous risques », c'est-à-dire calculer $P(R \cap T)$.

▶ **3.** Montrer que $P(T) = 0{,}62$.

▶ **4.** La variable aléatoire X ne prend que deux valeurs a et b. Déterminer ces deux valeurs, les probabilités $P(X = a)$ et $P(X = b)$, puis l'espérance de X.

Exercice 4 (5 points)
Intensité lumineuse à travers une plaque

En traversant une plaque de verre teintée, un rayon lumineux perd 20 % de son intensité lumineuse. L'intensité lumineuse est exprimée en candela (cd).
On utilise une lampe torche qui émet un rayon d'intensité lumineuse réglée à 400 cd.
On superpose n plaques de verres identiques (n étant un entier naturel) et on désire mesurer l'intensité lumineuse I_n du rayon à la sortie de la n-ième plaque.
On note $I_0 = 400$ l'intensité lumineuse du rayon émis par la lampe torche avant de traverser les plaques (intensité lumineuse initiale). Ainsi, cette situation est modélisée par la suite (I_n).

▶ **1.** Montrer par un calcul que $I_1 = 320$.

▶ **2. a)** Pour tout entier naturel n, exprimer I_{n+1} en fonction de I_n.
b) En déduire la nature de la suite (I_n). Préciser sa raison et son premier terme.
c) Pour tout entier naturel n, exprimer I_n en fonction de n.

▶ **3.** On souhaite déterminer le nombre minimal n de plaques à superposer afin que le rayon initial ait perdu au moins 70 % de son intensité lumineuse initiale après sa traversée des plaques.
a) Afin de déterminer le nombre de plaques à superposer, on considère la fonction Python suivante.

```
def nombrePlaques(J):
    I=400
    n=0
    while I > J:
        I = 0.8*I
        n = n+1
    return n
```

Préciser, en justifiant, le nombre j de sorte que l'appel `nombrePlaques(J)` renvoie le nombre de plaques à superposer.
b) Le tableau suivant donne des valeurs de I_n. Combien de plaques doit-on superposer ?

n	0	1	2	3	4	5	6	7
I_n	400	320	256	204,8	163,84	131,07	104,85	83,886

LES CLÉS DU SUJET

Exercice 1

▶ **1.** Utilisez les propriétés de la fonction exponentielle.

▶ **2.** Considérez les positions relatives des points du cercle trigonométrique associés aux réels x et $x + \pi$.

▶ **4.** Concluez d'après le nombre de points communs à la parabole et à l'axe des abscisses.

Exercice 2

▶ **1. a)** Utilisez la formule permettant de calculer la dérivée du produit de deux fonctions.

▶ **2.** La largeur de la plaque est $f(a)$, où a est la valeur en laquelle la fonction f atteint son maximum. Prenez en compte l'unité de longueur.

Exercice 3

▶ **3.** Utilisez la formule des probabilités totales et exploitez l'arbre établi précédemment.

Exercice 4

▶ **2. c)** Utilisez la nature de la suite déterminée à la question précédente.

▶ **3.** Si le rayon a perdu au moins 70 % de son intensité, l'intensité restante est au maximum 30 % de l'intensité initiale.

54 CORRIGÉ GUIDÉ

Exercice 1

▶ **1. Calculer avec une exponentielle**

D'après les propriétés de la fonction exponentielle :

$$e^x \times e^3 = e^{x+3} \text{ et } (e^x)^3 = e^{3x}.$$

La bonne réponse est c.

▶ 2. Utiliser une propriété du cosinus

Les points du cercle trigonométrique associés aux réels x et $x + \pi$ sont symétriques par rapport à l'origine, donc leurs abscisses sont opposées et leurs ordonnées sont opposées.

La bonne réponse est b.

▶ 3. Déterminer une suite modélisant une situation donnée

Pour tout entier naturel n :

$$U_{n+1} = U_n + 3{,}3.$$

Donc la suite (U_n) est arithmétique de raison 3,3.

La bonne réponse est d.

▶ 4. Déterminer par lecture graphique le signe d'un discriminant

Si le discriminant est strictement positif, la courbe coupe l'axe des abscisses en deux points distincts ; si le discriminant est nul, la courbe est tangente à l'axe des abscisses en un point ; si le discriminant est strictement négatif, la courbe n'a pas de point commun avec l'axe des abscisses.

La bonne réponse est a.

▶ 5. Exploiter une équation cartésienne d'une droite

- $2 \times 2 - 1 + 3 = 6 \neq 0$, donc $A(2\,;1) \notin \mathscr{D}$, les coordonnées de A ne vérifient pas l'équation de $\mathscr{D}$, donc la réponse **a.** ne convient pas.
- La droite d'équation cartésienne $ax + by + c = 0$ a pour vecteur directeur le vecteur de coordonnées $(-b\,;a)$, donc $\mathscr{D}$ a pour vecteur directeur $\vec{u}(1\,;2)$, qui n'est pas colinéaire au vecteur de coordonnées $(-1\,;2)$. Donc la réponse **b.** ne convient pas.
- La droite d'équation cartésienne $ax + by + c = 0$ a pour vecteur normal le vecteur de coordonnées $(a\,;b)$; ici $a = 2$ et $b = -1$, donc la réponse c. convient.
- Le point de coordonnées $(0\,;3)$ n'appartient pas à l'axe des abscisses, c'est le point d'intersection de $\mathscr{D}$ avec l'axe des ordonnées, donc la réponse **d.** ne convient pas.

La bonne réponse est c.

Exercice 2

▶ 1. a) Calculer la dérivée d'une fonction

La fonction f est dérivable sur l'intervalle $[-1 ; 2]$ comme produit de fonctions dérivables et, d'après la formule de dérivation du produit de deux fonctions, pour tout $x \in [-1 ; 2]$:

$$f'(x) = -e^x + (-x+2)\,e^x$$

$$\boxed{f'(x) = (-x+1)\,e^x}.$$

b) Étudier les variations d'une fonction sur un intervalle

$e^x > 0$ pour tout x dans $[-1 ; 2]$, donc $f'(x)$ a le signe de $(-x+1)$.

Donc :

- $f'(x) = 0$ pour $x = 1$;
- $f'(x) > 0$ si $x \in [-1 ; 1[$;
- $f'(x) < 0$ si $x \in]1 ; 2]$;
- $f(-1) = 3\,e^{-1}$; $f(1) = e$; $f(2)=0$.

D'où le tableau de variations de f sur $[-1 ; 2]$:

x	-1		1		2
Signe de $f'(x)$		+	0	−	
Variations de f	$3\,e^{-1}$	↗	e	↘	0

▶ 2. Exploiter le calcul de l'image d'un nombre

> **▶ Le conseil de méthode**
>
> On exploite les indications fournies par l'énoncé. La plaque est rectangulaire et son bord supérieur est tangent à la courbe $\mathcal{C}_f$; la droite contenant ce segment est donc parallèle à l'axe des abscisses. Or la tangente à $\mathcal{C}_f$ au point d'abscisse a est parallèle à l'axe des abscisses si et seulement si $f'(a) = 0$; on utilise les résultats de la question précédente.

$f'(1) = 0$, donc la largeur ℓ de la plaque est $f(\ell)$ unités de longueur.
$f(1) = e$ et une unité de longueur est égale à 30 cm d'après l'énoncé, donc la largeur ℓ de la plaque en cm est $30e$.

SPÉCIALITÉS

Exercice 3

▶ 1. Compléter un arbre de probabilités

60 % des clients possèdent un véhicule récent, donc :

$$P(R)=0{,}6 \text{ et } P(\overline{R})=0{,}4.$$

> **À NOTER**
> Cela signifie que 40 % des clients ont un véhicule ancien.

Parmi les clients possédant un véhicule récent, 70 % ont souscrit au contrat « Tous risques », donc :

$$P_R(T)=0{,}7 \text{ et } P_R(\overline{T})=0{,}3.$$

Parmi les clients possédant un véhicule ancien, 50 % ont souscrit au contrat « Tous risques », donc :

$$P_{\overline{R}}(T)=0{,}5 \text{ et } P_{\overline{R}}(\overline{T})=0{,}5.$$

D'où l'arbre :

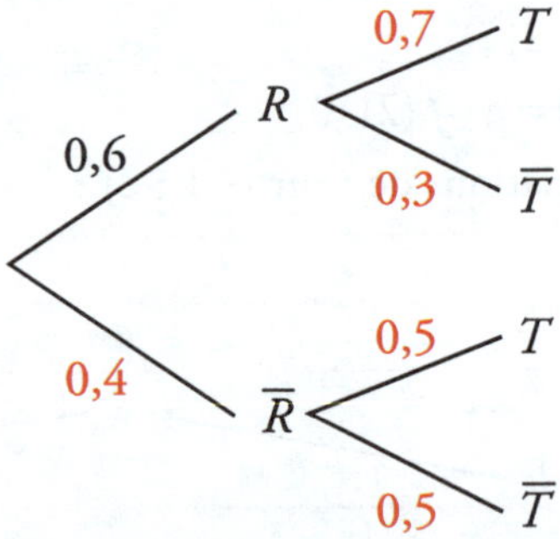

▶ 2. Calculer une probabilité

La probabilité qu'un client pris au hasard possède un véhicule récent et ait souscrit au contrat « Tous risques » est $P(R\cap T)$.

$P(R\cap T)=P(R)\times P_R(T)=0{,}6\times 0{,}7$, donc :

$$\boxed{P(R\cap T)=0{,}42}.$$

▶ 3. Calculer une probabilité

R et $\overline{R}$ forment une partition de l'univers, donc d'après la formule des probabilités totales :

$$P(T)=P(R\cap T)+P(\overline{R}\cap T).$$

Or $P(\overline{R}\cap T)=P(\overline{R})\times P_{\overline{R}}(T)=0{,}4\times 0{,}5=0{,}2$, d'où :

$$P(T)=0{,}42+0{,}2$$

$$\boxed{P(T)=0{,}62}.$$

▶ 4. Déterminer la loi et l'espérance d'une variable aléatoire

X prend les valeurs 400 et 500, montants en euros des deux contrats proposés par la compagnie.

500 est le montant en euros du contrat « Tous risques », donc :

$$P(X=500)=P(T)=0{,}62 \text{ et } P(X=400)=P(\overline{T})=0{,}38.$$

La loi de X peut être résumée par le tableau ci-dessous.

x	400	500
$P(X=x)$	0,38	0,62

L'espérance de X est :

$E(X)=400\times0{,}38+500\times0{,}62$

$$\boxed{E(X)=462}$$

À NOTER
Cela signifie que le montant moyen d'un contrat souscrit auprès de cette compagnie est 462 €.

Exercice 4

▶ 1. Calculer un terme d'une suite

$I_1=I_0-\dfrac{20}{100}\times I_0$, donc :

$$I_1=I_0\left(1-\frac{20}{100}\right)=I_0\times0{,}8=400\times0{,}8$$

$$\boxed{I_1=320}.$$

▶ 2. a) Établir une relation entre deux termes consécutifs d'une suite

Pour tout entier naturel :

$$I_{n+1}=I_n-\frac{20}{100}\times I_n$$

$$I_{n+1}=\left(1-\frac{20}{100}\right)I_n$$

$$\boxed{I_{n+1}=0{,}8\,I_n}.$$

b) Étudier la nature d'une suite

Donc la suite (I_n) est une suite géométrique de raison 0,8.

Son premier terme est $I_0=400$.

À NOTER
La suite (I_n) est décroissante, car son premier terme est positif et sa raison q vérifie $0<q<1$. Ce résultat est cohérent avec la situation.

c) Donner l'expression du terme général d'une suite

(I_n) est la suite géométrique de raison 0,8, de premier terme $I_0 = 400$, donc, pour tout entier naturel n :

$$\boxed{I_n = 400 \times 0{,}8^n}.$$

▶ 3. a) Déterminer la valeur à donner à une variable

Le rayon lumineux a une intensité initiale de 400 cd et on souhaite qu'il ait perdu au moins 70 % de son intensité lumineuse ; celle-ci doit donc être inférieure ou égale à 30 % de 400 cd, c'est-à-dire 120 cd.

On doit donc, dans la fonction Python, donner à j la valeur 120.

b) Déterminer le rang d'un terme inférieur à une valeur donnée

Dans le tableau donné, on lit que $I_5 > 120$ et $I_6 < 120$.

Donc après avoir traversé 5 plaques, le rayon a perdu moins de 70 % de son intensité et, après en avoir traversé 6, il a perdu plus de 70 % de son intensité.

On doit donc superposer 6 plaques.

Sujet de spécialité en physique-chimie

2 heures
20 points

INTÉRÊT DU SUJET • Le corps humain est un véritable laboratoire de physique combiné à une petite usine chimique : un lieu idéal pour ce sujet qui passe de nos yeux à nos globules rouges. Regardons de près la physique de l'hypermétropie pour y voir clair ! Et apprenons à doser l'hémoglobine pour que la chimie de nos vaisseaux sanguins transporte assez d'oxygène et nous assure une santé de fer !

Exercice 1 (10 points) La correction de l'hypermétropie

De nombreux défauts de l'œil peuvent être corrigés avec des lunettes. Une vision non corrigée peut influer sur l'éducation d'une personne, son emploi, sa sécurité et sa qualité de vie.
L'objectif de cet exercice est d'étudier un défaut visuel, sa correction et les résultats d'une échographie oculaire.

DOCUMENT 1 **Extrait d'une brochure disponible dans la salle d'attente d'un médecin ophtalmologiste**

La lumière pénètre dans l'œil par la cornée, traverse le cristallin et l'humeur vitrée, puis arrive sur la rétine. Pour que l'image soit nette, il faut qu'elle se forme sur la rétine.
La myopie est une affection qui perturbe la vision d'objets éloignés qui sont alors flous, leur image se formant avant la rétine.
L'hypermétropie est une affection qui perturbe la vision d'objets proches qui sont alors flous, leur image se formant après la rétine.

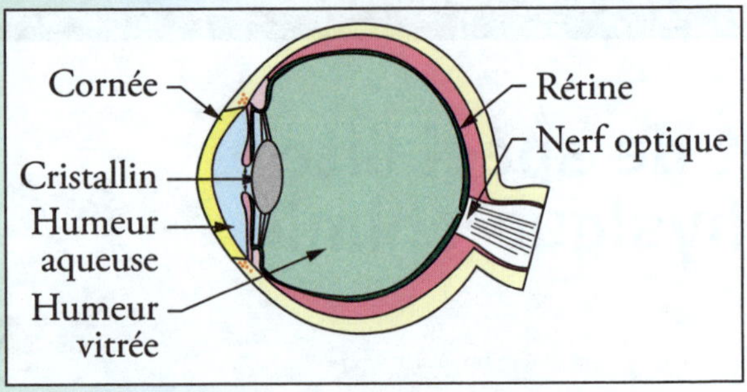

***Figure 1.* Schématisation de la structure interne de l'œil humain**

D'après commons.wikimedia.org

Données

• Relation de conjugaison pour une lentille mince : $\frac{1}{\overline{OA'}} - \frac{1}{\overline{OA}} = \frac{1}{f'}$.

où f' est la distance focale de la lentille, O le centre optique de la lentille, OA′ la distance lentille-image etOA la distance lentille-objet.

• Formule donnant le grandissement γ pour une lentille mince :

$\gamma = \frac{\overline{A'B'}}{\overline{AB}} = \frac{\overline{OA'}}{\overline{OA}}$.

• La vergence d'une lentille est égale à l'inverse de sa distance focale ; elle est homogène à l'inverse d'une longueur (en mètres) et s'exprime en dioptries.

PARTIE 1. UN DÉFAUT VISUEL : L'HYPERMÉTROPIE 25 min

Une élève de première constate, depuis quelques mois, qu'elle rencontre des difficultés pour voir correctement de près. Elle décide d'aller consulter un médecin ophtalmologiste afin de réaliser un bilan ophtalmologique.

▶ **1.** Lors de sa visite chez le médecin ophtalmologiste, l'élève apprend qu'elle est hypermétrope. Cela est-il cohérent avec les informations présentes sur la brochure de la salle d'attente ? *(0,5 point)*

▶ **2.** Une lettre du texte inscrit sur la brochure est modélisée par un objet AB de hauteur égale à 1,0 cm situé à une distance de 25 cm de l'œil. Dans cette situation, on modélise le cristallin de l'œil hypermétrope par une lentille mince convergente L_1 de centre optique O et de distance focale $f_1' = 2{,}0$ cm.

a) Réaliser un schéma de l'image A′B′ de l'objet AB à travers la lentille (L_1) en respectant les échelles suivantes :
– échelle horizontale 1/2 : 1 cm sur la figure représente 2 cm en réalité ;
– échelle verticale 4/1 : 1 cm sur la figure représente 0,25 cm en réalité. *(1,5 point)*

b) Estimer, à l'aide de la construction géométrique, la taille de l'image A′B′. Commenter le résultat obtenu. *(1 point)*

c) Déterminer, par un calcul, la position de l'image sur l'axe optique. *(1 point)*

d) Pour cet œil hypermétrope, on estime que la rétine se situe à une distance de 2,0 cm du cristallin. Expliquer qualitativement pourquoi, dans les conditions d'observation précédentes, le texte de la brochure peut être perçu comme flou par l'élève. *(0,5 point)*

PARTIE 2. CORRECTION DE L'HYPERMÉTROPIE ⏱ 10 min

À la suite de sa visite chez le médecin, une paire de lunettes constituée de verres correcteurs est prescrite à l'élève. Le verre correcteur pour l'œil droit possède une vergence égale à + 2,25 dioptries.

Au cours d'une séance de travaux pratiques, l'élève souhaite, en utilisant le modèle de la lentille mince convergente, estimer la valeur de la distance focale de la lentille mince convergente modélisant ce verre correcteur. Pour cela, elle mesure la position de l'image formée par ce verre correcteur, extrait de sa monture, pour différentes positions d'un objet lumineux. Une photographie du dispositif expérimental et les résultats obtenus sont consignés ci-dessous.

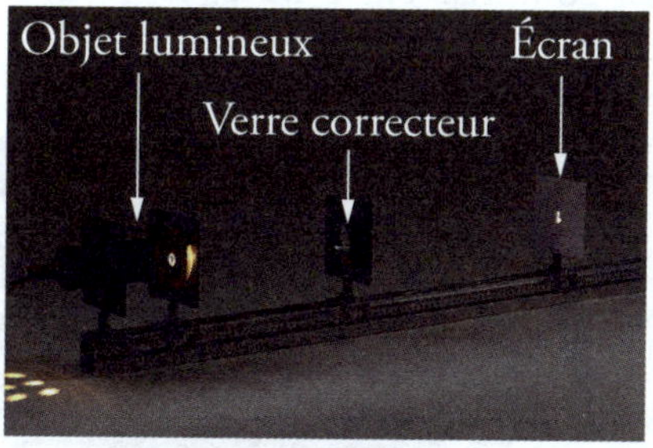

Ph © Frédéric Hanoteau / Archives Hatier

$\overline{OA}$ (en m)	−0,71	−0,76	−0,86	−0,90	−1,01
$\overline{OA'}$ (en m)	1,11	1,02	0,87	0,82	0,69

▶ **1.** En exploitant les résultats expérimentaux, déterminer au mieux la valeur de la distance focale de la lentille mince convergente modélisant ce verre correcteur. Commenter le résultat obtenu. *(1,75 point)*

▶ **2.** Expliquer qualitativement pourquoi ce verre correcteur permet de corriger ce défaut de vision. *(0,25 point)*

SPÉCIALITÉS

PARTIE 3. ÉCHOGRAPHIE OCULAIRE

25 min

L'échographie permet d'observer la structure de l'œil et de mesurer sa taille.

DOCUMENT 2 **Principe de l'échographie d'un œil**

Avant l'échographie, pour le confort du patient, le médecin réalise une anesthésie de la cornée à l'aide de quelques gouttes de collyre anesthésique. Il dépose ensuite du gel ophtalmique stérile à la surface de la cornée et balaie cette surface à l'aide d'une sonde émettant des ultrasons de fréquence égale à 10 MHz. En mesurant notamment des durées séparant le signal émis et les signaux reçus après réflexion (les échos) sur les différentes parties de l'œil, un système informatique permet d'obtenir une image en nuances de gris. Les amplitudes les plus importantes des ondes réfléchies sont codées en blanc, les plus faibles sont codées en noir.

On peut ainsi mesurer la distance séparant la cornée de la rétine, appelée longueur axiale de l'œil. La longueur axiale d'un œil normal est comprise entre 22 et 24 mm. En deçà de 22 mm, l'œil est trop court : il est hypermétrope. Au-delà de 24 mm, l'œil est trop long : il est myope.

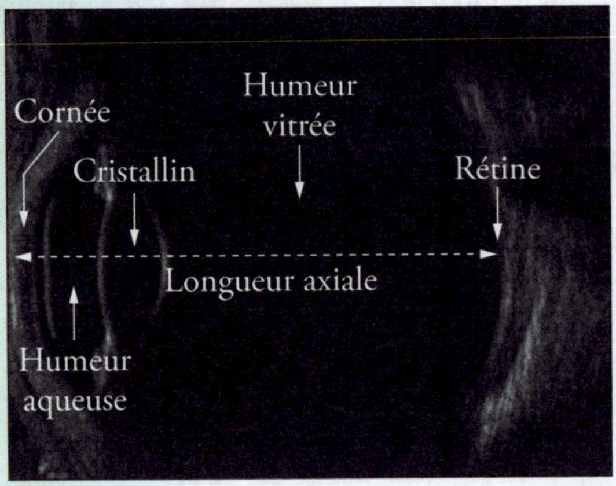

Figure 2. **Image échographique de l'œil**

D'après www.ultrasoundpaedia.com

Milieu traversé	Cornée	Humeur aqueuse	Cristallin	Humeur vitrée
Célérité des ultrasons (en $m \cdot s^{-1}$)	1 620	1 532	1 641	1 532
Durée nécessaire à la réception des principaux échos par la sonde (en µs)	0,6	3,6	9,2	27,0

***Figure 3.* Données échographiques reconstituées**

D'après le *Journal de radiologie* (vol. 87) :
« Échographie de l'œil et de l'orbite avec un échographe polyvalent » ;
auteurs : O. Bergès, P. Koskas, F. Lafitte, J-D. Piekarski).

▶ **1.** Quelle est la nature des ondes utilisées pour réaliser ce diagnostic ? *(0,25 point)*

▶ **2.** Déterminer la longueur d'onde des ondes utilisées lorsqu'elles traversent l'humeur vitrée. *(0,5 point)*

▶ **3.** Expliquer qualitativement, à l'aide d'un schéma, l'origine de ces quatre échos. On suppose que le gel permet à l'onde ultrasonore de pénétrer dans la cornée sans réflexion sur sa face avant. *(0,75 point)*

▶ **4.** Cet œil est-il hypermétrope ? *(2 points)*

L'élève est invité à prendre des initiatives et à présenter la démarche suivie, même si elle n'a pas abouti. La démarche est évaluée et nécessite d'être correctement présentée.

Exercice 2 (10 points)
Les ions ferreux essentiels pour le transport du dioxygène dans le sang

Transportées par les globules rouges, les molécules d'hémoglobine assurent, par la circulation sanguine, l'apport du dioxygène aux différents organes des animaux vertébrés. L'hémoglobine est un assemblage de quatre sous-unités qui abritent chacune une structure chimique particulière nommée « hème ». Chaque hème contient un ion ferreux Fe^{2+}, responsable de la fixation d'une molécule de dioxygène.
Certains polluants ou toxines présents dans le sang peuvent oxyder les ions ferreux Fe^{2+} en ions ferriques Fe^{3+} qui n'ont pas la capacité de fixer le dioxygène. Il est donc important que l'élément fer de l'hème ne soit pas oxydé et reste sous la forme d'ion Fe^{2+}.

Dans cet exercice, on étudie d'abord l'oxydation des ions ferreux en ions ferriques. Ensuite, une méthode de dosage de l'hémoglobine dans le sang et le traitement d'une carence en fer sont abordés.

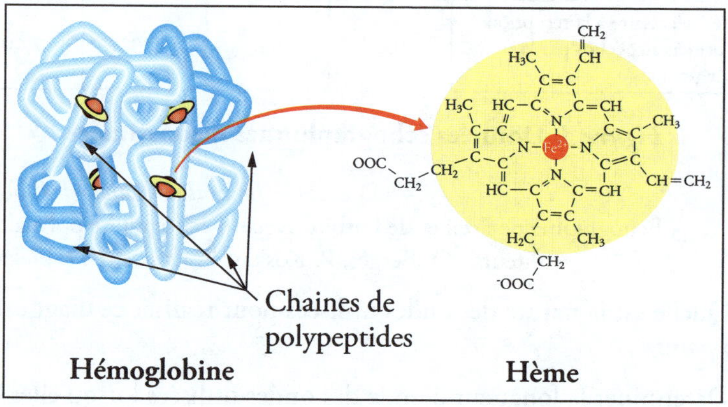

D'après slideplayer.com

PARTIE 1. OXYDATION DES IONS FERREUX

Une expérience est menée en laboratoire pour illustrer la capacité de l'ion permanganate à oxyder les ions ferreux.
Dans un bécher contenant 40 mL d'une solution de sulfate de fer (II) $(Fe^{2+}{}_{(aq)} + SO_4{}^{2-}{}_{(aq)})$ de concentration en quantité de matière égale à $2{,}5 \times 10^{-1}$ mol · L^{-1}, on introduit 20 mL d'une solution aqueuse de permanganate de potassium $(K^+{}_{(aq)} + MnO_4{}^-{}_{(aq)})$ de concentration en quantité de matière $1{,}0 \times 10^{-1}$ mol · L^{-1} contenant aussi des ions H^+.
Les solutions avant mélange et après mélange ont été photographiées et figurent ci-dessous.

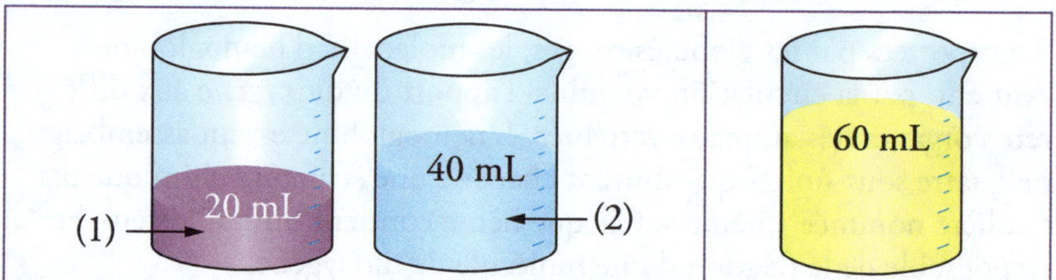

Solution de permanganate de potassium (1) et solution de sulfate de fer (2) avant introduction de la solution (1) dans (2).	Solution obtenue après mélange des deux solutions.

Données

• La présence des espèces chimiques citées dans le tableau ci-dessous confère une coloration à une solution aqueuse.

Espèce chimique	Fe^{2+}	Fe^{3+}	MnO_4^-	Mn^{2+}
Coloration de la solution aqueuse	verdâtre	orangée	violacée coloration intense	incolore

• Couples oxydant-réducteur :

– $Fe^{3+}{}_{(aq)}/Fe^{2+}{}_{(aq)}$;

– $MnO_4^-{}_{(aq)}/Mn^{2+}{}_{(aq)}$ dont la demi-équation électronique s'écrit :

$$MnO_4^-{}_{(aq)} + 8H^+{}_{(aq)} + 5e^- = Mn^{2+}{}_{(aq)} + 4H_2O_{(\ell)}.$$

▶ **1.** À l'aide des observations, montrer qu'une transformation chimique a bien eu lieu. *(0,5 point)*

▶ **2.** Identifier les oxydants et les réducteurs consommés et ceux qui sont produits. *(1 point)*

▶ **3.** On souhaite modéliser la transformation par une réaction oxydant-réducteur.

a) Écrire la demi-équation électronique du couple $Fe^{3+}{}_{(aq)}/Fe^{2+}{}_{(aq)}$. *(0,5 point)*

b) Vérifier que l'équation de la réaction oxydant-réducteur modélisant la transformation chimique s'écrit :

$MnO_4^-{}_{(aq)} + 5Fe^{2+}{}_{(aq)} + 8H^+{}_{(aq)} \rightarrow Mn^{2+}{}_{(aq)} + 5Fe^{3+}{}_{(aq)} + 4H_2O_{(\ell)}$. *(0,5 point)*

c) Justifier, à l'aide des données, que $MnO_4^-{}_{(aq)}$ et $Fe^{2+}{}_{(aq)}$ sont introduits en proportions stœchiométriques dans le mélange initial. *(1 point)*

Cette modélisation de la transformation sert de support pour rédiger un programme en langage Python (voir ci-après). Ce programme permet de visualiser l'évolution des quantités de matière des ions permanganate et des ions ferreux dans le système précédent en fonction de l'avancement de la réaction noté *x*.

▶ **4.** Indiquer la ligne du programme codant l'information correspondant à une transformation totale. Justifier. *(0,5 point)*

▶ **5.** Établir un tableau d'avancement de la réaction et vérifier que la valeur de l'avancement maximal est compatible avec le tracé de la figure 4. *(1 point)*

```
5 ni_MnO4=2.0 # quantité de matière initiale de permanganate MnO4- en mmol
6 ni_Ferreux=10 # quantité de matière initiale d'ions Fe2+ en mmol
7 ni_Ferrique=0 # quantité de matière initiale d'ions Fe3+ en mmol
8 ni_Mn2=0 # quantité de matière initiale d'ions Mn2+ en mmol
9 # H20 solvant (non simulé)
10 # H+ large excès (non simulé)
11
12 n_MnO4=[ni_MnO4]
13 n_Ferreux=[ni_Ferreux]
14 n_Ferrique=[ni_Ferrique]
15 n_Mn2=[ni_Mn2]
16
17 avancement=[0]
18 x=0
19
20 while n_MnO4[-1]>=0 and n_Ferreux[-1]>=0:
21     x=x+0.05
22     n_MnO4.append((ni_MnO4-1*x))
23     n_Ferreux.append(ni_Ferreux-5*x)
24     n_Mn2.append((ni_Mn2+1*x))
25     avancement.append(x)
26
27 xmax=avancement[-1]
```

Extrait du programme rédigé en langage Python

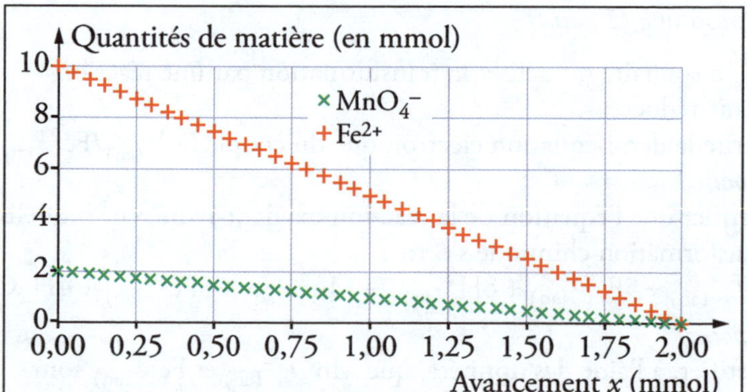

***Figure 4.* Évolution des quantités de matière en fonction de l'avancement, calculée par le programme**

▶ **6.** Déduire du tableau d'avancement l'expression de la quantité de matière des ions $Fe^{3+}_{(aq)}$ en fonction de l'avancement. *(0,5 point)*

▶ **7.** Écrire l'instruction permettant de calculer la quantité de matière de $Fe^{3+}_{(aq)}$ pour une valeur d'avancement x et proposer un numéro de ligne où elle pourrait être insérée dans le programme. *(0,5 point)*

▶ **8.** Reproduire la figure 4 et tracer l'évolution des quantités de matière d'ions $Mn^{2+}_{(aq)}$ et $Fe^{3+}_{(aq)}$. *(1 point)*

PARTIE 2. DOSAGE DE L'HÉMOGLOBINE ET TRAITEMENT D'UNE CARENCE EN FER

25 min

Quand l'organisme souffre d'une carence en fer, les hèmes contenus dans les globules rouges qui contiennent des ions Fe^{2+} ne sont plus suffisamment nombreux. Le taux d'hémoglobine est alors trop faible pour assurer une oxygénation normale des organes. Un dosage du taux d'hémoglobine permet de diagnostiquer une éventuelle carence et de prescrire un traitement adapté aux besoins.

DOCUMENT 3 Principe du dosage de l'hémoglobine dans le sang par la « méthode de Drabkin »

Le réactif de Drabkin permet de transformer l'hémoglobine d'un échantillon de sang en cyanméthémoglobine. On réalise ensuite un dosage spectrophotométrique de la cyanméthémoglobine dans l'échantillon analysé.

Protocole simplifié du dosage :

– ajout de 5 mL du réactif de Drabkin dans 20 µL d'échantillon de sang analysé ;

– mesure de l'absorbance *A* de la solution obtenue, à une longueur d'onde de 546 nm ;

– ajout de 5 mL du réactif de Drabkin dans 20 µL d'échantillons de référence de concentrations connues en hémoglobine ;

– mesures d'absorbances et tracé d'une droite d'étalonnage (figure 5).

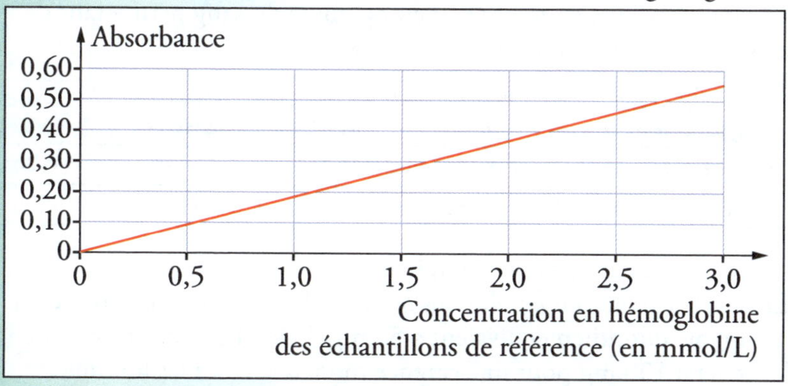

Figure 5

D'après www.studocu.com

Données

• Cercle chromatique

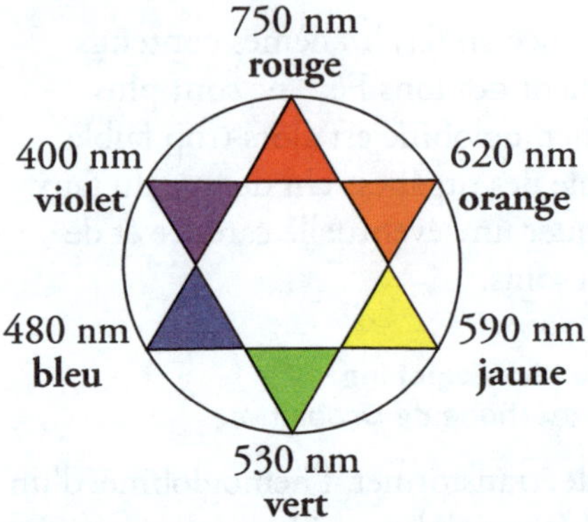

• Spectre d'absorption d'une solution aqueuse de cyanméthémoglobine

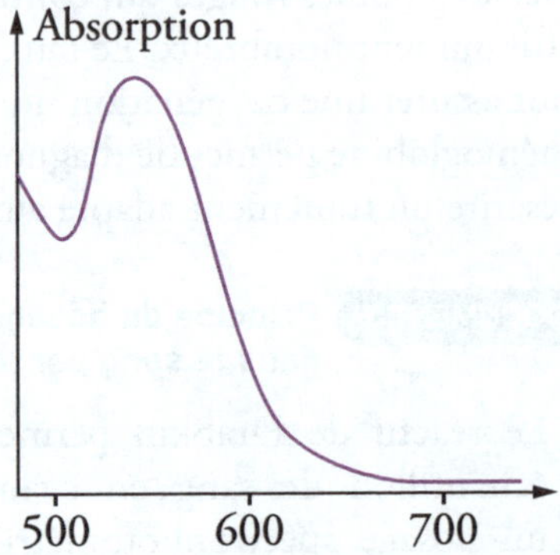

D'après basicmedicalkey.com

• Masses molaires

Hémoglobine : $M(Hb) = 64 \times 10^3\ g \cdot mol^{-1}$;
Soufre : $M(S) = 32{,}0\ g \cdot mol^{-1}$; Oxygène : $M(O) = 16{,}0\ g \cdot mol^{-1}$;
Fer : $M(Fe) = 55{,}8\ g \cdot mol^{-1}$.

• Tableau de référence de diagnostic d'une carence en fer et recommandations pour le traitement

– Concentrations en masse en hémoglobine du sang permettant de diagnostiquer une carence en fer :

Taux d'hémoglobine (en g par litre de sang)	Taux normaux	Carence légère	Carence modérée	Carence sévère
Homme (> 15 ans)	135-175	110-130	80-110	< 80
Femme (> 15 ans)	115-155	100-110	70-100	< 70

– Recommandations pour le traitement

En cas de carence en fer chez les femmes, le traitement préconisé est un apport quotidien équivalent à 50 mg d'ions Fe^{2+} pour une carence légère et à 100 mg pour une carence modérée. Chez les hommes, l'apport doit être de 100 mg pour une carence légère et 200 mg pour une carence modérée.

Source : rapport 2016 de l'Organisation mondiale de la santé (OMS)

• Extrait de l'étiquette du Timoférol, médicament pour traiter une carence en fer :

– comprimés pour traitement curatif ou préventif d'une carence en fer ;
– principe actif : fer sous forme de sulfate ferreux desséché ($FeSO_4$) ;
– composition : sulfate ferreux desséché 136,00 mg par comprimé.

▶ **1.** Prévoir la teinte d'une solution aqueuse de cyanméthémoglobine. *(1 point)*

▶ **2.** Expliquer le choix de la longueur d'onde de mesure d'absorbance. *(0,5 point)*

▶ **3.** Un échantillon de sang d'une femme est analysé par la méthode de Drabkin et l'absorbance mesurée est de $A = 0{,}26$.

a) Indiquer si une carence en fer est diagnostiquée. *(0,75 point)*

b) Proposer un traitement adapté en déterminant le nombre de comprimés à prescrire par jour. *(0,75 point)*

LES CLÉS DU SUJET

Exercice 1

Le lien avec le programme

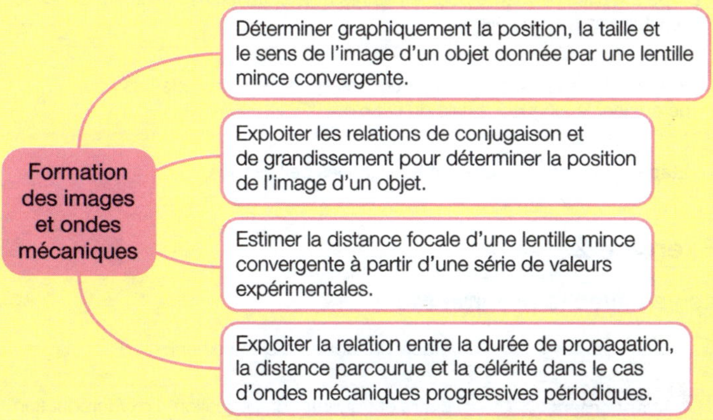

Les conseils du correcteur

Partie 1. Un défaut visuel : l'hypermétropie

▶ **2. a)** Tracez l'axe optique puis placez le symbole de la lentille convergente et son centre optique O. Positionnez, en respectant les échelles, le foyer image F′ de la lentille et l'objet AB. Tracez les rayons lumineux caractéristiques pour construire l'image A′B′ de cet objet.
c) Utilisez une des deux formules données dans l'énoncé et n'oubliez pas que les distances sont des grandeurs algébriques !

Partie 2. Correction de l'hypermétropie

▶ **1.** Pour chaque couple de mesures, déterminez la valeur de la distance focale de la lentille en utilisant la relation de conjugaison. Déduisez-en la valeur moyenne et comparez ce résultat à la distance focale calculée à partir de la vergence de l'énoncé.

Partie 3. Échographie oculaire

▶ **2.** Exploitez la relation entre la période temporelle T, la longueur d'onde λ et la célérité *v* de l'onde. Utilisez la célérité des ultrasons dans l'humeur vitrée.
▶ **3.** Utilisez la figure 2 pour identifier les différents milieux traversés par les ondes ultrasonores. Souvenez-vous qu'une onde est partiellement réfléchie lorsqu'elle rencontre une surface séparant deux milieux différents.

Aide à la résolution de la question 4 de la partie 3

Déterminer si l'œil est hypermétrope en calculant sa longueur axiale

Étape 1. Déterminez l'épaisseur de la cornée en exploitant la relation entre la célérité des ultrasons dans la cornée, l'épaisseur de la cornée et la durée de propagation en tenant compte de l'aller-retour !

Étape 2. Faites de même pour les autres milieux traversés : l'humeur aqueuse, le cristallin et l'humeur vitrée.

Étape 3. Faites la somme de toutes ces épaisseurs précédentes pour déterminer la longueur axiale de cet œil.

Étape 4. Conclure en utilisant les données de l'énoncé.

Exercice 2

Le lien avec le programme

Avancement chimique et loi de Beer- Lambert

- Établir un tableau d'avancement.
- Écrire et équilibrer une équation d'oxydoréduction.
- Justifier des conditions stœchiométriques.
- Exploiter un dosage par étalonnage.

■ Les conseils du correcteur

Partie 1. Oxydation des ions ferreux	▶ **3. b)** Écrivez l'équation d'oxydoréduction en vérifiant bien que vous avez le même nombre d'électrons dans les deux demi-équations. **c)** Calculez les quantités initiales d'ions $MnO_4^-{}_{(aq)}$ et $Fe^{2+}{}_{(aq)}$ à partir des concentrations et des volumes. ▶ **5.** Calculez l'avancement maximal pour remplir le tableau à l'état final.
Partie 2. Dosage de l'hémoglobine et traitement d'une carence en fer	▶ **1.** Déterminez la couleur du rayonnement le plus absorbé, puis trouvez la couleur complémentaire. ▶ **3.** Déterminez, à partir du graphique de l'absorbance, la valeur de la concentration en hémoglobine (l'abscisse de la valeur $A = 0{,}26$) puis utilisez la relation entre la concentration en masse et la concentration en quantité de matière $C_m = C \times M$.

55 CORRIGÉ GUIDÉ

Exercice 1

PARTIE 1. UN DÉFAUT VISUEL : L'HYPERMÉTROPIE

▶ 1. Extraire et confronter des informations

L'élève rencontre des difficultés pour voir correctement de près. Or, d'après la brochure de la salle d'attente, l'hypermétropie est un défaut de l'œil qui perturbe la vision d'objets proches. La conclusion du médecin est cohérente avec les informations de la brochure : l'élève est hypermétrope.

▶ 2. a) Dessiner l'image d'un objet à travers une lentille convergente

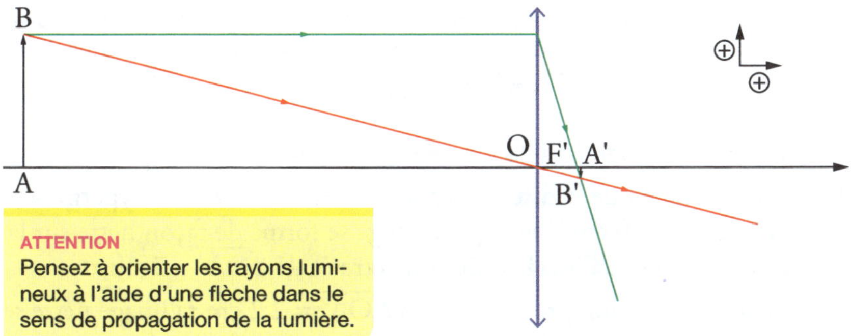

ATTENTION
Pensez à orienter les rayons lumineux à l'aide d'une flèche dans le sens de propagation de la lumière.

b) Déterminer les caractéristiques de l'image à partir de la construction graphique

L'image A′B′ mesure 0,35 cm de hauteur sur la figure. Or, d'après l'échelle verticale, 1 cm sur la figure représente 0,25 cm en réalité. Ainsi, la taille réelle de l'image est : $A'B' = \dfrac{0{,}35 \times 0{,}25}{1} = 0{,}088$ cm.

La taille de l'objet est $\overline{AB} = 1{,}0$ cm et la taille algébrique de l'image est $\overline{A'B'} = -0{,}088$ cm.

Comme A′B′ < AB, l'image est plus petite que l'objet. De plus, comme $\overline{AB} > 0$ et $\overline{A'B'} < 0$, l'image est renversée par rapport à l'objet.

c) Calculer la position de l'image

Pour déterminer la position $\overline{OA'}$ de l'image sur l'axe optique, on utilise la relation de conjugaison : $\dfrac{1}{\overline{OA'}} - \dfrac{1}{\overline{OA}} = \dfrac{1}{f_1'}$

d'où $\dfrac{1}{\overline{OA'}} = \dfrac{1}{f_1'} + \dfrac{1}{\overline{OA}}$ avec $\overline{OA} = -25$ cm et $f_1' = 2{,}0$ cm.

Ainsi $\dfrac{1}{\overline{OA'}} = \dfrac{1}{2{,}0} + \dfrac{1}{-25} = 0{,}46\ \text{cm}^{-1}$ et donc $\overline{OA'} = \dfrac{1}{0{,}46} = 2{,}2$ cm :
l'image A′B′ se situe 2,2 cm après la lentille dans la réalité.

> ▶ **Le conseil de méthode**
>
> Cette question peut aussi être traitée en exploitant la formule du grandissement $\gamma = \dfrac{\overline{A'B'}}{\overline{AB}} = \dfrac{\overline{OA'}}{\overline{OA}}$.
>
> On cherche à déterminer la position $\overline{OA'}$ de l'image.
>
> On écrit donc : $\overline{OA'} = \dfrac{\overline{A'B'} \times \overline{OA}}{\overline{AB}}$.
>
> Avec $\overline{OA} = -25$ cm, $\overline{AB} = +1{,}0$ cm et $\overline{A'B'} = -0{,}088$ cm, on obtient :
>
> $\overline{OA'} = \dfrac{-0{,}088 \times (-25)}{1{,}0} = 2{,}2$ cm.
>
> Néanmoins, cette méthode présente l'inconvénient d'utiliser les valeurs obtenues par la construction graphique, qui pourraient être fausses à la suite d'une erreur de construction.

d) Exploiter les conditions de formation d'une image nette

L'énoncé indique que la distance cristallin-rétine de cet œil hypermétrope est égale à 2,0 cm. Pour que l'image se forme de façon nette sur la rétine, la position de l'image doit donc être égale à $\overline{OA'} = 2{,}0$ cm.

Or, d'après la question précédente, on a $\overline{OA'} = 2{,}2$ cm : l'image nette se forme donc 0,2 cm après la rétine. Ainsi, le texte de la brochure est vu flou par l'élève.

PARTIE 2. CORRECTION DE L'HYPERMÉTROPIE

▶ 1. Déterminer la valeur de la distance focale d'une lentille convergente à partir de mesures expérimentales

Pour les cinq valeurs de positions de l'objet, on applique la relation de conjugaison pour déterminer la distance focale f' correspondante. Puis, on estimera la valeur de la distance focale en calculant la valeur moyenne.

On a : $\frac{1}{\overline{OA'}} - \frac{1}{\overline{OA}} = \frac{1}{f'}$ soit $\frac{1}{f'} = \frac{1}{\overline{OA'}} - \frac{1}{\overline{OA}}$.

1) $\frac{1}{f'} = \frac{1}{1,11} - \frac{1}{-0,71} = \frac{1}{1,11} + \frac{1}{0,71} = 2,31 \text{ m}^{-1}$ d'où $f' = 0,433$ m.

2) $\frac{1}{f'} = \frac{1}{1,02} - \frac{1}{-0,76} = \frac{1}{1,02} + \frac{1}{0,76} = 2,30 \text{ m}^{-1}$ d'où $f' = 0,435$ m.

3) $\frac{1}{f'} = \frac{1}{0,87} - \frac{1}{-0,86} = \frac{1}{0,87} + \frac{1}{0,86} = 2,31 \text{ m}^{-1}$ d'où $f' = 0,433$ m.

4) $\frac{1}{f'} = \frac{1}{0,82} - \frac{1}{-0,90} = \frac{1}{0,82} + \frac{1}{0,90} = 2,33 \text{ m}^{-1}$ d'où $f' = 0,429$ m.

5) $\frac{1}{f'} = \frac{1}{0,69} - \frac{1}{-1,01} = \frac{1}{0,69} + \frac{1}{1,01} = 2,44 \text{ m}^{-1}$ d'où $f' = 0,410$ m.

La valeur moyenne de la distance focale est donc :

$$f' = \frac{0,433 + 0,435 + 0,433 + 0,429 + 0,410}{5} = 0,428 \text{ m}.$$

D'après l'énoncé, la vergence du verre correcteur est de +2,25 dioptries. La distance focale de cette lentille est égale à l'inverse de sa vergence soit $f' = \frac{1}{2,25} = 0,444$ m. On en déduit que la valeur de la distance focale de la lentille mince convergente modélisant ce verre correcteur déterminée expérimentalement est bien en accord avec la valeur de la vergence de ce verre, aux incertitudes de mesure près.

▶ 2. Expliquer l'intérêt du verre correcteur prescrit

Ce verre correcteur est une lentille convergente. L'ensemble {verre + œil} est ainsi plus convergent que l'œil hypermétrope sans correction Les rayons lumineux vont donc désormais converger sur la rétine : le texte sera vu net.

PARTIE 3. ÉCHOGRAPHIE OCULAIRE

▶ 1. Identifier une catégorie d'ondes

Les ondes ultrasonores utilisées sont des ondes mécaniques.

▶ 2. Calculer une longueur d'onde

La période temporelle T et la longueur d'onde λ sont liées à la célérité v par la relation $v = \frac{\lambda}{T}$. Or, la fréquence $f = \frac{1}{T}$ donc $v = \lambda \times f$.

Ainsi, puisque l'énoncé nous indique que $v = 1\,532\ \text{m} \cdot \text{s}^{-1}$ dans l'humeur vitrée, et que la fréquence des ultrasons est $f = 10$ MHz $= 10 \times 10^6$ Hz, on exprime la longueur d'onde λ des ultrasons en fonction de ces grandeurs : $\lambda = \frac{v}{f}$, d'où $\lambda = \frac{1532}{10 \times 10^6} = 1{,}5 \times 10^{-4}\ \text{m}$.

▶ 3. Schématiser le parcours d'ondes réfléchies

On considère l'arrivée d'une onde ultrasonore incidente à la surface de la cornée enduite de gel. Cette onde se propage dans les différents milieux rencontrés et sera réfléchie par les différentes interfaces :

- la face arrière de la cornée (pas de réflexion sur la face avant à cause du gel) ;
- la face avant du cristallin ;
- la face arrière du cristallin ;
- la surface de la rétine.

Chaque interface provoquant la réflexion de l'onde, on constate donc la présence de 4 réflexions ce qui justifie l'apparition de 4 échos.

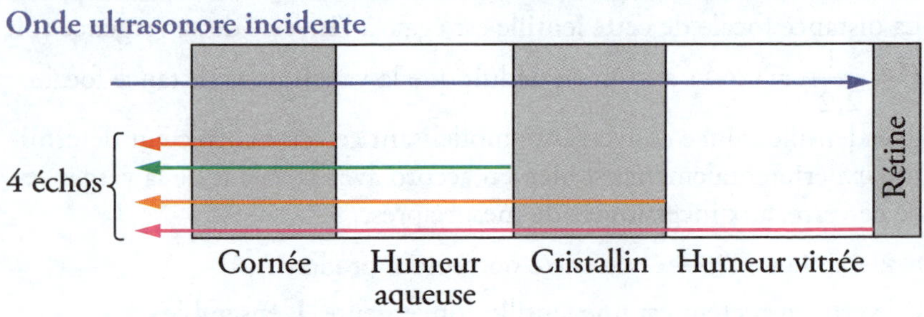

▶ 4. Déterminer la longueur axiale de l'œil

En exploitant les durées de réception des échos réfléchis par les différentes interfaces et les célérités des ultrasons dans les différents milieux, il faut déterminer, pas à pas, l'épaisseur de chaque milieu pour en déduire la longueur axiale de l'œil étudié.

Étape 1 : détermination de l'épaisseur de la cornée

On note $e_{\text{cornée}}$ l'épaisseur de la cornée. Pendant la durée $\Delta t_{\text{cornée}} = 0{,}6$ µs nécessaire à la réception de l'écho (dû à la réflexion de l'onde sur la paroi arrière de la cornée), l'onde ultrasonore parcourt un aller-retour donc la distance $2e_{\text{cornée}}$ à la célérité $v_{\text{cornée}} = 1\,620 \text{ m}\cdot\text{s}^{-1}$.

> **ATTENTION**
> Cette question est une petite résolution de problème. Présentez un raisonnement en plusieurs étapes. Rédigez de façon claire et justifiez chaque étape.

On peut donc écrire que $2e_{\text{cornée}} = v_{\text{cornée}} \times \Delta t_{\text{cornée}}$ d'où :

$$e_{\text{cornée}} = \frac{v_{\text{cornée}} \times \Delta t_{\text{cornée}}}{2} = \frac{1620 \times 0{,}6 \times 10^{-6}}{2} = 5 \times 10^{-4} \text{ m} = 0{,}5 \text{ mm.}$$

Étape 2 : détermination de l'épaisseur des autres milieux

On procède de la même manière pour les autres milieux sachant que la durée de propagation doit être déterminée pour chaque milieu en soustrayant la durée nécessaire à la propagation dans le ou les milieux précédents.

On a $\Delta t_{\text{cornée}} = 0{,}6$ µs.

On peut écrire $\Delta t_{\text{humeur aqueuse}} = 3{,}6 - 0{,}6 = 3{,}0$ µs. Et de même :

$\Delta t_{\text{cristallin}} = 9{,}2 - 3{,}6 = 5{,}6$ µs et $\Delta t_{\text{humeur vitrée}} = 27{,}0 - 9{,}2 = 17{,}8$ µs.

On peut alors calculer les différentes épaisseurs :

$$e_{\text{humeur aqueuse}} = \frac{v_{\text{humeur aqueuse}} \times \Delta t_{\text{humeur aqueuse}}}{2}$$

Ainsi, $e_{\text{humeur aqueuse}} = \dfrac{1\,532 \times 3{,}0 \times 10^{-6}}{2} = 2{,}3 \times 10^{-3} \text{ m} = 2{,}3 \text{ mm}$

$$e_{\text{cristallin}} = \frac{v_{\text{cristallin}} \times \Delta t_{\text{cristallin}}}{2} = \frac{1\,641 \times 5{,}6 \times 10^{-6}}{2} = 4{,}6 \text{ mm}$$

$$e_{\text{humeur vitrée}} = \frac{v_{\text{humeur vitrée}} \times \Delta t_{\text{humeur vitrée}}}{2}$$

$$= \frac{1\,532 \times 17{,}8 \times 10^{-6}}{2} = 13{,}6 \text{ mm.}$$

Étape 3 : calcul de la longueur axiale de cet œil

La longueur axiale L de l'œil étudié est la somme de ces épaisseurs :

$L = e_{\text{cornée}} + e_{\text{humeur aqueuse}} + e_{\text{cristallin}} + e_{\text{humeur vitrée}} = 21{,}0$ mm.

Étape 4 : conclusion

La longueur axiale L de cet œil est inférieure à 22 mm : cet œil est trop court ; il est hypermétrope.

Exercice 2

PARTIE 1. OXYDATION DES IONS FERREUX

▶ 1. Caractériser une évolution d'un système chimique

On peut constater un changement de coloration des solutions. Or, d'après les données, ces colorations sont dues à la présence de certains ions dans la solution. Par exemple, la coloration intense violacée a disparu ce qui tend à montrer que les ions responsables de cette coloration ne sont plus présents et que, par conséquent, ils se sont transformés.

▶ 2. Identifier les oxydants et les réducteurs

La question est double : il faut à la fois identifier les réactifs et les produits de la réaction, mais aussi les oxydants et les réducteurs.

L'ion permanganate MnO_4^- a été introduit et n'est plus présent (d'après la coloration de la solution obtenue) : il fait donc partie des réactifs.

D'après les données, ces ions sont des oxydants car ils font partie du couple MnO_4^-/Mn^{2+}. Ils doivent donc avoir réagi avec une espèce réductrice, or la seule qui soit mentionnée dans les données est l'ion ferreux Fe^{2+}. Et effectivement, ces ions Fe^{2+} sont introduits dans le mélange réactionnel initial.

> **ATTENTION**
> L'écriture des couples oxydant-réducteur se fait toujours dans le même ordre : oxydant/réducteur.

Ainsi, les réactifs sont les ions permanganate et les ions ferreux, MnO_4^- et Fe^{2+}, respectivement oxydant et réducteur, et les produits de cette réaction sont les ions manganèse(II) Mn^{2+} et ferrique Fe^{3+}, respectivement réducteur et oxydant.

▶ 3. a) Écrire une demi-équation électronique

La demi-équation électronique est $Fe^{3+}_{(aq)} + e^- = Fe^{2+}_{(aq)}$.

b) Vérifier l'équation d'oxydoréduction proposée

On a les deux demi-équations électroniques suivantes :

$Fe^{3+}_{(aq)} + e^- = Fe^{2+}_{(aq)}$

$MnO_4^-{}_{(aq)} + 8H^+_{(aq)} + 5e^- = Mn^{2+}_{(aq)} + 4\ H_2O_{(\ell)}$

La réaction considérée fait réagir les ions $Fe^{2+}_{(aq)}$ donc il faut inverser la première demi-équation pour qu'elle soit dans le « bon sens », c'est-à-dire dans celui de la réaction se produisant dans les béchers.

De plus, il faut que le transfert d'électron soit identique pour les oxydants et pour les réducteurs, c'est-à-dire qu'il faut autant d'électrons cédés par les ions $Fe^{2+}_{(aq)}$ que d'électrons acceptés par les ions $MnO_4{}^-_{(aq)}$.
Il faut donc ici multiplier la première demi-équation par 5 (et la seconde par 1). Ainsi :

$$Fe^{2+}_{(aq)} = Fe^{3+}_{(aq)} + e^- \qquad \times 5$$

$$MnO_4{}^-_{(aq)} + 8H^+_{(aq)} + 5e^- = Mn^{2+}_{(aq)} + 4H_2O_{(\ell)}$$

$$MnO_4{}^-_{(aq)} + 8H^+_{(aq)} + 5Fe^{2+}_{(aq)} = Mn^{2+}_{(aq)} + 5Fe^{32+}_{(aq)} + 4H_2O_{(\ell)}$$

Ce qui correspond effectivement à l'équation de réaction proposée.

▶ Le conseil de méthode

Voici la méthode pour équilibrer une demi-équation électronique :
1. Repérer l'oxydant et le réducteur du couple
(c'est facile : l'oxydant est à droite dans le couple Ox/Red)
2. Écrire la demi-équation Ox + e⁻ = Red
(les électrons sont toujours du côté de l'oxydant)
3. Équilibrer l'élément principal
(c'est-à-dire égaler le nombre à gauche et à droite du signe « = »)
4. Équilibrer l'élément « oxygène » avec des molécules d'eau
5. Équilibrer l'élément « hydrogène » avec des ions H^+
6. Équilibrer les charges électriques avec les électrons.

c) Justifier les conditions stœchiométriques d'une réaction

Les proportions stœchiométriques sont données par l'équation de réaction : ce sont les nombres stœchiométriques qui sont devant les réactifs. Ici on doit donc introduire 5 fois plus d'ions ferreux $Fe^{2+}_{(aq)}$ que d'ions permanganate $MnO_4{}^-_{(aq)}$.
Il faut donc vérifier que :

$$5 \times n_i(Fe^{2+}_{(aq)}) = n_i(MnO_4{}^-_{(aq)}) \quad ①$$

Calculons la quantité initiale d'ion permanganate en multipliant la concentration et le volume ($n = C \times V$) :

$n_i(MnO_4{}^-_{(aq)}) = 1{,}0 \times 10^{-1} \times 20 \times 10^{-3} = 2{,}0 \times 10^{-3}$ mol.

De même, pour les ions ferreux :
$n_i(Fe^{2+}{}_{(aq)}) = 2{,}5 \times 10^{-1} \times 40 \times 10^{-3} = 1{,}0 \times 10^{-2}$ mol.

On a donc bien l'égalité ① recherchée : les réactifs sont bien introduits dans les proportions stœchiométriques.

> **▶ Le conseil de méthode**
>
> On peut trouver une « formule » pour les conditions stœchiométriques : il s'agit de l'égalité des quantités de matières à l'état initial divisées chacune par leur nombre stœchiométrique.
>
> *Cas général.* Pour une équation de réaction de type aA + bB → cC + dD, les conditions stœchiométriques imposent : $\frac{n_i(A)}{a} = \frac{n_i(B)}{b}$.
>
> *Ici*, cela donne : $\frac{n_i(MnO_4^-{}_{(aq)})}{1} = \frac{n_i(Fe^{2+}{}_{(aq)})}{5}$ et on retrouve bien la relation ①.

▶ 4. Identifier l'action d'une ligne de programme PYTHON

Il s'agit de la ligne 20

```
20 while n_MnO4[-1]>=0 and n_Ferreux[-1]>=0
```

qui indique que le programme qui suit doit se poursuivre jusqu'à ce que l'une des quantités des deux réactifs soit nulle, ce qui correspond à l'avancement maximal donc à une réaction totale.

▶ 5. Déterminer l'avancement maximal à l'aide d'un tableau d'avancement

	avancement	$MnO_4^-{}_{(aq)}$	$+ 8H^+{}_{(aq)}$	$+ 5Fe^{2+}{}_{(aq)}$	$\rightarrow Mn^{2+}{}_{(aq)}$	$+ 5Fe^{3+}{}_{(aq)}$	$+ 4H_2O_{(\ell)}$
État initial	0	$2{,}0 \times 10^{-3}$	Excès	$1{,}0 \times 10^{-2}$	0	0	Solvant
État intermédiaire	x	$2{,}0 \times 10^{-3} - x$	Excès	$1{,}0 \times 10^{-2} - 5x$	x	$5x$	Solvant
État final maximal	x_{max}	0	Excès	0	$2{,}0 \times 10^{-3}$	$1{,}0 \times 10^{-2}$	Solvant

Étant donné que nous sommes dans les conditions stœchiométriques, l'avancement maximal est atteint et les réactifs sont entièrement consommés. Donc $x_{max} = 2{,}0 \times 10^{-3}$ mol.

> **ATTENTION**
> N'oubliez pas que l'avancement (maximal ou non) est toujours une quantité de matière donc un nombre de moles.

On retrouve bien la valeur du tableau de la figure 4 pour l'avancement maximal : $x_{max} = 2$ mmol.

▶ 6. Utiliser un tableau d'avancement

D'après le tableau précédent, pour les ions ferriques $Fe^{3+}{}_{(aq)}$, la quantité de matière est $n(Fe^{3+}{}_{(aq)}) = 5x$.

▶ 7. Écrire une instruction en langage Python pour effectuer une action

La ligne à ajouter peut être placée n'importe où entre la ligne 22 et la ligne 27.

On pourra écrire par exemple :

« n_Ferrique.append((ni_Ferrique + 5*x)) »

> **À NOTER**
> Ce sont surtout les « points de départ » (à zéro) et les valeurs finales qui seront regardées par le correcteur.

▶ 8. Représenter l'évolution d'une quantité de matière

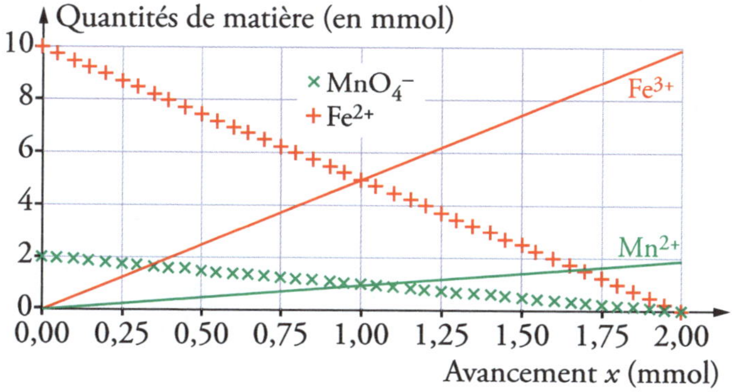

PARTIE 2. DOSAGE DE L'HÉMOGLOBINE ET TRAITEMENT D'UNE CARENCE EN FER

▶ 1. Déduire une coloration à partir d'un spectre d'absorption

Le spectre d'absorption d'une solution aqueuse de cyanméthémoglobine fourni dans les données permet de constater que cette solution admet une absorption maximale autour de 550 nm de longueur d'onde. D'après le cercle chromatique, cela signifie que la solution absorbe nettement les teintes jaunes-vertes : la solution paraitra donc de la couleur complémentaire à cette absorption, c'est-à-dire « rouge-violette ».

> **À NOTER**
> Une solution paraît de la couleur complémentaire à celle absorbée.

On peut néanmoins remarquer que le spectre d'absorption fourni ne donne pas d'information pour l'ensemble des longueurs d'onde du visible puisqu'il ne commence qu'à 500 nm, or cela pourrait modifier la teinte envisagée.

▶ 2. Justifier le réglage d'un spectrophotomètre

On règle le spectrophotomètre sur 546 nm de longueur d'onde car il s'agit de la longueur d'onde pour laquelle l'absorption de la cyanméthémoglobine est maximale or c'est la quantité de cette substance que l'on cherche à déterminer.

▶ 3. a) Utiliser une courbe d'étalonnage

D'après la courbe d'étalonnage (figure 5), on détermine la concentration en hémoglobine de l'échantillon de sang prélevé : 1,4 $mmol \cdot L^{-1}$

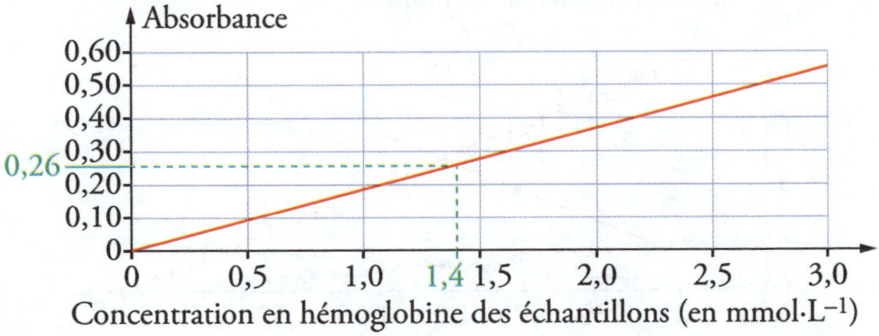

Il s'agit d'une concentration en quantité de matière (ou concentration molaire) or les données disponibles pour déterminer s'il y a une carence en fer sont en concentration en masse (ou concentration massique). Il faut donc calculer cette concentration en masse. On sait que la concentration en masse C_m est le produit de la concentration en quantité de matière C et de la masse molaire M : $C_m = C \times M$.

> **▶ Le conseil de méthode**
>
> Vous pouvez retrouver cette formule grâce aux unités de chaque grandeur : la concentration en masse est en $g \cdot mol^{-1}$, celle en quantité de matière en $mol \cdot L^{-1}$ et la masse molaire $g \cdot mol^{-1}$ donc $C \times M \leftrightarrow \frac{mol}{L} \times \frac{g}{mol} = \frac{g}{L} \leftrightarrow C_m$

Pour $C = 1{,}4 \times 10^{-3}$ $mol \cdot L^{-1}$ d'hémogloblobine ($M = 64 \times 10^3$ $g \cdot mol^{-1}$), $C \times M = 1{,}4 \times 10^{-3} \times 64 \times 10^3 = 89{,}6$.

Ainsi, en tenant compte du nombre de chiffres significatifs à indiquer ici, la concentration en masse en hémoglobine est $C_m = 90$ $g \cdot L^{-1}$.

D'après les données fournies, on peut diagnostiquer une carence modérée en fer puisque le taux d'hémoglobine par litre de sang est compris entre 70 et 100 $g \cdot L^{-1}$.

> **ATTENTION**
>
> Respectez la précision des données : veillez à écrire les résultats avec un nombre correct de chiffres significatifs.

b) Analyser des documents scientifiques

D'après le rapport de l'OMS de 2016, il est préconisé un apport de 100 mg par jour pour traiter cette carence modérée.

Étant donné que le médicament se présente sous la forme de comprimés contenant chacun 136 mg de sulfate ferreux desséché, il nous faut savoir quelle masse d'ions ferreux $Fe^{2+}{}_{(aq)}$ contiennent ces 136 mg de sulfate ferreux desséché.

Le sulfate ferreux desséché a pour formule brute $FeSO_4$, donc 1 mole de sulfate ferreux contient 1 mole d'ion ferreux $Fe^{2+}{}_{(aq)}$.

Calculons alors le nombre de mole de sulfate ferreux dans 136 mg, ce qui nous donnera celui des ions ferreux $Fe^{2+}{}_{(aq)}$ (et il restera à en calculer la masse) :

$$n(\text{FeSO}_4) = \frac{m(\text{FeSO}_4)}{M(\text{FeSO}_4)} = \frac{136 \times 10^{-3}}{M(\text{Fe}) + M(\text{S}) + 4 \times M(\text{O})}$$

$$= \frac{136 \times 10^{-3}}{151{,}8} = 9{,}0 \times 10^{-4} \text{ mol.}$$

Ainsi, la masse d'ions ferreux contenue dans un comprimé est :

$$m(\text{Fe}^{2+}{}_{(aq)}) = n(\text{Fe}^{2+}{}_{(aq)}) \times M(\text{Fe}^{2+}{}_{(aq)})$$
$$= n(\text{FeSO}_4) \times M(\text{Fe})$$
$$= 5{,}0 \times 10^{-4} \text{ g}$$
$$= 50 \text{ mg}$$

À NOTER
Nous supposons que la masse molaire des ions Fe^{2+} est la même que celle des atomes de fer Fe car la masse des 2 électrons « manquants » est négligeable par rapport à celle de l'atome neutre, entouré de tous ses électrons.

Il faudrait donc prescrire 2 comprimés par jour à cette femme puisqu'elle doit avoir un apport de 100 mg quotidien.

▶ Le conseil de méthode

Il ne faut pas utiliser de résultat approché dans un calcul.
Ici, il ne faut pas faire le calcul final avec la valeur $9{,}0 \times 10^{-4}$ mol, mais avec le résultat le plus proche donné par votre calculatrice : $8{,}959156785 \times 10^{-4}$ mol (ou utiliser la mémoire de votre calculatrice !).

56 Sujet complet

Sujet de spécialité en SVT

2 heures
20 points

INTÉRÊT DU SUJET • Ce sujet complet vous permet de travailler deux thèmes au programme : les mutations génétiques ainsi que la formation et la transformation métamorphique d'un gabbro océanique.

Exercice 1 (10 points)
Conséquences phénotypiques de modifications au niveau de l'ADN

La modification de l'information génétique portée par un gène peut avoir des conséquences sur les molécules produites par une cellule. Ces modifications peuvent avoir des conséquences de l'échelle de la molécule à celle de l'organisme.

▶ **Expliquer la relation entre des modifications de l'information génétique, à l'échelle de l'ADN, et les phénotypes, de l'échelle cellulaire à celle de l'organisme.**

Le document fourni est conçu comme une aide : il peut vous permettre d'illustrer votre exposé mais son analyse n'est pas attendue.
Vous rédigerez un exposé structuré. Vous pouvez vous appuyer sur des représentations graphiques judicieusement choisies. On attend des arguments pour illustrer l'exposé comme des expériences, des observations, des exemples…

DOCUMENT D'AIDE

Le *xeroderma pigmentosum* est une maladie génétique rare. Les personnes atteintes présentent le phénotype suivant : elles ont une très grande sensibilité aux rayons UV du soleil. Sans protection de la lumière solaire, elles développent d'abord des « coups de soleil »

sévères qui ne cicatrisent que très lentement puis ensuite des lésions qui se manifestent par l'apparition de taches sombres sur la peau (les cellules touchées meurent).
La protéine XPa est l'une des six protéines de réparation de l'ADN. Elle est normalement constituée de 214 acides aminés.
Chez les personnes atteintes de *xeroderma pigmentosum* la protéine XPa est constituée de seulement 57 acides aminés.
Les personnes atteintes de *xeroderma pigmentosum* présentent des modifications du gène qui code pour la protéine XPa.

Protéine XPa produite chez un individu non atteint de *xeroderma pigmentosum*

50 51 52 53 54 55 56 57 58 59 60 61 62 214
... Cys – Gly – Lys – Glu – Phe – Met – Asp – Ser – Tyr – Leu – Met – Asn – His ... Met

Acide aminé terminal

Protéine XPa produite chez un individu atteint de *xeroderma pigmentosum*

50 51 52 53 54 55 56 57
... Cys – Gly – Lys – Glu – Phe – Met – Asp – Ser

Acide aminé terminal

Source : acces.ens-lyon.fr

Exercice 2 (10 points)
L'histoire d'un gabbro

Lors d'une excursion géologique, des élèves échantillonnent des roches qui permettent de reconstituer une partie de l'histoire d'un océan. L'une d'entre elles, un gabbro, retient leur attention car elle est particulièrement intéressante pour cette reconstitution. On se propose de l'étudier ici.

▶ Reconstituer l'histoire de la roche échantillonnée lors de l'excursion géologique.

Vous organiserez votre réponse selon une démarche de votre choix intégrant des données des documents et des connaissances utiles.

DOCUMENT 1 **Modèle du géotherme d'une dorsale et état de la péridotite en fonction de la pression et de la température**

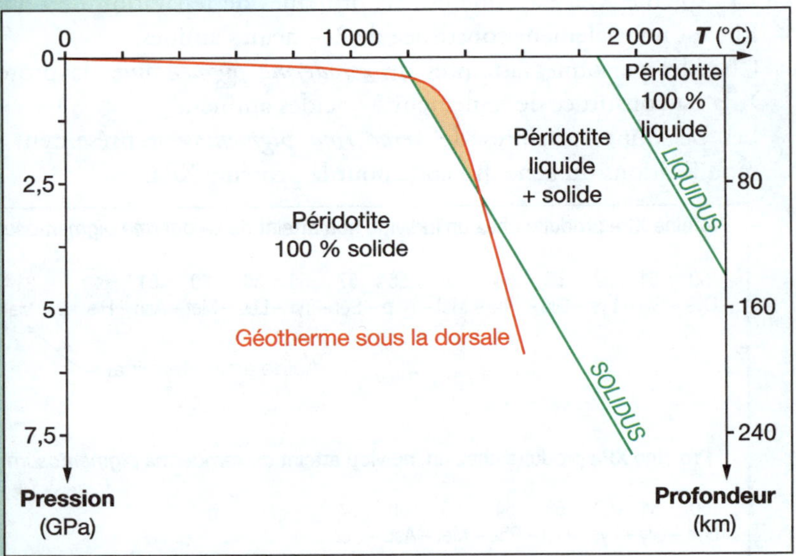

Modifié à partir du site SVT de l'académie de Grenoble

DOCUMENT 2 **Transformations minérales subies par un gabbro**

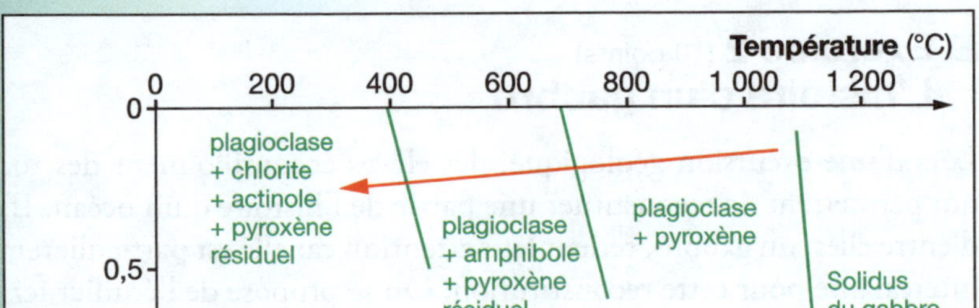

Modifié à partir du site SVT de l'académie de Grenoble

DOCUMENT 3 **Observations et composition chimique de la roche échantillonnée**

a. Roche échantillonnée observée à l'œil nu

Pyroxène	Ca, Mg_x, $Fe_{(1-x)}$, Si_2O_8
Plagioclase	$NaAlSi_3O_8$
Hornblende	$NaCa_2(Mg, Fe)_4\ Al_3Si_6O_{22}(OH)_2$
Chlorite	$(Mg, Fe, Al)_6\ (Si, Al)_4O_{10}(OH)_8$

Ph © Jean-Marc Moullet

On rappelle que la hornblende est une amphibole.

Source : J.-M. Moullet et tableau de composition d'après *Dictionnaire de géologie*, Dunod, juin 2014

b. Roche échantillonnée observée au microscope polarisant en lumière analysée × 50

Ph © christian.nicollet.free.fr

Modifié à partir du site SVT de Christian Nicollet.
christian.nicollet.free.fr

SPÉCIALITÉS

LES CLÉS DU SUJET

Exercice 1

Étape 1. Comprendre le sujet

• Les modifications de l'information génétique à l'échelle de l'ADN renvoient aux mutations géniques. Il faut indiquer les types de mutations, puis étudier les conséquences de ces mutations sur le polypeptide codé par le gène, c'est-à-dire le phénotype moléculaire.

• Il faut aussi envisager les modifications du phénotype cellulaire (cellules où s'exprime le gène) sous l'effet des changements dans le phénotype moléculaire et enfin la répercussion à l'échelle de l'organisme.

Étape 2. Exploiter les documents

• Le document est un document d'aide. Il ne s'agit pas de l'utiliser pour résoudre une question relative au *xeroderma* (le sujet ne porte pas sur cette maladie). Il s'agit seulement de tirer des informations de ce document pour illustrer votre propos.

• Ce n'est pas la mutation génique qui est l'objet de ce document, mais sa répercussion sur le polypeptide. Vous devez en inférer la nature de la mutation pour l'exploiter dans votre réponse.

• Dans toutes les questions de type 1, on attend des observations, des expériences pour illustrer l'exposé. Il est bon d'utiliser un autre exemple que vous connaissez, en plus de celui du *xeroderma*.

Étape 3. Construire sa réponse

I. Les modifications de l'information génétique	Illustrez les différentes mutations en indiquant les séquences de l'allèle initial et de l'allèle muté.
II. Les conséquences sur le phénotype moéculaire	Utilisez un exemple de votre choix et celui du *xeroderma* pour présenter les répercussions de la mutation sur le polypeptide moléculaire.
III. Les conséquences au niveau cellulaire	Décrivez les changements dans le phénotype cellulaire en reprenant les exemples déjà utilisés dans la partie précédente.
IV. Les conséquences à l'échelle de l'organisme	Expliquez comment les changements à l'échelle cellulaire entraînent des phénotypes différents à l'échelle clinique.
Conclusion	Réalisez un schéma illustrant les relations entre mutations et changements des phénotypes.

Exercice 2

Étape 1. Comprendre le sujet

• L'échantillon de gabbro a été recueilli sur le continent, mais comme l'indique le texte introductif, il s'agit d'un gabbro de croûte océanique.

• Il faut donc envisager sa formation à l'axe d'une dorsale, puis les transformations qu'il subit en s'éloignant de cet axe, en tant qu'élément d'une lithosphère océanique.

Étape 2. Exploiter les documents

• Le sujet vous propose d'organiser votre réponse selon une démarche de votre choix. Vous n'êtes pas obligé de suivre l'ordre des documents.

• Pour choisir une démarche, il est bon d'identifier à quoi se rapporte chaque document :

– le document 1 traite de la formation du gabbro à l'axe de la dorsale ;

– le document 2 de la transformation du gabbro quand il s'éloigne de l'axe ;

– le document 3 de sa structure et de sa composition minéralogique.

• Il est judicieux de partir de la structure du gabbro (document 3) pour introduire les deux grandes étapes de l'histoire du gabbro et d'analyser ensuite chaque étape en exploitant les documents 1 et 2.

Étape 3. Construire sa réponse

I. Les deux grandes étapes de l'histoire d'un gabbro	• Définissez la notion de roche magmatique (doc 2 et doc 3). • Introduisez l'idée de transformation du gabbro initial (doc 3. b).
II. Naissance du gabbro à l'axe de la dorsale	• Expliquez la formation d'un magma à partir de la péridotite. • Indiquez la formation du gabbro à partir de ce magma (doc 1).
III. Transformation du gabbro	• Introduisez la notion de métamorphisme hydrothermal (doc 2). • Indiquez l'évolution du métamorphisme du gabbro en fonction de la température.
Conclusion	• Résumez l'histoire du gabbro en l'intégrant dans celle d'une croûte océanique. • N'oubliez pas d'indiquer que la possibilité de recueillir ce gabbro sur le continent résulte d'un charriage de la croûte océanique sur de la croûte continentale lors de la fermeture de l'océan.

56 CORRIGÉ GUIDÉ

Exercice 1

Introduction

• Les mutations sont à l'origine de la variabilité génétique des populations. À la suite d'une mutation, un allèle est transformé en un autre allèle. Cette transformation se manifeste par des changements dans la séquence de nucléotides de l'ADN de l'allèle. La mutation est un phénomène cellulaire qui se traduit au niveau cellulaire, mais qui peut également retentir à l'échelle de l'organisme.

• Nous allons envisager comment ces changements de l'information génétique se traduisent ou non au niveau des phénotypes.

I. Les principales modifications de l'information génétique

Parmi les mutations les plus fréquentes, celles dites ponctuelles ne concernent qu'un seul ou quelques nucléotides et sont de trois types : substitution, délétion et insertion.

> **▶ Le conseil de méthode**
> Les séquences indiquées sont des séquences inventées. On ne vous demande pas d'indiquer des séquences réelles et donc de les connaître par cœur ! La séquence de chaque brin de l'ADN est ici indiquée : celle du brin non transcrit est donnée dans la ligne supérieure. Surtout, veillez à bien respecter la complémentarité des deux brins.

A. Les substitutions

La mutation entraîne le remplacement, en un site précis du gène, d'une paire de nucléotides par une autre. Par exemple :

• **Allèle initial :** ...ATG CAT TTA GAG AAA GGC...
TAC GTA AAT CTC TTT CCG

• **Allèle muté :** ...ATG CAT TTA GAG AGA GGC...
TAC GTA AAT CTC TCT CCG

> **MOTS-CLÉS**
> Une **substitution « faux sens »** entraîne un changement d'un acide aminé par un autre.
> Une **substitution « non-sens »** provoque un arrêt de la traduction (codon stop).

B. Les délétions

Une ou un petit nombre de paires de nucléotides sont supprimées de la séquence initiale.

- **Allèle initial :**

```
...ATG CAT TTA GAG AAA GGC...
   |   |   |   |   |   |
   TAC GTA AAT CTC TTT CCG
```

- **Allèle muté :** (*perte d'une paire de bases AT au 5e codon)*

```
...ATG CAT TTA GAG AAG GC...
   |   |   |   |   |   |
   TAC GTA AAT CTC TTC CG
```

C. Les additions

Une ou un petit nombre de paires de nucléotides sont ajoutées à la séquence nucléotidique.

- **Allèle initial :**

```
...ATG CAT TTA GAG AAA GGC...
   |   |   |   |   |   |
   TAC GTA AAT CTC TTT CCG
```

- **Allèle muté :** *(ajout d'une paire de bases GC au 5e codon)*

```
...ATG CAT TTA GAG AGA AGG C...
   |   |   |   |   |   |
   TAC GTA AAT CTC TCT TCC G
```

II. Les conséquences sur le phénotype moléculaire

Le phénotype moléculaire est le polypeptide qui résulte de l'expression d'un allèle dans une cellule.

A. La relation génotype-phénotype moléculaire

L'expression d'un allèle se fait en deux étapes :

- la transcription de la séquence d'ADN en ARN messager (ARNm) ;
- la traduction de cet ARN messager en un polypeptide.

C'est la succession des triplets de nucléotides de l'ADN du brin transcrit (codons) qui est à l'origine de la séquence des acides aminés du polypeptide selon le code génétique.

B. Les conséquences au niveau moléculaire des différences entre les deux allèles d'un même gène

- *Premier exemple*. Les individus atteints d'une maladie, la drépanocytose (ou anémie falciforme), possèdent les deux allèles mutés d'un gène, qui code pour une chaîne protéique de l'hémoglobine. L'allèle muté (HbS) diffère de l'allèle non muté (HbA) par une substitution d'une paire de nucléotides A-T par la paire T-A. Cela entraîne le remplacement de l'acide glutamique par la valine en position 6 dans la chaîne polypeptidique concernée. Ces protéines résultant de l'expression de l'allèle muté forment des fibres rigides et insolubles alors que les molécules d'hémoglobine sont habituellement solubles dans l'eau.

- *Deuxième exemple*. Les individus atteints de *xeroderma* possèdent dans leurs cellules deux allèles mutés du gène XPa, qui code pour une protéine enzymatique intervenant dans la réparation de l'ADN lésé.

▶ Le conseil de méthode

Notez bien comment est utilisé le document d'aide fourni. Il n'est pas analysé pour lui-même ; il sert seulement à illustrer comment une mutation par substitution transformant un codon pour un acide aminé en un codon stop (mutation non-sens) provoque une interruption anticipée de la synthèse du polypeptide, au cours de la traduction, et par là le rend non fonctionnel.

L'allèle muté diffère de l'allèle non muté par une substitution au 58e codon, qui transforme ce triplet codant la tyrosine en un codon stop (voir le document d'aide). Il en résulte une protéine de 57 acides aminés au lieu de 214. Cette protéine considérablement raccourcie est moins ou pas du tout fonctionnelle.

• *Autres conséquences*. Par suite de la redondance du code génétique il arrive :

– qu'une substitution n'ait pas de conséquences sur le polypeptide, car le codon muté code pour le même acide aminé que le codon non muté ;

– qu'après une substitution, l'acide aminé substitué ne modifie pas les propriétés de la protéine.

À NOTER
Le code génétique est **non ambigu** (un codon code pour un seul acide aminé) et **redondant** : plusieurs codons codent pour le même acide aminé.

• Généralement insertions et délétions entraînant un décalage du cadre de lecture, elles provoquent plus ou moins précocement l'apparition d'un codon stop et donc la synthèse d'une protéine plus ou moins raccourcie et non fonctionnelle.

III. Les conséquences au niveau cellulaire (phénotype cellulaire)

• Les protéines mutées (phénotype moléculaire) non fonctionnelles confèrent aux cellules dans lesquelles les allèles mutés s'expriment, des caractéristiques particulières.

• Ainsi les globules rouges contenant l'hémoglobine HbS prennent une forme de faucille et deviennent indéformables.

• Dans le cas du *xeroderma*, les cellules privées de la protéine XPa fonctionnelle ont une sensibilité extrême aux rayons ultraviolets du soleil et sont incapables de réparer les dommages causés à leur ADN par ces rayons UV.

IV. Les conséquences à l'échelle de l'organisme (phénotype macroscopique)

• Les populations de cellules où s'expriment les allèles mutés contribuent, à l'échelle de l'organisme, à donner un phénotype particulier par rapport au phénotype répandu.

• Ainsi, dans le cas de la drépanocytose, les hématies possédant l'hémoglobine mutée HbS deviennent rigides et bloquent, notamment au cours de périodes de crises douloureuses, la circulation dans les capillaires de certains organes. Cela prive ces derniers de dioxygène, ce qui entraîne des répercussions sur le fonctionnement d'ensemble de l'organisme (pâleur, fatigue, anémie…). C'est le phénotype drépanocytaire à l'échelle de l'organisme.

• Dans le cas du *xeroderma*, les cellules mutées tendent à devenir cancéreuses si elles sont exposées aux rayons UV. Elles sont responsables de la création, à l'échelle de l'organisme (phénotype macroscopique), du phénotype cancéreux.

Conclusion

Le schéma ci-dessous résume les relations entre les mutations de l'ADN et leur traduction aux différents niveaux phénotypiques : moléculaire, cellulaire et macroscopique. Il s'appuie sur des phénotypes non drépanocytaire (en bleu) et drépanocytaire (en vert).

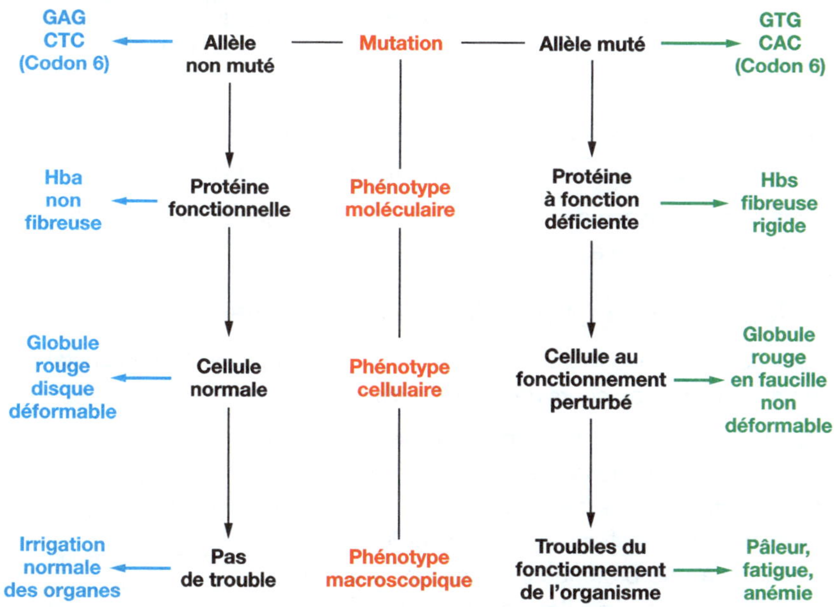

Exercice 2

Introduction

La roche échantillonnée est un gabbro, roche constitutive d'une croûte océanique. Il s'agit, à l'aide des documents proposés, de reconstituer l'histoire de ce gabbro en tant qu'élément d'une croûte océanique ayant pris naissance à l'axe d'une dorsale.

I. Les deux grandes étapes de l'histoire d'un gabbro

• Le document 3 montre que le gabbro échantillonné est une roche entièrement cristallisée, constituée par l'assemblage de quatre minéraux : pyroxène, plagioclase, hornblende et chlorite.

• Le document 2 indique qu'initialement ce gabbro était uniquement constitué de pyroxène et de plagioclase et soumis à une température élevée donc formé à l'axe de la dorsale.

• La hornblende et la chlorite sont des minéraux qui apparaissent lorsque le gabbro s'éloigne de la dorsale en tant que constituant de la lithosphère océanique.

À NOTER
Ne pas confondre dorsale et axe de la dorsale. C'est uniquement à l'axe que se forme la lithosphère océanique

• Il existe donc deux grandes phases de la formation de ce gabbro :

– une première phase de naissance à l'axe de la dorsale ;

– une seconde phase de transformation minéralogique au cours de son éloignement de la dorsale.

II. Naissance du gabbro à l'axe de la dorsale

• Le gabbro est une roche magmatique grenue qui provient de la cristallisation d'un magma au cours de son refroidissement.

• Un magma provient toujours de la fusion partielle d'une roche préexistante. Le document 1 montre que la roche initiale à l'origine du gabbro est la péridotite, constituant du manteau. Le document indique également qu'à une profondeur supérieure à 80 km, la péridotite est toujours à l'état solide (le géotherme est situé à gauche du solidus de la péridotite).

MOT CLÉ
Le **solidus** correspond à la température de début de fusion d'une roche.

• À partir de 80 km (température de l'ordre de 1 400 °C) et jusqu'à quelque 10 km de profondeur (température d'environ 1 200 °C), le géotherme de la dorsale (donc la température de la péridotite) se trouve à droite du solidus : la péridotite subit donc une fusion partielle entre 10 et 80 km de profondeur, donnant ainsi naissance à un magma.

• Le géotherme presque vertical entre 160 km et une vingtaine de kilomètres de profondeur est dû à une remontée de la péridotite asthénosphérique (mouvement de convection). Au cours de cette ascension la péridotite garde presque la même température mais est soumise à des pressions de plus en plus faibles. Comme la température de début de fusion d'une roche baisse lorsque la pression diminue, la péridotite recoupe son solidus vers 80 km. Le magma formé arrive dans une chambre magmatique et lorsque sa température devient inférieure à 1 100 °C (document 2), il se solidifie en un gabbro.

III. Transformation du gabbro

• Le document 2 montre qu'en s'éloignant de la dorsale, lorsque la température du gabbro initial passe de 700 °C à 400 °C, un nouveau minéral apparaît, une amphibole : la hornblende. En même temps, le pyroxène disparaît en partie (document 2), ce qui laisse penser que la hornblende se constitue aux dépens du pyroxène. Le document 3.b montre que la hornblende forme une couronne comprise entre le pyroxène et le plagioclase. Cela confirme le fait que la hornblende se crée à partir de ces deux minéraux sans aucune fusion : il s'agit donc d'une transformation du gabbro initial à l'état solide, le gabbro initial devient ainsi un gabbro métamorphique.

• À plus basse température il apparaît de la chlorite et de l'actinote ce qui traduit une poursuite de la transformation métamorphique.

• Les minéraux du métamorphisme (hornblende, chlorite et actinote) sont caractérisés par le fait qu'ils sont hydroxylés (groupement OH), alors que les minéraux initiaux ne le sont pas. Cela indique que le métamorphisme en jeu est lié à la circulation d'eau dans les gabbros : il s'agit d'un métamorphisme hydrothermal.

Conclusion

L'histoire de ce gabbro est liée à celle de la lithosphère océanique :

– création, à l'axe de la dorsale, de conditions assurant la fusion partielle de la péridotite et du manteau ;

– éloignement de l'axe de la dorsale avec fracturation permettant la circulation d'eau conduisant à un métamorphisme hydrothermal ;

– obduction de lambeaux de croûte océanique au cours de la fermeture d'un océan expliquant la localisation finale de ce gabbro (continent).

Sujet de spécialité en SES

2 heures
20 points

INTÉRÊT DU SUJET • Le sujet porte sur des questions d'actualité : l'abstention d'une part, l'éducation et la pollution d'autre part. Il permet d'approfondir la réflexion pour celui ou celle qui accède à la citoyenneté.

Mobilisation de connaissances et traitement de l'information

DOCUMENT **L'abstention aux élections présidentielles et législatives 2007-2012-2017**

	Présidentielle		Législatives	
	1er tour	2e tour	1er tour	2e tour
Taux d'abstention (%)				
2007	16,23	16,03	39,58	40,02
2012	20,52	19,65	42,78	44,6
2017	22,23	25,44	51,3	57,36
Écart des taux d'abstention entre les ouvriers et les cadres (en points)				
2007	5,8	6,5	16,6	13,9
2012	6,8	11,2	20	20,7
2017	12,55	12,01	25,8	23

Source : Céline Braconnier, Baptiste Coulmont et Jean-Yves Dormagen, « Toujours pas de chrysanthèmes pour les variables lourdes de la participation électorale », *Revue française de science politique*, vol. 67, n° 6, 2017.

▶ **1.** Présentez deux formes de la volatilité électorale. *(4 points)*

▶ **2.** À l'aide du document, montrez que la participation électorale est liée à des variables contextuelles. *(3 points)*

▶ **3.** À l'aide du document, vous caractériserez l'évolution de l'abstention électorale. *(3 points)*

Raisonnement

▶ **À l'aide du dossier documentaire et de vos connaissances, vous illustrerez l'intervention des pouvoirs publics en présence d'externalités.** ***(10 points)***

DOCUMENT 1 La dépense pour l'éducation

	2013	2014	2015	2016	2017
Dépense intérieure d'éducation (DIE)					
aux prix courants (en milliards d'euros)	144	146	147,6	150,1	154,6
DIE / PIB (en %)	6,8	6,8	6,7	6,7	6,7
Dépense moyenne par élève					
aux prix courants (en euros)	8 290	8 370	8 410	8 450	8 690
Structure du financement initial (en %)					
État	57,1	57,1	57,2	57,1	57,4
Collectivités territoriales	23,9	23,8	23,9	23,5	23,3
Autres administrations publiques	2,6	2,8	2,9	3,1	3,1
Entreprises	8,8	8,5	8,4	8,6	8,5
Ménages	7,6	7,8	7,6	7,7	7,7

Source : ministère de l'Éducation nationale, *Comptes de l'éducation – L'État de l'école*, 2018.

DOCUMENT 2 L'enjeu de la qualité de l'air

La qualité de l'air est un enjeu majeur pour la santé et l'environnement. En France, le coût de la pollution atmosphérique est évalué de 70 à 100 milliards d'euros par an par la Commission d'enquête du Sénat (2015). L'Agence nationale de santé publique a estimé en 2016 son impact sanitaire à 48 000 décès prématurés par an, ce qui correspond à 9 % de la mortalité en France et à une perte d'espérance de vie à 30 ans pouvant dépasser 2 ans. La politique en faveur de la qualité de l'air nécessite des actions ambitieuses, au niveau international comme au niveau local, dans tous les secteurs d'activité. L'État, les collectivités territoriales, les entreprises, les citoyens et les organisations non gouvernementales doivent conjuguer leurs efforts pour garantir à chacun le droit de respirer un air qui ne nuise pas à sa santé. Cette politique est engagée, elle s'inscrit dans la durée et ses effets sont progressifs…

Le plan national de réduction des émissions de polluants atmosphériques fixe la stratégie de l'État pour réduire les émissions de polluants atmosphériques au niveau national et respecter les exigences européennes. C'est l'un des outils de déclinaison de la politique climat-air-énergie. Il combine les différents outils de politique publique : réglementations sectorielles, mesures fiscales incitatives, actions de sensibilisation et de mobilisation des acteurs, action d'amélioration des connaissances.

Source : ministère de la Transition écologique et solidaire, 2018.

LES CLÉS DU SUJET

Mobilisation de connaissances et traitement de l'information

Comprendre le document

Le document est un document statistique portant sur l'**évolution de l'abstention** aux élections législatives et présidentielles de 2007 à 2017. Les données indiquent les taux d'abstention suivant le type d'élection, ainsi que les écarts de ces taux entre cadres et ouvriers.

Répondre aux questions

▶ **2.** Commencez par **définir la notion** de variable contextuelle, puis **précisez les deux contextes** pris en compte dans le document.

▶ **3.** Il s'agit ici de mettre en évidence les **tendances** de l'évolution de l'abstention électorale à partir des **données** du tableau.

Raisonnement

Comprendre la consigne

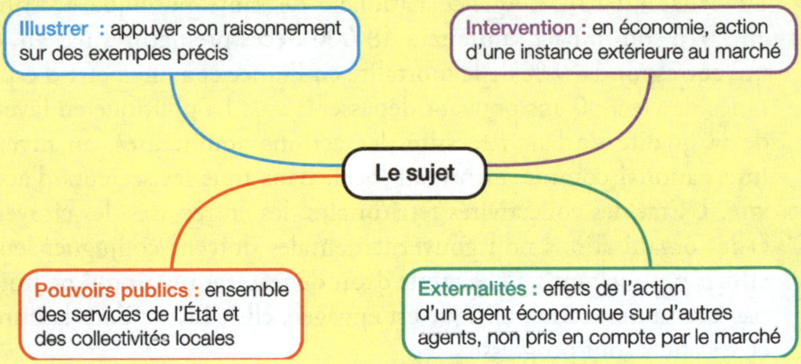

Comprendre les documents et mobiliser ses connaissances

• Le document 1 est un document statistique qui porte sur l'évolution des **dépenses d'éducation** en France entre 2013 et 2017. La source du document est le ministère de l'Éducation nationale et il date de 2018. Il montre que ces dépenses d'éducation sont principalement prises en charge par les pouvoirs publics, et que leur part dans le produit intérieur brut (PIB) tend à stagner alors qu'elles augmentent en valeurs absolues. L'éducation constitue une **externalité positive** car elle améliore le bien-être de la société.

• Le document 2 est un texte datant de 2018 dont la source est le ministère de la Transition écologique et solidaire. Dans un premier paragraphe, il expose le coût de la **pollution**, avant de traiter de l'action des pouvoirs publics pour réduire cette dernière. La pollution est une **externalité négative** car elle diminue le bien-être de la population.

Construire le raisonnement

1. Premier type d'intervention : la réglementation	• Définissez la réglementation. • Comment la réglementation peut-elle favoriser les externalités positives ? Comment peut-elle s'opposer aux externalités négatives ? • Illustrez votre propos à l'aide du document 2.
2. Deuxième type d'intervention : la dépense publique	• Définissez ce que représente la dépense publique. • Comment agit-elle sur les externalités ? • Utilisez le document 1 pour monter l'action de la dépense publique sur les externalités positives.
3. Troisième type d'intervention : la politique fiscale	• Mobilisez vos connaissances pour déterminer un troisième moyen d'intervention des pouvoirs publics. • Cherchez un exemple pour l'illustrer.

57 CORRIGÉ **GUIDÉ**

Mobilisation de connaissances et traitement de l'information

▶ **1.** La volatilité électorale exprime l'instabilité dans le vote ou dans la participation électorale d'une élection à l'autre.

• On peut donc distinguer deux formes de volatilité électorale. La première consiste à changer de préférence électorale : par exemple, voter pour la « droite » après avoir voté pour la « gauche ». La seconde forme est le choix de s'abstenir alors que l'on avait voté lors de l'élection précédente.

▶ **2.** Les variables contextuelles qui peuvent expliquer le comportement électoral des électeurs font référence aux enjeux des scrutins et aux types d'élection : présidentielle, législatives.

• Le document montre que le taux d'abstention est nettement plus élevé lors des élections législatives que pour les scrutins présidentiels : en 2017, l'abstention au premier tour des élections législatives est ainsi supérieure d'environ 30 points à celle du premier tour de la présidentielle.

DES POINTS EN +
Utilisez les données les plus pertinentes du document et faites des calculs à partir des chiffres fournis.

▶ **3.** L'évolution de l'abstention appelle deux constats.

• Tout d'abord, le taux d'abstention s'accroît entre 2007 et 2017 pour les deux types d'élections. Lors du second tour, pour la présidentielle, il augmente ainsi de près de 9,5 points de pourcentage et, pour les législatives, d'un peu plus de 17 points.

• Le second constat concerne l'écart des taux d'abstention entre les ouvriers et les cadres. Cet écart est plus important pour les élections législatives que pour la présidentielle. Et il augmente entre 2007 et 2017 : au premier tour, il double pour la présidentielle et augmente de 9,2 points pour les législatives.

Raisonnement

Les titres et les indications entre crochets ne doivent pas figurer sur la copie.

Introduction

Les externalités sont définies par les effets de l'action d'un agent économique sur le bien-être d'autres agents non pris en compte par le marché. Les pouvoirs publics sont les institutions définissant et mettant en œuvre l'action de l'État et des collectivités territoriales. Pour agir sur les externalités, les pouvoirs publics disposent de plusieurs instruments : la réglementation, la dépense publique et la fiscalité.

> CONSEIL
> Dans l'introduction, définissez les termes du sujet.

1. L'intervention par la réglementation

- La pollution atmosphérique est une externalité négative. Elle a un coût pour la société, provoquant des « décès prématurés » (doc. 2, l. 5).
- Dès lors, les pouvoirs publics vont mettre en œuvre un plan destiné à réduire cette pollution, par des mesures réglementaires sur les carburants.

2. L'intervention par la dépense publique

- L'éducation constitue une externalité positive. En effet, elle renforce la cohésion sociale et favorise la croissance économique, d'où une amélioration du bien-être.
- En France, plus de 80 % des dépenses d'éducation sont financées par les pouvoirs publics. Entre 2013 et 2017, ces dépenses augmentent de 4 % environ, mais leur part dans le produit intérieur brut stagne (doc. 1).

3. L'intervention par la fiscalité

- Les pouvoirs publics ont le pouvoir de prélever des impôts et des taxes. Cette taxation permet d'internaliser l'externalité négative.
- La taxe carbone répond à la logique du « pollueur-payeur » : elle vient s'ajouter au prix de vente de produits ou de services émettant des gaz à effet de serre.

> CONSEIL
> N'oubliez pas que les documents ne couvrent pas tout le sujet : vous devez aussi faire appel à vos connaissances pour répondre à la question posée.

Conclusion

Les externalités ont des effets sur le bien-être des populations, ce qui incite les pouvoirs publics à intervenir. Par la réglementation, la dépense publique et la fiscalité, l'État cherche à contrer les externalités négatives et à favoriser les externalités positives.

58 Sujet complet

Sujet de spécialité en HGGSP

COMPOSITION

2 heures
20 points

INTÉRÊT DU SUJET • La liberté d'information est un droit intangible et ne saurait souffrir d'exceptions. Mais au-delà des grands principes, qu'en est-il réellement de notre accès à des médias indépendants ?

Quelles sont les menaces qui pèsent sur la liberté d'information ? Vous nourrirez votre réflexion d'exemples puisés dans l'histoire du XXe siècle.

LES CLÉS DU SUJET

Analyser le sujet

Le sujet

Menaces : obstacles de différente nature qui empêchent un accès total à une information de qualité

Liberté d'information : indissociable de l'existence de médias indépendants et variés ainsi que d'une éducation à ceux-ci

Exemples : points précis qui vont étayer votre composition (faits, dates, personnages, etc.)

Histoire du XXe siècle : les bornes chronologiques du sujet permettent de flécher la réflexion et lui donnent une unité. Ici, la consigne exclut donc l'affaire Dreyfus

Mobiliser ses connaissances

• Havas et ses transformations, avec la création de l'Agence France Presse (AFP), constituent un exemple très adapté à l'analyse des rapports entre les différents acteurs de l'information : des **médias libres** face à des **entreprises privées** ou à l'**État**.

• Le **conflit vietnamien** vient enrichir la réflexion grâce au contexte exceptionnel constitué par l'état de guerre : comment les médias résistent-ils à la menace de la **censure** en temps de **guerre** ?

Construire le plan

Le sujet étant déjà formulé sous forme de question, vous pouvez l'insérer à l'identique dans l'introduction pour en faire votre problématique.

I. L'information dépendante de l'État et du marché	• Les médias sont-ils vraiment libres de s'exprimer lorsque des intérêts financiers sont en jeu ? • Une liberté d'expression totale peut-elle coïncider avec une proximité du pouvoir ? • Intéressez-vous à l'histoire d'Havas et de l'AFP, tout indiquée pour traiter ces thèmes.
II. Les menaces à la liberté d'information en temps de guerre	• Que reste-t-il de la liberté d'information en temps de guerre ? • De quelles manières les médias peuvent-ils contourner la censure ? • Développez votre réflexion à partir de l'exemple de la guerre du Vietnam.

58 CORRIGÉ GUIDÉ

Les titres et les indications entre crochets ne doivent pas figurer sur la copie.

Introduction

[Accroche] Rien ne semble plus acquis dans nos sociétés démocratiques que la liberté de s'informer. Pourtant l'accès plein et entier à des médias variés et de qualité rencontre bien des obstacles, et se trouve souvent remis en cause. [Problématique] Quelles sont, au XXe siècle, les menaces qui pèsent sur la liberté d'information ? [Annonce du plan] Nous analyserons dans un premier temps comment le marché et l'État peuvent soumettre les médias, puis nous étudierons dans un second temps les enjeux d'une information libre en période de guerre.

> **▶ Le conseil de méthode**
> Utilisez des synonymes afin d'éviter de répéter les mots clés du sujet. Ici, « menaces » peut être remplacé par « obstacles » ou « remise en cause », « liberté d'information » par « accès aux médias ».

SPÉCIALITÉS

I. L'information dépendante de l'État et du marché

Lorsque les médias sont trop liés à des grands groupes financiers ou à des gouvernements, ils perdent en indépendance et la liberté d'information est alors menacée. L'histoire d'Havas montre bien l'ambiguïté des rapports entre les journalistes et le pouvoir, politique ou économique.

1. Havas et la liberté de la presse

- Créée en 1835, l'agence Havas dispose, au début du XXe siècle, de correspondants sur tous les continents. Grâce à eux, elle exerce un quasi-monopole sur la fourniture d'informations internationales aux médias français.
- Havas est alors également une agence de publicité qui achète aux journaux des espaces publicitaires à destination des annonceurs. Ce faisant, l'entreprise brouille la frontière entre information et commerce.
- Cette situation remet doublement en cause la liberté d'information. D'une part, les nouvelles proviennent de la même source, et d'autre part les critiques sont dépendantes des intérêts des annonceurs, sources de rentrées d'argent pour les médias. C'est la raison pour laquelle le socialiste Léon Blum réclame dès 1936 la scission d'Havas.

> **▶ Le conseil de méthode**
> Des exemples précis et variés comme des références à des débats, des citations ou des chiffres permettent d'étayer votre démonstration. Ici renvoyer à la position de Léon Blum à propos d'Havas permet en plus d'introduire le développement suivant.

2. L'AFP face à de nombreux écueils

- En 1945, les deux branches d'Havas se séparent : l'entreprise Havas conserve la publicité et l'Agence France Presse (AFP) s'occupe de la fourniture d'informations. Cette transformation semble redonner une forme d'indépendance aux médias français.
- Cependant la mauvaise santé financière de l'AFP l'oblige à avoir recours à des subventions publiques. Malgré son statut d'« organisme autonome » depuis 1957, se pose donc la question de son indépendance face à l'État.
- Par ailleurs, la position des gouvernements successifs à l'égard de l'AFP peut sembler floue. Ainsi les annonces ou tentatives de privatisation de l'agence se sont multipliées depuis 2000.

[Transition] Intérêts privés, association étroite à l'État : l'exemple d'Havas et de l'AFP montre combien la liberté d'information peut être menacée. Et les obstacles s'aggravent encore lorsque les circonstances politiques changent, comme c'est le cas pendant un conflit.

II. Quelle liberté d'information en temps de guerre ?

Les obstacles qui pèsent sur la liberté d'information sont nombreux en temps de paix ; ils se trouvent décuplés en cas de guerre. L'exemple du conflit vietnamien est à ce titre révélateur.

1. Quand l'État contrôle les médias…

• L'engagement officiel des États-Unis dans le conflit vietnamien en 1964 s'accompagne d'une intense propagande qui passe par le contrôle des médias. L'objectif est de convaincre la population américaine de la légitimité de cet effort de guerre.

> **MOT CLÉ**
> La propagande désigne les actions exercées, le plus souvent par un gouvernement, afin d'influencer l'opinion publique.

• Sur le terrain, les États-Unis s'enlisent dans des combats face à la guérilla sud-vietnamienne. Pourtant, l'opinion publique soutient encore la guerre à plus de 60 % à l'été 1965, prouvant l'efficacité de la censure et de la propagande médiatiques.

• Contrôlée et soumise aux intérêts du gouvernement, l'information pendant le conflit vietnamien est donc biaisée ; l'une des menaces fortes qui pèse sur elle s'incarne en particulier dans la diffusion de mensonges d'État.

2. La diffusion d'une information impartiale

• C'est grâce aux reporters de guerre que les choses évoluent : ces journalistes de terrain documentent la réalité des combats. Au travers d'images et de récits chocs, ils révèlent que les États-Unis sont en position de faiblesse et que des exactions sont commises.

• Désormais la population américaine peut construire librement son avis sur la guerre. En 1968, les Américains ne sont plus que 35 % à soutenir l'engagement de leur pays. Et quand, en 1971, le *New York Times* révèle les mensonges de l'administration (« Pentagon Papers »), 60 % de l'opinion réclame le retrait des troupes.

• Pendant la guerre du Vietnam, c'est la pugnacité des journalistes qui a rendu au grand public sa liberté de s'informer et d'accéder à la vérité. La lutte pour une information libre apparaît donc fondamentale en temps de guerre.

Conclusion

[Reprise de la démonstration] Qu'il s'agisse des pressions exercées sur les médias par de grands groupes financiers ou par l'État lui-même, les menaces sur la liberté d'information sont multiples. [Ouverture] Sans doute les populations sont aujourd'hui plus critiques à l'égard de ces contrôles de l'information. Il reste que de nouvelles menaces, plus diffuses, sont nées avec le XXIe siècle, à l'heure de la surcharge médiatique et des *fake news* notamment…

